译文纪实

THE WORST HARD TIME

The Untold Story of Those Who Survived
the Great American Dust Bowl

Timothy Egan

[美]蒂莫西·伊根 著 　　　　　龚萍 译

肮脏的
三十年代

上海译文出版社

"在那片天地之间，我发觉自己被抹去，被遮蔽。"

——薇拉·凯瑟

献给我的父亲，他由寡母在大萧条最黑暗的岁月里抚养成人，四个人蜗居一室。在许多方面他与他母亲很像，他从她身上继承的本领之一便是：永远别让你的孩子看出你的焦虑。

NEBRASKA
Denver
Lincoln
COLORADO
KANSAS
Topeka
圣达菲
Santa Fe
OKLAHOMA
Oklahoma
City
NEW
MEXICO
TEXAS
Dallas

NEBRASKA
伊纳维尔 红云镇
Republican R. Inavale Red Cloud
里帕布利肯河

HIGH PLAINS

KANSAS

拉马尔
Lamar
巴卡县
BACA
COUNTY
道奇城
Dodge
City
Arkansas R.
阿肯色河

Springfield
斯普林菲尔德
利伯勒尔
Liberal

CIMARRON
COUNTY
锡马龙县
Clayton
克雷顿
NO MAN'S 无人之地
LAND
博伊西城 Boise
City
Guymon 盖蒙
锡马龙河
Cimarron R.

达拉姆县
DALLAM
COUNTY
Texhoma Darrouzett
德克斯荷马 Follett
Shattuck
沙特克

Dalhart
达尔哈特
Canadian R.
俄克拉荷马城
Oklahoma
City

阿马里洛
Amarillo
OKLAHOMA

红河
Red R.

LLANO

Lubbock

TEXAS

沙尘碗
THE DUSTBOWL

ESTACADO
埃斯塔卡多平原

0   250 km
0   150 miles
Chazaud

目 录

·第三部分·
爆发：1934—1939

前言　劫后余生

那些日子，当风不再从南部平原吹过，大地陷入一片令人畏惧的死寂，仿佛一座灯火熄灭后的空荡荡的鬼屋。他们吓坏了，因为大地太辽阔、太空旷，无边无际得让人生出幽闭恐惧症；他们吓坏了，因为他们感到迷茫，什么都抓不住，也辨不清方向。放眼望去，看不到一棵树，到处都一样。没有一丝绿荫。没有一条河欢快地流淌而过，那可是生命的血脉啊。没有一块土包从地面隆起，冲破地平线，产生一种视角，暂时取代一马平川的单调。他们吓坏了，因为他们不知道接下来会怎样。这种死寂，吓坏了 1541 年来寻找黄金之城的科罗纳多人；也吓坏了盎格鲁的商人们，他们先前壮着胆子放弃了沿着锡马龙河的生命线前行，开辟出了一条从独立城通往圣达菲的小路，满心希望能让原本长达七周的长途跋涉缩短几天。死寂甚至吓坏了一些科曼契人，彼时他们正驱赶着野牛穿越草地。死寂也吓坏了来自俄罗斯的日耳曼人和来自亚拉巴马的苏格兰裔爱尔兰人——这群最后的投机者在经历了两次流放之后，渴望在翻耕过的草皮上搭起窝棚，哪怕土坯屋里爬满蜈蚣和蛇，哪怕雷暴响彻天际时污泥从屋顶漏下来滴落在孩子们身上。

死寂还吓坏了被称作远征队和外乡人的驾车人。他们害怕，是因为他们被迫与一个对陌生人毫无回报的地方建立起一种亲密感，这里的土地和天气很可能是世界上最恶劣、最极端的，它们只有一个要求：

谦卑。

放眼整个大平原，旅客走过的地方远不及他们未曾去过的地方。或者说表面上是这样。沿着同一条直线走一个小时，眼前就会出现地图上的一座小镇——得克萨斯州的崔提镇或者内布拉斯加的伊纳维尔。小镇悄悄地消失了，在某个时候慢慢死去，不曾举行过葬礼，也不曾好好掩埋。

在别的地方，生命的碎片刚刚迈出脚就定格在死亡之中，仿佛罗得之妻①在逃向高地时突然变成了盐柱一般。一座木结构的棚屋掩埋在沙砾之中，唯有屋顶的横梁依稀可见。远处是光秃秃的树丛，果园的枯枝如焦炭一般一碰即碎。那边是一座学校吗？怎么只剩下一根烟囱和两堵墙还立在那里？接下来映入眼帘的是围栏桩，一根根残桩从贫瘠的黄土里凸出来。这些木桩曾经承载着一种信念：南部草原上的一小块土地能长出一种东西，使这里的生活好过厄尔里奇、奥利里或蒙托亚一家抛在身后的那个地方。围栏桩高出地面6英尺多。它们现在埋在地下，只剩下穿过层层沙尘露出来的末梢。

那些雪松木桩和坍塌的家园讲述着这个地方的故事：近十年来，世界上最辽阔的草原是如何被翻了个底朝天；地皮是如何被风吹走，在空中翻飞，倾泻下令人窒息的黑沙。在内布拉斯加、堪萨斯、科罗拉多、新墨西哥、俄克拉荷马和得克萨斯的部分地区，一连许多天笼罩在这层黑纱之中，仿佛在世界尽头的广阔舞台上拉下一块幕布。大地以一种前所未见的姿态抽搐着，彼时每四个成年人中就有一个失去工作。现在生活在这里的人，还有那些从未离开过的人仍然想弄清楚为什么世界会如

---

① 《圣经·创世记》第19节中，天使叫醒罗得一家逃命，特别嘱咐他们一直往山上跑，千万不要回头，也不要在平原上站住，而罗得的妻子在后边回头一看，就变成了一根盐柱。——译者

此对待他们。尽管他们深爱这片土地，心中却仍疑虑重重。留下来是个错误吗？他们会不会是南部平原上的最后一代人？有些人则深感耻辱——因为土地歉收，因为他们难辞其咎。不久前，在伊纳维尔有人发现一位老妇人正在焚烧她丈夫写的一本有关沙尘碗（Dust Bowl）的日记。她的邻居惊呆了：为什么要毁掉如此亲密的家庭记录呢？妇人解释说那种恐怖不值得分享。她希望它永远消失。

围栏的尽头是一些小型农场，那里仍有生命律动，再往前去就是为余下的宅地部分服务的小镇。这里是斯普林菲尔德，又帮巴卡县挺过了一天。它位于科罗拉多东南角的最边缘，东边是堪萨斯，南边是俄克拉荷马狭长地带的无人之地，另一个角则与新墨西哥接壤。到处都是“此地待售”的标志牌。一间小型超市。一只美洲鹫歇在市政厅附近的一座塔楼上。斯普林菲尔德是巴卡县的县府，约摸 4 000 人零散地生活在这片困顿丛生的虚无之地上——每平方英里还不到两人。一百年前，人口密度这么低的县被称为“边疆”。由此看来，这个地方现在拥有的边疆远远超过草皮房子那段时期。这座小镇具有典型的高地平原的特征——那种慢慢走向死亡的颤栗。他们没打算装潢或修补一下破烂不堪的店面。一切原本就是这样。没有耀眼的旗帜，没有丝毫的伪装。

离主街几个街区的地方有一座坚固的石屋。一阵“砰砰”的敲门声之后，一位娇小孱弱的女人应声来到门廊边。

“我找艾萨克·奥斯汀。”

“艾克？”她的声音仿佛来自遥远的过去，“你找艾克？”

“是的。”

“他在梯子那边，在修屋顶。就在后头。”

屋顶很陡，对身手敏捷的人也是种挑战。艾萨克·奥斯汀 86 岁了。他爬到边缘，离地面有 25 英尺那么高。

“你好。”他说。他仍然很矫健，有一双水蓝色的眼睛，满头银发。

"早上好。"

"你想谈谈这场旱灾?"

在南部平原,人们从不说"干旱"①。

进入新世纪后的头几年,他周围的这片土地又干涸了。今年落基山脉的许多地方都没下雪,而下过雪的地方什么都没留下。山上积雪形成的白色水库已见底,而阿肯色河、锡马龙河以及从山峰点点滴滴流淌下来汇入大草原的涓涓细流都离不开它的滋养。对有些人而言,这些人大多年纪太轻,不会懂得这种死一般的干旱和另一个时代如出一辙。他们说这是第二个沙尘碗。

"从'肮脏的三十年代'② 幸存下来的人没有一个相信那件事,"艾萨克一边说,一边用一只脚扒拉梯子,"找不到任何可以比较的。"

艾萨克·奥斯汀在地洞里长大,有八个兄弟姐妹。地洞就是那种——在大草原的地下挖的洞穴,是他们的家。地板就是泥地。而地面上,墙壁是板条围成的,里面没有隔热材料,外面是黑色柏油纸。每年春天,艾萨克的母亲都会往墙上泼开水,烫死刚刚孵出来的虫子。这家人在地洞里以牛粪块取暖,牛粪块被放在一个旧炉子里焚烧,留下一股难闻的粪臭,久久难以散去。厕所在户外,就是地面上的一个洞。水是从地底下一个更深的洞里打上来的。艾萨克的母亲是爱尔兰人;他不确定父亲来自哪里。

"我出生在美国,知道这一点就够了。"

他父亲走的是 1909 年的那条古老的圣达菲小道,那一年国会通过了一项宅地法案,将个人可以探明并拥有的土地面积提升了一倍,高达 320 英亩,以劝导美国人去共有土地的最后一片边疆地带——即大草原西部的不毛之地——定居。最后出台一项宅地法案是个无奈之举,由铁

---

① 干旱(drought)一词在美国南部是 drouth。——译者
② 即 1930 年代的沙尘碗事件(the Dust Bowl)。——译者

路公司和草原各州州议员推动，目的是让人们来这片贫瘠的土地居住，这里除了几个土著狩猎营地和一些13世纪的印第安村庄，一无所有。

奥斯汀一家当时听信了传言：在无人之地的锡马龙河那边要修一座水坝，需要人手。

"他们赶着马拉着车到了那里，却被告知根本没有工作。但是听人说，如果你喜欢这个地方，只要提出申请就可以获得320英亩的土地。他们环顾四周，看到了与科罗拉多接壤的边界，然后说，好吧，这是一片极其平坦的土地，没有一块石头，除了野草外，空无一物。他们铲了一锹地，发现地下不是沙，草根扎得很深，便说'我们就在这里安家吧'。"

艾萨克的父亲46岁就去世了，抛下孤儿寡母10口人在高地平原中央的地底下一个逼仄的洞里过活。奥斯汀一家有了320英亩土地，还有风。风吹动风车，把水从140英尺下的奥加拉拉含水层①抽上来，引到小型蓄水箱里。牲口饮着水，吃着丰茂的草，很快就肥了。水和草，要活下来靠这些就够了。要是风停得够久，奥斯汀一家反而会陷入大地走向沉默时所带来的恐惧。没有风就没有水，就没有牲口，就没法活下去。奶牛产奶和浓稠的奶油，奶油可以运到镇上直接换成面粉、咖啡、糖和一罐劣酒。这家人还有养在笼子里定期下蛋的母鸡，以及一把点22口径的来复枪。

1929年经济大萧条开始时，男孩们骑着骡子去上学。在接下来的9年里，艾萨克会目睹巴卡县的一幕幕疯狂景象。早些时候，一股投机狂潮促使人们疯狂地翻耕土地，以便在一个无法持续的小麦市场上赚到钱。市场过热，导致价格暴跌。雨水迟迟不来——不是单单一季，而是年复一年。没有草根固定泥土，土壤钙化，开始被风吹走。乌云般的沙

---

① 世界上最大的地下淡水资源之一。——译者

尘翻滚着，升上1万多英尺高空，像移动的山脉一样滚滚而来——它们本身就是一股巨大的力量。沙土落下来时弄得到处都是：头发、鼻子、喉咙、厨房、卧室和水井。早上得用铲子来清除屋里的沙尘。最诡异的是周围一片漆黑。人们要给自己绑上绳子才能去几百英尺远的谷仓，就像在太空行走时要把自己拴在生命支持系统上一样。而下午刚过一半，公鸡就打鸣了。

"那时候会一连许多天伸手不见五指。"奥斯汀说，他那代人都是这么说的。他知道有些人不信，就像东部的许多人不信有关沙尘将铺天盖地的最初传言，直到1934年5月一阵风暴把大草原的风沙刮到了全美大部分地区。落在芝加哥的沙尘达1 200万吨，纽约、华盛顿——甚至连远离大西洋海岸300英里的海轮——都盖上了一层棕色的毯子。

牲口的眼瞎了，窒息而死。农民切开它们的肚子发现胃里全是细沙。马匹在风暴中狂奔。孩子们咳到呕吐，被医生们所说的"尘肺病"折磨得奄奄一息。绝望之中，家家户户都把孩子们送走了。抱一抱爱人或者握一握别人的手，如此本能的动作都会使两个人摔倒，因为尘暴产生的静电太强了。艾萨克·奥斯汀一生经历了1918年的大流感、美国历史上最严峻的大萧条以及将世界变得四分五裂的大战。他说没什么能与1930年代的那场黑色沙尘暴相提并论，那个时候，就连生命中最简单的事——呼吸——都成了一种威胁。

沿着巴卡县的公路朝北走，围栏指引我们找到了另一位亲历者珍妮·克拉克那里。草原的阳光很刺眼，她眯起双眼，心绪被记忆搅动。与她终生相伴的氧气瓶就在她身边一个带轮子的手推车上。她在这里生活了大半辈子，至今仍孑然一身。笑对珍妮·克拉克而言太难了，但她的个性如同塞尔兹尔矿泉水，总是喜欢笑。她因尘肺病而伤痕累累的肺，是这个故事的一个小片段。医生最初检查她的肺部时都以为她得的肯定是肺结核。不是的，先生。那是 1930 年代的黑色沙尘暴造成的。

"我还是会做噩梦。"她说。

珍妮的母亲露易斯·沃尔顿是百老汇的舞者和演员，生性活泼，时髦张扬，在《乔治·怀特的丑闻》中出演过一个角色后，似乎前途一片光明。但是，纽约的夜生活和艰难度日对她伤害很大。她的健康每况愈下：呼吸变得很不稳定。医生开的药方是：到西部去，到南部草原，到西部去呼吸空气。她乘火车从纽约出发，一路经过芝加哥、圣路易斯、托皮卡和花园城。最终，她在科罗拉多的拉马尔下了车，感觉就像到了另一个星球。四周没有一丝绿意，夜晚没有灯光。没有人的动静，也没有工厂的轰鸣。天啊，到处都是平地，就像一片棕色的海洋。一个陌生人问露易斯："你到这里来干什么？"

"为了这里的空气，"她说，"为了来呼吸空气。"

这种换个环境的治疗方法对另一些人很有效。19 世纪以来，西部平原一直是"肺病患者"的天堂，患有呼吸道疾病的朝圣者这么称呼它。不只有赫里德医生，这位在家上学的迷人牙医来堪萨斯是为了治疗他的肺结核的。在这片干旱地带，每个达到一定规模的小镇都建有设施齐备的疗养院。有一段时间，科罗拉多城里到处都是操着英国口音的人，他们是为躲避英国城市里被工业污染的空气而来，因此这里人称"小伦敦"。一位医生在火车站遇到了露易斯·沃尔顿，给她指出了通往镇上最美丽的建筑——医院的路。

几年后，露易斯的健康状况的确有所改善。她又充满了活力，嫁给了一位大牧场主，生下了小女孩珍妮。这位百老汇舞蹈演员与大牧场主以及他们年幼的女儿刚刚在平原上开始新生活，头顶上的天空就带来了致命的威胁。到 1934 年，土壤就像细细筛过的面粉，一连许多天天气热得连出门都变得有危险。在俄克拉荷马的维尼塔，一连 35 天气温高达华氏 100 度。第 36 天，竟然飙升至华氏 117 度。当然，那时候还没有空调，南部平原的大部分农民甚至还没用上电。

沙尘像指甲锉一样擦过皮肤，力道大得让人生疼。人们把凡士林抹在鼻孔里过滤沙尘。红十字会向学校分发了呼吸面罩。家家户户都把湿毛巾塞进门底下，每天晚上还用刚刚打湿的床单遮挡窗户。床单变成了土褐色。在学校，纽约舞蹈演员的女儿珍妮·克拉克经历过多次防沙尘暴演习。风暴来袭时往往毫无征兆。在没有卫星云图的情况下，天气预报依据的是大气压变化，但是这种办法鲜少能赶在飞驰的泥土前头提醒大家。沙尘暴一路奔袭，在到达邻镇后才被人察觉，然后电话通知采取行动。

"校长会把每个人喊出教室，说：'回家去！现在就走。赶快！'"

1935 年 4 月中旬的一个星期天，黎明时分是宁静的，晴朗无风。到了下午，天空变成了紫色——仿佛病了一般——气温骤降。人们望向西北边，看见一个顶部不规则的东西正在移动，遮住了地平线。空气中的电荷噼啪作响，啪嗒，啪嗒，啪嗒。鸟儿们尖叫着俯冲下来寻找庇护所。黑墙渐渐逼近，汽车上的收音机敌不过静电干扰，"咔嗒"一下没了声响。点火装置短路了。沙浪横扫路面，犹如海水漫过船头。汽车接二连三冲进了沟渠，一列火车脱了轨。

妈妈惊慌失措地大声叫她时，珍妮·克拉克正在外面玩耍。

"我觉得自己好像被卷入了旋涡，"她说，"突然之间周围一片漆黑，什么也看不见。"

那是个黑色星期天，1935 年 4 月 14 日，那天有史上最可怕的沙尘暴。风暴裹挟的泥土相当于开掘巴拿马运河时挖出的泥土的 2 倍。运河 7 年才挖好，而沙尘暴只用了一个下午。那一天，30 多万吨的大平原地表土在天空飞舞。此后几周，8 岁的珍妮·克拉克咳个不停。她被送去了医院，那里有几十个孩子和几十个上了年纪的病人，他们吐出来的全是细沙。医生诊断珍妮得的是尘肺病，棕色瘟疫，还说她可能活不久。医生的话，珍妮的母亲简直难以相信。她就是冲着这里的空气来的，她的宝贝女儿现在却因此奄奄一息。

往南走，在平原最西边的高处，一个饱经风霜的牛仔正在田野里放马，附近是他在得克萨斯的达尔哈特盖的房子。这块狭长地带又起风了，风滚草倒向围栏，围着棉白杨的叶子打转。迈尔特·怀特的步履缓慢而僵硬，是骑手晚年特有的那种步态。

"得下点雨才行。"他说。

怀特想起了做造雨生意的人在"肮脏的三十年代"穿街走巷的情景。达尔哈特的人集资请一个名叫特克斯·桑顿的人来人工降雨。当时，地上已经寸草不生。桑顿在空中引爆了各种烟火，就像他答应的那样。但干旱仍在继续，一天又一天，都是晴天白云。

与迈尔特·怀特一起长大的人几乎都过世了。在达尔哈特，得克萨斯狭长地带的一些市民领袖发誓决不离开这里，要在此坚守到最后一刻。如果说大自然乱了套，那么我们将倾自己所有来抗争，他们在市镇会议上这么说。每个星期天，一群手执长棍的人会把野兔赶进畜栏，敲碎它们的脑袋。有一段时间，成群的蝗虫遮天蔽日。为消灭它们，镇上的人在国民警卫队的协助下把砒霜、糖浆和麸皮混在一起洒进田里。迈尔特·怀特很难受，他厌倦了这一切：人们疯狂地捕杀野兔，蝗虫肆虐如瘟疫，小镇上随时都有人死去，天上没有送来任何慰藉。大地出了问题。

"上帝创造这片土地不是让人耕种的，"怀特说，"而是让印第安人和野牛生存栖息的。人们糟蹋了这片土地，几乎破坏殆尽。"

沙尘暴来势汹汹，就连"留守俱乐部"的发起人都开始搬出这里，但怀特一家留了下来。他们被困住了，没有钱，看不见未来，孩子们还很小。巴姆·怀特病了,迈尔特接过了父亲的一部分养家责任;日子很艰难。他是个脾气暴躁的孩子,经常跟人打架。其他孩子嘲笑他的肤色,他的皮肤看起来在太阳下暴露得太久,即便冬天也不例外。一个星期天,迈尔特向来家里做客的亲戚问起了他们家族的渊源。嘘,孩子。亲戚让他闭嘴。迈尔特没问下去。最终,一位姑母告诉他,他身上有阿巴契人和切罗基人的血统。她要他绝不告诉任何人——这是家族的秘密。

"有印第安人的血统是种耻辱,"他说,"她是那么告诉我的。"

但从那时起,怀特理解了自己内心的某些愤怒。他是印第安牛仔,他不会离开小镇。不过,要是有人发现了他的秘密怎么办?

最严重的时候,沙尘碗覆盖了一亿英亩土地。扬沙横扫了北部平原,但灾害中心仍在南部平原。一片与宾夕法尼亚州面积相当的土地遭到毁灭,人们纷纷出逃。1930 年代,超过 25 万人因沙尘碗而背井离乡。如今环顾四周,大多数人似乎只是匆匆穿过南部平原或者惊恐万状地离开。但事实并非如此。约翰·斯坦贝克的故事只讲了一半,只说到人们背井离乡,移居有绿树青草的地方,没提那些人是为了逃离沙尘暴。但是,斯坦贝克的流亡之路是从靠近阿肯色州的俄克拉荷马州东部开始的——大都是受到经济衰败影响的佃农。处于黑色沙尘暴中心地带的家庭则生活在西部更深处,比如俄克拉荷马的盖蒙和博伊西城,或者得克萨斯的达尔哈特和福莱特,抑或堪萨斯的罗拉和吉斯梅特。没有多少人听说过这些留守者的故事,这些人或是因为没钱或是因为缺乏意识;或是出于忠诚或是顽固而畏缩不前,按照他们银行账户上的全部家当来看,他们相信明天。然而,生活在沙尘碗中心的大多数人,1930 年人口的大约三分之二,在那艰难的十年中从未离开。

彼时那里是一个失落的世界,现在也依然如此。政府视之为抛荒的土地，在这片土地上，印第安人遭受过背叛；日裔美国人在二战期间被强行送进拘留营；德国战俘被关押囚禁。如今这里只有养猪业和监狱还在蓬勃发展。在过去半个世纪里，数个城镇破败凋敝，所有的县都被抛弃，留守的只剩下老人和垂死之人。飓风掩埋了更南面的城市街区，龙卷风所到之处万物皆毁，野火从一个地平线烧到另一个地平线——所有这些，南部平原都经历过。但是没有哪个能与黑色尘暴相提并论。美国气象学家将1930年代的沙尘碗评为20世纪头号的气象事件，历史学家走过这片满目疮痍的大地时，感叹这是美国最严重的、持续时间最久的环境灾难。

"对美国土地的破坏没有哪一次比这次更大更持久。"历史学家唐纳德·沃斯特写道。

此后，一些农民变了：他们更加尊重土地，建立了土壤保护区，重植草皮，誓言绝不再重蹈覆辙，绝不再让自己所生活的大自然崩溃、孩童因呼吸疾病而丧命。许多承诺仅仅持续了一代人的时间，随着全球农产品时代的到来，黑色尘暴已成为遥远的战争，在新一轮"点谷成金"的狂潮中被人遗忘了。

如今，有关那个时代的叙述并没有仅仅掩埋在围栏桩和木乃伊似的宅地之中。经历过这一切的人仍生活在我们中间，守护着尚未褪色的记忆。他们曾目睹1920年代大规模的城镇建设、农场发展壮大以及家庭兴旺富足，而随后十年里却遭到大自然的反戈一击，所有的生活场景都好像画面模糊的黑白电影。不过，在最后一批见证者渐渐远去之前，他们还有故事要讲。

第一部分

承诺：大开垦，1901—1930

第一章　流浪者

当巴姆·怀特醒来听到了坏消息时，这个五口之家已经坐在一辆破旧的马车上颠簸了六天。他的一匹马死了。这在 19 世纪就相当于汽车爆胎，只不过那是 1926 年的冬天。怀特一家没有钱。他们正从科罗拉多州拉斯阿尼马斯寒冷的高地沙漠迁往阿马里洛以南的得克萨斯州利特菲尔德，去开始新的生活。巴姆·怀特是农场帮工，热爱马和辽阔的天空，那个时候牛仔正在成为得克萨斯博物馆里的展品，好莱坞电影中的偶像。不到一年，查尔斯·林德伯格就驾驶他的单翼飞机飞越大西洋，涂了黑脸的白人在电影银幕上开口讲话。一座座大农场围起了栅栏，分成块，再进一步细分，翻耕，然后落到城市建设者、石油钻探者和种田人手中。得克萨斯人口最少的地区向各种商机敞开了怀抱，在"咆哮的二十年代"意气风发。一夜之间，新城拔地而起，到处是银行、剧院、通了电的街灯和餐馆，后者供应从加尔维斯顿用火车运来的海鲜，熙熙攘攘，好不热闹。留着八字胡，走路内八字，脸色像葡萄干一样的巴姆·怀特，误打误撞地被卷入了这个错误的时代。他计划前往利特菲尔德，那里的冬天不像科罗拉多那么恶劣，他想看看那些穿着花哨的新农场主是否需要脑子灵光的帮工。而且，据说一家人也总能找到摘棉花的活计。

现在他们被困在了无人之地，这片后来才发现的条状区域位于俄克拉荷马狭长地带的最西端，打个喷嚏的工夫就能到得克萨斯。日出后，巴姆·怀特安抚了剩下的马匹，检查了马蹄，发现已经磨得凹凸不平，他凝视着它们的眼睛，试图评估这些动物的状况。它们摸上去都是骨头，因为向南赶路和日渐减少的草料而瘦弱不堪。可这家人还没走完他们背井离乡之路的一半呢。前方还有 209 英里的路，要穿过得克萨斯高耸而干旱的屋脊，渡过加拿大河，绕开狭长地带刚刚冒出来的几十个小村落：怀尔多拉多、拉兹布迪、弗拉格、厄斯、瑟克尔、穆尔舒、普洛格莱斯和瑟克尔拜克。

如果你们大家能再多跑两三天时间，怀特对他的马说，我们会让你们好好休息的。至少送我到阿马里洛。

巴姆的妻子莉兹讨厌无人之地给人的感觉。风吹得很急，随之而来的寒意让身上的热气根本存不住。到处破败不堪。正是在这里，大平原倾斜了，其西部边缘地带仅仅高出海平面一英里，而大多数人几乎觉察不到。这家人考虑卖掉他们最值钱的物品——风琴，他们可以在博伊西城卖掉它，换到足够的钱再买一匹马。他们四处叫卖，可这件祖传的风琴现在只值 10 美元——根本不够买马。不管怎样，巴姆·怀特都很不下心来出手。从那个盒子里奏出的音乐带给他最美的回忆，陪伴他度过了那些最艰难的岁月。他们将朝着 20 英里外的得克萨斯前进，不过速度慢了很多。埋葬了那匹马之后，他们继续向南。

在无人之地，这家人的马车经过刚刚翻耕过的田野，野草东倒西歪。坐在熄火的汽车里的人，冲着马车上的牛仔之家大喊大叫，狂按喇叭，搅起的阵阵尘土飞溅到他们脸上。孩子们不停地问是不是快到得克萨斯了，那里跟俄克拉荷马这片狭长土地是不是不一样。他们在锡马龙县没看到什么树，连马吃的青草也没有；草皮还没翻过就冻成了褐色。风车打破了原野上的平静，附近是地洞、草皮屋以及尚未成形的村落。中午休息了很长一段时间，孩子们在水牛打滚的坑边玩耍，大地上一片狼籍。"锡马龙"是源自墨西哥语的混合词，可追溯至曾经在类似的水牛坑里度过了许多个夜晚的阿巴契人，意思是"流浪者"。

东南方向几英里处，考古学家刚刚着手整理一个失落的村庄，早在700多年前，当地人就在那里建造了一个小型的城市综合体，旁边就是加拿大河，该地区唯一可靠的活水。人们在那里生活了近两个世纪，有关其活下来的秘密，他们只留下了少量隐秘的线索。1541年，当弗朗西斯科·巴斯克斯·德科罗纳多带领一支由牛群、士兵和牧师组成的寻宝队途经高地平原时，他发现阿肯色河沿岸只有屈指可数的几个村庄，房子都是用编结在一起的草盖的，当然，这里没有他期待的黄金之城。他的计划以失败告终。追踪野牛的印第安人走过这里，巴姆·怀特的一些远祖——阿巴契人的祖先克雷乔斯人——可能就在他们当中。西班牙人带来了马，这对平原印第安人经济的影响与铁路对中西部地区盎格鲁村庄的影响如出一辙。部落规模变大，实力变强，能够去更远的地方狩猎和贸易。在18世纪的大部分时间里，阿巴契人控制着狭长地带，接着是"平原之王"科曼契人。他们从怀俄明东部迁徙而来，肖松尼族人曾生活在普拉特河上游流域。有了马，科曼契人便能向南移动，在南部平原广袤的带状区域狩猎和劫掠，这片区域的一部分今天在堪萨斯、科罗拉多、俄克拉荷马、得克萨斯和新墨西哥境内。在18世纪中叶的鼎盛时期，他们约有2万人口。对于少数在宅地运动之前见过他们的白人来说，科曼契人看起来像是从平原的草丛里突然冒出来的。

"他们是我在所有旅行中见过的最非凡的骑手。"画家乔治·卡特林如是说。1834年，他曾随一支骑兵队前往南部平原执行侦察任务。

科曼契人实行一夫多妻制，这让许多进入部落的皮草商开心不已。赤身裸体的科曼契妇女本身就是一幅行走的壁画，全身布满了叙事性文身。隔着很远，印第安人就用手势交流，它是手语的一部分，是为了避免在风中听不清彼此说的话而想出来的。科曼契人饲养马和骡子，这是

19世纪最可靠的货币，可以卖给前往加州的淘金者和前往圣达菲的商人。其间，他们也与得克萨斯人开战。科曼契人对得克萨斯人的憎恨超过了对其他任何族群的。

大约从1840年起，得克萨斯共和国成立了得克萨斯骑兵队，追捕印第安人。骑马的科曼契人是平原上最骁勇的战士，他们很难对付，发起进攻来则更可怕。多年来他们骑马全速追捕野牛，因而天生就比骑兵具有技术优势。一旦战斗打响，他们就会发出巨大的有节奏的叫喊声，如同球场上的欢呼。突袭之后，他们稍作休息便会重返战场，这一次他们穿戴着偷来的战利品，甚至包括妇女的裙子和软帽。他们为杀死得克萨斯人而自豪。

"他们把悲伤带进了我们的营地，如果牛群遭到袭击，我们就像公牛一样冲出去，"科曼契人的酋长"十只熊"在1867年这样说，"我们发现一个就干掉一个，剥下他们的头皮挂在我们的小屋里。白种女人在哭，而我们的女人在笑。科曼契人可不是才出生七天的小狗崽，又弱又瞎。"

科曼契人把战死的士兵埋在小山上，如果能找到的话，然后会杀掉战士的马陪葬。野牛给了他们需要的一切：御寒蔽体之物、栖身之所以及工具，当然经过风干、熏烤、炖煮，牛肉还是不错的蛋白质来源。一些印第安人的圆锥形帐篷需要20张野牛皮拉伸后缝合起来，有250磅重，可以携带。动物的胃晾干后，可以装食物或盛水。就连牛筋也被善加利用，制成弓弦。为了丰富饮食，还有野李子、葡萄、在平原交界处由泉水灌溉生长的黑醋栗，以及羚羊、艾草松鸡、野火鸡、草原鸡等，尽管许多科曼契人认为吃禽类是不洁的。

该部落有一份由美国总统签署并经国会批准的协议，即1867年的《梅迪辛洛奇条约》，它承诺科曼契人、基奥瓦人、基奥瓦-阿巴契人以及其他部落在美洲大沙漠的大部分地区，即阿肯色河以南区域内有狩猎权。当时，在从一个海岸到另一个海岸的"命定扩张说"① 中再也没有一块被贬低的土地了。内战后，潮水般涌入西部的安家者（nester）和农夫本可以拥有平原上更加湿润的土地，即西经 100 度以东得克萨斯盖层悬崖（Caprock Escarpment）之外的地方。印第安人得到的是没人愿意要的地方：西部干旱的草原。早些时候，科曼契的商人将这片区域的腹地称为"Llano Estacado"（埃斯塔卡多平原），意为"立桩平原"。因为这里一马平川，平淡无奇，人们在地上立桩来指引方向，否则会在一望无际的平原上迷路。立桩平原留给了猎杀野牛的土著。

在签订协议时，"十只熊"试图解释为什么印第安人热爱这片高地平原。

"我出生在这片随时会起风的草原上，没什么能阻断太阳的光芒。我出生的地方没有围栏，万物都能自由地呼吸。我希望长眠于此，而不是埋在围墙之内……白人已经夺走了我们深爱的家园，我们只希望能在草原上流浪，直到死去的那一刻。"

协议签完没几年，盎格鲁猎人就强行闯入协议划定的土地，杀死数百万头野牛，囤积大量牛皮和牛角运回东部牟取暴利。1872 年到 1873年，短短两年间就有 700 万磅的野牛舌从堪萨斯的道奇市运出，当时的一名政府官员估计约有 2 500 万头野牛被杀。铁路终点站上成堆的牛骨被太阳晒得惨白，做成肥料每吨可以卖到 10 美元。在这群嗜杀成性者当中有个职业猎牛人，名叫汤姆·尼克松，他自称曾在 40 分钟内杀死过 120 头动物。

得克萨斯人完全无视《梅迪辛洛奇条约》，声称从得克萨斯共和国时代起，得克萨斯土地就属于得克萨斯人，不能作为美国公共土地的一部分拱手让人。当野牛数量越来越少，印第安人开始猎杀盎格鲁人的牲

---

① manifest destiny，1845 年创造出来的一个短语，表达了推动 19 世纪美国领土扩张的哲学。它的拥护者相信，美国被赋予了向西扩张至横跨北美大陆的天命。——译者

畜。在夸纳·帕克和其他首领的带领下，科曼契人还袭击了位于加拿大河正北面奥多比-沃尔斯的贸易站。帕克有着王者相貌和超凡魅力，性格温和得像个女子。他的名字意为"甜美的味道"，人们认为是他母亲起的，一个9岁时被掳走而后被当成科曼契人养大的得克萨斯人。她嫁给了部落里的人，生了3个孩子，包括"甜美的味道"。在辛西娅·帕克作为印第安人生活了24年之后，得克萨斯骑兵掳走了她，并杀害了她的丈夫——酋长佩塔·诺克纳。她恳求骑兵们让她回到印第安人中间，但他们不放。

在1874年至1875年的红河战争中，科曼契人被击溃。其中一战就发生在帕罗杜洛峡谷，联邦军的6支纵队袭击了一个印第安人营地，打得他们措手不及。土著们落荒而逃。联邦军杀掉了1 048匹马，使得"平原之王"在接下来的战斗中无马可骑。光靠两只脚走，再加上饥肠辘辘，他们根本不是菲利普·谢里登将军及其工业时代武器的对手。土著们被赶到了俄克拉荷马印第安保留地的多个营地，他们的一些首领则被关押在佛罗里达。"甜美的味道"晚年娶了7个女人，造了座大房子，还靠着有致幻作用的仙人掌佩奥特和酶斯卡产生的反应创立了一种土著宗教。而这种求兆①行为最终获得了最高法院的支持，成为受保护的宗教形式。在科曼契保留地规划完成并迁往埃斯塔卡多平原之后的5年里，最后一批野牛被赶尽杀绝。然而就在几年前，野牛群还遍布方圆50英里的平原上。野牛是印第安人的衣食来源，南方大牛群的残余部分，每一头都被赶出了这片土地，以确保不会再有任何印第安人在得克萨斯的狭长地带游荡。

"为了永久的和平，"谢里登将军1875年对得克萨斯州议会声称，盎格鲁人应该"杀尽每一头野牛，剥了它们的皮卖掉，直到它们灭绝。然后

---

① vision quests，印第安文化沿用了千年的古老仪式。——译者

你们的平原将到处都是带斑点的牲口和快活的牛仔……先进文明的先驱"。

动物留下的粪便被晒成了干，安家者们拿去焚烧，给地洞和棚屋加热，直到用得一块不剩。

没了野牛和印第安人，大草原上一片孤寂；清除这一切只用了不到10年的光景。胜利之余，美国政府却不确定该如何处置这片土地。

"高地平原一直以来就是美国最诱人的处女地，在最佳利用方案出炉前仍将如此，"美国地质调查局在20世纪初的一份报告中这样写道。

在得克萨斯边界，怀特一家进入了XIT牧场①——更准确地说是其遗址。实际上，巴姆·怀特一辈子都在听人说起这片得克萨斯的伊甸园，传说这片土地上长着齐腰高的须芒草，低矮而坚韧的水牛草皮，还

1960年代末或1970年代初，冬季，俄克拉荷马州科曼契印第安人的帐篷

---

① 得克萨斯狭长地带的一家养牛场，从1885年经营至1912年，占地面积超过300万英亩，覆盖了得克萨斯州近10个县，XIT即"Ten in Texas"。实际上是为了阻止偷牛贼而造。——译者

有营养丰富的格兰马草，科罗纳多一些人称这里为"一望无际的草地"。无边的地平线，水牛的天堂，牧人的梦想，XIT曾是新世界魔法的馈赠之一，这片草地覆盖了美国和加拿大21%的土地，是北方森林之外美洲大陆上最大的单一生态系统。仅在得克萨斯，草原就覆盖了三分之二的面积，养育了470多种本地物种。实际上，在整个狭长地带，约2 000万英亩的土地都是草地。春天，绒毯般的草地上野花星星点点，清风拂过，大地仿佛在奏着乐曲。在1926年欣赏这些，哪怕是在冬眠时节，也会令像巴姆·怀特这样对明天满怀希望、热爱无边无际的天空和大地的人欢欣鼓舞。

薄暮时分，气温升高，天空的云翻滚起来，雷暴云从东边冒出来。一年中这个时节乌云来得还是太早了，不足以打起闪电降下冰雹，但是这种情况常常发生，人们看到头顶上出现这些警示就会采取预防措施。巴姆为他的马发愁，它们神情悲伤，筋疲力尽。与高地平原上的大多数牛仔一样，他偏爱深色的马匹，巧克力色或皮革棕色，认为这种颜色的马匹不太容易被闪电击中。他有一匹马的毛色较浅，不是很接近米色，只是浅得足以将雷电引到它身上来。巴姆从未真的见过一匹毛色浅的马一碰上闪电就烧起来的事，但他听说过许多传言。他的一个朋友曾亲眼看见一头奶牛被闪电击中而死。巴姆环顾四周：这里没有他们从北方过来时见到的垂悬的岩石，也没有小的河谷。该死，XIT牧场的那些牛仔以前是怎么做的呢？如果那些牛仔没有庇护所也能躲过雷电，那他巴姆·怀特也能。

XIT的故事，得克萨斯的每个人都有自己的讲法。没有这个牧场，就没有州议会大厦，它是这一切的老祖宗。内战结束15年后，得克萨斯想建造一座全美最大的议会大厦，一座锃亮的红色花岗岩宫殿。为给这件全新的石头展品筹款，州政府提出在遥远的狭长地带拿出300万英亩土地给任何愿意建造这幢建筑的人。各印第安部落被安置到保留地之后，查尔斯·古德奈特把 1 600 头牛从科罗拉多转移到帕罗杜洛峡谷。当时，草是免费的，吸引了来自两个大陆的其他盎格鲁游牧民和投机客。1882 年，芝加哥的一家公司组建了议会大厦辛迪加（the Capitol Syndicate），这群投资者在同意修建议会大厦后获得了 300 万英亩土地的所有权。建大厦将花费 370 万美元，也就是说一英亩才 1.23 美元。辛迪加把英国一些大投资者拉进了这笔生意，其中包括阿伯丁伯爵和几位议员。在那之前，大平原的牲口市场就已经是许多保守党鸡尾酒会上的谈资了。诸如《如何在大平原致富》这样的书籍则教人如何能在 5 年内获得翻倍的投资回报。

牧场空荡荡的。没有人，没有野牛，没有公路，没有农作物；只有草——300 万英亩的草。

"在 80 年代末那些清爽宜人的季节，这片土地宛若天堂。"早年的一位牧场主韦斯利·L·霍基特写道。

黄昏时分，天空在一望无垠的草皮映衬下发出粉红色的亮光，牛仔会感动得掉泪，太动人了。XIT 牧场的大部分土地位于埃斯塔卡多平原的腹地，科曼契人曾在那里游荡。与科曼契人一样，牛仔也发展出了他们自己的手语进行远距离交流。辛迪加在草原上放牧，架起风车打水供牲口饮用，还竖起了围栏。带刺铁丝网是 1874 年发明的，到 1880 年代早期，牧场主们在草原上铺得到处都是，把免费的草场圈了进去。1887 年，XIT 牧场有 15 万头牛，围栏绵延 780 英里，围栏内的土地很快就成为世界上最大的牧场。

XIT 牧场是狭长地带之主，不仅是地主，法律上也是它说了算。牧场的人组建的治安团驱赶侵入牧场的人或偷牛贼，撒毒药消灭想尝一口 XIT 小牛犊的狼群和其他动物。铁路支线延伸到牧场时，各个镇上都建起了牲口运输点，从而引来了商人、牧师和其他出卖肉体与灵魂之徒。这是牛仔的美好时光，每个月挣 30 美元，只需修修围栏、放放牧，太阳下山时吃点东西。黑人或墨西哥牛仔的活更多。有个人，大家都叫他"黑鬼吉姆·佩里"，是 XIT 牧场唯一的黑人牧牛工。

"要不是因为我这张黑脸，"佩里说，"我会当上工头。"

XIT 牧场禁止赌博、饮酒，未经许可不得对任何东西开枪。在牧场之外，铁路沿线的小镇兴起了完全不同的一套法规。其中一个小镇就是达尔哈特，1901 年，它诞生在两条铁路线的交汇处，一条往北通向丹佛，另一条往东通向堪萨斯的利伯勒尔。在达尔哈特，XIT 牧场的牛仔可以要一杯酒，可以在一把纸牌中输掉一个月的薪水，然后在一个被称为"妓院"的简陋棚屋里寻欢作乐。

然而，即使坐拥世界上最肥沃的草原，有 325 架风车从辽阔的大地下抽水，食肉动物已被消灭殆尽，还有绵延几千英里的带刺铁丝网以及戒严令对偷牛贼的管控，得克萨斯州最大的牧场仍然难以营利。在邻州的平原，开放性牧场上到处都是牛群，以致价格暴跌。一年中天气可能变脸 7 次，其中 6 次都会危及生命。干旱、暴风雪、草地火灾、冰雹、山洪暴发以及龙卷风折磨着 XIT 牧场。屈指可数的好年景和好价格之后，是太多的可怕年份，还有因干旱或天寒地冻而导致的大规模死亡，这使得股东们怀疑这片该死的狭长地带到底有什么用。野牛视力很差，通常分种群而居，但它们是有史以来最能适应平原气温的，既能承受夏天华氏 110 度的酷热，也能忍耐冬天华氏 30 度的严寒。然而，牛是脆弱的。1885 年至 1886 年的冬天，南方平原上的牛群几乎灭绝，翌年，第二个致命的严寒又给北方平原带来了同样的厄运。牛仔们说，他们沿着加拿大河北面的围栏堆积起来的雪蜿蜒地走了 400 英里，进入新墨西哥境内时，每走一步都会踩到冻死的动物。

英国投资者期望从得克萨斯这片不招人喜欢、几乎荒无人烟的土地上获得更好的回报，迫于压力，辛迪加转向了地产业。问题是，如何将这片只有有蹄草食动物才会喜欢的土地出手。XIT 牧场的部分土地风景宜人：春天将近时的田园风光，红色的岩石和小小的峡谷打破了高地平原的一马平川。这里也有一些木材，但不足以作为燃料或建材。天上落下的东西还不够传统作物的生长，而极高的蒸发率又使得真正的降水看起来太少了。在狭长地带降雨量要到 22 英寸才能达到密西西比河谷上游 15 英寸降雨量所能达到的湿度。本地作物如豆科灌木可以把根部延伸至地下 150 英尺之深。

还有更大的形象问题。

"美洲大沙漠"一词，是史蒂芬·朗 1820 年在这片树木不生的荒野中探险时首次使用的。后来，这个词被印在了引导拓荒者大篷车向西行驶的地图上，直到内战结束后，美洲大沙漠被更名为大平原，这个词还在地图上。1806 年，泽布伦·派克为托马斯·杰斐逊的路易斯安那购

站在本地尚未开垦的草地上的男人，科罗拉多巴卡县

地案勘察了南边的一半土地，他在向总统提交的报告中将其比作非洲的撒哈拉沙漠。杰斐逊差点崩溃。他害怕要花一百代人的时间才能解决地图上的这片空白。这是一片浩瀚的空荡荡的海洋，经过这里的美国人总是用"平淡无奇"和"令人恐惧"之类的字眼来形容他们看到的景象。

"一片人迹罕至的偏僻荒原。"罗伯特·马西在探索了红河源头之后写道。马西对该地区的看法与朗相同，朗是派克之后颇具影响力的美国探险家。在进行过广泛的调查后，朗在1820年写下的一些话今天看起来仍然有着非同寻常的预言性：

"对于美国这片幅员辽阔的地区，我本人毫不犹豫地给出如下意见：这里几乎完全不适合以农业为生的人居住。"

解决辛迪加问题的办法就是竭尽推销之能事。为什么呢，这片荒原可能会变成英格兰或密苏里，只要耕种方式得当。各种宣传册在欧洲、美国南部以及美国主要入境口岸分发。"50万英亩土地当农庄卖"，而且很便宜，一英亩土地只要13美元。每个月两次，辛迪加公司的地产经纪一凑足500人，把他们送上从堪萨斯城开往得克萨斯狭长地带的火车，让他们亲眼去看看这片土地，而且火车免费坐。

从辛迪加手上买了土地的投机者回来后还会添油加醋一番。"土地肥沃，风调雨顺，一派欣欣向荣。那是一个正在形成的帝国!"这是W·P·索西的宣传口号，他是艾奥瓦州的地产商，购买了XIT牧场的大片土地并全部卖了出去。"趁着土地便宜的时候赶紧在得州买个农场——那里人人都是地主!"

为了证明埃斯塔卡多平原的农业生产潜力，辛迪加建起了试验农场，向移民展示如何在得克萨斯平原上大赚一把。在这件事上，他们是跟农业部官员合作的。嗯，当然，这里的年降雨量不到20英寸，这个数字是公认的无需灌溉就能种植作物的门槛，不过，通过旱作农业创造的奇迹，人们可以将这片土地变成黄金。架起风车就能给你的猪、鸡和

在俄克拉荷马与得克萨斯边界骑马的牛仔，1885 年

菜园抽上水来。而旱地小麦根本就不需要灌溉。秋天播下种子，一点点水分就能让它们生根发芽，冬天任其冬眠，然后等着春雨让其再次生长，夏天便可收获。随便哪个笨蛋都能办到，地产经纪们说。至于翻耕过的地，建议农民用尘土覆盖根部，以便把地表土层固定在原地，减少蒸发量。这是来自内布拉斯加州林肯市的旱地农业倡导者哈迪·坎贝尔反复宣扬的，政府则通过狭长地带的农业办公室为他的理论背书。每个安家者手上都有一本《坎贝尔土壤耕种手册》——一本反复强调只要照着做就能保证丰收的指导书。更重要的是，耕作行为本身造成的动静会影响大气，从而带来额外的降水。犁地之后会下雨？没错！圣达菲铁路公司印制了一份看起来颇为正式的进度图，上面标出了降雨路线——每年 20 英寸甚至更多——随着铁路沿线的新城镇，每年向西移动大约 18 英里。还有科学说法肯定，火车喷出的蒸汽也会让天空降下雨来。

经验丰富的 XIT 牧场帮工们对这些说法嗤之以鼻；牛仔们则说示范项目都是骗钱的。他们警告任何愿意倾听的人，狭长地带的草皮一块都不能破坏。以尘土护根？时速 30 英里的风刮个不停，尘土如何保得住土壤中的水分？这片土地海拔高，温度低，降雨量小，几乎一棵树都活不了。至于降雨量，全县年平均降雨量约为 16 英寸，按传统标准，根本不足以维持庄稼的生长。达尔哈特海拔 4 600 英尺，寒冷的北风会从加拿大经落基山脉刮来，能把人吹得骨头都哆嗦。狭长地带只适合一件事：种草——上帝的草，无边无际的本地草毯。大多数土地上长的都是低矮的水牛草，即使在最干燥、最寒风刺骨的年份里也能防止土壤流失。这片草皮曾养育了美国南方的野牛群，其数量多达 3 000 万头。

最好的一面是朝上的，牛仔们常常这么说——看在上帝的分上，别把它们翻到地底下去。安家者和牛仔互相憎恶，都认为对方想把自己从这片土地上赶走。拥有宅地者被嘲笑为戴帽子的朝圣者、泥腿子、金鱼眼、旱地货、大嗓门、虔诚的疯子。牛仔则是马背上的享乐主义者，总是醉醺醺的，还性饥渴。至少这些牧牛人在一点上是一致的，他们试图告诉来西部安家者一句在 XIT 牧场流传多年的话，一句高地平原的格言：

"打水要挖几英里，伐木要走几英里，到地狱只要六英尺。"

辛迪加要让伦敦的债券持有人满意。到 1912 年，最后一批 XIT 牧场的牛群也被赶走了，用来抵消修建得克萨斯州议会大厦的资金的土地已经不再是尚在运转的农庄。4 年后，查尔斯·古德奈特在其位于帕罗杜洛大峡谷的牧场举行了他所称的"最后一次猎牛行动"。1 万多人来此观看一个老牛仔追赶一头进口的水牛，如同跛子编舞，完全是场闹剧。1926 年，当巴姆·怀特和他的家人千辛万苦地来到得克萨斯时，XIT 牧场原来 300 万英亩的土地只剩下 45 万英亩没有开垦。

第二天晚上，这家人在达拉姆县北部过夜，这里到达尔哈特乘马车要走一天。雷暴云与他们擦肩而过，向更东边奔去。巴姆·怀特在漆黑的冬夜起身，又给他的马队做了一次动员。

我们现在到得克萨斯了，再坚持坚持吧，一段一段走。你们把我们带出了科罗拉多，又带出了俄克拉荷马，现在带我们穿过得克萨斯去利特菲尔德，那里是我们的新家。

他们已经进入了高地平原上海拔最高的地区之一，大风已经将这里一切敢于探出脑袋的东西都连根拔起，以至于它甚至比俄克拉荷马还要平坦。莉兹·怀特再一次想不通竟然有人——白种人、棕种人或红种人——会选择在这片得克萨斯最冷的地区生活，哪怕是午夜寒冷如冰的半个月亮，看起来也比这片坚硬的土地宜居。正如 XIT 牧场的人所说，高地平原和北极之间只有带刺铁丝网之隔。

怀特一家于 1926 年 2 月 26 日抵达达尔哈特，巴姆在镇子边上找了个地方搭起帐篷，然后又开始发愁了。利特菲尔德还要往南走 176 英里，但这家人只剩下最后一点干粮，而且举目无亲。这并不是有明显印第安血统的家庭第一次返回这片古老的协议划定的土地。科曼契人、基奥瓦人、阿巴契人都曾经回流，在这里过着一种影子般的生活，穿着打扮像白人，名字却是"印第安乔伊"和"印第安加里"。只要他们尽可能低调行事，没人会特别注意他们。印第安人还不算公民，他们可能被强行迁往保留地。他们早前在这里生活过的痕迹都没了，为了新的明天而被抹得一干二净。在 XIT 牧场出现前，达尔哈特几乎没有历史可言，此前的一切都被认为是没什么价值的。

"狭长地带的北部是由一群优秀的开拓者建设的，那里的市民是盎格鲁-撒克逊祖先中最高贵的一支。"怀特一家踏进小镇后不久，《达尔哈特的得克萨斯人》就这样宣称。

然而，这个新镇的新公民都是难民，每个人都有不同的来历。巴姆到镇上转了一圈。火车每隔一段时间就呼啸而来。尽管良田已被分割殆尽，铁路仍然以廉价的车票诱惑着向往大平原的人。镇子看起来像棕色毡面桌上的骰子，木结构的房子是那么弱不禁风，像白日梦一样踟蹰不定。达尔哈特的第一批居民种下了槐树，但它们大都没能经受住大风，以及其间的干旱和霜冻。中国榆的情况略好一些。这座小镇因铁路工人而生，是 XIT 牧场鞭长莫及的地方。与狭长地带的其他地方一样，20世纪的头 30 年这里就是它的边界。北方平原漫长的冬季以及干旱和霜冻毁灭性的周而复始，正在令人大失所望，而南方平原正处于荷尔蒙旺盛的青春期。那里有喷涌的石油，石油开采的投机分子赚得盆满钵满的消息传得铺天盖地。石油吸引了一批新的探矿人，他们与西部安家者和小麦投机者一起撕裂了这片草原。1910 年至 1930 年间，狭长地带诞生了近 30 个小镇。

得克萨斯的大部分地方都恪守禁酒令，达尔哈特却没有。它很重视自己的威士忌，部分原因在于美国境内一些最好的威士忌就产自高地平原。北方那边，在俄克拉荷马的锡马龙县和科罗拉多的巴卡县，农民种玉米一直以来都是为了做笤帚，但吸尘器问世后，没几年就摧毁了这种笤帚的市场。禁酒令挽救了这些种玉米的农民，用谷物酿酒比用干秸秆做扫帚更有利可图。巴卡县奥斯汀家农庄附近的一个单身汉，一天就能酿一桶玉米威士忌，他不仅每天，甚而禁酒令期间几乎年年如此。有些农民一周就能挣 500 美元。在禁酒令最严的时候，高地平原上三州交界的 5 个县每周向远方的城市运 5 万加仑的威士忌。

"这是一段高速发展的时期，"达尔哈特的商人吉姆·皮格曼在日记中写道，"也是饮下很多劣酒的时期。"

在离铁路道岔控制塔只有几步远的地方，巴姆·怀特见到的是一个奇特景象：一座两层楼的疗养院。这是方圆几百英里唯一的医院。疗养院的一侧是烟草广告——一头红白相间的大公牛正打着响鼻宣传布尔达勒姆烟草公司的产品。院里有一间标本室，陈列着泡在容器里的胎儿、肿瘤、肿大的肝脏、甲状腺肿块和一颗心脏。肝脏是一位酒吧老板的，早在禁酒令颁布之前他就去世了。它绿中带灰，硕大无比，以现身说法的方式警告大家——要是往肚子里灌太多的玉米威士忌就会变成这样。主持疗养院的是乔治·沃勒·道森医生，一个留着黑胡子，嘴里叼着烟的南方人。医生总是戴一顶深色的斯泰森帽①，不过据说他在做手术的时候会摘下来，因为烟不离口，身边总会放一只铜痰盂。在接生和做肺部手术时他会嚼烟叶，这没什么。他的妻子薇丽·凯瑟琳是狭长地带最标致的人儿。那可不只是道森医生的看法；1923 年的独立日庆典上，她被评为狭长地带最美丽的女人，奖品是一枚钻戒。

"我的薇丽。"医生这样称呼他的老婆。她双眸乌黑，长着鹰钩鼻，文学造诣颇深。薇丽负责疗养院的财务，还兼任麻醉师。她是方圆数百英里唯一能操作仅有的一台 X 光仪的人。医生和他妻子薇丽总是忙着给牛仔们做手术，给安家者们缝合伤口，这些人要么被带刺铁丝网划伤了，要么从马上摔了下来，要么被风车泵撞了。他们接骨，抽胆结石，切掉人身上坏死的肌肉，病人则坚持用动物支付医疗费，有死的有活的。仅一个月，医生和薇丽就做了 63 次手术。道森医生是肯塔基人，为了重获健康才来到得克萨斯州。他一直患有呼吸道疾病，腿有时会僵硬，这种瘫痪症状一直困扰着肯塔基的医学界。高地平原是治愈一切疾病的良药。他 1907 年来到这里，打算建个农场，靠投资为生。他希望自己能像正常人那样呼吸，并能悉心照料可爱的薇丽，但两年后的市场不景气几乎让他倾家荡产。他的第二次机会就是达尔哈特这幢两层的砖楼，在他牧场的北面，1912 年他开了这家疗养院。

1920 年代晚期，道森医生打算减少医务工作，在土地上再试一把运气。种地来钱快，俯拾皆是。虽然他行医多年，却没什么积蓄养老。养老金就在地里。他买了几块地，准备试种棉花或小麦。种小麦应该是从地里赚到钱的最简单方式。道森医生会从医院的管理中抽出部分时间，看看能不能从立桩平原上慢慢地赚回什么，把他从医用酒精和器官标本中解脱出来。他跟家人说，这是他们最后的好机会。

---

① 一种阔边高顶毡帽。——译者

巴姆·怀特走过疗养院，朝南来到邓洛克大街，这是达尔哈特的主街。这位牛仔经过菲尔顿歌剧院，一座两层楼高的维多利亚风格的建筑。然后经过一家服装店，橱窗里陈列着崭新的衬衣和丝质领带。这是赫兹斯坦因服装店，据大家所知，他们是达尔哈特唯一的犹太人。街灯悬挂在杆顶的绳套上，每天晚上都要有人去点燃灯芯。一群人在新开的黄色砖头砌的德索托酒店里打牌，喋喋不休地聊着谷价。德索托是一流酒店：结实的胡桃木门，每间客房都有浴盆、马桶和电话。客人可以拨126，从达尔哈特西边的地方叫个应召女郎。那个地方没有名字，人们都叫它"126号房"。德索托酒店隔壁是电影院——迷仙剧院，巴姆·怀特的孩子们还从没看过电影呢。

带着洒水设备的工作人员把街道浇湿，但每逢马车和汽车经过，还是会扬起尘土。这个小镇让人有种不确定感；似乎用力呼气或刮阵旋风就能把一切吹倒，让所有粉刷得漂漂亮亮的砖房都坍塌。向当地人一打听，巴姆·怀特才知道谁拥有达尔哈特。它的主人是迪克·库恩大叔，就是德索托酒店那个一手拿着纸牌、一手夹着烟卷的胖子。德索托酒店是他的，迷仙剧院也是他的，邓洛克大街几乎所有生意都是他的。当地人说，你注意看迪克大叔，没一会儿就会看到他从口袋里掏出一张百元大钞。牛仔们3个月的工钱就夹在他两根手指之间。到达尔哈特之前，巴姆·怀特从没见过百元大钞。

百元大钞是迪克大叔的火炉，是他的毯子。小时候，迪克·库恩家经常破产。这种贫穷对他伤害极大，也决定了他余生要走的路。只要迪克大叔摸一摸他的百元大钞，生活中就无所畏惧。当然，他知道什么是恐惧。迪克·库恩幸运地从1900年的加尔维斯顿飓风中活了下来，那是美国历史上最严重的单一自然灾害。他失去了在加尔维斯顿的一切，但从不怨天尤人。他的命保住了，6 000人在飓风中丧生。迪克·库恩没打算在达尔哈特致富，甚至没打算在高地平原上久居。1902年，他途经达尔哈特换乘火车去休斯敦时，经不住辛迪加的地产经纪人的蛊惑，买下了 XIT 牧场的一块地。牧场经营得不错，但真正赚钱的是市镇规划项目。

巴姆·怀特在镇上逛了一圈之后回到家人身边，发现莉兹惊慌失措，孩子们吓破了胆似的看着他。怎么回事？

马死了。

又死了？

死了。你自己去看看吧，爸爸。

巴姆·怀特的马倒在地上，身体冰冷，露出满口烂牙。她已经死了。现在巴姆凑不足一支马队继续前进。这家人没法再买一匹马，而且从博伊西城到达尔哈特已经够遭罪的了。那么，好吧，这肯定是个征兆，巴姆对孩子们说——或许他注定是为 XIT 这片土地而生的。这个新镇上，甚至某位绅士的农庄上，肯定会有很多工作。

孤立无援之际，巴姆当即作出决定：他们一家人将留在达尔哈特。镇上的一个家伙告诉他，在新开垦的农田那边有很多机会。这个镇通往很多地方，它闪耀着希望，充满了前途。土地流转得很快，任何人只要脉搏还在跳，有一把犁，就能赚到钱。怀特对达尔哈特的认知与道森医生、迪克大叔对他们在狭长地带的家园的看法不谋而合：这是最后一次做正确的事的好机会，得到一小块地，让它为你挣钱。流浪者将在此定居，看看这片曾经是世界上最辽阔草原的土地能带给他什么。

第二章　无人之地

　　如果说达尔哈特是在奄奄一息的马打最后一个响鼻时梦想起飞的地方，那么另一堆人沿路而行所到达的小镇则正好相反。当人们第一次看到俄克拉荷马州博伊西城（Boise city）时，希望就破灭了。这个小镇建立在欺诈之上，就连它的名字也是个谎言。男孩城（Boy-city），推销者是这么念的，说这个词源自法语 le bois，是树的意思。但博伊西城一棵树也没有。也没有城。而这并未阻止西南移民开发公司在俄克拉荷马州新开发的狭长地带的这座幽灵小镇上卖地，一块售价 45 美元。该公司往全国各地发传单，把这座小城吹嘘成过两天就会成熟的红艳艳的桃子。在宣传册上，博伊西城风景优美，街道两旁古树林立，清冽洁净的水从镇中心的一口自流井打上来，存入一座水塔，那一幢幢房子，任何银行家都会骄傲地称之为"家"。街道都已铺好，主街上生意兴隆，水泄不通。该公司说，三条通往博伊西城的铁路正在建设中，第四条也在规划之中。你可以在城外的肥沃土地上种棉花、玉米或小麦。赶紧行动吧，土地卖得很快。全都是胡编乱造。然而，这番花言巧语还是帮他们在 1908 年卖出了镇上的 3 000 块地，一年后，俄克拉荷马成为美国的第 46 个州。

　　当幸运的买家们在指定的开放日来看各自在这座新城的土地时，他们惊呆了。女人们穿着白色长裙，男人们皮靴擦得锃亮。倘若开发公司刚好有人在场，估计会被平原上这群精心穿戴的人拧断脖子。在所谓的博伊西城街道上，买家们只看到地上的木桩，旗子在风中招展。没有铁路，没有铁轨，也没有铁路方面的规划；没有精致的房屋，没有店铺。自流井只不过是风车旁边一只牧工的简陋水箱，上面歇满了苍蝇。最糟糕的是，该公司甚至没有其所售土地的所有权。

开发商因欺诈罪被捕。政府用"骇人听闻"来形容市镇开发商 J·E·斯坦利和 A·J·克莱因的谎言。经过两周的审判，他俩被判有罪并被送往莱文沃思联邦监狱服刑。克莱因死在了囚室中，这个教训显然没有被美国不动产年鉴记载下来广而告之。

博伊西城没有树，没有铁路，也没有银行家居住在此，好歹还是发展起来了。这里离科罗拉多州首府丹佛更近，往北走 299 英里就是，而到它们自己的首府俄克拉荷马城则要往东走 340 英里。但是，异常顽强的欺诈一路施展下去，竟然使得此地被定为锡马龙县的县府，尽管竞争这一称号的其他各镇发出了死亡威胁。到 1920 年，博伊西城有 250 名居民，在无人之地尽头的大县则接近 3 500 人。

在西部大开发移民的服务方面夸大其词的当然不单单是城镇开发商。铁路公司、银行、政客和报纸编辑都以自己的方式演绎着这个谎言——当更多的人看到一个刚刚起步的小镇正从一片荒芜的泥地里冒出来时，出售一块有风吹过的土地被认为是有利可图的。但克莱因和斯坦利只是在高地平原的谎言中被判有罪的少数几个人而已。政府的激励、私营机构的表演和人类欲望的合力，让美国最平坦、最干旱、风长年不断、最不适宜耕作的地区，从美洲大沙漠摇身一变成了伊甸园，好像理了个发似的。向西部移民是一次大胆尝试，很大程度上，就看人们是否会违背常识。1928 年的独立日庆典在俄克拉荷马州最西北角的制高点黑山①举行，那里海拔 4 973 英尺，平如台布。特邀发言人、州议员

---

① Black Mesa，位于新墨西哥州右边，是俄克拉荷马州境内最高的山。——译者

W·J·里森说道:"俄克拉荷马州的狭长地带注定是世界上最大的小麦种植地。"

无人之地曾经是美国境内最后几个可以让人藏身的地方之一,没人愿意来寻找这些地方,谁要是在这里迷了路就再也找不到了。在科罗纳多穿过这片土地之后的近 350 年里,这片土地仍然无人问津。

"40 英里内看不见一个地标——找不到一个哪怕有点显眼的东西来指路。"1831 年,乔西亚·格雷格途经阿肯色州和锡马龙河时这样写道。格雷格是个一丝不苟的记录者,但有些夸张。这片土地挤在西部边缘地带,靠近黑山,朝北的地方生长着一些矮松和雪松。格雷格讲了一个有关威廉·贝克内尔队长的故事,他是第一个试图在 1822 年从圣达菲小道走捷径穿过无人之地的人。贝克内尔和手下 30 个人喝光了水,还迷了路,徘徊在死亡边缘,只得杀了一头野牛,切开它的肚子,喝其体内的液体活命。格雷格写道,为了补充水分,他们还割开骡子的耳朵喝血。

无人之地曾经飘扬过五面旗帜。西班牙人第一个宣布拥有此地,不过,两支探险队的亲身经历和商人们的报告让他们更坚定地认为,这片土地最好还是留给"背部有肉峰的牛"和它们的追捕者——科曼契人、基奥瓦人和阿巴契人。西班牙人把这块地给了拿破仑。法国国旗只飘扬了 20 天,这位帝王就将它作为"路易斯安那购地案"的一部分卖给了美国。随后的一项调查又将这片土地交到了墨西哥手中,扩大了他们 1819 年对得克萨斯的统治范围。17 年后,新独立的得克萨斯共和国宣布拥有科罗拉多以北所有的土地。但是,当得克萨斯 1845 年被接纳加入邦联时,条件就是新的蓄奴区域不得超过北纬 36.5 度,即密苏里协议线。这就留下了一片宽 35 英里、长 210 英里的孤立的矩形地带,它既不隶属于任何领地,也不属于西部的任何州,因此得名"无人之地"。在东部边界,东经 100 度的地方,平原的干旱不可逆转,不适合杰斐逊的农民市镇建设者居住。

19世纪末，狭长地带的一角成为逃犯、窃贼和杀人犯的栖身之地。科伊帮因为在锡马龙河的截流处袭击货运火车时穿得像印第安人而闻名。1888年，圣达菲铁路的一条线延伸至堪萨斯州的利伯勒尔，与狭长地带的边界接壤。堪萨斯枯燥无趣，因此，一个名叫啤酒城的地方就在州界上拔地而起：酒吧、妓院、赌场、走私窝点和跑路的城镇开发商，纷纷汇聚于此，一派喧闹的景象。作为无人之地的第一块定居点，啤酒城坚持了不到两年就被一块一块强行遣走了。法律、税务和地产公司终于在1890年来到狭长地带，彼时这片无人想要的狭长土地被并入了俄克拉荷马州版图。

"俄克拉荷马（Oklahoma）"这个名字是由两个乔克托词语组合而成——okla意为"人们"，humma意为"红色"。红种人在地产开发潮中失去的土地变成了许多小镇，其中包括俄克拉荷马城、诺曼和格思里（Guthrie）。不过，一次次的土地开发浪潮从未到达狭长地带。最终，在没有其他土地可用的情况下，人们也开始在无人之地定居。

这是一个很难让人喜爱的地方，一个表演恶作剧以及从天而降或从地下冒出来的突然死亡的舞台。黑泽尔·卢卡斯是个勇敢的小姑娘，有一头浅金色的头发，在全家人即将结束认领宅地之行时，她第一次见到这里的草原。黑泽尔在马车里踮起脚尖凝视着这片米色的深渊，它像一天行将结束时一样空旷，只有一片平坦的荒野。这家人就在博伊西城南边的草原上挖了个洞。这里不是黑泽尔想象的应许之地，但这里有……可能。她激动地加入这场大冒险的开场，人类与这片土地结合的第一次尝试。她也感到害怕，因为这里那么陌生。价格诱人，她爸爸说。这片土地是美国仅有的便宜货了。离南面仅30英里的XIT牧场，320英亩要1万美元；这里不要钱，虽然没剩下多少地了。到1910年，全国近2亿英亩的土地已获得宅地开发许可，其中一半以上位于大平原。黑泽尔想念树。她只想要一棵粗壮的榆树,枝条结实到能让她荡秋千就行了。她不想生活在地底下的洞里,与蛇和狼蛛为伴,睡觉的时候离牛粪燃烧发出的恶臭那么近。她也不想住在草皮房子里,草原上的草堆得像爱斯基摩人冰屋的冰块。草皮房子漏水。一些在狭长地带生活得够久的朋友已经平静地接受了这一切,他们告诉卢卡斯一家,如果一个人在这片土地上穿坏过两双鞋,他就再也不会离开了,你们得给这片土地一些时间让它带给你们想要的一切。

黑泽尔一家于1914年来到无人之地,那一年是20世纪宅地认领创纪录的年份——仅大平原就有5.3万户声称拥有宅地。每个人都是地主!但是,《扩大宅地法》(the Enlarged Homestead Act)通过不到5年,人们已经在逃离北方平原了。北方的大逃亡本该起到警示作用,即想让大平原上到处都是"带斑点的牛群和快活的牛仔",正如谢里登将军所说,其本身就是个错误。像蒙大拿州的乔托县(Choteau)在1910年至1930

无人之地的家庭和他们的草皮房子,日期不详

年间流失了一半人口，同一时期，俄克拉荷马州的锡马龙县人口则增长了 70%，（达尔哈特所在的）得克萨斯州的达拉姆县人口翻了一倍。人们告诉自己，蒙大拿州零下 40 度的天气把农场的牲口都冻僵了，而南方平原没有这种严寒，搞到一片草场就搬过去吧。

联邦政府急于在无人之地安置移民，他们让来看这些干旱土地的朝圣者们免费乘坐火车，做法与 XIT 牧场的房产经纪人如出一辙。他们的口号是"健康、财富和机遇"。黑泽尔的父亲威廉·卡莱尔，人们称他为卡里，1915 年为家人挖了个地洞，并开始在自己那 320 英亩的沙地上翻耕草皮。他们的家 22 英尺长，14 英尺宽——308 平方英尺住了一家七口。

如果没有风车，卢卡斯一家一天都熬不过去，高地平原的大部分地区也不可能有人居住。风车是跟着铁路线来到西部的，因为铁路需要大量的水来冷却发动机，产生蒸汽。一位名叫丹尼尔·哈拉德的洋基队技师把巨大的荷兰风车改小了，联合太平洋铁路公司是他的第一个大客户。最终，安家者只需花 75 美元就能买一个风车套件。有些人在地下挖 30 英尺就汲出了水，有些人则要挖 3 倍深。有些人手工挖洞，累得半死，还容易塌方；有些人则用上了蒸汽或马匹驱动的钻机。一旦土壤的含水层被撕开，一座木风车抽出的水就能满足一整片土地上大部分的农业需要。水泵经常坏，零部件很难找到。不过安家者们相信，他们已经找到了流淌着生命源泉的血管。别只看草和天空；想象一下地底下有一大片湖。

"没有哪里的水比从地下抽上来的更纯净了，" 1908 年，狭长地带广为流传的一份地产宣传册这样写道，"它取之不尽，用之不竭。"

在努力与这片陌生的土地和谐相处的过程中，最大的恐惧莫过于野火。大风、高温、闪电和易燃的草组合在一起，可谓是大自然最完美的野火配方。某一天草地绿油油的，散发清香，铺满了无人之地。第二天就烟火四起，朝地洞逼近。黑泽尔·卢卡斯很害怕草原上的野火，这是有原因的。在这家人来这里的几年前，一道闪电点燃了新墨西哥州的一块草地，大火最终蔓延开去，席卷了得克萨斯和俄克拉荷马的高地平原，把方圆 200 英里的一切都烧光了。火是草原生态系统的一部分，是土地让自己重生、消灭多余的昆虫种群并使野草焕然一新的一种途径。大火之后的那一年，草长得前所未有地好。迁到这片土地才几年的牛群，在大火中四下逃窜，但经常被烧伤或踩死。安家者疯狂地在他们的家附近开挖沟壑或护道，希望建起缓冲带。有时候，滚滚而来的火焰跳过地洞；有时候，它会从屋顶掠过，把一切化为灰烬。风助火势，火借风威，草原大火蔓延之快就连骑马的人都很难逃开。

不过，有些人却能安然无恙。有一次，一位牧师搭乘邮政车在无人之地巡讲。天空变得一片漆黑，雷电交加。闪电击中地面，铁丝网都带了电。牧师吓得到处找地方躲避，邮政车司机叫他放轻松。"上帝没那么可怕，"他说，"闪电永远不会击中邮递员或牧师。"然而十年之内，上帝的心情会变。

没有野火的时候，无人之地还得担心别的问题。卢卡斯一家来到狭长地带的那一年，年轻的锡马龙县遭遇了史上最大的洪水，威胁着一片片牧场和宅地的安危。一年中的大部分时间，锡马龙河都悄悄向东流去，到了仲夏时节只剩下一条隐约可见的细流。但在 1914 年春季，一周的持续降雨使得锡马龙河跃过了河岸，横冲直撞。洪水冲垮了刚刚竣工的河坝，将一座有 13 间房的农舍冲进河里，无数家园被大水卷走。两个孩子被淹死。

就连娱乐活动也可能造成伤害。星期六下午，人们聚集到博伊西城附近临时搭建的表演场地，观看淹牛表演。牛被赶下斜坡，进到一大缸水里。刚一下水，大缸两侧一边一个牛仔就会把它的头摁进水里，牛则会弓起背四蹄乱踢。有些孩子不喜欢这样的场景——一场娱乐活动最终以突然死亡收场。

卢卡斯一家经历了火灾、洪水和怪异的社会生活，还是留了下来，因为土地开始有收益。并不是因为这里的草地适合养牛，而是因为土地适合庄稼生长。卡里用马拉的犁把他那 320 英亩土地开垦出了一部分，种下小麦和玉米。1914 年开始的第一次世界大战对于美国大部分不招人待见的地区，即所有种植旱地小麦的地带而言，都是赚钱的好机会。有人建议卢卡斯翻耕土地，越快越好。

没过几年，这家人就在地面上建了个新家，他们的房子在地洞上方拔地而起，与成千上万想靠小麦致富的人的房子连成一线。他们从东南 40 英里外的铁路小镇特克斯霍马购买木材、钉子、壁板和屋顶材料，盖起了有框架结构的房子，包括起居室、厨房、卧室、果窖、木饰条、屋顶板和大窗户。大门朝南，这在无人之地是必须的，以防北风将冷空气吹进来。对于明亮的俄克拉荷马天空下的这幢木房子，卢卡斯一家梦想有足够的空间演奏音乐，做饭的时候厨房容得下其他人进出，夜晚睡觉时不必查看地板上是否有蛇。然而，就在新房子初具雏形之际，一个春天的午后，狂风袭来，力道大得足以把人刮倒。他们只得逃到隔壁的

位于俄克拉荷马布雷恩县的地洞之家，1894 年

老地洞避难。风呼啸着，撕扯着新房子；这是一场持续的狂风，不是一阵狂风。第二天早上，他们听见崩裂的木头发出可怕的吱嘎声。黑泽尔·卢卡斯从地洞探出头，看见沙尘和木屑在盘旋，他们的新家正腾空而起，被风卷走。整座房子消失在风中。四天后，一家人开始在草原上搜寻他们新家的碎片。

尽管如此恐怖，这片土地还是有它的魔力的。狭长地带的第一批盎格鲁人总爱哼一首小调：

> 我喜欢这片乡土，
> 我觉得它好极了。
> 因为风把所有的水抽了上来，
> 牛劈开了所有的木头。

一场雨或冰雹咆哮过之后，天空空旷宜人，微风温柔低语，不时传来草地鹨的歌唱和鸽子的咕咕声。草原鸡踩着求偶舞步，丰满的胸部羽毛展示着它的雄性魅力，值得驻足观看。叉角羚也是如此，它们从打滚的泥坑里跃起，窜出草地。知更鸟鸟蛋的那抹蓝是清晨的色彩，带着一种无所畏惧。夜晚，你会看见繁星点点。无穷无尽在高地平原从来不是抽象的概念。

黑泽尔·卢卡斯会骑着她那匹名叫佩科斯的马，跟詹姆斯家的儿子们一起在大草原上游玩。詹姆斯家是最后的大牧场主之一，他们的农场延伸至得克萨斯和俄克拉荷马的部分地区。还有沃尔特和梅迪，以及他们的孩子安迪、杰西、皮奇、乔伊·鲍勃、纽特和范妮·苏。这些男孩骑马、用套索和骂人的本领在博伊西城无人能及，他们讲的故事让女孩们觉得自己被允许进入一个秘密的正在消失的世界。安迪有些神秘，神气十足的样子让人情不自禁地被他吸引。有时候他会消失五天，而后突然出现在博伊西城。

"你去哪儿了，安迪?"黑泽尔问他。

"骑栅栏。"

"你在外面吃什么?"

"蚱蜢。"

"怎么吃呢?"

"只要拧掉它的头，点根火柴插进它屁股里就行了。"

"是吗? 味道怎么样?"

"脆得很。"

在她的余生里，黑泽尔只要见到安迪·詹姆斯就会对他说"脆得很"。

黑泽尔还学会了打篮球，穿的是锡马龙县高中女子篮球队的黑缎灯笼裤。教练的福特T型车一直停在场边，风一把球吹走就开车去追，黄昏之后还能给球场照明。黑泽尔参加锡马龙县举行的第一次田径运动会时还不到16岁。她无法把眼睛从一个健步如飞的男孩身上移开，他已经赢了好几场赛跑。她迷上了那个好看的男孩查尔斯·萧，他身材高大，大约有6.5英尺。卢卡斯的所有表亲们都说，从他俩看彼此的眼神就知道他们之间有戏。

1922年秋天，黑泽尔骑着佩科斯去了一座木结构房子，这个只有一间房的校舍，孤零零地立在草场上。黑泽尔的第一份工作就在这里。她得在上课铃响之前赶来——骑马单程要走5.5英里——打点井水，扫净地上的灰尘，轰走室内的黄蜂和苍蝇。学校里有八个年级共39名学生，教他们的是黑泽尔·卢卡斯，而她只有17岁。最初，校舍里没有课桌，只能用水果箱或钉在树桩上的木板来代替。放学后，黑泽尔不得不做工友的活儿，并准备好第二天要烧的干草或干牛粪。

得克萨斯-俄克拉荷马狭长地带的草皮校舍，1889 年

当风像往常那样刮起来，或者天空预示着冰雹即将来临时，她就觉得自己又回到了地洞，在逼仄的空间里喘不过气来。但当天空放晴时，她会带着孩子们到户外赛马。她还教他们打篮球。有一次，她把篮球队塞进马车，疾驰到 4 英里外跟另一支球队打比赛。然而，老天突然变脸，低吼着，下了一阵冰雹。孩子们开始哭喊，一匹马受惊，脱了缰。孩子们从马车里跳下来，冰雹一股脑儿地砸在他们身上。黑泽尔·卢卡斯从座位上跳下来，跑到受惊的马后面，抓住马笼头，骑在马上让它平静下来。

一直以来，她都很好奇远方的生活，在中西部某座熙熙攘攘的城市里的生活，或者随便哪个地方，只要那里的日常生活别充满突如其来的死亡就行。《堪萨斯城星报》每周寄到博伊西城一次，黑泽尔得知美国正在飞快地变化：新潮女郎、黑帮、特技表演——两个男人试图双脚绑好站在双翼飞机上打高空网球。而在锡马龙县，大多数人甚至还没用上电，许多人仍然生活在地洞或者草皮屋里。

然而，没有哪一群人像大草原的麦农那样，在这么短的时间里生活方式或富裕程度实现了如此大的飞跃。不到十年，他们从勉强维持温饱到攒下了达到小商人阶级的财富，从利用马匹和手工工具辛勤地耕种几英亩地变成大片麦田的主人，用神奇的新式机器指导收割，在有些情况下利润是生产成本的 10 倍。1910 年，小麦的价格是每蒲式耳 80 美分，对于凭着智慧战胜几个干旱年份还能赚到足够的钱来维持下一年开支甚至还能略有积蓄的任何人来说，这个价格已经很好了。5 年后，一战造成全球粮食供应短缺，价格翻了一倍多。农民们增加了 50% 的产量。当土耳其海军封锁了达达尼尔海峡，谁都没想到，他们竟然帮了旱地麦农一个大忙。欧洲依靠俄罗斯的小麦出口。由于俄罗斯海运受阻，美国介入并向各平原地区宣布：多种小麦，赢得战争。有史以来第一次，政府保证战争期间小麦的价格为每蒲式耳 2 美元，负责的是战时粮食管理局局长赫伯特·胡佛，一个有着百万家产的公务员。小麦不再是一个小农户的主食，而是具有价格保障并行销全球的商品。

卡里·卢卡斯第一次来到无人之地时，只希望能从自己的 320 英亩地里收获足够的食物养活全家。但是到这里几年后，他就卷入了这场声势浩大的土地开垦狂潮之中，希望收获尽可能多的小麦销往海外。如果他那 320 英亩地每英亩产量能达到 15 蒲式耳，那就意味着他的收成是 4 800 蒲式耳。每蒲式耳的成本为 35 美分，以每蒲式耳 2 美元的售价计算，他的年利润接近 8 000 美元。在 1917 年，这可是一大笔钱。福特汽车流水线上的工人每天只赚 5 美元，大约只有一个富裕麦农到手收入的八分之一。想一想，要是每英亩产量达到 30 蒲式耳甚至翻倍呢！哈迪·坎贝尔在他那本旱地耕种手册中说过，即使没有充足的雨水，任何一个自耕农都能使亩产达到 50 蒲式耳。时至今日，这话都是有点耸人听闻的。自圣经时代起，人们就在种地，还没有哪个国家准备在一片被认为不适宜耕种的土地上种出那么多小麦。如果说高地平原上的农民正在埋下一颗将来会破坏大自然规律的定时炸弹，那么，任何对这种事的暗示都被缄默了。

"这片半干旱带的真正困难不在于缺少雨水,"哈迪·坎贝尔在他那本售价 2.5 美元的手册中写道,"而在于由于蒸发造成水分大量丧失,这在很大程度上可以通过适当的耕作方式来控制。"

仅仅在一代人之前还是亘古不变的无边草原,如今变成了一块块麦田。1917 年,全国的小麦占地 4 500 万英亩。1919 年,超过 7 500 万英亩的土地投入生产——几乎增长了 70%。而这场扩张运动会持续到战后十年,尽管已经没必要这么做了。这不过是人类历史上的偶尔性事件之一,就像人们说的,好运只有一次。

"1919 年的种种不确定性都过去了,"F·斯科特·菲茨杰拉德作为狂妄自大的 1920 年代最有洞察力的记录者这样写道,"美国正在上演有史以来最大规模、最恶俗的狂欢。"

对于一个想要赚到好多钱却苦于无门的年轻家庭来说,旱地小麦的投机生意看起来就像一场稳赚不赔的赌博。

确实如此。自诩为堪萨斯"小麦皇后"的艾达·沃特金斯,逢人便说 1926 年她在自己那片 2 000 英亩的贫瘠土地上赚了 7.5 万美元——比巴比·鲁斯①之外的任何棒球运动员的薪水都高,甚至比美国总统赚的多。

黑泽尔·卢卡斯嫁给了自己心仪已久的男孩查尔斯·萧,那年她18 岁。他们都在学校教书,不过查尔斯想改行。他们在 1929 年春天离开狭长地带去俄亥俄州,开着他们的福特 T 型汽车穿越中西部地区。有一次,这对来自一个没有交通指示灯的县的年轻夫妇发现自己的破车停在了圣路易斯车水马龙的市中心。人们狂按喇叭,骂骂咧咧,查尔斯和

---

① George Herman "Babe" Ruth, Jr., 曾率领洋基队取得 4 次世界大赛冠军,是美国棒球史上最著名的球员之一。——译者

黑泽尔对望了一眼，大笑起来。他们去了辛辛那提，查尔斯要在那里学习殡葬学。黑泽尔迷上了城市生活，她游览了辛辛那提国家动物园、公园、博物馆。夏末时，萧夫妇手头很紧，他们决定黑泽尔返回俄克拉荷马，查尔斯则留下继续学习。而她早已准备接受另一份教职，这份工作要求她另外再兼任校车司机。黑泽尔上了回家的火车，那是 1929 年 9 月初，当时美国掀起了一股快速赚钱的热潮，俄克拉荷马的狭长地带也处于亢奋中。黑泽尔打算找一份收入足够高能让她存下钱的教职，她也想生孩子。她在德克斯荷马下了车，在铁轨边走了几步，转过身从各个方向望着这片辽阔的土地，柔和的阳光，空气中弥漫着正在运到升降机上的小麦的清香。天空，地平线，还有大地本身都没有尽头。这一刻，她明白自己属于无人之地；这片孤寂的草原就是她的归宿。

女人是无人之地稀缺的，以至于 65 个"住地洞并且愿意干活的孤独男人"在《圣路易斯邮报》上登了征婚广告。其中一个单身汉名叫威尔·克劳福德，他独自一人住在博伊西城外的地洞里。他乘坐免费火车从密苏里州来到西部，但一直找不到老婆，也没尽力弄到一块自己的土地。克劳福德是一道难得一见的风景：草原上的胖子。据说，他比三个州里的任何人都胖。当孩子们试图猜测他的体重时，他从不会透露确切数字——他说大概在 300 到 700 磅之间。威尔在农场帮工，只求填饱肚子。

一天，这个胖子坐在邻居家的餐桌旁吃午饭，这顿饭有香肠、土豆汤和罐装西红柿。吃完后，他把手伸进工装裤的前口袋，拿出一张纸条。

你们怎么看？他把纸条递给他们。

"寻真正的男子汉。萨迪·怀特，堪萨斯州威奇托市洛卡斯特街 419 号。"

克劳福德的工装裤很大，得通过百货商店订购，由威奇托的服装厂把货送到店里。萨迪在服装厂工作，被这么大尺寸的服装俘获了芳心。威尔对这张纸条很好奇，但又害怕回信；邮局就在百货商店里，他们可能会截住信并取笑他。他鼓起所有的勇气给萨迪写了信，并从德克斯荷马的另一个地方寄了出去。几个月过去了。到了小麦收获时节，这个大块头饱餐一顿后在透过胡子往外吐西瓜籽时，提及自己可能会在地洞旁边建一座房子。这似乎很古怪；他此前从未表现出比关心午餐吃什么更大的志向。威尔抱怨他那泥巴地板的洞实在不舒服。在秋天的几个月里，他造了一个有水泥墙的地下室，还有两个房间建在地面上。他在屋顶上铺了木瓦，把外墙涂成明亮的颜色。然后，威尔消失了一个星期。等他回来时，整个锡马龙县都议论起了这个消息：大块头威尔·克劳福德结婚了。他乘火车去了威奇托，与萨迪·怀特见面，并和她结了婚，正是她之前把一张纸条缝进了她在工厂缝过的最大的工作服里。他们住进了大胖子的新房，一直过得不错，直到 1930 年代土地干涸，致命的沙尘暴来袭，使无人之地生机全无。

威尔最亲密的邻居是福尔科斯一家，这家人和他一起乘免费火车来到无人之地。弗莱德·福尔科斯和他接受过大学教育的妻子凯瑟琳为了俄克拉荷马狭长地带的免费土地，离开了密苏里州一个岩石密布的荒芜山丘。对凯瑟琳而言，这里的草原如同监狱。许多个夜晚她都是哭着睡着的；这个地方空空如也。福尔科斯一家探得了一片地，面积 640 英亩，他们在上面种树，也翻耕了土地。果园是弗莱德最喜欢的作品，果树在春天长出粉色的嫩芽，秋天硕果累累。当他最初把几十根瘦巴巴的细棍子插进狭长地带的土里时，满心希望这捆树枝会长成一堆枝叶繁茂的果树，这听起来有点荒谬可笑。他在果园里种了樱桃树、桃树、李子树和苹果树，各类浆果——越橘、醋栗和黑醋栗——在太平洋西北部的海洋性气候中长势最好。早春和夏天的大部分时间老天爷哪怕不掉一滴雨也没关系；福尔科斯家有地下湖，所有的水都是用风车泵到地表上的。弗莱德灌溉果园的唯一办法是拎着水桶在水井和果树之间来回地跑。

福尔科斯一家几乎是两手空空来到这里的，就像那些为了逃离旧世界毫无意义的战争或新世界没有土地的未来的安家者一样。在无人之地，他们是第一代贵族。在达尔哈特、博伊西城、德克斯荷马、沙特克、利伯勒尔和花园城也是这样。人们正在为这些新农商建造乡村俱乐部，在镇上拉起电灯线，开挖游泳池，一个比一个大。只要他们想，就可以把绿色强加于干旱的土地。独臂内战老兵约翰·韦斯利·鲍威尔曾经警告过，不要试图在高地平原上建造传统农场，但他的话被当作了耳旁风。"除了依靠灌溉，这片土地上没有哪块能得到改善，变得适于农业生产。"鲍威尔在他的《关于1878年美国干旱地区的报告》中写道。然而他的结论是，这样做是具有破坏性的。哈！随着时间的推移，当树木茁壮生长，镇广场开始有了适当的规模与面貌，这里没理由看起来不像印第安纳州的布鲁明顿或者俄亥俄州的马里恩，或者骄傲的自耕农们所认为的那样。在堪萨斯州的花园城，他们在地下挖了个洞，长337英尺，宽218英尺，连续往里面倒了几个星期的水泥，再注满水。他们吹嘘说这是世界上最大的游泳池，而这个地方几年前还只有一口不怎么样的泉眼。大约在同一时间，一个名叫约翰·R·布林科里的人竞选堪萨斯州州长，他许诺要给本州的每个县都造个湖。

用一个马拉的犁种田，其产量几乎不足以维持弗莱德·福尔科斯的生计。给他和其他旱地农民带来巨变的是拖拉机。1830年代，耕种和收割1英亩土地需要58小时。到1930年，同样的工作只需3小时。弗莱德·福尔科斯或卡里·卢卡斯再也不需要用骡子拉的收割机收割小麦，堆成垛后再脱粒。一台拖拉机可以干10匹马的活。有了新的联合收割机，福尔科斯稍微动动手就能收割谷物并脱粒。福尔科斯买了一台国际 22 - 36 型拖拉机、一台凯斯联合收割机和一台单向犁——12 轮的大迪图尔①。单向犁此后将获得"大草原毁灭者"的骂名，因为它破坏草皮的效率太高了，但眼下它堪称技术奇迹。福尔科斯几乎翻耕了他的每一平方英里土地，然后付钱租下附近的地，又把那里的草皮连根拔起。到 1920 年代末，他的收成高达 1 万蒲式耳，那可是一座小麦山啊。此外，如今有更便捷的途径把弗莱德·福尔科斯和卡里·卢卡斯的小麦运到世界各地。1925 年，博伊西城终于等来了火车，比西南移民开发公司承诺的梦幻机车晚了差不多 20 年。

在蒙大拿州东部，30 年前随着铁路的到来而建起的城镇开始衰退。北部平原的宅地试验以失败告终，无论是政府奖励还是铁路推广计划都无法使其继续下去。但是在南方平原上，铁路线正在抵达地图上的空白处。福尔科斯只需把小麦运到几英里外的博伊西城的一个谷仓，然后小麦会从那里运到芝加哥、纽约和欧洲。

建立在欺诈之上的幽灵小镇博伊西城，随着每一个收获季节而发展壮大。人们放弃了马车，换成了福特 T 型汽车，即使没有足够的道路供车行驶。一年中的大部分时间，人们都在硬邦邦的大草原上开车。这里有一座新的浸礼会教堂、一座新的长老会教堂、一座向住在鲁扬牧场附近的墨西哥人开放的天主教堂。一位名叫赫兹斯坦因的服装商穿过新墨西哥州克雷顿的边界来到镇上，承接西装和衣裙订单。西蒙·赫兹斯坦因每年去纽约两次，带回来的衣服能使大草原上的夫妇看起来像电影里的时髦男女。他向顾客们分发鞋刷，上面印着"赫兹斯坦因所售，必为佳品"的字样。

伴随拖拉机而来的是抵押贷款。很长一段时间里，银行都拒绝向住

---

① 凯斯和大迪图尔都是农业设备牌子。——译者

在子午线 98 度以西的农民贷款。那是傻瓜才会去的地方，干旱和沙尘无处不在的恶土。但是进入新世纪以来，少数几个雨水充足的年份表明这种谨慎是没必要的。博伊西城的约翰·约翰逊第一州立银行的贷款遍布全县，只要人们乐意签字抵押其地产，就可获得更多的钱来翻耕更多的草地，种下更多的小麦。一座装饰着罗马柱的新法院在畜牧用的风车旧址上拔地而起，那里在 1908 年是口活泉。到 1929 年，博伊西城已经有了一座剧院、一家旅馆、一个书店、一家银行、一家报社、一家乳品厂、几家咖啡馆，还有一个电话局，人们可以打电话给接线员要求帮他们接通邻居家。在几分钟的大声抱怨之后，家长里短就会满天飞。

手头阔绰起来之后，福尔科斯家开始投资更大的梦想。他们计划在蓬勃发展的无人之地开拓更多的土地。他们从西尔斯&罗巴克的商品目录上订购了家用电器，并把卖粮所得存入了银行，而那家商店甚至出售整套房屋的设备，人们可以通过成套配件来组装。弗莱德给凯瑟琳和女儿菲亚买了衣服。最后，他们建了一座巨大的拱形屋顶的房子，以取代摇摇欲坠的棚屋，在那里，过去十年凯瑟琳在无数个夜晚哭着睡去。在孩子们看来，棚屋似乎总是闹鬼。夜晚，菲亚和她的兄弟们听到墙上有刮擦声和抓挠声，仿佛有个长着长指甲的鬼魂想要抓住他们。那是蜈蚣，它们在墙上筑巢。蜈蚣忙个不停的时候，菲亚根本睡不着。棚屋不过是一堆立起来的木板：宽 1 英寸、长 10 英寸的木板，钉在宽 2 英寸、长 4 英寸的立柱上，里面贴着墙纸，外面是防水油布。为了隔热，墙上还贴了报纸。有些安家者甚至把报纸整整齐齐地一字排开，这样他们就能看报上那些即将失去时效的新闻。墙上的刮擦声太大时，凯瑟琳会一把抓起熨斗贴在墙上。一阵嘶嘶声之后，蜈蚣在熨斗的挤压下死去。

新房子还在盖，福尔科斯一家就在一场冰雹中失去了他们的老房子——人们用"垒球大小"这样的体育用品词汇来形容大草原上击穿屋顶的东西。没有人为棚屋的倒塌而惋惜。现在这家人有了两个卧室，一个起居室，一个有煤油炉的大厨房，还有一个大得能装下越冬用煤的地下室。1928 年，菲亚 10 岁生日那天，一家人带她到博伊西城去看商店橱窗的陈列。她天资聪颖，富有创造力，身上散发着一种雄心勃勃的气质，让人觉得她可能不会在大平原待太久。

经过一家家具店时，菲亚的爸爸对她说，看看那架钢琴。生日快乐，它是你的了。这架钢琴 300 美元——首付 10 美元，月供 10 美元。买了钢琴后，他们请了一位老师，每节课 50 美分。同一年，弗莱德·福尔科斯去找了堪萨斯州利伯勒尔的汽车经销商，然后开回家一辆崭新的 1928 年款道奇车，这个漂亮的四门车足够容纳全家人。他们把这辆道奇停在新房子前，拍了张照片。蜈蚣的刮擦声、熨斗挤压蜈蚣时的嘶嘶声，都被福尔科斯的新家里飘出的琴声、种下的果树和在无人之地新翻耕的麦地所取代。

高地平原上，到处都是一种晕陶陶的感觉。星期六晚上有大型舞会，农民们跳起吉特巴舞，非法酿制的劣酒免费畅饮。无人之地上最偏远的锡马龙县在 1920 年代末有 5 408 人，博伊西城有 1 200 人。来到狭长地带的人们最初只想得到一小块土地，现在他们意识到，通过简单的贷款程序他们能拥有任何东西，而且有了拖拉机和打谷机，他们干的活顶得上一车帮工干的。有时候，弗莱德·福尔科斯会说这一切似乎发生得太快了。全能的上帝啊，人们正在铲掉大平原上的草皮，重蹈野牛和印第安人的覆辙。倘若这片土地不是用来种草的，又是用来干什么的呢？不过，雨水也许确实是随着土地的开垦而来吧。诚然，博伊西城最初只是罪犯的梦想之地，但现在这里有了一座火车站，一座新法院，一位拖拉机经销商，还有一两个吃饭的好去处，几座高高的谷堆，周围是一块块金色的麦田。有种说法确有道理，即在人类文明发展的地方气候会改变，会引发降水，因为 1920 年代西部大开发时确有几年是雨水充沛的。不过，刚刚过去的时代讲述的是另一个故事。1870年代和1890年代的干旱早已使其他自耕农相信，不可翻耕这里的土地。但是，铁路员工和小册子作者承诺，只消把大草原上的草皮连根拔起就会引起大气波动，便足以改变天气规律。如今，既然大平原的草皮都被连根拔起了——上帝作证，雨水必然降临。

人们如潮水般涌入城里，住进水晶酒店的客房——带着行李箱的农民无意在此定居。他们只想租几天拖拉机和一块地，在翻耕过的地里撒下一些冬小麦种，来年夏天便可回来坐享其成。这是一个被称为"在庄稼上碰碰运气"的游戏。1921年，一个带着行李箱的农民在堪萨斯州东南边开垦了3.2万英亩土地。4年后，他开垦的土地面积翻了一倍。对此，银行很少会说不。国会于1916年通过了《联邦农业贷款法》后，每个有水井和治安官的小镇都有了自己的农地银行——一个机构！——提供利息为6%的40年期贷款。借5 000美元，每月还款还不到35美元。这点钱，任何一个有一台约翰·迪尔工程机械和320英亩地的人都付得起。如果这就是狂妄自大，或者一些教会妇女所说的"玩命"，那么美国政府可不这么看。对于在古老的草原上赶紧大干一场，政府已经发表了官方观点。

"土壤是这个国家所拥有的坚不可摧、不可改变的资产，"在人们改造草原时联邦土壤局这样宣布，"这是一种取之不尽、用之不竭的资源。"

第三章　创造达尔哈特

　　巴姆·怀特在达尔哈特镇外找到一个棚屋，屋主说他可以把家人安置在此，在附近的地里种下他们敢种的任何作物，收成一家一半即可。收成分成，总好过驾着只有半支马队的马车在南方游荡，所以牛仔决定在达尔哈特待久一点，尽管做佃农对放牧者而言根本算不上生活。古老的 XIT 牧场还在被瓜分，而养牲口不赚钱，牧场一天天消失，这好像是种耻辱。1926 年到 1929 年的那几年间，雨水在春季如约而至，这让所有人都忘了那些干旱的年份，他们说天气已经永远地改变了——变好了。也有人说，你可以在这片被诅咒过的土地上种下任何东西。这家人种了萝卜，有些重达 3 磅甚至更多，它们看上去似乎属于高地平原。怀特家把这些块茎蔬菜装上马车，运到镇上，卖给杂货店；在付掉房东的那部分后，余下的部分足够这家人生活，还能让巴姆·怀特闲下来几天拉拉小提琴，或者在牧场找份临时工的活。他和莉兹有 3 个孩子。在达尔哈特期间，他们曾经生了一个女儿，不过她一生下来情况就不太好，根本没有呼吸，全身发紫，是个死胎。莉兹·怀特始终认为这片土地不适合他们一家，或许他们本该一直朝南走的。但是，巴姆·怀特是个相信明天的人，他非常适合这个有来年可期许的县。即使在埋葬死婴时，怀特的直觉仍然告诉他这个小镇是有前途的。

　　乐观的情绪是有感染力的。达尔哈特现在有了个乡村俱乐部，就在泥巴路上的蒸汽洗衣店那边，附近就是洛克岛铁路公司的铁道。再远处，过了棒球公园，"126 号"日夜喧嚣。姑娘们从丹佛和达拉斯来到这里，侧着身子曼妙地移动或者围着正在弹奏的钢琴跳一曲，然后悄悄地溜进两间大房间中的一间，男人们可以在那里打上一炮，也可以按自己的花样来。戴不戴套在"126 号"是有的选的。他们卖的啤酒味道不像热乎乎的口水，有时候还允许顾客付一个姑娘的价钱带走两个，只要他是老主顾并且闻起来没有牛粪味儿。

道森医生又给自己买了两块地，想种点棉花。棉花应该比小麦更赚钱。那些年有过一些沙尘暴，人们都认为是大草原耍的小性子。沙尘暴颜色很浅，根本不像是种威胁，但它们会持续很多天，吹得眼睛生疼，还会堵塞拖拉机的发动机。当约翰·道森 1926 年大学毕业回到家乡，医生把儿子带到田边，告诉他这片土地会如何使他们富裕起来。他弯下腰，用手摸了摸泥土，相当不以为然。但是棉花根本没有扎过根，歉收两季后，医生绝望了，当高地平原上的其他人正在赚大钱，要么勘探石油，要么种植小麦，要么从到这里勘探石油或投机小麦的人身上薅一把羊毛时，他却没有什么可以证明自己也能从地球上这片最富饶的土地上分一杯羹。就连在卢伯克附近拍电影的那个该死的家伙也在稳赚大钱。西克曼·普莱斯来到狭长地带时说过，如果这里都是工业化农场，能让这里的小麦赚钱，那我们就放手干吧。他在电影业赚了钱，但他告诉人们这里还有更大的财富。到 1929 年，他拥有 54 平方英里的土地，约3.5 万英亩，地里长出的小麦就像福特 T 型车一样赚钱。他吹嘘说，这就是把亨利·福特模式用于农业而产生的规模经济。你可以算一算，朋友。这个拍电影的家伙说他产出的小麦每蒲式耳成本为 40 美分，如果售价为 1.3 美元，那他一年就会有 100 万美元的收入。1924 年至 1929年的 5 年间，得克萨斯州狭长地带被开垦出来种小麦的土地从 87.6 万英亩升至 250 万英亩——增长了 300%。

德索托的牛仔们、迪克·库恩大叔和他所有的牌友都叫医生别在种棉花上浪费时间了，也别去打石油生意——趁价格还不错，赶紧好好种几年小麦。或许价格会下跌，但只有当价格暴跌时才会使麦农血本无归。

就连最后一批牛仔也放弃了草原。詹姆斯家的儿子们因破产而被迫卖掉了他们在达尔哈特镇外的一大块地。1920年代，他们在博伊西城和达尔哈特之间的另一块地上劳作，不过有传言说这块地很快也会被分成小块出售。绝望之中，安迪·詹姆斯尝试开采石油，运气好的话就能保住一家人的牧场。他们从已经收回许多牧场的那家银行又贷了款，还租了台钻机，在地上钻了200英尺、500英尺、1000英尺、1500英尺、1800英尺，直到钻头"啪"地断掉，也没有石油冒出来拯救詹姆斯家的儿子们。巴姆·怀特闲逛到詹姆斯的牧场，和其他牛仔一起眼睁睁地看着一大片适宜放牧的绝佳草场被银行收走。巴姆从来没上过二年级，但他的直觉告诉他这是不对的——所有的好草地都被翻耕破坏——他不明白怎么成了这样，牛仔不就是马背上的人吗。当时安迪·詹姆斯看起来很难过，在赚快钱的时代他却时运不济。他摇摇头，擦了擦额头，他的脸上爬满风吹日晒的痕迹，强有力的肩膀僵着，有时候一句话也不说。或者他会踢着土地咒骂一通，眺望远处正在撕裂草原的拖拉机，即使在漆黑的夜晚，它们也会开着前灯作业。

这片草地绝不是生而就该被犁的，詹姆斯一边对他手下的牛仔说，一边呷着黑咖啡，这些牛仔偶尔会在他的咖啡里掺些劣质酒。草地不该被拿来安顿人口或切分。牛光吃须芒草就能长膘，可惜的是，养牛再也不赚钱了。太可惜了。草全是生物量；无需照管，1英亩草就能给农场主带来2000磅饲料，640英亩的地会给食草动物带来100多万磅最优质的天然草料。10年前第一次世界大战开始时，詹姆斯兄弟就拥有狭长地带所剩的最大的在营农庄，面积超过25万英亩，北达锡马龙县，西至新墨西哥州。不过，再好的光景此时也已接近尾声，牛肉价格因为大平原上养殖过多供应过剩而下跌。牛肉的全盛时代也没有持续多久，甚至还不如科曼契人在签署和平协议后统治这片土地的时间长。人们为安迪·詹姆斯感到难过；他正逆时代潮流而行，真是个时运不济的穷小子。

迪克·库恩大叔仍会在一个口袋里放一张百元大钞，但他还在大把大把地赚钱，这张百元大钞就像零钱。迪克大叔在他城外的土地上养了价值不菲的斗牛，为了表演，也为了配种繁殖。在镇上，他拥有邓洛克大街上最好的房子，包括一直在营利的所有店铺，譬如德索托酒店和一家药店，店里的药剂师在处方上把威士忌当药开。德索托酒店入住的衣着考究的朝圣者多到迪克大叔根本来不及给地板打蜡。戴着白手套的门童迎接着来客，这些人来这里只为闻一闻源源不断造出的钞票的味道。

1929 年，约翰·L·麦卡蒂走进了这座信心满满、蓄势待发的小镇。他看起来很像年轻时代的奥逊·威尔斯①，一头黑发，精力充沛，体格健壮，不仅巧舌如簧，还能妙笔生花。他买下了《达尔哈特的得克萨斯人》，自任编辑和出版人，打算将其变成得克萨斯狭长地带最知名、最有影响力的日报。麦卡蒂认为自己是在用笔建设小镇，他时年 28 岁，而达尔哈特的人口才刚刚超过 4 000。他和这座小镇是同年诞生的。不到 50 年前，人口普查显示无人——一个人影也没有！——居住在得克萨斯狭长地带一角的四个县里。现在，洛克岛铁路公司每个星期从东部载来的人都会全部在这里下车，福特沃斯和丹佛的铁路线将人们从南北各地送到这里。他们乘坐马车、汽车、火车而来，甚至还有飞机在达尔哈特镇外的一片狭长泥地上降落。

麦卡蒂千方百计提振达尔哈特镇民的士气，使他们胸怀大志。这些

① 美国电影导演、编剧和演员。其代表作《公民凯恩》被公认为史上最伟大电影之一。——译者

人不论男女都很顽强，他们有幸在一个四边都有水的，注定有伟大前途的镇上生活。麦卡蒂很喜欢菲尔顿歌剧院，德索托酒店供应的美食，通过赫兹斯坦因买到的那些西装，在"舒适角"向他脱帽致敬的年轻人，还有那些刻意含蓄地提到自己最近去墨西哥湾或加州旅行了几次为了给《达尔哈特的得克萨斯人》第二版写文章的女士们。在达尔哈特棒球队对阵克莱顿、博伊西城或杜马斯的球队时，他是赛场上声音最响的啦啦队长；他们输了，全镇都会情绪低落。他觉得自己对达尔哈特的未来负有责任。他犹如蒙上眼罩的马，不顾一切地摇旗呐喊，但也略有几分文采，会审慎地引用古代学者的话或者美国智者的华而不实之说。他的专栏大约每周一次出现在《达尔哈特的得克萨斯人》头版的威尔·罗杰斯的文章旁边，而老乡们跟他说他的文笔更好。麦卡蒂不是个信口开河的人，但对达尔哈特这样一座高地平原上的城市的未来，他比某些人更深信不疑。

人们现在来到高地平原是因为他们错过了早期的土地争抢、瓜分、诈骗和拍卖。他们错过了最好的宅地，从印第安人那里偷来的最好的土地，最好的铁路出让土地，这片土地在 1862 年首部《宅地法》和 1909 年的《扩大宅地法》颁布后，很快就被瓜分完毕。拉开 1856 年约翰·弗里蒙特总统竞选大幕的是这样一幅场景：好几千人一边行进，一边高呼令人振奋的口号——"土地免费，人民自由，弗里蒙特!"——这一切就发生在这个国家最糟糕的土地上。早前的许多宅地上种过小麦或棉花，地力已经耗尽，产量不如以前。1880 年至 1925 年间，大平原上约摸 2 亿英亩的宅地中，近半被认为勉强适合农业生产。但即使到了 1920 年代，一个家庭还是有机会创造历史的：他们或者来自世界上的落后地区；或者父辈曾是农奴、佃农、租户，甚至奴隶、死里逃生者、被遗弃的人、穷苦白人以及墨西哥人，都能拥有一块土地。"人人都是地主"可不是句空话。历史学家一直认为 1890 年人口普查之后美国边疆就已关闭了，而实际上，西进运动在 20 世纪接近尾声时才结束，人们尝试在美洲大沙漠上定居但以失败告终。不过，他们忽略了南部平原。20世纪头 30 年，它有了另一副面貌。

"农业的最后一片边疆"，政府 1923 年这样称呼它。南方的家庭、农场帮工、苏格兰-爱尔兰人和威尔士人通常一波接一波地涌入，从资源耗尽的土地逃亡到一片尚待开发的平原。18 世纪时，苏格兰-爱尔兰人离开爱尔兰和大不列颠北部，在阿巴拉契亚山脊两侧的贫瘠土地上定居下来，而后扩散至南部和中西部。他们是内战中的炮灰，许多人都失去了土地。来自俄克拉荷马新城镇的人是因为石油价格暴跌而丢了工作才来到这里。墨西哥人则是被堪萨斯和科罗拉多那些有水灌溉的甜菜农庄的工作吸引而来。当年轻人 1910 年在肯塔基或阿肯色州转悠时，被告知在这里他们除了替人打工，什么都得不到。他们指了指得克萨斯的狭长地带或俄克拉荷马的无人之地，互相道别，并说"农场见"。我的农场。来自遥远的俄罗斯的人比其他族群的人都要多：数千人几个世纪以来居无定所，四处飘零。当他们抵达奥马哈或堪萨斯城时，各种探子、土地商和铁路殖民者将他们送上了高地平原。

北部平原完全是另一番景象。那里的人咒骂铁路，因为它使一场导致无数家庭破产的骗局长期存在。他们曾经为了搏一把而在诸如蒙大拿的迈尔斯城和北达科他的马马斯之外的地方扒光草地，种下小麦。接下来是一连几年的干旱，一两个冷得要命的寒冬，还有平原上其他地方的小麦供应过剩。就那样，美好的生活一去不返，主街上生意凋敝，宅地被遗弃在弗兰特山脉吹来的奇努克风[①]中。北部铁路沿线的一些城镇在建成后不到一代人的时间就解体了。但在南部平原，人们张开双臂欢迎

---

① Front Range，是北美落基山脉南部的山脉，位于美国科罗拉多州中部地区和美国怀俄明州东南部地区，是北美大平原赤道面北部 40 度往西遇到的第一片山脉。奇努克风（chinook）是冬末从落基山脉东侧吹下来的干燥暖风。——译者

铁路通到当地，还举行盛大的庆祝活动，仿佛北部什么事也没发生。历史可能会重演，但是没几个人愿意发出这样的警告。

约翰·麦卡蒂在他的专栏里勉励达尔哈特不要裹足不前，赞美像迪克·库恩大叔那样富有远见的人。他们需要一家真正的医院，还需要第二家汽车经销商，第二家银行。在开车到镇外销售报纸的路上，看着撕裂古老的埃斯塔卡多平原的拖拉机扬起的漫天尘土，麦卡蒂并不在意四处都看不见一条河，一条溪流，也不关心没有湖，没有一点地表水。

"美国人民在这片土地的历史上从未像现在这样接近于战胜贫穷。"新总统赫伯特·胡佛说。他 1929 年就职，在选举中以绝对优势获胜，攻破了民主党掌握的南部票仓，拿下了大平原各州。

拖拉机滚滚前行，草皮被连根拔起，每年有 100 万英亩的草地被翻耕粉碎；从 1925 年到 1930 年，短短 5 年，又有 520 万英亩的天然草皮消失在南部平原的铁犁之下——面积相当于两个黄石国家公园。这还不算已经被翻耕过的另外大约 200 万英亩的大平原土地。1901 年，得克萨斯的达拉姆只有 4 个小农场，占地不到 1 000 英亩；到 1930 年，这个县三分之一的土地都在开垦。

"这是上帝的阳光照耀过的最好的地方。"麦卡蒂在《得克萨斯人》上宣称，对此颔首赞许的人当中包括那些正努力靠读报学习英文的人。从俄罗斯来的德国人深知生活在上帝的阳光熄灭的地方是一种什么样的滋味。

第四章　高地平原上的德国人

　　1929 年夏，美国粮食过剩，南部平原铁路沿线的每个镇上都长出了一座小麦塔，未售出的小麦就这样堆在有升运机的谷仓外。俄罗斯恢复出口后，欧洲也出现了供过于求的局面。当火车飞驰在穿越高地平原的一条条铁路线上，驶近利伯勒尔、盖蒙、德克斯荷马、博伊西城或达尔哈特时，首先映入眼帘的就是地平线上一座座无人问津的小麦山。这是一个繁荣的迹象，但也预示着有事即将来临。供需正在失衡。价格一路下跌，先是跌破每蒲式耳 1.5 美元，接着跌破每蒲式耳 1 美元，再跌到每蒲式耳 75 美分——仅为几年前市价高位时的三分之一。农民们有两个选择：他们可以减产，希望供应收紧，价格上涨；或者种更多的小麦，以更高的产量赚得同样的收益。在南部平原全境，反应都是一样的：农民们铲除了更多的草地。他们需要偿还利息为 6% 的债，购买新拖拉机、犁、联合收割机的债，还有以信用抵押购买或租用的土地所带来的各种债务。一个 1925 年赚了 1 万美元的人要想在 1929 年获得同样的收入，唯一的办法就是种植面积翻倍。于是，拖拉机以前所未有的速度除去了水牛草，在土地开始使人崩溃之前的最后几年里，南部平原每天要挖近 5 万英亩的土地。这些已经长了 3.5 万年的草皮就这样被迅速剥去，重新形成了得克萨斯和俄克拉荷马的狭长地带、堪萨斯大部分地区以及科罗拉多的东南部。没有哪个时节比秋季翻耕草地更糟糕的了，因为土地会暴露在外好几个月，任由冬末和初春的风吹过——那是刮大风的季节。听凭那么多的土地裸露在外是一种赌博，许多农民都知道这一点。

小麦的价格可能一直在跌，但它不会毁了一个美国故事。1929 年 9 月，乔治·亚历山大·厄尔里奇坐在婚宴上的一张桌旁，给他的孙辈们讲述了俄罗斯伏尔加河沿岸一个叫切尔巴戈夫卡的小村庄里那些最艰难的岁月。他的 9 个孩子中的一些也围在他身边。他们在俄克拉荷马沙特克的教堂做礼拜，在那里，一个名叫肖恩哈尔斯或霍弗伯的人不必假装成别人。沙特克就在得克萨斯州界的对面，在达尔哈特以东约 75 英里。厄尔里奇说话的口音是在狭长地带经过一代人的时间演化而来的：一种非常古老的德语风格，略带俄语音调，还夹杂着得克萨斯-俄克拉荷马的方言，在这种方言中能用一个音节的时候绝不会用两个。省口气吧，老乡们说：总有一天你会需要它的。是啊。

他给家人讲了在俄罗斯乡下跟牲口棚里的马匹用链子拴在一起的经历。乔治过去常跟当制革匠的父亲一起走街串巷学手艺。父亲教给他的小把戏之一就是怎么防止马被偷走。晚上，乔治和父亲把马的腿跟他们的脚踝锁在一起。他们就这样睡在牲口棚里，马和厄尔里奇一家，都被镣铐束缚着。要不是在 16 岁生日时收到沙皇的征兵通知，乔治本可以步父亲的后尘靠制革手艺谋生。厄尔里奇一家知道一个小伙子离开村庄会发生什么事：人们再也见不到他了。沙皇军队经常甚至不给家属送阵亡通知。为了逃兵役，他们不得不离开俄国。1890 年，厄尔里奇一家登上了驶往汉堡的船。这是一艘移民船，船上的补给足够维持 20 天，到纽约应该只需两周。航程过半时，强风伴着大雨和不断翻涌的 40 英尺高的巨浪，船进水了。他们驶进了一个季末台风中，船就像浴缸里的玩具一样，被台风撞击、抛开、拍打。所有的人都退到了下层船舱中避险，在那里心惊胆战地听着木梁绷紧时发出的吱嘎声，还有风的呼啸声，轮船散架的噼啪声。别担心，船长说，夹板是密封的；轮船沉不了。风暴的第二天，船的桅杆突然折断坠入了海里，但没有完全断开。船身倾斜，桅杆在海里被钩住了，导致移民船斜得很厉害，水涌了进来，淹没了甲板。船长发出求救信号，并叫每个人做好死亡准备。

当乔治讲这个故事——厄尔里奇家族在俄克拉荷马的新世界的发家史——的时候，更多的孩子围拢了过来，跟他们一起来的还有其他成年人。上了年纪的人都知道这个故事，但乔治讲故事的方式值得再听一遍。他们倒上葡萄酒，大口喝着啤酒，吃着辣的熏香肠。大伙儿都吃了更多东西。早在5天前，俄克拉荷马沙特克的女人们就开始为这场婚宴准备佳肴了，新鲜的香肠和果馅奶酪卷的香味从教堂飘到田野。在高地平原上的德国人定居点，没有比婚宴更加放肆张扬的集体聚会了。在这一年的其余时间里，盎格鲁人可能会取笑他们的服装，治安官可能会叫他们去问话，商人可能会拒绝他们光顾商店，孩子们可能会嘲笑他们的口音，农民可能会嘲笑他们的种植方法，其他移民还会挖苦他们是"鹅锅人"。但1929年9月的这个星期天，举行婚礼的日子，属于来自俄罗斯的德国人。经过一段看似不可能却延续了166年的漫长旅程，他们从德国南部跳进了俄罗斯的伏尔加河流域，又跳到了俄克拉荷马的切罗基地带①。来自俄罗斯的德国人既不是俄罗斯人，又不是完全的德国人。长期的颠沛流离、国家的残酷对待和官方的嘲笑使他们变得坚强，只想不被打扰。南部平原上这片没有树木的辽阔大地是美国仅有的几个看起来像家的地方之一。

"他们看起来怪里怪气的。"堪萨斯的《海斯城前哨报》曾经这样形

---

① Cherokee Outlet，是位于俄克拉荷马-堪萨斯两州边界以南的一块60英里宽的土地，1836年的《新埃科塔条约》把这块地给了切罗基人，作为去西部的永久性通道。——译者

容一些伏尔加河地区的德国人，一代人之前他们穿过这里时肯定是大平原上最具异域特色的族群之一。"人们随便在哪个角落都能看见他们叽里咕噜地闲谈，可是没人知道他们在说些什么。他们生活在这里是确凿无疑的；因为不管他们走到哪儿，都有样东西如影随形——一股刺鼻的怪味儿，冲得连壮汉都受不了。"

在婚礼上，妇女们端来一盘用德国木刀切碎的卷心菜，与猪肉酱和洋葱拌在一起，然后包在面团里烤成面包。另一张餐桌上摆了凯斯面条，是用厚厚的农家奶酪和洋葱头做的。奶油球汤热气腾腾，味道醇厚。猪头熬过油之后再用水煮，就成了猪头肉冻[1]。鸡肉烤过了；块茎去皮煮熟，一股脑儿倒进土豆沙拉里。妇女们磨碎了自家的谷物，用它和从鸡舍里取来的鸡蛋、从牛棚里挤来的牛奶一起烤成十几个蛋糕和馅饼。她们还带来了炖好的苹果和腌过的西瓜。男人们不做饭，他们酿啤酒，酒味很浓，很醇厚，有酵母味；也酿葡萄酒，用的葡萄要么是从加州用火车运来的，要么是从谷仓那边的葡萄架上摘下来的。男人们杀猪，灌香肠，下水切碎后用盐、胡椒和大蒜腌了，然后塞进大肠里熏制。

这些安家者更喜欢衬里柔软的高帮毛毡鞋，而不是牛仔靴；更喜欢羽毛垫褥，而不是美式床垫。没有哪户人家没有烈酒和香肠。他们会在教堂里唱"Gott is de liebe"[2]，并在圣诞节期间折腾一个月之久，以至于美国的习俗也随之改变。他们的这种文化定格在1763年，然后全部移植到了大平原上。倘若没有他们，很可能小麦永远都不会种植在大平原的干旱地区。因为当他们登上开往美国的轮船时，来自俄罗斯的德国人随身携带了火红的种子———一种硬质的冬小麦——并把一些蓟草缝进了

---

① hog's head cheese，一道冷盘，以猪脸肉熬煮，熬出胶原蛋白后，加入香料，其色如芝士，冷冻至凝固后切件上桌。——译者
② 意为"上帝即仁爱"。——译者

马甲的口袋里。这意味着活下来，是一件比钞票值钱的传家宝。火红的种子短梗、耐寒、耐旱，非常适合98度子午线以外的土地，以至于农学家不得不重新思考主流观点，即美洲大沙漠不适合农业生产。在俄罗斯，正是这种作物使德国人迁出山谷，搬到了草原上海拔更高、更干旱的耕地上。尽管蓟草是偶然来到这里的，但它们长势迅猛，很快就在西部蔓延开来。在旧世界，蓟草被称为"perekati-pole"，意为"在田野上翻滚"。在美国，它被称为风滚草。

伏尔加德国人[①]保留了他们的宗教、饮食、着装、习俗，坚守着史诗般的家族叙事，还有他们的谷物种子。在美国，他们了解了棒球、爵士乐、拖拉机，也学会了找银行贷款。

他们被称为难对付的和平主义者、漂泊不定的人，其主要特征是逃避兵役。德国的门诺派教徒来自黑海附近，从一开始就遵从良心而拒服兵役，当然在原则上他们是反战的。但是，从俄罗斯来的其他许多德国人在20世纪的两次世界大战中，一旦穿上美国军装就会拿出战士的看家本领，毫不留情地对他们的昔日同胞痛下杀手。他们不会为沙皇而战，或者更糟的是——为布尔什维克而战。他们得到了叶卡捷琳娜二世的承诺，此事可追溯至1763年7月22日的一份宣言，答应给他们宅地，免除赋税，文化自治以及免服兵役。110年后，承诺不再算数，他们全村逃往美国。他们一直以为叶卡捷琳娜二世是他们中的一员，因为这位女皇在德国出生，15岁时嫁给了俄罗斯贵族。33岁时她废掉了自己的丈夫彼得大帝，成为俄罗斯的统治者。叶卡捷琳娜二世是一位强大的君主，统治俄罗斯近40年，在定居美洲大平原的问题上起过堪比铁路的重要（但是间接的）作用。

叶卡捷琳娜认为俄罗斯可以少用点俄罗斯人，多用点德国人。德国

---

① 指生活在俄罗斯南部，伏尔加河流域的萨拉托夫（伏尔加河下游港口）周边及以南的德国人。——译者

农民不像俄罗斯农民那样邋遢。早些时候，她担心当时俄罗斯东南部伏尔加河中部两岸的边界，那里靠近萨马拉市和萨拉托夫市。她想要一片抵抗蒙古人、土耳其人和吉尔吉斯人的缓冲区，他们在大草原一带游荡并肆意抢劫，其行径与控制高地平原的阿巴契人和科曼契人如出一辙。农业殖民地，即使落在非俄罗斯人的手中，也会带来稳定。叶卡捷琳娜的宣言承诺提供免费的土地，在殖民地建立的头 30 年不收税，每户人家的男性户主及其后代免服兵役。该宣言面向除犹太人之外的全部西欧人，犹太人被明令禁止享受这些福利。在德国南部的贫穷村庄，家家户户饱受七年战争造成的杀戮和贫困之苦，濒临破产。就这样，叶卡捷琳娜的代表找到了他们的殖民地开拓者。

"我们需要人丁，"叶卡捷琳娜说，"如果可能的话，要让旷野上到处都是人，密密麻麻像蜂巢一样。"

美国人喜欢认为他们的祖国是第一个对疲惫、贫困的人，还有机会主义者开放自己土地，并给予那些被旧世界拒之门外的人宗教自由和财产的国家。然而，早在命定扩张论将潮水般的朝圣者送往美国西部之前，俄罗斯就主动开放了自己的"巨石糖果山"[①] ——一片寸草不生、饱受风吹的地幔，若不是中部有一条大河，这里很可能是高地平原。在伏尔加河流域，每个成年男子都可以申领大约 30 英亩的土地，土地主人死后这片土地将归还社区。30 年内不收税，不用服兵役。对宗教信仰也没有限制。

"一夫多妻制对人口增长有很大的用处。"叶卡捷琳娜曾经提议，但

[①] 古老民歌《巨石糖果山》，1928 年首次录制，歌中描绘了流浪的失业者心目中的天堂，在那里母鸡下的是软软的熟鸡蛋，还有香烟树。不久，犹他州居民开玩笑地在一座山下竖了块牌子，称其为巨石糖果山，这个名字就被保留了下来，并成为犹他州中部著名地质景点之一。科罗拉多州、华盛顿州等地均有"巨石糖果山"，其颜色是由硫化氢、蒸汽、地下水和氧气的复杂化学过程引起的数百万年的成矿作用而来。奥威尔在《动物庄园》中引用过这首歌，并改编成了动物版。——译者

是德国人没有接受，直到一个世纪后有些人加入摩门教，情况才有所改变。几十个村落在伏尔加河中下游地区拔地而起。他们执着地认为家里必须一尘不染；洁净是最高尚的美德。若有人在街上吐西瓜籽，就会受10鞭子的惩罚。法律规定村庄必须干净，街道每周至少清扫一次。每对已婚夫妇必须种20棵树。婚后，年轻夫妇要和新娘的家人住在一起，直到女方的父亲去世，土地被重新分配。他们不共戴天的敌人是吉尔吉斯人，一个鞑靼部落，其成员在大草原上放牧，后来还把打家劫舍变得像战士出征一样。

1771年，吉尔吉斯人洗劫了伏尔加河畔的沙塞尔瓦。他们满脸油彩，手握长矛，像上战场那样呼号着骑马冲进了城里。他们烧毁了教堂，奸污老妇幼女，抢夺母亲怀里的婴儿。房子被洗劫一空，然后付之一炬，谷仓里的粮食也被抢得精光。他们还绑架妇女和男孩卖到亚洲为奴。直到今天，生活在俄克拉荷马狭长地带的那些姓施密特或海因里希的好孩子一提到沙塞尔瓦的事就会气得脸色发白，握紧拳头。这段历史深深地烙在伏尔加德国人的记忆中，一如小比格霍恩河战役①会令印第安苏族人耿耿于怀，或者在爱尔兰提到克伦威尔的远征就会令盖尔人怒火中烧。

到了1863年，也就是叶卡捷琳娜的宣言发表一个世纪之后，伏尔加河两岸大约生活着25万德国人。而在黑海附近海拔更高的地方繁衍的另一群体主要是德国的门诺派教徒。在沉迷于清洁街道和打扫屋子之余，德国人爱唱歌。在俄罗斯的寒夜里，歌声温暖了教堂的石墙，这是令外来者印象深刻的几件事之一。伏尔加河流域的殖民者不会让自己归化成俄罗斯人，而这最终导致他们流亡海外。德国人的村庄整洁干净，年年丰收，有强烈的民族自豪感，还不用服兵役，这一切使俄罗斯人对

---

① 一条位于怀俄明州北部的河流，那里1876年爆发了一场战役，美军在此役中遭到原住民苏族人围歼，全军覆灭。——译者

生活在他们当中的这些外族人的怨恨与日俱增。为什么要给他们特权？

1872年，沙皇亚历山大二世废除了叶卡捷琳娜的承诺，宣布说德语的俄罗斯人必须放弃自己的语言，还要参军。他提高了赋税，取消了酿造啤酒的特许执照。这两点都能挑起战争。对于需要对抗持续的债务和投机性泡沫的影响的美国铁路公司而言，没什么比沙皇的命令更巧的事了。1870年代初，干旱和蝗灾在美国大平原上肆虐。

"信上帝得永生，信堪城变破产"，人们把写有这种标语的横幅挂在他们的货车上，他们试图种些什么，又放弃了。在堪萨斯和内布拉斯加的边境地带，农民正在离开，他们谴责欺诈，说铁路公司助纣为虐。面临破产的铁路公司在俄罗斯南部的大草原上找到了救星。为他们的移民骗局做代理的人有跟德国人打交道的经验，认为这些人是优质客户：他们集体出行，付款及时，有勤劳节俭的好名声。有些铁路公司还针对不同族群采取策略。例如，伯林顿铁路公司印的宣传册用的是德语，而不是法语或意大利语。与此同时，德国人的侦察队带着有关美国中部土地的第一手资料返回伏尔加。他们喜欢自己在加拿大草原上看到的一切，喜欢南达科他和北达科他，喜欢一路沿着平原进入俄克拉荷马的印第安领地。当天气还没冷到把眼睑都冻上的时候，总是酷热难当。这里没有树，常年刮风，而且土地免费。又一个应许之地——就像俄罗斯一样。

从1873年开始，村庄一个个凋敝，人们动身去大平原。叶卡捷琳娜镇、普菲佛镇、舍恩彻镇和其他一些地方几乎变成了鬼城。德国人登上伏尔加河上的小船前往萨拉托夫。从那里乘火车到北海港口，再登上开往纽约、巴尔的摩或加尔维斯顿的移民船，然后爬上开往大平原的火车。在美国的港口，许多人有生以来第一次见到黑人，惊讶不已。有些德国人来到这里的时候只带了一张泛黄的叶卡捷琳娜二世的照片，还有一张别在外套上的字条，标明他们的家庭或目的地。不久，在内布拉斯加的林肯市或堪萨斯的埃利斯县之类的地方，人们在街上听到的德语比英语多。1870 年代，大约 1.2 万俄罗斯德国人来到堪萨斯；50 年内，大平原上将有 30.3 万人居住。新的市镇常常会以他们抛在身后的村庄的名字来命名。在堪萨斯，德国人建立了利本塔尔镇、赫尔佐格镇、叶卡捷琳娜镇、曼纽尔镇、普菲佛镇和舍恩彻镇，"舍恩彻"的意思是"可爱的小东西"。

"没人想过旱灾和蝗虫——大家都很开心，个个干劲十足。"《芝加哥论坛报》1876 年在一份典型的德国人动态快讯中这样报道。他们在别人不敢耕种的土地上犁地，清除草皮，撒下火红的种子。一些美国人对这些俄罗斯德国人的印象是他们喜欢唱歌，把简陋房屋的地板擦得干干净净，都可以在上面吃饭了。屋子里有灰尘是他们不能容忍的。

1890 年，乔治·厄尔里奇在横渡大西洋的旅程中步入了 18 岁。当他在婚宴上继续讲述他的故事时，他谈到了自己在移民船上的心情：很害怕，是的——在航行了一个星期后，他开始后悔背井离乡。他的钱绑在小腿上，所有的东西都塞进了一个袋子。他的一部分家人早些时候已经移民去了埃利斯县，其他人则留了下来，希望自己能躲过沙皇的征兵警察。乔治收到服兵役的通知时，得知伏尔加河流域遭遇了严重干旱，这是促使他逃往美国的另一个诱因。当飓风刮倒桅杆，把它拽到海里时，他心想自己永远也见不到美国大地了。桅杆从底部约 10 英寸的地方断了。它被拽进水里的时间越长，船身就倾斜得越厉害。台风怒吼，海浪汹涌，狂风暴雨撕扯着船只。又一个求救信号发了出去。没有回应。他们都将淹死在大西洋的中心。另一个德国人——乔治只知道这个男孩是天主教徒——主动请缨爬上桅杆，将它锯断。船长说这会要了他的命，不过要是少年愿意一试的话——只能请上帝保佑了。他们在男孩身上拴了根绳子，又递给他一把锯子，让他上路了。他摇摇晃晃地爬出船舱，海浪翻腾，咸咸的海水从他身上扫过，他一寸一寸地朝淹没在海水中的桅杆爬去。当他沿着横梁爬到足够远的地方时就开始锯了。他锯开缆绳和橡木，直到双手麻木。终于，桅杆断开了。横梁一落入大海，船身就恢复了平衡。现在船长命令所有的移民往外舀水。船上只剩一个螺旋桨还能工作，另一个在暴风雨刮断锚链时被砸坏了。船颠簸着一路向西，渐渐逃离了台风的魔爪。在纽约，这艘船已被宣布在海上失踪了。

离开汉堡近两个月后，移民们终于抵达纽约港，他们的食物都吃光了，许多人病入膏肓。乔治·厄尔里奇于1891年元旦那天踏上了美国的土地。

再说那边婚礼现场，已经是敬酒环节了。当然，要敬叶卡捷琳娜二世，还有美国。他们举起了酒杯，杯子里是谷物酿造的烈酒和德国人在俄克拉荷马酿造的气泡白葡萄酒，并感谢上帝赐予他们好运。手风琴和杜西莫琴登场了。他们跳起了婚礼舞蹈，其风格与狐步舞很像，只是节奏更快。小麦收成将是有史以来最大的。在沙特克以及得克萨斯州州界对面的福莱特镇和达鲁泽特镇，伏尔加德国人正在抛弃先辈推崇的节俭之风，购买福特森牌和泰坦牌的新拖拉机，从银行贷款购买更多的土地。赶紧种下更多的小麦。快！

抵达大平原后，乔治·厄尔里奇暂住在理海的亲戚家，同时在找工作。不过留在那里的时候，他错过了俄克拉荷马1893年的大发展，当时切罗基地带敞开怀抱，十几万人冲过去想从以前属于印第安人的600万英亩土地上分到一份。6年后，厄尔里奇听说昔日的印第安领地上还剩下几个地块，就在那片良田的西边。对于堪萨斯的许多德国人而言，这是他们分得美国一块地的最后机会。1900年秋，乔治和另外20个男人从堪萨斯来到沙特克，寻找免费土地。靠近小镇的所有土地都被人认领了，插上了写着史密斯、理查德森、维特斯和谢里尔等姓氏的木桩。

乔治步行出发了，一路西行去远方的高地。

"如果找到我喜欢的土地，我会把帽子扔上天，"他说，"如果没有，我就回堪萨斯。"乔治朝着高地走去。在离小镇 6 英里远的一座小山脚下，他发现了一片野草丰美的土地，清风拂过，宛如波浪起伏，还有叉角羚在吃草。他认领了山脚下这片草场的 160 英亩地，称那里为"天堂"。

回到堪萨斯后，乔治与家人重归于好，并准备同其他几百个德国人一起离开。他们把牛、鸡、马以及打包好的德国菜刀、《圣经》、手风琴和歌谣集都归到一起。火车上塞满了家畜，还有贝克尔一家、伯恩一家、斯波默一家、哈夫纳一家——挤得水泄不通，司机只得命令几个人下车，说车超载，动不了了。一些孩子躲在母亲的裙摆底下以免被算作人头。他们恳求道：这是他们最后的希望。他们逃离了大多数美国人都不知道它存在的地方——地图上都找不到——但仍然没有家。俄克拉荷马是他们最后的机会，一如达尔哈特之于牛仔巴姆·怀特，无人之地之于卢卡斯和福尔科斯。

火车抵达沙特克时，眼前的一切令德国人目瞪口呆。俄克拉荷马看起来像地狱。土地一片焦黑；空气中烟雾弥漫，令人作呕。放眼望去，原本应是他们新农场的草地被烧了，地平线上的几英里除了尖尖的黑草茬什么都没有。曾被保证拥有这片土地的印第安人——主要是切罗基人——在盛怒中离开，他们至少被美国政府背叛了三次。最近的土地争夺战中，切罗基人的几块领地被划为宅地，此事是几个部落首领同意的，他们得到许诺，每人可以得到 160 英亩的土地，但作为交换，他们要放弃更大面积的领地。而其他印第安人认为这是打劫。科曼契人也这么想。与此同时，他们那小小的保留地也在向移民开放，使得这些大平原之王除了政府发的如何成为农民的小册子之外，几乎一无所有。印第安人从这片土地上离开时点燃了野草，烧毁了身后的一切。或许这会把德国人吓回堪萨斯吧。

在这片野草烧焦的土地上，伏尔加德国人将会努力重建他们在俄罗斯时的生活。来到沙特克的第二天，一场暴风雪袭击了俄克拉荷马，雪一连下了两天。德国人在火车站附近扎营，但他们的牲口闯入了暴风雪中。接下来的一个星期他们到处寻找牲畜，但其中一些因为没有草吃，在严寒中饿死了。沙特克的一些商店拒绝卖东西给德国人；另一些人还试图通过一项法令，禁止他们在该市范围内说他们自己的语言。在盎格鲁农场主看来，这些爱唱歌、会酿啤酒、打扮怪异的人赶到这里来的急切劲儿，仿佛前世注定了要到南部平原似的。

然而，俄克拉荷马大草原上的新德国村庄并不比高地平原上出现的其他社会弃儿的殖民地更奇怪。得克萨斯州的奥斯陆往西几英里应该是棕色的挪威。奥斯陆由安德斯·L·莫尔特①建立，而挪威的奥斯陆之前叫克里斯蒂安尼亚。1909 年，当莫尔特出现在俄克拉荷马州的盖蒙并在那里设立自己的办公室时，人们告诉他，斯堪的纳维亚人属于达科他州。莫尔特则另有想法。他发誓要在横跨得克萨斯州州界的空旷土地上建立美国最大的挪威殖民地。他在一个殖民点搞到一个几万英亩的地块，还承诺很快就会有一条铁路线穿过那里，并在美国的挪威语报纸上花钱登了广告。"在涨价之前赶紧下手吧，"1909 年出版的一期《斯堪的纳维亚人》上的广告说，"这里雨水充沛，谷物丰茂。"挪威人来了，大概 200 户。他们建起了一座校舍，一个路德教教堂，教堂的顶上日后会装上一座由水路从挪威运来的铜钟。钟声将在这片土地上回荡，这里从没有姓格里姆斯塔或托维克的人称之为"家"，而挪威面包和碱渍鱼

---

① 莫尔特 1904 年从挪威移民美国，并在俄克拉荷马州盖蒙成立安德斯·L·莫尔特公司总部，1908 年在得克萨斯汉斯福德的西北角建立以挪威首都命名的奥斯陆。他代理销售 R·M·汤姆森和 R·T·安德森在汉斯福德控股的农庄，并在中西部几家领先的挪威语出版物上刊登广告，组织潜在买家乘火车到奥斯陆基地参观考察。——译者

干将会打破这里牛肉和大麦的饮食习惯。唉，新的教堂铜钟跟泰坦尼克号一起沉没了。奥斯陆也因为缺少雨水和铁路线而注定失败。1913 年的干旱让这块殖民地遭了殃，莫尔特在一个夏天宣布破产，那时候一滴雨没有下过，气温高达华氏 112 度。奥斯陆消失了，而路德教派教堂仍然矗立在这片旧殖民地的土地上。

德国人之所以在这片土地上留下来，是因为他们在俄罗斯度过的近 2 个世纪教会了他们如何在寸草不生的地方生活。乔治·厄尔里奇在俄克拉荷马的第一份工作就是农场帮工。为了学英语，他在后裤兜里装一本笔记本，并找其他牛仔教他认动物。

"那是奶牛。"**请你拼一下**。于是乔治在笔记本上写下 C-O-W。

"那是草原鸡。"乔治又潦草地写下了 p. c-h-i-c-k-e-n。

"而你是德国人（Kraut）①。"

乔治钻进小山的一侧，挖了个地洞，这是他的第一个家。他娶了伏尔加德国人同胞汉娜·韦斯，在 160 英亩的土地上种了一排排小麦和玉米，养了几头奶牛用来挤奶。他还开始养马。在搬出地洞前，厄尔里奇夫妇生了个女儿，接着又生了个女孩，第三个还是女孩，第四个也是女孩——她们每个人年龄仅相差一岁。乔治盖了一座木屋，然后又生了两个女儿，第七个孩子是男孩——威廉·乔治·厄尔里奇，他们叫他威利。接着又生了两个女儿，再后来生了第二个儿子小乔治·厄尔里奇。现在他们有 10 个孩子。在第一次世界大战期间，厄尔里奇一家差点儿逃离沙特克。乔治以前常常在周末邀请学校老师来家里做客。战争初期，老师在厄尔里奇家看到一幅德国皇帝的肖像，就摆在叶卡捷琳娜二世的肖像旁。她报告了当局。两天后，警察包围了厄尔里奇的农庄，搜查屋子，翻了个底朝天。

---

① Kraut 这个德语词于 1918 年收入英语中，是对德国人的蔑称，特别是在两次世界大战期间用来指德国士兵，它得名于中欧和东欧的传统食物——泡菜。——译者。

你是间谍，他们指控他。

请拼写 S-P-Y。

厄尔里奇和另外 11 个德国移民被带到县府所在地阿内特。有传言说，他们将被当作叛徒绞死。午夜时分，警察来到监狱把厄尔里奇和他的邻居们赶了出来，送往东边一个更大的镇伍德沃德，他们将在那里接受联邦法官的审判。时值一月，夜晚天气寒冷，在这段漫长的旅途中，厄尔里奇的手被反剪着铐在卡车车厢里，差点儿冻僵。大约凌晨两点，法官 T·R·亚历山大睡眼惺忪地出现了。警察解释说他们抓到了一个亲德国的秘密团体。其中一个智力有问题的德国人开始抽泣，含糊不清地说着母语。一个卫兵叫他闭嘴——要是听见他们当中有谁再说一个德语词，就把他们的心挖出来。他晃动着刀。

"乔治·厄尔里奇，"法官说，然后重复了几次他的名字，"你为什么在这里？"

法官记得早先遇到过厄尔里奇，那时他来伍德沃德申请公民身份。

"你为什么在这里？"法官又问了一遍。

"我不能说话，"厄尔里奇回答，话里混杂着英语和德语，"这位卫兵会挖出我的心。"

"你是在跟我说话，"亚历山大法官告诉他，"你们这时候在这里干吗？这半夜三更的。"

"Pit-schur。"

"什么意思？照片？"

"是的。"

一个军官拿出厄尔里奇家收藏的一张照片——德国皇帝及其家人的一张摆着正式姿势的合照。

"这张照片很漂亮，"法官说，然后转过去问警察，"这就是你们抓这帮人的全部理由？"

"他们是亲德分子。他们正在破坏抗击德国的战斗。据我们所知，他们是间谍。"

法官转头问伏尔加德国人："你们当中有多少人在战争中支持美国？"

所有人都举起了手。厄尔里奇把手伸进口袋，拿出一张为筹集战争经费而发行的面值 200 美元的政府邮票。一个朋友拿出了战争债券。法官看着警长，问他**的**军官中有多少人有战争债券或邮票。一个人都没有。

"把这些人送回家，"法官说，"如果他们有什么三长两短，我唯你是问。"他们在拂晓前的寒冷和黑暗中上了车，到家时太阳已经升起。随后是一整天的庆祝会。

10 个孩子中最小的那个是全家的心头肉，他们叫他"乔吉"，他是个精力充沛的孩子。他每时每刻都在变化，这片土地也是如此。人们正在买汽车和拖拉机，扩建住房，用上好的布料做衣服。1924 年 8 月 14 日，一个夏日的傍晚，当风吹起拖拉机开过扬起的沙尘时，乔吉跑到了马路上。一辆运牲口的卡车驶来，司机没看见乔吉，从他身上碾了过去。他当场死亡。乔治和汉娜痛失爱子后，生命好像一点点从他们身上流逝。此后多年，汉娜一直说自己不想活了。乔治会责备她，提醒她德国人所经历的种种磨难。但他内心的创伤也没有愈合。有时候，当他独自一人在田间时，他会放声大哭，哭到浑身颤抖。

又敬了一轮酒——只剩一点烈酒，炖苹果倒是很多。厄尔里奇讲完了自己来到美国的故事，一个邻居古斯塔夫·博斯举起了酒杯。古斯塔夫的经历也差不多：他逃避沙皇的征兵，乘船逃到美国，但因为当时爆发了青光眼而被关在埃利斯岛隔离了。他还差点儿去了南美。乔治·厄尔里奇和古斯塔夫·博斯给孩子们讲的都是 40 年前的事了；似乎他们描绘的是另一个世界，一个难以理解的艰难时期。1929 年 9 月的美国，生活简直太过甜蜜富足，美满得令伏尔加德国人难以想象。

即使现在小麦价格下跌，乔治·厄尔里奇眼里也只看得见未来的好光景。他逃过了沙皇的军队，从重创移民船的大西洋上生还，在烧尽俄克拉荷马的大火和大战期间的反德浪潮中挺了过来，熬过了痛失小乔吉的创伤，乔治认为他能承受一切。然而在接下来的 5 年中，他会发现自己的处境比待在旧沙俄时更糟，比在被暴风雨蹂躏的船上更惨，而且时间比任何野火都持续得更久——一种史诗般的苦难。

第五章　最后的大开垦

1929 年 10 月 29 日，股市崩盘，那天是星期二，是华尔街迄今最灾难性的一幕，动荡持续了一个月。投资人在交易日结束时都松了一口气。

"股市收盘时反弹，券商欢欣鼓舞；银行家颇为乐观"是第二天《纽约时报》的三叠新闻标题的一部分。娱乐杂志《综艺》更直接："华尔街下了个蛋。"

券商们表示，这没什么，只不过是令人眼花缭乱的十年行将结束时的调整，是共和国历史上最繁荣的时期。情况很快恶化了。在接下来的三周里，股市损失了 40% 的市值，即超过 350 亿美元的股东收益——这笔钱多得足以浮起半个地球上的国家。整个美国的联邦预算勉强达到 30 亿美元。对于那些当时听从了别人的建议把存款从银行取出来投资股票——比如通用电气——的人来说，股价在 1925 年至 1929 年间增长了 500%。然而仅仅一个月，他们就赔得精光。更有可能的是，他们以保证金购买了更多的股票，靠借贷赌股市只会上涨。为了在股市崩盘后偿还保证金贷款——有时高达 18%——他们不得不在许多股票根本没人买入的时候抛售。银行也开始了它们自己的投机狂欢，把魔爪伸向人们的储蓄账户，向银行官员和其他内部人士提供数百万免息贷款用于购买股票。当股市暴跌时，银行被掏空，直到钱全部蒸发。一家名为联邦雪茄的公司在一天之内每股从 113 美元暴跌至 4 美元，这家公司的老板从华尔街的一幢大楼跳下身亡。

不过，因股票暴跌而自杀的投资者并不多见，只是都市里的一个传说而已。大多数美国人并没有股票：在 1920 年代，购买股票的人从未超过 150 万。人数最多时，有 400 万人持有股票，一般是由赠予、遗产继承或购买获得，而美国的总人口是 1.2 亿。美国人仍然在种地。1929年，每 4 人中差不多就有 1 人在农场工作。这个国家一只脚在田野上，一只脚在城市的杜松子酒浴缸里。

在高地平原，华尔街的周期性动荡不过是一种遥远的噪音。股市崩盘倒霉的是富人、滑头的城里人以及所有那些衣着时髦的人和花花公子，不可能触及美国农业最后的边疆。博伊西城的报纸吹嘘说，1929年，股市崩盘的涟漪从未波及狭长地带。相反，随着创纪录的丰收，建起了一条新铁路，甚至梦想盖起城里的摩天大楼，这份报纸说："我们要发财了。"

然而，尽管大草原上的家庭可能并没有股票，但确实拥有小麦，而且小麦价格开始随着股市的走势而波动。在华尔街，人们预付 10% 的保证金来交易股票。① 在堪萨斯，旱地小麦的种植户也做了同样的事——用小麦赌博。1928 年的小麦收成还不错，年底时价格维持在每蒲式耳 1 美元左右。大多数人预计小麦的价格是 1.5 美元；有些人甚至说起 20 年代初价格曾经高达 2 美元。其他地方发生了旱灾，从马里兰到南北卡罗来纳，一直蔓延到阿肯色，这应该会推高价格。

博伊西城外，卢卡斯一家正准备开始第一次收割冬小麦，那是 6 月的一次收割，当时天空暗了下来，隆隆作响。卡里·卢卡斯已经去世，而且死得很突然，把农场留给了他的遗孀迪和 5 个孩子。她的小叔子

---

① 就是以 10 元的押金炒 100 元的股票，股票涨 10%的话 10 元变 20 元，跌 10%的话就全赔光。——译者

C·C·卢卡斯和两个小儿子现在身强力壮，可以做她的帮手。她的女儿黑泽尔·卢卡斯嫁给了查尔斯·萧，去了辛辛那提。由于小麦价格下跌，还要偿还新买的农用机械的贷款，卢卡斯家全指望这茬庄稼了。如果小麦收成不错，迪·卢卡斯或许就能给孩子们买双鞋，给这幢卡里在老地洞旁边修建的房子添置一些特别的东西。电不是可有可无的。在镇上，放电影的地方有个弹钢琴的给银幕上的故事伴奏，餐馆里的灯亮了，有些家庭也用上了电。但无人之地的其他地方还未通电。没人有洗衣机、吸尘器或白炽灯。不过，农民们确实有了创造奇迹的机器。15年来，卢卡斯一家把从前用骡子拉的手扶犁换成了由马拉犁刀耕地的骑行犁，最后换成了调校精密的内燃机犁。

"机械是新的救世主。"亨利·福特说，尽管这话在虔诚的自耕农听来不啻为一种亵渎，但也不无道理。每10秒钟福特的生产线上就会有一台新汽车下线，其中一些现在就停在无人之地的地洞旁边。

离卢卡斯的农庄几英里远的地方，弗莱德·福尔科斯给他的新脱粒机上了油并清洗干净，让他的人手各就各位，此时天空乌云密布。他倚在新房子的一侧，屋檐的长度正好能在窗户上投下阴影，新道奇车就停在门口。他的女儿菲伊正在成为一名体面的音乐家，定期上钢琴课，琴是他们刚刚在博伊西城赊购的。他的新拖拉机、新车、新房子和钢琴——靠的全是无人之地这小小的320英亩地。他需要小麦来弥补每蒲式耳1美元的价格缺口，最终有足够的钱支付所有的开支。借款越积越多。威士忌，百分之百锡马龙县出产的劣质酒，使他暂时忘记这一切。现在弗莱德·福尔科斯每周都要借酒浇愁几次，不仅仅是呡几口高粱做的威士忌。他从未像现在这样依恋自己的果园。整个高地平原上的人都被告知，地洞一旦成形就得种树。据说树木会增加降水，使水分上行。内布拉斯加还给种树者减税呢。福尔科斯只是想种水果，这是他反击那些说无人之地种不了苹果和桃子的人的方式。

6月的暴风雨总是很麻烦，夹带着被晚春的寒冷与初夏的炎热所迷惑的系统的电流。高地平原上最严重的冰雹发生在5月和6月。两大系统一较量——东边的潮湿和西边的干燥——通常意味着摩擦、强风和响亮的撞击声。看一眼天空，暴风雨就在眼前，飑线滚滚而来。迪·卢卡斯叫孩子们赶紧躲到地窖去。冰雹很快落下，砰砰作响，巨大的冰块坚硬如石，撞击时会反弹，有些则因为反作用力太大而爆裂。声音越来越大。冰雹球大得像葡萄柚一样。它们敲碎了朝北的窗户，听起来像马群在田野里狂奔。当迪·卢卡斯从地窖出来时，看见麦田已被夷为平地，上面覆满冰球。冰雹有时候会下得更大；在堪萨斯，夹在一场暴雨中落下的冰雹直径达6英寸，大得足以把一个人砸昏过去，甚至砸成脑震荡。任何超过弹珠大小的东西都可能造成毁灭性的后果，敲碎窗户，使汽车和房屋开裂或凹陷。C·C·卢卡斯往外望去：这场破坏也降临到了他自己的80英亩小麦上。无一幸免；所有的麦粒都被砸进了泥土里。附近的情况也一样糟：原本能让弗莱德·福尔科斯明年渡过难关的土地也被冰雹毁了——田里白花花一片。他的果树依然屹立，但花蕾全部被打落。庄稼全毁了——一年的辛苦5分钟内就化为乌有。迪·卢卡斯试图忍住眼泪；但她的眼睛蒙上了一层水雾，不一会儿泪水夺眶而出。C·C·卢卡斯也哭了起来。诚然，他们是心怀来年的人——你得与狭长地带和解——但是这并不意味着心里会好受一些。任何长期生活在无人之地的人都深知大自然的喜怒无常。这狗娘养的暴虐成性，爱打击人，还喜欢咆哮，然后又会原谅人并补偿一些东西。两个成年人无力地跪倒在冰雹田里，在孩子们面前放声大哭，这是年幼的孩子们从未见过的一幕，他们吓坏了。

这场冰雹毁掉了锡马龙县的大部分小麦作物，不过在高地平原的其他地方，小麦却及时收割了。从俄罗斯来的德国人把很多麦子运进了沙

The Worst Hard Time: The Untold Story of Those Who Survived the Great American Dust Bowl

特克，却被告知他们如果再送来的话，麦子很快会被烧掉。在艾奥瓦和内布拉斯加，人们已经烧谷物取暖了；有个法院的壁炉整个冬天都在烧多余的谷粒。在堪萨斯西南部，一年的收成增加了 50%。在达尔哈特周边的县里，产量增加了 100%。小麦堆在谷仓里；有的在地上发霉了，有的被风吹走了。1930 年初，小麦的售价仅为 10 年前的高价位的八分之一。每蒲式耳 40 美分的价格几乎无法抵销成本，更别说还银行的催款了。所有的平原只有一条出路，最后博一把：种更多的麦子。农民们铲除了剩下的草，拼命地撕开草皮，希望价格回升时能有个好收成。

当寡妇卢卡斯在琢磨小麦歉收后该怎样撑过来年时，她的女儿黑泽尔正打算回乡后在锡马龙县重新开始。这位新嫁娘在城里挑了白手套，穿着从辛辛那提买的衣服让她觉得自己很高贵。在回家的火车上，她本以为能找到一份教职等丈夫归来。他们会尽量在博伊西城找一所房子，把它打扮得漂漂亮亮，就像她在辛辛那提看到的那些房子一样。查尔斯来到克里斯默斯的时候，他告诉妻子一切都变了。乡村病了。你可以从人们的脸上看出来，在咖啡馆和返回无人之地的火车上听出来。信心受到打击。手头很紧。人们惶惶不安地去银行销户。到 1932 年底，四分之一的银行将倒闭，900 万人将失去存款。在纽约，西装革履的男人在街上卖苹果，5 美分一个。每个街角都能看到他们，就连百万富翁都害怕了。

"我担心我到头来有 9 个孩子，3 个家，却身无分文。"约瑟夫·肯尼迪对一个朋友说，他可是美国最有名的爱尔兰裔美国人家庭的一家之主啊。

股市损失高达 500 亿美元。3 个月里，200 万美国人丢了工作——是夏末失业人数的 3 倍。查尔斯在城里看到了他在无人之地从未见过的事情：年轻人穿戴整齐，低着头，排队等待领救济餐。还看到一些这样的人睡在桥下。

"好在还没有人挨饿。"胡佛总统说，试图在岁末时让人们平静下来。然而话说早了。几个月后，阿肯色州发生骚乱，人们要求为孩子们提供食物。接着，同样的事也发生在离家近的地方。一群暴徒在市长拒绝他们的食物请愿后洗劫了俄克拉荷马市的一家杂货店。为了食物暴动：怎么会这样？这里全是小麦，粮食多到足以喂饱半个地球的人，就堆在火车站，等着被浪费。有些东西失衡了。生产率飙升，而工资下降，工作岗位消失。过剩的东西太多了——食物、衣物、汽车——买的人太少了。曾几何时，在售玉米的挂牌价是每蒲式耳负 3 美分。

黑泽尔听说来年，也就是 1930 年，在博伊西城外的新希望学校会有工作机会。

"你期望的薪水是多少？"办事员问她。

黑泽尔一直在思考这个问题并且已经想好了答案。"每月 100 美元。"

办事员皱起了眉头。

"有问题吗？"黑泽尔问，"如果你们开不出 100，90 我也接受。"

"我们一分钱也拿不出。"办事员说。

"一分钱也没有？"

"但我们还是想雇用你。我们需要一位老师。"

"你们什么也不付？"

新希望学校破产了。农民们债台高筑，已经停止交税了。没有税收，学校就没法给教师发工资。但他们还是想雇用黑泽尔。他们提出给她信用证，也就是晚些时候能兑换 10 美元的一张纸。

她接受了这份工作和信用证。不过当黑泽尔拿着她的第一份信用证到银行去兑换时却被拒之门外。约翰·约翰逊的银行拒绝兑现。根本没法保证税收收入将使学校有偿付能力。随着这一学年一个月一个月地过去，黑泽尔明白了新希望学校在一段时间内是不会给教师发工资的。她没拿工资干了一年。

　　田里的事更令人伤心。哦，麦子长势喜人。1930年，春天的雨水又一次刚刚好，小麦绿油油的，直立在阳光下，饱满的麦穗预示着收成。6月的早小麦开始收割时，价格反弹了一些，每蒲式耳涨到近80美分。但是等到弗莱德·福尔科斯把麦穗脱粒装车运到40英里外德克斯荷马的市场时，价格跌到了每蒲式耳24美分。他惊呆了。福尔科斯又喝起了威士忌，随着夏季临近，他比以前任何时候都更需要丹·埃兰德的忘忧水。每蒲式耳24美分！靠这点价钱他没法活下去。寡妇迪·卢卡斯也无法生活。对于种了小麦的80英亩土地，每蒲式耳24美分意味着每一次收成平均下来能带给一个家庭400美元的收入。这点钱要支撑一整年的开支，购买足够的设备、种子、汽油，付帮工的工资、贷款利息，更别提吃穿用度了。400美元，一整年。1921年，同样数量的小麦能带来4 000多美元的收入。有田要耕，有拖拉机要保养，有贷款要还，没人能在这种情况下靠400美元过一年。

　　农民们恳求银行给他们最后一次机会。博伊西城的抵押拍卖在锡马龙县的新法院前举行，这已经成为一项经常性的活动。约翰·约翰逊这位在整个"咆哮的二十年代"都非常友善的银行家站在治安官海·巴里克身边，要求大家出价买下某人的财产，通常都是邻居，某个前几年从约翰逊的银行拿着贷款走出来的人。要是最低价没人出，约翰·约翰逊的银行就会获得那个抵押品。农民们开车经过，冲着治安官大叫，而他拿着来复枪站在约翰逊旁边，取消安家者赎回自己在无人之地的财产的权利。

　　过了一段时间，农民们领悟到拍卖的规律，想出了一个计谋。在每一场抵押拍卖会之前，他们同意出 10 美分买下一匹马或一台联合收割机，多一分也没有。出价更高的人过后会被人收拾。银行知道发生了什么么，治安官巴里克也知道，但他们阻止不了。这是合法的拍卖程序。有段时间，这种 10 美分的拍卖游戏始终有几个破产的安家者在玩。

1930 年秋，农民们再次把拖拉机开向了水牛草，这一次是因为绝望。他们开垦的土地比之前为了种小麦而开垦的土地还要多。不过，就在卢卡斯一家、福尔科斯一家和其他几户人家 1930 年秋天播种来年的庄稼时，他们注意到一些 12 个月前开垦的土地现在光秃秃的。当价格暴跌时，那些只带了行李箱来，冲进博伊西城想在麦子上博一把的农民也不见了踪影。他们刚耕完几百万英亩的土地就走了，留下了被扒开的土地，连小麦都没有种。它们就这样光溜溜地暴露在风中。

往北走穿过州界，在巴卡县，农民们对自己夸下的海口很认真，说是要把科罗拉多州这个饱经风霜的角落变成该州旱地农业之都。巴卡县是南部平原上最后一块被撕裂并翻耕的土地。10 年间，马车运输已经消失了，牛群被赶出了田野，草皮被掀翻。巴卡县的最后一批牛仔中，有些人曾经在 XIT 牧场做帮工，他们不喜欢被科罗拉多的安家者赶走，就像他们不喜欢在得克萨斯州那儿被赶走一样。作为最后的努力，少数牧场主组建了一个委员会，跟农夫们一起到处走访，并警告说如果他们继续这样破坏草地，这片土地对任何人——不管是牛仔还是安家者——都没有好处，它会被风吹走。但是在巴卡县牛仔们的好日子来过又走了，就像在得克萨斯一样。他们在世纪末的时候有过漫山遍野的草地，当时那里到处是牛群。安家者们对牛仔的信任不比对 XIT 牧场帮工的信任多。

移民们通过圣达菲步道西行时留下的车辙在这片土地上还崭新如昨，仿佛他们上周四才经过那里。巴卡县正忙着脱掉它自 18 世纪后期以来一直披着的羊毛外套，这可是牛仔的家园啊。正如人们从蒙大拿州东部和达科他州迁出一样，这里正值巴卡县的建设期。圣达菲铁路公司从堪萨斯的萨坦塔到巴卡县铺设了一条支线，于 1927 年竣工。铁路沿线的县在几年间增长了近 200%。在巴卡县的县府斯普林菲尔德，新街道不断修成，天一黑电灯就亮了。有个镇还敢自称"波士顿"，说有一天自己会与新英格兰的那个大城市比肩，等着瞧吧。另一个名叫理查兹的镇从平原的野草中成长起来，甚至连一棵树都还没扎根，就有了一所学校及一名教师，两家杂货店和一家邮局。

那个坐在自己位于现今斯普林菲尔德的家的陡峭屋顶上的老人，艾克·奥斯汀，第一次意识到要为挤在地洞里的寡母和兄弟姐妹赚钱时，年仅 12 岁。这家人 1929 年购买了他们的第一台拖拉机，奥斯汀和他的兄弟奥斯卡在县里转悠时，逢人便问要不要请人翻耕草皮。这根本算不上什么机械：轮子是钢的而不是橡胶的，坐在车座上猛地弹起来时屁股会疼得起水泡。但是有了拖拉机，奥斯汀一家可以一次收割三排。10年前，他们本该会被人咒骂或嘲笑——把巴卡县的草碾碎的念头简直是一个人能想到的最愚蠢的主意。艾克和他兄弟给人耕地，每英亩收 1 美元。撕开巴卡县的草皮的时间比他想象的要长，那里的草皮甚至比埃斯塔卡多的草皮还要硬。艾克也很容易分心。他喜欢在老苦行会的教堂废墟上玩耍，它的岩石地基全部没在草丛里，呈十字形。苦行会信徒以前会鞭打自己；这些鞭打自己以求赎罪者，早在有人试图在巴卡县种一捆高粱之前就生活在那里。就连最后的征服者唐·胡安·奥尼亚特 1608 年经过巴卡县时，也是满背伤痕，鲜血淋漓，因为他也是个自我鞭笞的苦行者。还有一次，艾克差点儿被子弹打死，当时他正在一座威士忌厂附近犁地。他和他的兄弟躲在岩石后面，看着骡车队进来，满载货物的骡子运来了糖、黑麦和巴卡县的优质高粱，然后运走了一桶桶威士忌——他听说每天有 200 加仑。

酿造劣质酒并不难，只需要一个大桶，大到足够装得下水、糖、黑麦或玉米以及诸如酵母之类的东西以帮助发酵。你要在煤炉上把水烧开，使它充分沸腾，以便酒精升到最上面并且开始凝固，然后通过一个铜管，冷却，变回液态。等到能卖时，这种酒烈到足以点燃拖拉机的引擎。"一项伟大的社会和经济实验。"胡佛总统提出了美国宪法第十八修正案实行《禁酒令》，从 1920 年开始。其本质是赚钱工具，同时还创造就业机会。锡马龙县、达拉姆县和巴卡县因威士忌的黑市交易而繁荣起来。伪君子可不会为此脸红。在得克萨斯，一家每天生产 130 加仑威士忌的酿酒厂被人发现开在参议员莫里斯·谢帕德的农场，他是得克萨斯州举足轻重的政治人物，碰巧也是《禁酒令》的最大支持者之一——参与起草了第十八修正案。

艾克并没有介入走私烈酒，并且在 1929 年靠拖拉机犁地赚了不少钱。他每天的日子过得很漫长：日出之前就起床，把地洞的泥地拍拍实，出门收集牛粪点炉子。冬天，他要确保牲口棚里有足够的干草喂牲口。有时候，走进牲口棚会令他伤感，让他想起父亲和停靠在那里过夜的货船，他们在星期六晚上演奏小提琴和法式竖琴，唱歌，讲着女人不宜的故事。而现在生活就是翻耕草皮，照顾庄稼，开垦更多的土地种麦子。农民们现在需要耕种 3 倍于最大宅地的面积才能在 1929 年实现收支相抵。人们购买、租借或共用闲置在那里什么也不做的任何土地，在新的 10 年开始之前，巴卡县几乎不剩下什么土地了，这一点科曼契人或牛仔们早已了解。

"奥斯——汀，"农民们冲着艾克大声喊道，"孩子，赶紧把拖拉机开过来。"

到 1930 年，巴卡县成为科罗拉多州最大的产麦县。牛仔们告诉安家者们，这事长不了。看看平均数：巴卡县通常一年的降雨量不到 16 英寸。雨水充沛的年份在 1920 年代后期并不常见。

艾克把赚的钱都交给了母亲，她在地洞里要抚养 8 个孩子。当然，她也想要没有泥土的地板，不漏水的屋顶，但她更希望艾克能留在理查兹学校，然后一路读上去，这是整个奥斯汀家族从没有人做到的——脱离面朝黄土背朝天的苦日子。她在巴卡县的地洞里生活得太久了，非常明白老天爷的背叛多于慈爱。

股市崩盘和货币紧缩对于向前看的达尔哈特人意味着机遇。迪克·库恩大叔看到了，也抓住了。在得克萨斯的狭长地带，地产价格在下跌，是买入的完美时机。迪克大叔在达尔哈特市中心买下了更多的不动产，对自己新发现的财产价值肯定会飙升从未表示过丝毫的怀疑。他一如既往地在德索托玩扑克牌，口袋里始终装着百元大钞，跟那些相信达尔哈特这座高地平原上的城市的人一起玩到筋疲力尽输到精光。一度有建大学的传言。约翰·麦卡蒂当然认为达尔哈特不会跌进 1929 年末的泥淖。报纸编辑继续勉励市民。总有一天，达尔哈特的居民们会实实在在地为纽约或费城的人们感到难过，他们把所有的钱都系在了一文不值的纸上。在达尔哈特，财富与"某个用之不尽的"、这个星球上最永恒的东西绑在了一起，那就是土地。

道森医生也这么觉得，不过，他对自己投在镇外土地上的钱还没有回报的迹象有些担心。在天主教修女们开设了洛莱托医院后，1929 年，达尔哈特终于有了一家真正的医疗机构。对麦卡蒂和迪克大叔而言，它证明了这个小镇正在阔步前进，这事板上钉钉了，他们俩一直这么说。千万别回头，别放慢脚步。但对医生和他的薇丽来说，这意味着他们最终摆脱了对这幢墙上印有布尔达勒姆烟草公司标识的小楼的义务，1912年以来头一回。终于，医生可以成为全职的农民了。

有一种可能性没有摆上台面：人们不再谈论在 XIT 牧场的旧址开采原油。股市下跌后不久，石油价格就暴跌了，从每桶 1.3 美元跌到 20

美分。世界经济一团糟。在德国，支付第一次世界大战的赔款耗尽了国库，人们用手推车把几乎一钱不值的货币运到市场上买东西。美国对进口商品征收严格的关税——这是政府在为大企业的每一次突发奇想而筹资的时候对行业的一种需求——使欧洲经济进一步陷入低谷。在令人晕眩的发展道路中，既没有警察，也没有监管机构对业已成为全世界最大赌场的美国经济实行基本的监管。佛罗里达的地产，得克萨斯的石油，堪萨斯的小麦，还有华尔街的股票——当危险被刻意地视而不见时，它们有的是时间，想干什么就干什么。而在经济下行过程中，当法律落实到位，关税和货币紧缩只会使情况变得更糟。消费者除了基本生活用品以外不再进行其他消费。经济萧条现在已经蔓延全球。

达尔哈特的银行是一个问题所在。谣言满天飞，说银行资金流并没有充裕到人们可以随时提现，银行职员挪用储户的账户存款为自己买股票。道森一家 1929 年 10 月或 11 月没有收到账单，年底收到的账单上显示他们的储蓄账户已经空了，城外几千英亩的土地收益为零，而这些土地本该使他们获得解放，告别那个待了 17 年的，摆着浸泡在溶液里的器官、弥漫着乙醚气味的疗养院的。那个秋天雪下得很早，他们的谷物都躺在了 14 英寸厚的雪毯之下。

薇丽继续参加文学社、乡村俱乐部、以野味为主的晚宴。随着1930 年临近，医生用自己最后的积蓄在镇上买了房子。他又失眠了，没有收益的土地让他烦躁不安。古老的草原上正发生着奇怪的事情。他曾经尝试在自己的几块地上种棉花，正当棉花开始成熟的时候，严寒从北方袭来，气温降到了零度左右，棉花全都冻死了。倒是俄罗斯蓟草——风滚草，在道森医生的土地上长起来了，完全是无心插柳。当他的土地上还长着水牛草时，种子在休眠。然而一旦他为了种植经济作物而将水牛草皮铲除时，蓟草的生命力就释放了出来，成为土地的主宰。到秋天，道森的土地上已经长出了几千英亩的风滚草。他雇了个帮工来除掉这该死的蓟草，拔掉枯死的棉花秆，将地耙好，种下冬小麦。

　　1930 年，巴姆·怀特和他的家人仍然住在一幢租来的小屋里，他们在这个地方似乎永远暖和不起来。不过，房租还不错：每月 3 美元。有时他告诉儿子们他还是想流浪。可能是印第安人的血液在涌动。伟大的基奥瓦酋长萨坦塔表达过对想走就走的热爱，这个民族随着季节的变化而迁徙，因而最能适应这片土地上的生活。"我不想在你们为我建造的房子里安顿下来，"当政府命令萨坦塔离开草原时，他说，"我喜欢在荒野上来去自由。"

　　流浪者的冲动现在对一个家庭毫无益处。没有动物需要照看——既没有牛，也没有野牛。也没有多少草。巴姆决定找到一座属于自己的房子，一个可以安身立命的地方，让家人安心，给家人一些地方来证明当他们的马死在达尔哈特时，意味着上帝叫他们在此定居，因为好运总会来的。巴姆靠在田里打零工为生，还卖萝卜和臭鼬皮。他并不总是感到达尔哈特是欢迎他的，他双手皱巴巴的，还满是污渍，而这里的农民个个穿着新衣服，吃得很好，喝的是本县酿酒厂非法酿制的烈酒。情况本来可能会更糟。他听说一个黑人来到镇上，从火车站出来，想去丁威迪酒吧喝一杯，显然没看见警告标志写的不许黑人大白天在达尔哈特出没。第二天，这个人不见了，镇上的人说他被杀了，谁都脱不了干系。这令巴姆不寒而栗。

　　巴姆靠卖臭鼬皮、打零工和卖萝卜攒钱，总算攒够了建自己的房子。这是一个半地洞式的房子，不像典型的地洞那么深；它长 14 英尺，宽 36 英尺，占地 500 多平方英尺，是巴姆、莉兹和 3 个孩子在高地平原上的栖身之所。屋顶是防水柏油纸，春风拂过发出的响声像女巫在尖叫。墙壁像指甲那么薄，莉兹说她没法住在这么冷的地方。巴姆和儿子们把厚纸板贴在墙上，想办法保温隔热。他们铺了 6 层，现在这个地方被封了起来以抵御高地平原上更为严重的气体发散。地洞分为两部分：一半是炉灶和餐桌，是吃饭和洗漱的地方；另一半是巴姆和莉兹的床，两个男孩共用的一张小床，还有他们姐姐的床。屋子里没有水，没有厕所，没有电。小迈尔特的工作就是用桶打水供大家清洗和做饭，收集牛粪点炉子。地方是不大，巴姆·怀特会一边这么说，一边捻着胡梢，但这是我们的，该死的，我们在得克萨斯终于不再一无所有了。

达尔哈特郊外的麦子很快就从地里收割下来，然后运到火车站附近的谷仓，堆放在去年的麦堆旁边，而去年的还没动过。在博伊西城，弗莱德·福尔科斯现在收割的麦子比他到无人之地以来任何时候收的都多，他的麦子也堆在火车站边的谷仓，挨着一年来一直堆在那里的麦子，它们无处可去。在俄克拉荷马的沙特克，乔治·厄尔里奇和古斯塔夫·博斯带着他们的麦子来到镇上，结果遇到一群双臂交叉在胸前、满脸凶相的人，警告他们离开。没地方放更多的谷物了。谷仓塞得满满的。倘若来自俄罗斯的德国人坚持要把粮食运到市场上去，他们会看到另一个人拿着来复枪站在一旁。农民们做了一切正确的事：秋天播种，给田里的麦子盖很多东西保暖，在春雨中仔细观察小麦的长势，祈祷夏天的冰雹千万别把它们砸死。至于一年到头的回报，小麦每蒲式耳才30美分，远低于种植和收割的成本。其他农民也一无所获。什么都没有。如果愿意，他们可以将一年的辛苦免费送人，或者挥挥手臂走人。那些只带了行李箱来的农民就是这么做的。推销员、药剂师、酒保、医生、机械师、教师，那些以为自己想当麦农的临时工到处开垦地块，想试试手气来个大丰收，如今他们正在抽身离去，趁自己尚未陷得更深。

这怎么可能呢：1930年一整年，这片土地上的大多数地方持续干旱，而高地平原上却有充足的雨水保证大丰收，但是……但是……没人来买？在纽约，金牌面粉竖起了巨幅广告牌劝人们"多吃小麦——一天三顿"。世界上不是有人在挨饿吗？是的，许许多多。美国也有，在密西西比三角地带和阿肯色州，老天爷对这些地方很吝啬。食品价格随着自由市场的过山车上上下下。在技术革命的浪潮中，一个由农民组成的国家生产了太多的小麦、玉米、牛肉、猪肉和牛奶，哪怕有 6 个或更多的州因干旱而歉收。他们的劳动所得竟然抵不上开销。为什么不让政府买下多余的小麦给那些挨饿的人呢？农民们这样要求。胡佛总统立即拒绝了这样的提议。一气之下，农民烧毁了铁路栈桥，不让谷物流入市场，在路上劫持运牛奶的车，强迫他们把牛奶倒掉。农民们在谷仓和小农庄举行秘密会议，计划举行一次大罢工——把他们剩下的小麦和玉米都收起来，以迫使人们注意到他们正在高地平原上坐以待毙。不过，要是沙特克的农民同意不在市场上销售小麦，巴卡县的农民更愿意抛售他们的小麦。他们会不惜代价拿走一切。

在巴卡县，这是一次创纪录的大丰收。在俄克拉荷马的狭长地带也是如此，还有得克萨斯的迪托、堪萨斯的大部分地区、内布拉斯加的部分地区以及流向瑞帕布利肯河的干旱地带。政府官员耸耸肩；这是自由市场，就像股票一样，大伙儿被市场投机坑了。20 年代末，纽约证交所的股票销售量在一年里翻了一番，小麦产量也翻了一番。胡佛总统不打算干预，扰乱农业资本主义的动态。还是要祝贺你们，政府官员说，你们种的小麦是十几年前的 7 倍，创造了新的全国纪录。继续保持吧，明年还会做到其他国家还没做到的事：产量超过 2.5 亿蒲式耳。在世界历史上，从没有哪个国家曾经试图种出如此多的粮食。

离开这片土地对乔治·厄尔里奇来说是难以接受的；他可不是为了放弃他在俄克拉荷马的 160 英亩土地和他那 10 个在美国出生的孩子，才逃避沙皇的征兵，在海上的飓风中九死一生，忍受一战在美国国内引发的仇恨的。至于因为那辆动弹不得的马车而与达尔哈特的命运绑在一起的巴姆·怀特，终于有了一个属于自己的家；他也不打算退却。黑泽尔·卢卡斯也是如此。她和查尔斯正试图在购销历史上最糟糕的时候开始做一些事情。她见识过城市生活，在圣路易斯体验过一把，在辛辛那提跳舞到深夜。城市实在太拥挤了。人们怎么能这样生活呢？应该在平坦的边疆安家。艾克·奥斯汀也感同身受，尽管他从未出过巴卡县，从未看过电影，从未踏上比博伊西城、达尔哈特或斯普林菲尔德更大的城镇的街道。他知道在秋天猎鹿，在 10 月骑马穿过金黄的田野，躲在科曼契人蹲过的泥坑里是什么感觉。这片土地纯粹是个奇迹。你只要学会正确看待它，怀有适当的愿景。艾克在地洞里生活过，出租他的拖拉机挣钱，不过最终他将拥有自己的家园——或者说一部分，就在他父亲决定建立奥斯汀家族的那 320 英亩土地上。

他们出于各自的原因，注定要去高地平原，因为那里是他们的家，因为新的十年即将来临，这个十年必然好过上一个十年，因为他们知道这是他们最后的机会。

1930 年 9 月 14 日，一场风暴刮起了堪萨斯西南部的尘土，向俄克拉荷马州倾泻而下。当风暴横扫得克萨斯的狭长地带时，出现了高地平原上从未见过的东西。人们打电话给政府，想知道天上那个尘土飞扬的旋涡是什么。拉巴克的气象局也搞不清楚是怎么回事，不知道该叫它什么。不是沙暴。沙暴是米黄色的、灰白色的，而且不像这么厚。也不是冰雹，尽管它确实让天空变得很暗，有一种危机四伏之感，就好像屋顶爆炸前你会感到的那种阵势。气象局的观察员说，很奇怪的一点是，这个东西是滚动的，像一座移动的积垢山，而且是黑色的。当它滚滚而来时会带着静电，电流大到可以使汽车短路。而且打在人脸上很疼，像粗砂纸似的。气象局的观察员把这些记了下来，放进了抽屉。

第二部分

背叛：1931—1933

第六章　第一波

　　达尔哈特第一国家银行在 1931 年 6 月 27 日那天没有营业。门上了锁，百叶窗也拉了下来。人们敲打窗户，要求给个答复——这是他们的钱，不是银行的。开门！有征兆显示银行破产了。小偷！这天，气温高达华氏 112 度，是达尔哈特短暂的历史上最热的一天。然而，毒辣的太阳和断炊的银行似乎是两码事。人们无力地靠在墙上，在建筑物巨大的影子下，想知道现在该怎么办？经济大萧条快两年了，小镇正在露出更丑陋、更绝望的一面，跟这个国家的其他地方一样。20 个月前以华尔街为起点发生的事现在正冲击着高地平原，不信任就像多米诺骨牌一样。揭开的真相越多，上一个十年的繁荣景象就越像是一场虚幻。

　　道森医生在这家破产的银行里有存款。他已年近六旬，为今后的生活忧心忡忡。社会保障那时候还不存在。他没有退休金。人们老早以前就开始欠他钱。病人们给他鸡、野味和旧汽车。通常，他都挥挥手拒绝了。医生看起来一向很健壮，但他一直在努力克服自己的虚弱。他得了布赖特氏病[①]、肺结核、哮喘，他不需要太多的睡眠，一台接一台地做手术，身旁放着痰盂，黑色的斯泰森毡帽依然戴在头上。他训练自己每隔一段时间就放松一下，几乎让身体处于停机状态，通过这个办法他说他可以在没有正常睡眠的情况下坚持好多天。当他不需要干那么多体力活时，就容易多了。自从放弃了疗养院，成了全职的农民，他就忙得不可开交。有一次他感到手臂上一阵剧痛，接着是头昏眼花、呼吸困难——心脏病发作了。在 1 个月的休养期间，他对自己的生活进行了评估。归根到底跟土地有关；他得让土地为他带来收益。然而在第一国家银行破产的那天，气温高达华氏 112 度，他的田里干得像黑板一样。

新治安官哈维·福斯特的办公室外聚集了一群人。他们要他强迫银行开门。行使你的权力把我们的钱拿回来，他们说。邓洛克大街上到处都是愤怒的人，堵塞了街道。恐惧随着新的谣言蔓延开来。当天晚些时候，人群的情绪变得更加可怕；他们从市民变成了暴民，酷热使事态变成了那种令人汗流浃背的可怕梦魇：推倒银行的门！那是我们的钱！钱去哪儿了？除了经营银行的人的好名声之外，没有任何东西为银行账户背书。他们当中有太多人将高地平原上安家者的个人储蓄账户当成股市的另一种现金来源，或者作为考虑不周的商业贷款。无论确切原因是什么：第一国家银行破产了。

治安官福斯特试图让暴民们冷静下来。但他做不了什么；这是联邦事务。而国家也无能为力。储蓄是没有保险的。仅在 1930 年 11 月这一个月内就有 256 家银行倒闭。质疑声越来越响，现在变成了质问：我们的钱去哪儿了？暴民们把矛头指向福斯特：他害怕履行职责吗？他们被第一国家银行抢劫了。拿出行动来！

福斯特近来跟往常不太一样。人们看见他喝酒，说话含糊不清，即使才中午。他自言自语，很快又打住，不敢直视别人的眼睛。就在一年前，福斯特——那时是副治安官——还是个英雄。他与治安官朗·亚历山大一起带着搜查令去找走私私酒的小喽啰——斯巴德·德林格和罗恩·德林格。到了德林格家，斯巴德向治安官开枪，一颗子弹击中了他的脑袋。福斯特在屋外等着。一听到枪声，他就冲进了屋子，同时拔出了手枪。斯巴德的兄弟朝副治安官扑过来，两人扭打在一起，正在此时

---

① 一种慢性肾病。——译者

罗恩的妻子拿着一支猎枪进来了。福斯特挣脱开，一枪射中了他的妻子，然后又击中了罗恩·德林格。他转身来到一个角落，开了第三枪，这一枪击中了斯巴德。三枪：一枪干掉了斯巴德，另一枪干掉了他的兄弟罗恩，第三枪打伤了罗恩的妻子。一周后，福斯特被任命为治安官。不过往事一直纠缠着他，他总是自我怀疑。

在离银行一个街区的德索托酒店，迪克·库恩大叔努力打起精神，讲着同样的笑话，说失败不会打垮达尔哈特。人们以为迪克大叔把他的钱藏在了床垫或者后院里的水沟里。大人物和乞丐都是这么干的。南卡罗来纳的参议员、"棉花大王"埃德·史密斯把他所有的钱都绑在一条从不离身的腰带上。迪克板着扑克脸，但并不因为扑克牌游戏。他有麻烦了。股市崩盘之后他购入的产业现在收不到租金，他认识租户，也同情他们的困境。生意都停了。人们已经不再买汽车、服装、帽子、自行车，甚至不再买生活必需品。一旦恐惧开始，崩溃的浪潮开始蔓延，让人花一块钱都很难，因为花掉之后可能赚不回来。通常，当其他人捂紧自己钱包的时候，人们会指望几个投机分子到处撒钱。但是石油价格从每桶1.43美元跌至10美分。10美分！什么都动不起来，经济犹如一摊浆糊。投机分子来得快，逃得也飞快。当然，迪克有他的百元大钞。但在他的朋友看来，他好像很担心。他们能看穿他的扑克脸。看在上帝的分上，这个人可是从加尔维斯顿飓风中幸存下来的啊。在加尔维斯顿，他经营着一家赌场，然后变得一无所有——钱和房子，全都被水冲走了。6 000多人死亡，所以迪克大叔并没有哀悼被汹涌的海水和时速80英里的大风带走的纸币。他了解贫穷，也知道最惨的死法，但他跟1931年夏天的所有人一样战战兢兢。达尔哈特病了，像得了狂犬病的狗，银行外的暴民们下一步会将矛头对准谁？与迪克大叔同名的库恩大厦空无一人，像个无业游民似的立在德索托酒店对面的街上。酒店的生意也变得一塌糊涂，人们不再涌入达尔哈特来寻找石油或种粮食了。

在达尔哈特满是愁云惨雾的时候，"126 号"生意兴隆。姑娘们一点也不惮于表现出这一点。这间妓院里现在有多得用不完的姑娘，还有个小提琴手杰斯·莫里斯，他跟他的乐队从星期六晚上一直演奏到天亮。"126 号"的兴隆使达尔哈特的某些生意得以延续：姑娘们要请人染发、盘发，要买新衣服，芥末色的房子总是需要新百叶窗、新床单和家具。车主丽尔·沃尔克开一辆粉红色的凯迪拉克——这是 3 个县里最好的车。她会把手下新来的姑娘塞进车里，把她们打扮得无可挑剔，给她们做梅伊·韦斯特①那样的发型，然后驶过迪克大叔摇摇欲坠的帝国。姑娘们会挥着手，"哟嗬"地高喊，留下一路的香水味。

这令约翰·L·麦卡蒂气不打一处来，他坐在《得克萨斯人》的编辑办公室里，想让达尔哈特实现它的愿景。这个镇现有近 8 000 人，差不多是 10 年前的 2 倍。在麦卡蒂看来，到 1930 年代末，人口还会翻番。不过，需要有人一而再地扇巴掌，达尔哈特会保持理智，狭长地带最响亮的声音的职责莫过于此。麦卡蒂无法忍受达尔哈特唯一生意兴隆的地方竟然是妓院。是时候将沃尔克夫人和她的粉红色凯迪拉克赶出达拉姆县，赶出狭长地带，赶出得克萨斯了。麦卡蒂在《得克萨斯人》的头版刊登了一篇言辞犀利的文章，一篇关于"126 号"所作所为的报道，抨击了这些坐在粉红色凯迪拉克里的妓女四处招摇的行为，认为当达尔哈特举步维艰、库恩大厦空无一人，当人们不再带着行李箱和雄心来到此地的时候，她们这样做在道德上是多么令人深恶痛绝。

"所以人们可能知道"是他为第二天的《得克萨斯人》拟的新闻标题。可是当他把版面清样拿到店里时，印刷工人直摇头。他拒绝印刷。这名印刷工人自达尔哈特诞生以来就生活在这里，他认识"126 号"的

---

① 1930 年代中期美国薪酬最高的女演员，人称"银幕妖女"。——译者

人，一如人们知道小镇南边的丽塔布兰卡峡谷①。麦卡蒂怒不可遏：这家妓院是达尔哈特的一个痛处，它必须滚蛋。在小镇边缘地带没什么人看见是一回事，打扮得花枝招展、开着粉红色凯迪拉克招摇过市是另一回事。对不起，麦卡蒂先生，印刷工人说。我不能印，也不愿意印，我们需要这些姑娘。于是麦卡蒂撤了这篇报道。

　　随着失业队伍的壮大，人们登上火车，从一个镇到另一个镇，躲避南部洛克岛的公牛以及另一个方向开来的伯林顿北方铁路公司的火车，交换着阳光普照的地方的故事，说着一个人在干了一天的活之后仍能领到酬劳的消息。200万美国人活得像游牧民族。他们不是长期的漂泊者，绝大多数不是，据那些在火车上观察了他们一段时间的记者说。他们是居家男人、农民、工人、商人，还有一些职业人士、作家、银行职员和商店店主——全都破产了，这些人不忍心看着自己的孩子衣衫褴褛、忍饥挨饿。他们抵达达尔哈特——有时候一天多达80人——走到铁路的十字路口时，这里往北可以去丹佛，往西通往圣达菲，朝东可以到堪萨斯城，治安官福斯特本应让他们回到火车上。如果他们是黑人，他们甚至不该下车，否则他可能会因流浪罪而逮捕他们。对"流浪汉"的惩罚非常严厉：戴着脚镣做4个月的苦力。1929年9月，只有150多万人失业；到次年2月，这个数字变成了3倍。胡佛总统说，经济形势还没坏到不可救药；美国人只是失去了信心。

　　"所有的证据表明：经济危机对失业的最严重影响会在未来60天内过去。"1930年3月3日胡佛说。

　　那年年底，有800万人失业。银行系统乱作一团。大型金融机构曾

---

① 美国大平原上的国家牧场，位于得克萨斯狭长地带达拉姆县西北部，俄克拉荷马州的锡马龙县南部。——译者

经看起来坚不可摧，石头大门，铜制灯饰，大理石地面，由镇上最优秀的人管理。现在，银行家被当成骗子，骗取人们的房子、农场和储蓄的诈骗高手。1930年，1 350家银行倒闭，8.53亿美元的存款没了。第二年，2 294家银行破产。1931年底，最大的破产潮出现——纽约的美国银行轰然倒闭。美国银行破产时，其存款额为2亿美元。这家银行最大的办事处就在联合雪茄公司的隔壁，雪茄公司的总裁在公司股价一天内从113美元跌至4美元时自杀身亡。银行倒闭的那一刻，1 200万人没了工作——占劳动力的四分之一。从未有这么多的人如此迅速地失去收入来源，没有前景，没有社会保障；从未有这么多的人失去人生目标和方向，身无分文。

在达尔哈特，随着第一国家银行倒闭，市中心的商人无法再缴纳城市税，约翰·麦卡蒂现在很担心他的报纸能否存续。在他30岁生日之前，《得克萨斯人》是他的。他将其从周报改成日报，发行量一直保持着强劲的增长势头。要是达尔哈特有持续发展壮大的空间，他的报纸会发展成了不起的日报。麦卡蒂恳求他的广告商继续支持他。他提出了一个新的生存策略：他将强调好消息。好消息？现在是有史以来最严重的大萧条时期，哪儿来的好消息？一堆堆的麦子正在铁路附近腐烂，哪儿来的好消息？当土地开始干涸、开裂，人们对此就远不只是好奇了。这听起来很荒谬。但是从此时此刻起，麦卡蒂在破鸡蛋中只会看到煎蛋卷。银行倒闭是一个机会。商店倒闭是一种竞争优势。死亡不如新生重要。至于热浪：这是金色的太阳最耀眼的时刻。其他州会为此不惜一切代价的。他让迷仙剧院、杂货店、几位律师和迪克大叔继续打广告，也指望赫兹斯坦因的服装店，它让达尔哈特的人们还心存一丝梦想。

有人说，世事如此艰难要怪犹太人——他们不属于这个国家，《得克萨斯人》夸耀这个国家的公民"有着盎格鲁-撒克逊民族最高贵的血统"。在内布拉斯加，4 000 人聚集在州议会大厦的台阶上，指责"犹太人的银行系统"导致了经济的内爆。他们高举的横幅上印有响尾蛇缠绕在美国农民身上的图案，蛇代表犹太人。来自底特律的神父查尔斯·E·柯福林，操着柔和迷人的男低音每周一次通过广播向 100 多万听众讲话，他也把美国的经济失策归罪于犹太人。通常他会读一串好莱坞电影明星的名字，然后要他们"滚"，披露他们原来的犹太名字时仿佛是在揭开一个险恶的阴谋。

赫兹斯坦因服装店满足了达尔哈特、博伊西城以及州界对面他们位于新墨西哥州克雷顿的总部的需求，而他们是盎格鲁大平原上的犹太人这一事实倒是次要的。主顾们并不在意。他们的标牌上写着："赫兹斯坦因，随时可穿"。买一整套——哪怕是一件衬衣或一条裤子——完全按照同一个尺寸缝制的合身行头，那个时候还是很新颖的想法。大多数人买了一卷卷的布自己缝制衣服。在大萧条的早期，人们要么用装土豆的粗麻袋做衣服，袋子上还印着标签；要么从报废汽车上扯下坐垫套，改成能穿的东西。赫兹斯坦因服装店大幅降价，甚至降到保本价之下。麦卡蒂说服这家人每周登一则小广告："新衬衣，3 美元 2 件。"但是，他们也像其他人一样在亏本，越来越入不敷出，眼睁睁地看着未付的账单堆得像座山。1931 年，超过 2.8 万家商店倒闭；无论是家族经营的机构还是大公司，都被同一种力量抽干了。货币不再流通。那些有工作的人看着他们的工资下降了三分之一甚至更多。普通的工厂工人如果还能幸运地拿到工资的话，经济崩溃之前的 24 美元周薪，到了 30 年代初只能拿到 16 美元。

费城的亲戚会来赫兹斯坦因家做客，会好奇他们为什么能坚守在这片土地上，这里如此陌生，到处都是鼻音浓重的牛仔、大话连篇的投机分子、想大展拳脚的基督教会。但是这个家族在高地平原上居住的时间比达尔哈特或博伊西城的任何人都久，他们就该留在这里。作为高地平原上的第一个犹太家庭，他们曾在这片土地上洒下热血。他们的抗争、他们的绝望、他们的胜利与其他人一样，都和这片坚硬的棕色平原紧密相连。从 1840 年代后期开始，赫兹斯坦因家族与新墨西哥的第一批犹太人——他们当中有施皮格尔贝格、杰肯多夫①、弗罗斯海姆和比博的家族——一起沿着圣达菲步道从西边过来。在新墨西哥，他们发现了一个开放的世界：古老的西班牙文化，来自普布洛村庄的印第安人以及北方商人。这里的阳光也不同，风景很不真实。从社会的角度来看，这里不同于东方或旧欧洲那种等级森严、相互隔绝的世界。其中一个犹太人所罗门·比博还在阿科玛与一个印第安家庭联姻，阿科玛是高地平原上的一个普韦布洛村落，是在美国境内最古老的持续有人居住的小镇。比博甚至还成了阿科玛的首领，这座小镇被称为"天空之城"，是一个有着千年历史的社区。赫兹斯坦因一家向北迁移，从圣达菲的东边到达高海拔的沙漠和新墨西哥州境内一片饱受风沙之地。他们指望有铁路公司来铺铁轨，在他们选择的城镇利伯缇建车站和仓库，他们把赌注押在了这里，但铁路根本没有铺过来。1896 年的一天，以黑杰克·科切姆为首的一群匪徒骑马闯进了赫兹斯坦因的商店。黑杰克那时候 32 岁，在高地平原上是令人闻风丧胆的最大恶势力。根据通缉令上的信息，他杀了十几个人，在俄克拉荷马、得克萨斯和新墨西哥到处抢劫火车、银行、商店和普通人家。

你想要什么？列维·赫兹斯坦因问黑杰克。

你所有的东西。

黑杰克把店里的现金抢劫一空，还抢走了许多商品。他的同伙则端掉了隔壁的邮局。列维·赫兹斯坦因组织了一小队人马在埃斯塔卡多平原北部的休眠火山中追捕他们，然后在无人之地附近逼近他们。当这队

---

① 纽约著名地产商，纽约联合国总部大楼的地皮就是购自这个家族。——译者

人马追上他们之后，黑杰克主动投降。然而就在列维·赫兹斯坦因走上前准备解除他的武器时，黑杰克从身体一侧拔出手枪向赫兹斯坦因和他手下的 2 名墨西哥人射击。赫兹斯坦因倒地，腹部开了个大洞，最终失血而死，其他两个人也一样。

过了 4 年，黑杰克才被绳之以法。黑杰克在抢劫一列火车时被列车员近距离打中了一枪，伤了胳膊，以致后来不得不截肢。他因多项罪行受审并被判处死刑。民众都同意在新墨西哥的克雷顿吊死黑杰克，据说没过多久，那个地方人均持有的枪支就超过了西部的任何地方——这是一个安全预防措施，以防黑杰克的旧部余党想救走他。幸存下来的兄弟莫里斯·赫兹斯坦因，就在这里开设了新店并决定定居下来。黑杰克被绞死的日期定在 1901 年 4 月 26 日。那一周，另一位姓赫兹斯坦因的人来到城里，他叫西蒙，当时才 19 岁。他的叔叔将他从费城叫过来，帮忙经营连锁店。西蒙带来了他的新娘莫德·爱德华兹，她是一位大家闺秀，举手投足颇具欧洲风范。她在伦敦和费城长大，金发碧眼，非常漂亮，身材娇小，衣着考究。她说的英语，是新墨西哥境内最干脆利落的。当她穿过空旷的平原和狂风肆虐的埃斯塔卡多平原，在克雷顿下了火车时，她发现街上的酒吧生意兴隆，旅店客满，到处都贴着海报，宣布黑杰克·科切姆即将被执行死刑的好消息。莫德·爱德华兹觉得可怕极了，西蒙却觉得很有趣。高地平原上的生活有一种在费城老家体会不到的紧迫感。

人们从几百英里外赶来，就为了看独臂杀人犯被绞死。远在丹佛、洛杉矶和圣路易斯的报纸也派来了记者。行刑时间定在下午 1 点，人们聚集在行刑现场，那是一座搭在监狱旁边的绞架。治安官用庄严的语气宣读了祷词，然后黑杰克走上了绞架。他还很年轻，不到 37 岁，头发乌黑发亮，脸有些圆润肿胀，看上去很胖，他在监狱里重了 50 多磅。人群安静下来，绞索套上了他的脖子。

还有什么话要交代吗？

"动手吧。"黑杰克说。

活动门板突然打开，黑杰克掉了下来。但绞架出了问题，拉紧的绳子非但没有把他的脊柱从耳后折断，反而把黑杰克的头猛地扯了下来。有人说是治安官给绞索上了油，这样它会很快滑下来，扯断脖子。也有人说是绞索的系法造成的。不过因为绞刑而掉脑袋是极为罕见的，黑杰克是美国行刑史上少有的几个案例之一。他被套住的头断得干干净净，还在围观者的脚边打滚。

欢迎来到高地平原，莫里斯·赫兹斯坦因对在伦敦和费城生活过的莫德·爱德华兹说。

西蒙·赫兹斯坦因对黑杰克掉脑袋一事百说不厌。当他周游高地平原向安家者、牛仔和他们的妻子推销精美的服装时，总会提起此事，这已经成了商店传说的一部分。人们会问他犹太人干嘛要在无人之地满大街地叫卖硬领衬衣，他说他跟其他人做的事一样，只不过走了一条不同的路而已。他允许人们赊账购买，从不记账，全都记在他的脑袋里。他知道他们会付钱。他喜欢棒球、扑克和桥牌，喜欢举办大型晚宴，给莫德一些事做分散她的注意力，不让她总想着风和空荡荡的天。而且他喜欢西部，爱这里的新鲜感，爱那些从纳瓦霍保留地来镇上换东西的印第安人，还有科曼契人的子女，他们在讲故事方面的能力跟西蒙不相上下。

当银行倒闭，人们四处寻找食物时，西蒙·赫兹斯坦因一直保持着讲笑话的习惯和乐观的心态，从不让人知道他自己也有各种麻烦。达尔哈特镇、克雷顿镇、博伊西城在高地平原中心构成了一个三角区，随着商业活动在这三个城镇凋敝，赫兹斯坦因的生意更萧条了。达尔哈特镇向西蒙·赫兹斯坦因追债，在止赎文件中声称他一年多没有交税了。这处地产属于迪克·库恩大叔，现在他只好咨询他的律师该怎么处理，因

倒闭的银行，堪萨斯，1936 年

为文件上的这个人是高地平原上唯一一个努力让人们有衣可穿，以保住大家昔日尊严的人。

当达尔哈特陷入崩溃时，生活在狭长地带其他地方的人仍然保持着他们的信仰，期待着即将到来的 1931 年的秋收会拯救他们。诚然，第一国家银行没了，所有的钱都在大平原的热浪中蒸发殆尽，但是这些人还拥有一些更持久的东西：他们还有土地，土地能种粮食。尽管胡佛表态了，尽管背景音乐在播放鲁迪·瓦利的歌《生活不过是一碗樱桃》，但现在美国一些地方的人们正在挨饿。在干旱已经持续了两年的阿肯色，美国家庭已经沦落到吃蒲公英、黑莓的地步。在南北卡罗来纳和西弗吉尼亚的山区，一个男孩告诉报社记者他的家人是轮流吃饭的，每个孩子每4个晚上才能轮上吃一顿饭。在纽约，近50万人正在靠每个月8美元的城市救济金度日。

但是在高地平原这里——看一看1931年初夏的麦子吧：它正源源不断地从脱粒机里倾泻而出，再一次堆得高高的，而且颗粒饱满，色泽金黄，到处都是麦子，俨然一座座小山丘，比得克萨斯达拉姆县的任何一座山丘都要大。在得克萨斯的狭长地带，现在已经有200万英亩的草皮翻过了，比10年前增长了300%。北面的巴卡县有20万英亩，俄克拉荷马的锡马龙县还有25万英亩。正如政府预计的那样，全国的小麦产量创纪录的丰收，超过2.5亿蒲式耳。有人称之为人类耕种史上最伟大的农业成就。拖拉机所做的这一切，在南部平原的自然历史上，冰雹、暴风雪、龙卷风、干旱、漫长而艰难的霜冻围困、草原大火从未办到。它们铲除了土生土长的平原野草，铲除了一个在2万年或更长的时间进化出来的多年生植物形成的网，铲除得那么彻底，以至于到了1931年底，这里已经完全变成了一片不同的土地——3 300万英亩的土地在南部平原上光秃秃地裸露着。

然而从这片改造过的土地上得到的东西——有史以来最大的收成——却让人避之不及，遭遇了有史以来最低的价格。市场价格始终在农民种植成本的一半以下。以金钱来衡量的话——这是大多数人看待土地盈亏的方式——此次实验是一个巨大的失败，它试图欺骗这个国家的一部分成为一个其永远不会成为的地方。田里每产出5蒲式耳的小麦就等于从农民的腰包里掏走了1美元。

谷物在烈日下炙烤，随风而来的是汹涌的热浪，它把人们赶进地窖，一待就是一天，让他们闷得想发狂。他们喉咙痛，皮肤开裂，眼睛发痒。诚如大平原历史学家沃尔特·普利斯科特·韦伯所说，鼓风炉般的炎热是夏季生活的客观事实，导致铁道膨胀、变形，"一个更加普遍的影响是，这些热风使人们脾气暴躁，煽动紧张情绪。"他写道。土地变硬了。春季时水量充足的河流变成了涓涓细流，然后消失不见了。那年9月是新世纪以来最温暖的月份，巴姆·怀特扫视天空，寻找一只"天狗"，这是他对预示下雨的光环的称呼；在7月、8月和9月的酷暑中，他什么也没看见。他注意到马匹是多么地无精打采，试着保存能量。通常，动物四蹄跳起或烦躁不安意味着暴风雨就要来了。在雨水离开已经快8年没见的一个夏季，它们像现在这样消极等待已经有一段时间了。

第七章　黑暗初至

冬天来了，伴着一掠而过的雪暴而至，北风钻进每个地洞的缝隙，以及无人之地坚硬地表的每个地上棚屋的裂痕。北方那边没有下雪，两年来干旱严重，蒙大拿东部的降雨量比亚利桑那南部沙漠通常的降雨量还要小。农民们需要雪来隔热，雪在黑暗的那几个月里像是给冬眠中的小麦盖上一层被子，他们需要雪在春季给小麦第一波滋润，小麦喝到水之后会重新开始生长。然而老天什么也没带给他们。土壤变成了细沙，开始翻滚、扬起、飞到空中。高地平原上最后两次收成的小麦腐烂了。在谷仓里，田鼠和长耳大野兔狼吞虎咽地饱食麦子。生活变得一片灰暗，单调无味，漫无目的。城里找不到工作。人们在农村干活越卖力，日子过得越穷。有些市场上的小麦价格跌到了每蒲式耳 19 美分——这是有史以来的最低价。无人之地的农民对此迷惑不解，华盛顿的决策者们也同样困惑不已。

1931 年 11 月 14 日，美国农业部长亚瑟·M·海德在写给总统的信中说："成千上万的农民家庭丧失了存款，就连生计也受到威胁。通常，当天气状况导致减产时，价格就会上升。然而由于需求和价格在全球性经济危机的影响下下降了，这种部分补偿并没有发生在饱受干旱折磨的地区的农民身上。"农民再次乞求华盛顿伸出援手。赫伯特·胡佛熟谙市场把戏；他曾在一战期间担任过美国粮食部长，帮助建立了小麦的第一个价格保证——每蒲式耳 2 美元，由此引发了种植热潮，而这将彻底改变大草原。但现在既然所有这些多余的粮食都腐烂了,他不打算干预市场。就让市场机制淘汰失败者吧。

许多农民不肯屈服。全国农民假日协会敦促其成员"待在家里,不买不卖",以此迫使胡佛为小麦制定最低价。然而人们已经什么都不买什么都不卖了,农民和城里人都一样。美国的资本主义仿佛全被冻结在了隆冬的寒冷中,"我觉得资本主义制度注定要失败。"一个农民组织的负责人说。

到1932年,大平原上近三分之一的农民因欠税或债务而面临止赎;在全国范围内,二十分之一的农民正在失去他们的土地。由于在农场谋生的美国人数量超过其他行业,这种情况意味着每个州都在同样的困境中苦苦挣扎。在艾奥瓦州勒马斯,农民们向法庭起诉,要求法官不要再签署任何止赎通知。法官被人们从法庭拖出来,带到空旷的露天市集。在那里,人们给他的脖子上系了一根绳子,把他绑在树上。法官命悬一线,好在被头脑冷静的人救了下来。这些农民被艾奥瓦国民警卫队围捕,关在一个用带刺铁丝网临时搭建的户外监狱里。

"政府再不为美国农民做点什么,我们将在不到12个月的时间里等来农村革命。"美国农场局的爱德华·奥尼尔在1932年初警告国会。不仅仅是小麦价格跌至成本价以下;牛奶、牛和猪都面临同样萧条的市场行情。农民们继续在街道上阻拦运奶车并倒掉牛奶。他们在愤怒的抗议中警告说,如果美国农民破产,他们会拉上这个国家的其他人一起。

"在和平时期,这个国家所面临的最大的紧急状况就在眼前。"俄克拉荷马州国会议员威尔伯恩·卡特莱特说。

在无人之地,福尔科斯一家学会了每顿饭里都用小麦做点什么。他们把麦子磨成粗糙的早餐麦片,筛成面粉做面包,混在兔肉粥里当晚餐。弗莱德·福尔科斯一生的工作变得一文不值,绝望迫使他一杯接一杯地喝玉米威士忌。他无法控制天气,并且再也不能耕种更多的土地了；每收获 1 蒲式耳的小麦就会使他变得更加贫困。他的农庄变成了流沙般的债务，他亲手盖的新房子、福特 T 型车、新煤油炉、他和凯瑟琳给他们的女儿菲亚买的钢琴——很可能都会失去。在价格回到高位，每蒲式耳 1 美元甚至更高的情况下，他需要 2 年或许 3 年才能还清债务，收支相抵。凯瑟琳很想家，想再回到密苏里。夜里，她哭了，梦见了绿色的山谷，树木丛生的土地。但是福尔科斯说中西部地区的情况也好不到哪里去。他们只能坚持住，希望来年情况会好转。在经济繁荣的岁月里，福尔科斯很明智地存了一些钱。但现在他的储蓄全没了，随着银行倒闭而化为乌有。他陷入了一种瘫痪无力的境地，一脸茫然，绕着自己的农庄走来走去，对着果园自言自语，这是唯一能给他希望的东西了。夜深人静之时，他坐在椅子上，手指轻敲脑袋盘算着各种数字。菲亚从未见过她父亲这么沮丧。

屋外，风无情地吹着。凛冽的风会从西南边吹来，然后转向，风力逐渐增强，从北边长驱直入。刮风是无人之地的常态，哪怕它只是在喘息之间拂过地面。现在情况似乎不一样了，在干旱期之初，天气更热更严酷，仿佛吸走了它所触碰过的一切生命。1932 年的春天，天气干得没法种庄稼，地面上没有了覆盖物，福尔科斯的一些农田开始被风吹走。要刮走土壤，风速得达到每小时 30 英里；等时速达到四五十英里时，就会产生沙尘暴了。福尔科斯试图让他的果园熬过第一个干旱年的春季和夏季。傍晚，他用牛奶桶把水运到果园。但是天气炎热，果树都蔫了，虫子成群结队地爬到树叶上，花蕾结出的小果子很快就会变成褐色，萎缩成葡萄干一样。有一样东西倒是在长，那就是俄罗斯蓟草，跟道森医生在达尔哈特南边的土地上发现的一样。蓟草在福尔科斯的带刺钢丝围栏边翻滚，形成了一道阻挡沙尘的屏障。孩子们把风滚草从围栏上拉下来，堆在牛棚里当牛的过冬草料。我们可能会需要，他说。用风滚草喂牛——这是美国农业的最新发明，不过不是政府预言的那种。

福尔科斯抱怨胃疼，胃部深处总是隐隐作痛，像溃疡一样，随着冬季慢慢过去痛得更加厉害。他没怎么想过看医生，而且总是很难找到一个。与大多数平原安家者一样，福尔科斯有自己的偏方。牙疼就吸丁香，夏季酷热难耐就喝檫茶降低血液浓度。重感冒或咳嗽就在胸前抹松节油和煤油制成的油膏。所以，现在只要弗莱德·福尔科斯的胃一开始疼，他就喝更多的玉米威士忌。凯瑟琳求他去看医生，镇上来了个新人，是个刚到博伊西城的女大夫。福尔科斯去见她，她诊断他得了胃癌。癌症？那就意味着死亡啊。不会的，医生宽慰福尔科斯。她发明了一种治疗癌症的药膏绷带，这种特别的药膏能把疾病吸出来。福尔科斯不得不在这个女人的小诊所里住上几星期，而她每天都给他敷上新药膏。但是怎么办呢？他破产了。她建议他卖点东西。福尔科斯有几头牲口，一些奶牛，他也可以放弃他的福特 T 型车，但他需要这几样东西才能过活。如果他卖掉牲口和汽车，他就只剩下休眠的土地了。家里还藏着一小笔钱，他从未存进银行。他把钱交给了博伊西城的癌症医生，同意接受她的治疗方案。几个星期后，他回到家，肚子上敷药膏的地方留下了一道疤。这还真有效，福尔科斯告诉家人，他痊愈了。但是，就在他完成治疗后不久，这位癌症医生离开了小镇，再也不见人影，福尔科斯的肚子裂开了。结果，他根本没得癌症，那是阑尾炎。幸而德克斯荷马的一位医生救了他的命。

福尔科斯的邻居威尔·克劳福德，就是那个在工装裤里发现一张纸条后认识了妻子萨迪的胖子，在大萧条开始的时候再次抵押了自己的 320 英亩地，以此维持生活。钱贬值了；他们的旧汽车破烂不堪报废了。威尔现在羞于见人，成天躲在自己的地洞里，邻居们说这是因为他成不了萨迪在他的工装裤里留下纸条时一直孜孜以求的"真汉子"。他们不去教堂，也很少进城。威尔看起来好像对生活漠不关心，他衣衫褴褛，头发凌乱，眼窝深陷。萨迪也是一身破衣烂衫。她辟了一片菜园，把一堆铁罐从头到尾排成行，开口部分剪开后半埋在土里成了一种原始的灌溉系统。为了防止风把她的菜苗吹倒，她还用树枝和帆布搭了一道围栏。威尔和萨迪就靠地洞旁的小菜园种的蔬菜养活自己：卷心菜、土豆、洋葱和玉米。然而，一个无雨的冬天迟迟不肯结束，北方的寒潮使他们疲倦不堪、饥肠辘辘，在地洞里冷得瑟瑟发抖。

博伊西城现金短缺。这是一个执拗僵化的小镇，坚守着一种宿命，尽管一切证据指向了相反的事实。一位从丹佛来的游客下了火车后，说散落在尘土飞扬的平原上的锈罐子将表明一种进步。人们用一直咯咯叫的活母鸡换来一年的《博伊西城新闻报》，拿 1 蒲式耳的小麦换烤炉的火芯，拿 15 打鸡蛋换一条工装裤，用萝卜换两罐法裔美国人的意大利面，或者拿盯着看了 5 天的 25 美分到斯卡格斯夫人开的小咖啡店，在那里这枚硬币可以买到一个汉堡、一块馅饼和一杯牛奶。帕里斯剧院关门了，截断了可靠幻想的一个源泉，然后又在收到相当多的恳求后重新开放，一场电影 10 美分。生活的艰辛早已让人们失去了欢笑。生存成了一种考验。不过就算人们正在受罪，全镇的人都不肯懈怠或畏缩。博伊西城不需要任何人的帮助。这个镇上的人太骄傲了，不愿受人施舍。痛苦被掩盖，直到再也藏不住，比如当地一位商人在失去了毕生积蓄后，先射杀了自己的妻子，然后用枪对准自己的脑袋，打得脑浆横飞。

锡马龙县的治安官海·巴里克，孩提时代住在地洞里，一战后复员返乡时，怀揣着和小麦种植热潮中的每个人一样的发财梦，但他从来都没有获得足够多的收成。一天，当时还是农民的巴里克看见治安官上班时醉醺醺的，就告发了他。该死，那你自己为什么不竞选治安官呢？于是他参选了。治安官巴里克搬到了博伊西城，住在监狱旁边的法院里。巴里克在无人之地附近追捕一帮私酒贩子，把他们关进了监狱，没过几天就放了他们，然后又去追捕。黑白两道都笑话这件事。这是个让所有人都有活干的游戏。治安官巴里克对这帮私酒贩子的了解超过了对自己家的某些人的了解。而炸毁蒸馏器是使镇上的商品流通的好办法。蒸馏过程要用很多糖，炸掉蒸馏器之后，巴里克会把糖带到镇上，在法院门口分发，总有一队人在那里等着治安官。这比在约翰·约翰逊银行每周举办的止赎拍卖会上夺走人家的财产要好。银行家已经知晓了农民当中的低价拍卖阴谋——10 美分的交易，即一台拖拉机或汽车人们出价不会超过 10 美分——于是他引入了自己的竞标者。但随后，一个刽子手的绞索出现在拍卖现场之外。任何想在破产拍卖中买下邻居的宅地的人都很清楚这是什么意思。

俄克拉荷马州的新州长给人们带来了希望，但他也试图引发人们的仇恨。在前两任州长因丑闻而下台并被弹劾之后，威廉·亨利·大卫·穆雷于 1930 年当选。他的竞选口号矛头直指"3C"，即大公司、外来投机者和黑人，最终以 301 921 票对 208 575 票的巨大优势获胜。因为不断鼓吹农业是社会的基石，人们送他一个绰号叫"苜蓿比尔"，在他看来俄克拉荷马什么东西都种得了。他的父亲大卫在 1889 年的土地热潮[①]中抢得一块泥地后不久便开始酿酒；他生产的穆雷酒和摩泽尔酒远近闻名，就连西奥多·罗斯福总统都称其为"这片土地上最牛的酒"，他说"苜蓿比尔"是个恶霸，但这个时代需要这样的人。穆雷 1869 年出生在得克萨斯的托德萨克，12 岁时离家出走，给不少农场干过活，然后涉足民粹主义政治。他买了一份报纸，自学成才还通过了律师资格考试，因 1906 年当选为俄克拉荷马州权大会（Oklahoma statehood convention）主席而出了名。彼时，他说只要将黑人与白人隔离，使他们从事适当的

[①] 1889 年俄克拉荷马的土地热潮是未分配土地上的第一次土地热潮，开放定居的地区包括克雷蒂安县、克利夫兰县、金费舍尔县、洛根县、俄克拉荷马县、佩恩县的全部或部分地区。抢地时间从 1889 年 4 月 22 日正午开始，估计有 5 万人在等着分 200 万英亩的土地。——译者

工作——在农田或工厂做工——俄克拉荷马就能成为伟大的州。而相邻的得克萨斯，早在40年前立法者们就通过重建时期的一些法律将这种情绪制度化，它规定黑人只能在田里当帮工。黑人在所有方面都不如白人，穆雷说，必须像隔离猪一样把他们隔绝在社会之外。20世纪初，许多人的感受恰恰相反，但是"苜蓿比尔"试图将他的观点写进宪法提案中。与此同时，他甚至欢迎黑人的支持，只要他们表现得体。

"我欣赏那些举止谦卑、言谈温和的老黑人，这才是他们与白人打交道时应该具备的特征。"他在宪法大会上的言论赢得了热烈的掌声。穆雷也恨犹太人，黑人还有些优点，而犹太人在他看来一无是处。他也不喜欢屈指可数的几个来到高地平原的意大利人。他说南欧的"低等种族"是对文明社会的威胁。在西奥多·罗斯福总统迫使穆雷移除宪法中的种族隔离条款后，俄克拉荷马州才成为美国第46个州。穆雷怒不可遏，对罗斯福家族的怨恨此后从未释怀。

在大萧条开始时，"苜蓿比尔"是个留着大胡子、眼神鬼鬼祟祟的大耳朵男人，尽管已经年届六十，但在咖啡因和尼古丁的共同作用下，仍能够滔滔不绝地讲几个小时。他每天喝两壶黑咖啡，雪茄从不离手——他把烟草称作自己摄取"伟大的文明教化者"之精华的方法。1931年，他在俄克拉荷马州巡视时说他无法使太阳不那么咄咄逼人，但保证会动用一切力量来修复这片破碎的土地。他的力量就是国民警卫队。身为州长，穆雷依据戒严令进行州事务的管理，上台的头两年里他总共调用了27次国民警卫队。1931年石油价格创下新低时，州长派兵到油田强行关闭3 000口油井，以推高油价。当得克萨斯支持对红河上的一座连接该州与俄克拉荷马州的桥梁收费时，穆雷派警卫队到桥上，差点引发两州之间的枪战。在对峙中，他拿着一把老式左轮手枪出现了，在得克萨斯骑兵队的面前挥舞示威。当黑人试图在俄克拉荷马市的一个公园举行解放日游行时，州长下令全市戒严，并命令国民警卫队取消他们的活动。黑人在他的州就应该是隐形人，要么默默无闻地在田间劳作，要么在工厂里做工。合计下来，州长在其 4 年任期内一共发布了34 次戒严令。

土地在 1932 年春天干涸了。月复一月，进入生长期的高峰，仍然没有雨。天空是白色的，很热，直到午夜之后热气才消散。"苜蓿比尔"敦促人们竭尽全力与大自然斗争。他所在的州失业率为 29%。为了向人们展示可以做什么，他除掉了州议会大厦前面土地上的草，让人种上各种蔬菜。为了演示如何从地下取水，穆雷掀起了建设热潮，试图在没有湖也没有池塘的地方造出湖泊和池塘来。土地最深处的水可以用大功率的新型离心泵开采出来，把俄克拉荷马州建设成花园。他们可以紧紧抓住地下湖，即奥加拉拉的含水层，就像捷足先登者①攫取当年切罗基的土地那样，倘若水深将近 700 英尺，并且至少要花 1 万年才蓄成——它在那里就是为了给人们提供资源。

在博伊西城，"苜蓿比尔"的计划听来像强心剂。上帝知道他们需要水。它不是从遥远的落基山脉流淌过来的。锡马龙河曾经波涛滚滚，如今却犹如泪痕。水也没有从天而降。1932 年一整年的降雨量差不多只有 10 英寸，太阳炙烤着无人之地的安家者，每一个黎明都是一轮新的惩罚。是时候让人类站起来勇敢地面对这些恶劣的环境了。

"人类的进步现在已经到了可以掌握这些强大的自然力量的阶段了。"《博伊西城新闻报》写道，对于在无人之地修建大坝的提案表示了支持。

1932 年春，"苜蓿比尔"决定竞选总统。他会沿用使他成功当选州长的竞选模式。在竞选州长时，他的竞选口号是 3C，现在他为了这个竞选向人们做出了 4B 的保证：面包（Bread）、黄油（Butter）、培根

---

① Sooners，指 1889 年土地热潮开始前来到俄克拉荷马州未分配土地上的定居者。——译者

（Bacon）和豆子（Beans）。一个州长发起一项向人们提供卡路里的运动，竟然可以竞选这个国家的最高职位，足以说明1932年的窘境。

到了冬末，在美国历史上最大的小麦种植热潮中，涌入南部平原的手提箱农民已经完全消失了。他们刮光了得克萨斯和俄克拉荷马的狭长地带的所有草皮，沿着新的铁路线来到内布拉斯加、堪萨斯西南部、科罗拉多巴卡县的那些才出现的小镇。几年来，他们获得了预期的收成，但是倘若他们在1930年代初获得丰收，那将毫无价值。当他们走时，留下了抛荒的土地，像一块资源耗尽的露天矿一样被抛弃了。其他那些有宅地或按揭贷款的人也开始离开，就这样消失不见了，甚至连身后的门都没有锁。然而旱地的大多数人都没有离去的打算。他们在达尔哈特的迷仙剧院和博伊西城的帕里斯剧院看了新闻短片，画面上是大城市里等着领救济粮的队伍，每个街角兜售苹果的小贩，数百万人苦苦等待救济。至少在这里，在没有现金的经济中，人们还能每天从鸡窝里摸出几只鸡蛋，从一头老奶牛身上挤出一桶奶，或者用风车抽水洒到菜地上，喂肥一头猪，然后熏好够吃一个冬天的培根。他们还认为，在如此漫长而艰难的大干旱的头一年，情况必须有所改变，因为世事总是如此。雨水充沛的一年过后，必然是一年干旱。你要坚持住，就像黑泽尔·卢卡斯·萧所做的，哪怕她在只有一间教室的学校分文不取地工作了一年。他们之所以如此坚持，是因为这仍然是他们唯一能称之为归自己所有的地方。去城市也好，到加州也罢，都是一趟通往未知世界的旅程。

自给自足的农业生产可能使人们生存下来，但对这片土地毫无益处，它就这样一片接一片地休耕了。1931年底，俄克拉荷马州农业大学勘察了本州小麦红运当头时期被破坏的所有土地。他们对自己的发现惊愕不已：在该州1 600万英亩的耕地中，有1 300万英亩已遭到严重侵蚀。这还是在干旱使大部分土地钙化之前。这种侵蚀是由平原上常年发生的两大天气情况造成的：风和短暂的强降雨或冰雹。但第三大因素，即草原生态系统中的某些新东西，才是罪魁祸首，大学农业专家报告说，它就是疏忽。农民把他们的机器带到田间，生产出了有史以来最多的小麦作物，将一望无垠的草原变成了生产全球商品的广袤基地。然后，他们弃之不顾。

"这一地区似乎注定要变成早期地图上显示的美洲大沙漠那种令人沮丧的现实。"劳伦斯·斯沃彼达写道。这位堪萨斯的麦农一直在日记中记录他心情的日渐沉重。斯沃彼达已经开始把种小麦发财看作一场精心策划的骗局，如果不是悲剧性的错误的话。他于1929年来到大平原，那时他还是个年轻小伙，把"永不言败"奉为座右铭。他宣布自己的第一次收成简直是"令人叹为观止"，此后再也没赚到钱。当土地开始被风吹走时，他甚至不确定自己是否能活到讲述这件事以警示后人的那天。天空中满是地表土，令他感到恐惧，而酷热——健在的人没有哪个见过这样的天气——日复一日，犹如一口白色的大碗悬在头顶。

"这是一种我以前从未经历过的新事物，一种超乎我全部想象的破坏力。"他写道。

当大平原的原生草皮还在的时候，一块土地怎么看也不会有什么两样。大风一如既往地以每小时20、30或40英里的速度吹着；干旱来了又走；草原大火，其中许多都是印第安人或牛仔为了把安家者吓走而故意放的，几天之内就烧毁了一大片草地。冰雹也袭击了这片土地，寒冷的北风把它冻得结结实实，就像走在碎玻璃上似的。在所有这些季节性的狂暴天气中，人类都是无足轻重的。只要草皮还能在大地上织成网，草原就会在干旱和湿润的年份焕发出勃勃生机。草可能看起来是枯黄的，了无生气，但在表面之下，草根将土壤牢牢地固定住；它还活着，处于休眠状态。短草、水牛草和蓝色的格兰马草已然进化成与这片干旱地区沙壤土绝配的植物。即使在夏季的干旱时节，当热风夺去了地表上所有含有水分的生命时，它也能将水分锁在离地表一英尺或更深的地方。反过来，草地养育了针尾松鸡、草原鸡、鹤、长耳大野兔、蛇以及从本地原生草皮上觅食而获取水分的其他生物。在最干旱的日子里，生命之网仍在坚守。但是，农民撕下草皮后扬长而去，使土地裸露在外，那片荒芜的土地就对邻居构成了威胁。草不再复生，因为草根已被连根拔起。大地上空荡荡的，一片死寂，匆匆即逝。但是，这并不是农民们在开会时争论的话题，他们只顾着大声嚷嚷要求政府提供价格补贴。这也不是科学家或政府专家讨论的话题，至少在早期不是。人们疯狂地想要找到一条路逃出看不见光的经济困境。他们正在努力维持生计，寻找足够的钱来买鞋子、燃料和家里没法手工制作的一些物品。1930 年代早期，发生在这片土地上的事情起初几乎没有引起人们的注意。尽管如此，这里已经是一个不同的世界，一切失去了平衡，病恹恹的。所以，当风在 1932 年的冬天吹起时，几乎毫不费力地就裹挟着土壤，然后将其送上了天空。

1932 年 1 月 21 日中午时分，阿马里洛的城外出现了一片从上到下 1 万英尺高的云。当云幕落到狭长地带上方时，风已经猛烈地吹了一整天，时速达 60 英里。这个东西缓缓地向拥有 4.3 万人口的阿马里洛的边缘地带靠近时，天空不再像往常那样是白色的，先是呈褐色，然后又变成了灰色。没人知道该怎么称呼它，它不是一片雨云，不是夹带着冰粒的云团，也不是旋风。它像动物的毛一样浓密，它是活的，接近它的人说有一种处在暴风雪中的感觉，一种黑色的暴风雪，他们是这么称呼它的，说它的边缘像钢丝绒一样。阿马里洛气象局的人对这片云极感兴趣，因为它无法解释。他们在日志中写道，它"蔚为壮观"，当阳光穿过这一大片云的较浅边缘时，它看上去呈绿色。在阿马里洛附近的上空徘徊过后，这片云又向北部移动至得克萨斯的狭长地带，然后又向俄克拉荷马、科罗拉多和堪萨斯飘去。

巴姆·怀特看着这个黑色的怪物从南边逼近，刚开始还以为自己看到的是一排正在移动的山脉，差不多有 2 英里那么高。但是埃斯塔卡多平原是地球上最平坦的地方之一，在地平线上的任何地方都没有 1 万英尺高的山，无论是移动的还是静止的。他叫儿子们赶紧寻找能藏身的地方，躲在他们的小房子深处。云层飞快地经过达尔哈特，短暂地遮住了太阳，从外面看好像是黄昏似的。云倾倒下里面的东西，然后消失了，来也匆匆去也匆匆，阳光照亮了灰尘。

是沙暴，德索托的人说。

不是，先生，那不是沙暴，其他人说。

你看见那个怪物的颜色了吗？就像狗的内脏一样黑乎乎的。

风暴过后，街道上到处都是煤色的尘土，覆满了邓洛克大街上的汽车顶和人行道。尘土也进入了室内，给道森医生家的餐桌和木地板上铺了一层黑纱，也给德索托酒店大堂里的精美家具、丁威迪酒吧的台球桌、小镇边缘地带的棒球场撒上了一层黑纱。人们的头发、眼睛，还有喉咙里都是灰。擤一下鼻子，竟然会擤出黑鼻涕来。咳嗽也能咳出同样的东西。它还让眼睛火辣辣的，咳个不停。这是最该死的东西，也是个谜。

这是什么？迈尔特·怀特问他爸爸。

这就是土壤，巴姆说。土壤在动。

为什么？

瞧瞧他们对草都干了什么，他说。看看大地：被翻了个底朝天。

第八章　干涸之地

　　没有水的生活使得大地上怪事连连。通常只有春天才会在浴缸里发现狼蛛，在天花板上找到蜈蚣，或者刚刚从冬天的巢穴里孵化出来的蜘蛛。然而，随着南部平原的干旱进入第二年，大量的昆虫出现了。昆虫的繁殖和孵化需要数月时间，通常更冷、更潮湿的年份会杀死一代。现在它们大量出现了，蚱蜢成群结队地聚集在麦地里，啃掉在荒地里的嫩芽；还在菜园里集结，只消几分钟就能吃光可以为安家者提供一个冬天罐头食品的作物。蜈蚣爬上了窗帘和地板——一桶一桶地出现，不得不将它们跟灰尘一起扫到外面。在达尔哈特，薇丽·道森一天早晨醒来发现一只黑色的狼蛛在她的厨房四处觅食，它的腿足有两英寸长，身体有苹果那么大。她尖叫着喊医生快来。那周的晚些时候，又出现了两只狼蛛，镇上的人说，是1月份的那场大尘埃云把它们带到达尔哈特来的。在无人之地，蜘蛛从木棚和玉米堆里爬出来，在地洞的地面上到处爬，然后爬上木屋的墙壁。一位老人被咬，然后死了。一个男孩因为类似的咬伤，疼得哭喊了半天。他晕了过去，人们急忙把他送到南部的一家天主教修女新开办的医院。博伊西城的孩子幸运地活了下来；堪萨斯州罗拉的一个男孩却死于黑寡妇的毒液。

　　土地上、拥挤的田野里、后院和街道上到处都是野兔。它们是一种很容易获得的食物来源，但它们也夺走了食物，在一些农民仍然希望种庄稼的地方啃东啃西。人们把野兔当成祸害，它们永远嚼个不停，对正在被风吹走的人类成果无动于衷。

"赶野兔大行动，就在周日——请带上棍子"

在《得克萨斯人》的版面上，约翰·麦卡蒂认为是时候除掉这些大耳朵的威胁了。人们聚集在达尔哈特边上的一块带围栏的田野里，大约2 000人手持棒球棍和棍棒。到处洋溢着节日的气氛，许多人喝着装在水壶里的玉米威士忌。最后他们就要**干活**了，对这群狂奔的动物发起攻击。他们分散到围栏的边缘，形成包围圈，然后向中心移动，将野兔往里赶进一个带木桩的围栏里。当人类的绞索收紧时，野兔开始疯狂地跳蹿，用力吸气，互相绊倒。棒球棍击中了它们的头，棍棒敲碎了它们的肋骨，鲜血四溅，牙齿也飞了出来，兔毛黏在一起被血染红。野兔惊慌失措，惊声尖叫。一个下午不到，他们就敲死了几千只野兔，血淋淋的尸体就这样堆在田野中央。有人甚至还将其中几百只野兔的尸体串起来拍照。

迈尔特·怀特没听他爸爸的话，跑去看了赶野兔。他没参与，只是在大屠杀的边上观看。当达尔哈特的百姓逼近野兔时，男孩在尖叫声中吓得腿都软了：挥舞的棍棒，叫喊声，喘息声，还有痛苦的咆哮声混杂在一起——他告诉母亲野兔临死时他听见它们在哭泣。他跑回用防水柏油纸遮顶的房子，顺便也带上了一辈子挥之不去的梦魇。

赶野兔变得流行起来，在一些地方还变成了每周一次的活动。在只有1平方英里的地方，人们一个下午就能杀掉6 000只野兔。当城里有那么多人在挨饿，眼睁睁地让那些死野兔浪费掉好像是种耻辱。在俄克拉荷马州的胡克市，一次活动结束后，人们将多余的2 000只野兔的肉运出去卖了。但是很难阻止这些肉被浪费掉，剔下野兔肉的后勤工作量太大了。于是，野兔留给了秃鹰和昆虫，或者被铲到坑里埋了。

那一年的高温打破了所有的纪录。一天，巴卡县的气温高达华氏115 度，奥斯汀家的地洞根本无法住人，孩子们想睡在外面，但他们的母亲觉得这样很危险，因为田野里开始尘土飞扬。她想到个办法：为什么不从井里取水给地洞降温呢？艾克和他的兄弟用桶从风车的水箱取水，然后将水倒在屋顶上。他们的小屋像桑拿房一样冒着蒸汽。地洞只在两侧各有一个窗户，长 20 英尺，宽 16 英尺。当土壤开始移动时，尘土遮住了他们望向外面的窗口，就算是在正午时分，奥斯汀家的屋里也是漆黑一片。艾克的工作之一就是把积聚在地洞边的尘土铲走，他忙着自己的家务，于是常常逃学。1932 年，艾克 15 岁，坐在教室里对他就像蹲监狱一样难受。帮人家犁地每英亩 1 美元，这样的钱再也赚不到了。现在没人再开垦新土地，巴卡县气数已尽。

在这个时代，银行家被看成躲在钱柜背后的小偷，政府被当成冷血的兄弟不愿对身处困境的家人伸出援手，高地平原过去的不法之徒又赶来凑热闹了。黑杰克·科切姆已经在地底下长眠 30 多年了，与他那被扯断的头一起埋在新墨西哥州克雷顿境内穿过得克萨斯州界的一小块泥土里。但现在有些人却在说黑杰克或许根本没那么卑鄙。在灰尘飞扬的绝望岁月里，黑杰克被发掘出新的品质。他抢劫火车，大家都知道铁路公司是怎样的混蛋；他打劫银行，干得漂亮。乡民们还说太可惜了，他从来没有一个合适的栖身之所。他很可能是这片凋敝的大草原上最有名的亡命之徒了，他与布奇·卡西迪[①]和墙洞帮一起骑着马在无人之地上横行霸道。随着好莱坞在西部搜罗马贼的故事，他的传说也跟着远播各

---

① 美国西部最著名的罪犯之一，美国电影《虎豹小霸王》（1969）中的男主人公之一就是他，由保罗·纽曼饰演。——译者

地。一群有身份的市民决定把黑杰克挖出来，将他的尸骨移到新的克雷顿公墓。在那里，黑杰克将得到善终。他们在报纸上刊登广告，希望利用这个罪犯的恶名能吸引一些游客到这个仅因沙尘和衰败而声名鹊起的地方来消费。尽管像约翰·麦卡蒂这样的公民道德家根本不赞成这种掘墓行为，但他也认为以现代标准而论，黑杰克看起来要好一些。

"不过，重温他的历史还是有一个好处的。这表明黑杰克的抢劫行为或多或少更像个男子汉，"麦卡蒂写道，"他是火车劫匪，六枪杀手，他对此直言不讳。他不是那种肮脏、腐败、流着鼻涕、恶臭熏天的匪徒……与现代文明正在对付的鼠辈们相比，黑杰克还是有他的优点的……"

这样的话赫兹斯坦因家族是接受不了的。这个男人抢劫了列维·赫兹斯坦因的商店，假装投降后开枪打死了他，却从未因为杀害列维而受到指控。相反，他是因为严重抢劫罪而被送上绞架的——在铁路公司的游说使得死刑适用于某些类型的抢劫火车罪之后。西蒙和莫德·赫兹斯坦因一直努力坚守着几件特别的事情才勉强熬过了那些黑暗的日子。达尔哈特的店早就入不敷出，因为赫兹斯坦因一家无力支付城市税而丧失了抵押赎回权。不过，大约每月一次，他们都会举办盛大的周五晚宴，烹制鸭子或鹿肉，拿出日子好过的时候在采购途中存下的几瓶葡萄酒。只有这样才能忘掉屋外的狂风。

1933年9月11日，在这个星期天下午，大约3 000人汇聚在克雷顿边缘的一片结着石痂的土地上。人们掘开坟墓，从地底下抬出一个松木箱子，掀开盖子。人们从黑杰克曾经抢劫过的得克萨斯汤姆格林县请来了前任治安官，叫他上前仔细查验。

"是的，是他。"

而且，感谢上帝，黑杰克的头看起来没那么糟糕。幸亏棺材上覆盖了石灰石，他的尸首保存得非常完好，他的黑外套也完好无损，墨色的头发和胡须仍然乌黑浓密。人们把他的尸体抬到了新的墓地，安葬在了一个与其他坟墓有一定距离的地方。尽管人们认为黑杰克应该得到一个更好的安息地，但他们也不愿意让他离克雷顿的杰出人士的尸体太近。他们把他埋得很深，没有立墓碑。报纸上说，他们对得起这个科切姆家的儿子。然而，对于赫兹斯坦因家族而言，给杀害列维叔叔的凶手又一次面对蓝天的机会简直是件骇人听闻的事。

1932 年秋天，许多农民没有种下第二年的小麦。这有什么意义呢？他们寄希望于干旱结束为下一年带来好收成，但如果价格跟过去两年的差不多，撒下麦种只意味着离破产又近了一步。生活的挑战在于依靠可以杀死或可以在菜园里种植的东西维持生活之余，还能保住仅存的一点自尊。生活已经难以为继，只等着天降甘霖。看着自己辛苦耕种的土地化为乌有，就像眼睁睁地看着一个久病的朋友撒手人寰一样令人难过。然后休耕那块土地，因为希望本身已经消逝，而变得更难了。

对于高地平原上的卢卡斯家族、福尔科斯家族和其他农民而言，每天最痛苦的事情莫过于挣扎着不去想会有更多的不幸发生。从黎明带来的另一个万里无云的日子，到晚上又要吃小麦粥或野兔腿肉，根本无法逃避失败带来的痛苦。今年，史蒂芬·朗和约翰·韦斯利·鲍威尔许久以前的警告成真了——这片干旱的土地不适合正常的农业生产，因为大地不仅使他们濒临破产，还背叛了他们。1932 年一整年，无人之地的降雨量仅为 12 英寸，几乎不到种植庄稼所需的最小降雨量的一半。卢卡斯家族从 1931 年收获时开始储存食物，比如玉米和小麦，以防万一。到 1932 年秋，这些存粮都吃完了。大多数家庭只种了几排庄稼，但由于干旱都枯萎了。腐蚀性的尘土堆得很厚，足以掩埋所剩不多的天然草皮。草被埋在沙里，牲口没了牧草。除了风滚草，人们没有其他东西可以喂他们的牲口，福尔科斯家已经开始这样做了。弗莱德·福尔科斯告诉他的邻居，把风滚草碾碎再撒上盐，牲口还是会吃的。

黑泽尔·卢卡斯·萧住在城里，仍然在那所除了临时代价券什么也付不起的学校里教书，她的丈夫正试图在他们搬进的出租房里开展殡葬业务。当她去博伊西城南边的农庄看望叔叔C·C·卢卡斯时，发现他正挣扎在生死线上。黑泽尔眷念着过去的美好时光，她还记得这个乡村曾经绽放出多少绚丽的色彩，一块块的金鸡菊地，紫色的马鞭草，还有一片片绿油油的水牛草。

褐色的沙浪袭来，一切都消失殆尽。C·C·卢卡斯已经无法从他通常挤奶的奶牛身上挤出奶来，这不仅仅是因为牲口们在挨饿，在靠去年的定量谷物和今年的风滚草维持生存。他检查了它们的乳房，发现全都因为沙尘而发炎红肿，奶牛甚至不让小牛犊吃奶。他的补救方法是从无人之地上另一个农民那里学到的，在奶牛的乳房上擦一点车轴上的润滑油，用量要刚好能把沙尘造成的红肿去掉。通过这种办法，他挤出了一些牛奶，尽管其中还有油滴。

C·C·卢卡斯没有从地里赚到钱的希望了。一家人只得靠腌猪肉、干豆子和越来越少的罐装蔬菜、水果过活。孩子们饱受各种虫子的折磨，有如此多爬来爬去的蜇人的活物和他们从来没见过的昆虫。比如，围栏上、房子里、门廊上、厨房里，到处都是绿色的蠕虫。它们从哪里来？孩子们只有在仔细查看过有没有蜘蛛或狼蛛之后才敢上床睡觉。黑泽尔试图使她的堂亲们看到1932年以后的事情，或许，黑泽尔比她的大家庭中的任何人都更相信明天。她见过砸毁地洞的冰雹，见过吓得马队四处逃散的闪电，见过滚滚冲向房屋的草原大火。这段干燥无雨的折磨人的漫长时光，不过是另一次考验，然后紫色的马鞭草会再次绽放，无人之地的劳动会再度变得有意义，这是肯定的。看看他们在半代人的时间里所取得的成就：从一无所有、住在泥巴屋里，到过上体面的生活。回归勉强度日的生活，对于卢卡斯家的人来说是可以忍受的。

克服无处不在的绝望的最好办法莫过于去想新的生活。黑泽尔想有个家，但是谁会把孩子带到一个毫无希望的世界呢？她说，这就是为什么你必须摒弃所有的消极想法。她可以靠意念盼来积极向上的日子。当雨水回归大地，生命就会再次焕发活力。这次干旱不可能持续到1933年。

1932年伊始，从阿马里洛吹来的尘暴被视为大自然制造的怪物，是高地平原的反常现象。气象局研究了尘暴的图片，其面积之大，颜色之黑，与其他任何天气现象完全不同的移动方式都令他们百思不得其解。这不是一场普通的尘暴，也不是龙卷风。他们还没有相应的术语来称呼它。

3月的风通常是最猛烈的，1932年的深冬，风卷起了无人之地的泥土，将其撒向高地平原的四面八方。这些风暴比1月的大尘暴历时短，规模小，但它们在其他方面都很相似：黑乎乎的，滚滚而来，锋利到会割伤皮肤。尘暴刮来的时候，奶牛痛得大叫，仿佛被大锉刀的边缘猛击。泥土吹进它们的眼睛里，使它们什么也看不见，吹进它们的鼻子和嘴巴里，使它们的皮失去光泽，造成皮疹和感染。据气象局统计，仅1932年深冬，俄克拉荷马狭长地带就发生了6次黑色风暴。3月底，天空明亮了起来，一天都没有风，弗莱德·福尔科斯在他的果树中巡视，这是他那块已然死去的土地上少数还活着的东西之一。花骨朵已经开始成形。可是第二天，一阵寒冷的北风吹过，一下子将来年的水果树全都冻死了。

4月里，风吹个不停，田野里的土壤在高空盘旋，朝北滚滚而去。农民大多数时候只能看到比他那块田稍远一点的地方。气象局开始根据能见度将尘暴进行归类。最严重的尘暴，是能见度不超过四分之一英里的那种。1932年，这种伸手不见五指的尘暴有14次，最严重的那次发生在 4 月，吓坏了无人之地黑泽尔所在学校的孩子们。天空黑了下来，仿佛日食一样，接着"砰！砰！"的几声响，像枪声似的，学校的窗户被吹掉，砸得粉碎，尘土涌了进来，盖住了课桌、地板和脸。不到一分钟，尘暴就消失了，只留下满地的玻璃碴和细小坚硬的沙粒，那是从几年前人们为了种小麦而耕种过的田地里吹来的。有些孩子不住地哭，他们流着眼泪回家，结果眼泪变得泥乎乎的，他们告诉父母学校突然发生了这样的事。后来，有些家长就让孩子们待在家里。学校太危险了。

现在尘土不再是一件新奇事了，而是种威胁；土地已经变成了一种活跃而充满恶意的力量。如果风吹来的泥土能敲碎学校的窗户，使牲口失明，接下来会怎样？孩子们开始咳嗽，夜不能寐，一直咳到肚子痛。这片土地出了大问题，但没有人有任何经验。博伊西城的县农业学家比尔·贝克是个历史爱好者，住在无人之地的偏远地带，他所在的地方向好奇心重的人展示了一系列发现。贝克在锡马龙县的一个角落发现了一个洞穴，经过相当长时间的发掘后，在洞里发现一具木乃伊：一个孩子，保存完好。这具木乃伊长 38 英寸，国字脸，宽额头，头发及肩；随葬的有玉米壳、一个装满南瓜籽的袋子，一根用丝兰植物纤维做成的细绳。完成挖掘的大学考古学家说，这个男孩生活在 2 000 多年前"编筐匠"时期（Basket Maker period）①。对于比尔·贝克而言，这意味着在人们以为还没有人踏上无人之地之前，这里已经有人开始从事农业生产了。贝克将这具木乃伊占为己有，并且陈列在博伊西城法院的玻璃橱窗。这个披着长发吮着大拇指的小男孩在这座因铁路公司的欺诈而兴起的小镇上成为一大景点。贝克则想弄清楚一片对人们构成威胁的土地到底是怎么回事儿，在他看来，这具木乃伊身上藏着一些秘密。无人之地毕竟不是一片空旷的平原，有人曾经生活在这片被诅咒的土地上，时间

---

① 前古普埃布洛人的编筐匠文化始于公元前 1500 年，一直持续到公元前 500 年。这一史前美国西南部的文明得名于考古遗址上发现的大量篮筐。——译者

可以追溯到基督时代甚至更早。然而，现在他们生活的博伊西城诞生还不到一代人的时间，一切都在走向地狱，这个地方从内部坍塌，这片土地成了致命的危险。木乃伊的族人找到了在这个地方生活的方法，小小的玉米壳和工具——令贝克迷惑不解。他也知道自己无法找到能提供答案或口述历史的人，没有人能告诉他这具木乃伊的过去与 20 世纪的绝望之间的关联。印第安人知道一些，但他们离开了，在他们能传授一些生存之道之前就被赶出了大平原。

"坐着的公牛"曾经预言这片土地会报复强迫印第安人离开草原的白人。他从天象上预见了这一厄运。在这场干旱中，他的侄子"一头公牛"试过推翻"坐着的公牛"的预言。"一头公牛"从南达科他的印第安保留地写信给俄克拉荷马大学的史丹利·坎贝尔教授，要求他归还苏族的沃塔维（wotawe），一种装有人的头发、石头、干粮和其他人造物的药袋。"一头公牛"解释说：沃塔维的合法主人能影响天气。

还有一群人也可能有些答案。像印第安人一样，墨西哥人在很大程度上是隐形的。他们在这里拥有一段历史，至少比博伊西城的任何人生活的时间都长。胡安·克鲁兹·卢汉和他兄弟弗朗西斯科有个养羊场，就在卡鲁帕山谷的北边——是锡马龙县最古老的家族。胡安 1858 年出生在墨西哥，很小的时候就离家出走，靠帮人赶牛群谋生，他沿着圣达菲小道与锡马龙近道一带放牛，曾经穿过俄克拉荷马狭长地带的腹地。卢汉还记得科曼契人、基奥瓦人，还有数不尽的草原鸡和叉角羚羊，大野牛群和草海——一片完好无缺、无所不有的原始的高地平原。他曾经在这里生活，在这里获得荣耀，将自己和家庭的未来寄托于此，并为此感谢上帝。他和兄弟在无人之地放羊，甚至在牧牛人来之前就建立了农场。他们在一条泉水涌成的小溪边建了一座石头房子，他的羊长得很肥，毛茸茸的，它们不惹是生非，需要的也不多，而那时，这里是世界上最好的养羊之地。唐·胡安爱上了一个富人家的女孩弗吉尼亚·瓦尔德小姐，她来自巴卡县的一个家族，新墨西哥境内到处都有这家人的羊。一位耶稣会牧师为他们证婚，并鼓励他们在无人之地的牧场上建一座小教堂。这个牧场后来成为锡马龙县天主教徒和墨西哥人的中心。孩子们在家上学，学习放羊的技能和解读天象的方法。弗吉尼亚·胡安生了9个孩子，不过其中5个出生时或出生不久就夭折了。农场帮工的家人有自己的家庭，在大萧条开始前，卢汉牧场就是个拥有三代人历史的自给自足的社区。其中一个帮工何塞·加尔扎出生在卡鲁帕河畔的一个小棚子里，从小就很喜欢骑马和放羊，用野马皮制作各种物品，像其他人一样祷告，卢汉夫人愿意把家里的女儿嫁给这样的男孩，这家人对加尔扎就像对自家的儿子一样。

博伊西城的农业学家比尔·贝克在镇上看见唐·胡安和他的牛仔乔·加尔扎时，问起他们以前的事情。以前是否有过这么干旱的时候？以前的天气是否这么炎热，持续的时间是否这么久，还是说气候本身起了变化？以前的尘土像现在这样四处横飞吗？以前的老天爷是不是也如此暴躁过？草是不是也少成现在这个样子？锡马龙河曾经像这样干涸吗？落基山脉有没有下过这么少雪？还有……那时候人们是怎么生活的？卢汉擅长讲故事，但是，有关这个全世界最好的牧羊场发生过的事他讲得越多，脸色就越悲伤，眉头也皱得越多。他难以掩饰自己的愤怒。他憎恨那些农夫对草场的所作所为。他还记得上千只野牛在现在博伊西城所在的地方奔跑而过时发出的呼哧呼哧的鼻息，可是现在这里陷入瘫痪，满目疮痍。他记得水牛草曾经长满了这片如今疲惫的、伤痕累累的土地的每个角落。该死的，这里以前当然闹过干旱。他一口气说出了一连串的年份——1889年到1890年，1893年到1894年，然后是1895年，那几年降雨量只有7英寸，还有1910年到1912年。干旱是这片土地上的一种生活方式。但是草依然到处都是，经历了这些干旱的年份后还保持着原样。现在，草不见了，被连根拔起随风而逝。卢汉家的羊找不到放牧的地方了，草的海洋变成了几座褐色的小岛。至于这种尘土，它杀死了卢汉的一生挚爱，他的妻子弗吉尼亚。她咳得很厉害，每个地洞、每个柏油纸棚屋、每个泥墙庄园都有这种咳嗽声。乔·加尔扎的父亲帕布洛也得了。他们都有支气管病，吐出的是无人之地的残留物。

尽管卢汉在遥远的俄克拉荷马狭长地带生活的时间比任何盎格鲁人都长，但他和他的农场帮工都害怕被驱逐。卢汉是美国人，但博伊西城有人怀疑卢汉的牧场是那些夺走盎格鲁人工作的墨西哥人的避难所。到1930年，大约有150万拉美裔人生活在美国，他们大多数人的祖先都是墨西哥人，吸引他们来到南部平原的是科罗拉多东南部和堪萨斯的糖用甜菜农场与得克萨斯的棉花农场。在大萧条的早期，城市用船将拉美裔运出这个国家，洛杉矶花了7.7万美元将6 024名被驱逐者送回了墨西哥。卢汉认识他牧场上的每个人，把他们当成家人。他向他们保证，不会强迫任何人离开。他们中的大多数人都出生在这片土地上。乔·加尔扎的父亲来自得克萨斯的圣安东尼奥，总是称那里为"老墨西哥"。对卢汉来说，他所面临的更大的问题是没了草地，是否还守得住牧场。

虽然1932年的第一批尘暴对农民和气象学家来说是个谜，但一个毕生致力于研究土地耕作的人认为他有一些答案。休·哈蒙德·班内特在土壤刚开始被风刮走的时候就在高地平原上巡视，他也从未见过像这样的黑色暴风雪。但是对班内特这位喜欢挥动胳膊，大耳朵且能言善道的土壤博士而言，诊断结果似乎显而易见。这不是天气的原因，尽管这次持续的干旱确实没帮到什么。班内特相信，这个难以捉摸的谜团似乎是人为造成的。为什么在别的国家人们几个世纪耕种同一块土地却没有造成土壤流失，而美国人仅仅在这片土地上耕种了不到一代人的时间，却夺去了它维持生命的保护层？

"在世界上所有的国家中，我们美国人一直是所有种族——无论是野蛮人还是文明人——中最大的土地毁灭者。"班内特在尘暴开始时的一次演讲中说道。他说正在发生的事暗藏着"凶险"，说明了"我们何其无知"。

休·班内特是大地之子，在北卡罗来纳一个1 200英亩的种植园长大，那里从内战前就开始种棉花。班内特家有9个孩子，拥有苏格兰-爱尔兰和英格兰血统。小时候，休骑着骡子去上学，拿一个化肥袋当马鞍。他每天有一部分时间是在蓝岭山脉东边的家庭农场度过的，帮助他父亲在陡峭的地块上耕作。他很早就知道，只要梯田的泥土里还长着植被，土壤就不会流失。父亲还告诉他，他们农场的土壤不仅仅是一种媒介，通过它能长出带有纤维的商品，还是一种有生命的东西。他对土壤复杂性的兴趣使他考上了北卡罗来纳大学，继而攻读研究生，在那里他研究并撰写文章，分析不同的社会对待土地的方式有着怎样的差异。毕业后，他是政府雇用的一个团队的成员，负责美国的第一次全面土地勘测。从青少年时期起，人们就叫他"大个子休"，他上了路，在他的车旁露营，去各州勘测土壤。他对美国地表的了解——就细致的个人观察而言——可能超过了20世纪初活着的任何人。因为工作关系，他也去过海外，在那里他了解到古老的社会里是如何在同一片土地上耕种数千年却从未造成土壤流失的。

在小麦热潮的最后几年，班内特对政府一直在鼓励一种涸泽而渔的农业狂欢的做法越来越感到沮丧。他直接去找了自己以前的雇主农业部，指出他们在误导人们。他在全国各地的演讲中发出震耳欲聋的批判：大平原上的农民在与大自然作对，他们在自讨苦吃。即使在1920年代末，在其他人尚未发出警告之前，班内特就说过，人们已经播下了一场巨大灾难的种子。政府继续通过官方公报坚决表示土壤是一种"用之不竭的资源"。对班内特而言，这太自大了。

他说："我不知道代价如此高昂的错误信息该如何用一句简洁的话来概括。"

他援引土地学院的报告，该报告指出俄克拉荷马州损失了 4.4 亿吨表土；另一份对得克萨斯州的勘测报告称，1 650 万英亩的土地受到侵蚀，只剩下薄薄的一层。现在由于人们任由这片土地被风刮走，在班内特看来，这无异于从事故现场走开而不必承担任何责任。他说，人们正在做的事不仅仅是对大自然犯罪，而且最终会令整个国家的人挨饿。土地会变得贫瘠，这个国家将无力养活自己。

美国人已经变成了一股可怕的地质力量，对地球面貌的改变超过了"有史以来火山、地震、海啸、飓风以及人类所有发掘活动造成的变化的总和"。

第九章　新领袖，新政策

美国人把他们的总统赶下台的那一年，巴姆·怀特因为搜寻臭鼬皮而在高地平原上四处游荡。在路上，这位牛仔发现他的许多同胞都像他一样处境艰难，瘦得只剩皮包骨头，忍不住在别人家的垃圾桶里多看两眼，用半天的苦工换一顿饭。他卷起自己的铺盖从一个营地转移到另一个营地，打听着如何苟延残喘地活下去。在得克萨斯的深处，一个人可以为了每蒲式耳5美分的酬劳采摘柑橘，或者为了每桶10美分的酬劳为私酒贩子收集酒瓶，或者为了每小时赚12美分在春天帮人割芦笋。相比之下，一张臭鼬皮换2.5美元的现金对一个50多岁的中年人而言显得更加体面，也没那么困难。巴姆·怀特一路上见到的东西令他震动。俄克拉荷马市有一个很大的"胡佛村"，成千上万的人要么住在用装柑橘的板条箱搭的棚屋里，要么住在霉烂生锈的废旧汽车残骸里。一个个城镇整体破产，市政服务也停止了。在沿着新铁路线涌现出的一系列社区中，学校关门，因为付不起教师工资或教室供暖的费用。坐落在达尔哈特北边的德克斯荷马关掉了路灯，因为负担不起照明的费用。大地被炙烤后变成了褐色，泥土被风刮走，让牲口吃的草也不剩下多少了，克雷顿或博伊西城的咖啡馆仍然播放着鲁迪·瓦利唱的那首歌《生活不过是一碗樱桃》。巴姆回到家，发现孩子们生病了，在漏风的两个卧室的房子中咳嗽。他把臭鼬油、松节油和煤油的混合物擦在迈尔特的胸口，这是祖传的秘方，迈尔特说自己觉得好多了。但在学校，孩子们说这孩子身上有股被碾死的动物的气味。

当你肚子饿的时候，你会不由自主地倾听一个政客谈论食物，在1932年的选举中，饥肠辘辘使很多人突然对民主产生了兴趣。穆雷说要是他当总统的话，没有人会吃不上面包、黄油、培根或豆子。这个来自托德萨克的人说问题在于美国人变得懦弱了。瞧瞧俄克拉荷马农工大学的那些大学生吧，竟然还向政府伸手要钱建造一个游泳池。他说："在我看来，他们可以到小溪里游泳。"穆雷认为，每个人都应该得到一片土地，离开拥挤不堪、难以运转的城市，让时光倒流。穿着那身皱巴巴的西装，嘴边永远叼着雪茄，穆雷参加了1932年民主党初选季的竞选活动，建立了许多4B俱乐部。胡佛的支持率下降得很快。大多数美国人在1932年都没有交联邦所得税，但胡佛还想对未征税的部分征税，以弥补巨额财政赤字。他对那些在城市街道上卖水果的小贩的照片嗤之以鼻；说他们卖5美分一只的苹果，是因为这比正规工作更赚钱。共和党在1930年的中期选举中被彻底击败，失去了参议院的17个席位以及对众议院的控制权。1932年的总统选举年对胡佛所在的政党而言，前景更加不堪。首都弥漫着一股货真价实的阶级斗争的硝烟，国会投票决定对全体富人增税，以响应"对富人课以重税！"的呼声。另一些人则要求征收遗产税，对任何超过1 000万美元的遗产征收几乎达到其价值的一半的税。

胡佛在第一次世界大战开始时是一位工程师和企业家，身家约为400万美元。身为总统，他过去的言论像一个收账人一样困扰着他，这话既不是他在就职时曾预言的美利坚即将永远地消除贫困，也不是他曾预言的未来的繁荣转瞬即至，而是一个人的品质是由这个人有多少钱决定的，这种说法如影随形地跟着胡佛。"要是一个人到了40岁还没赚到100万，他就没多少价值。"胡佛说这话时，社会心浮气躁，美国到处是机会，等着人们碰运气。美国的投机活动正好鸿运当头。

全国失业率保持在 25%，仿佛这个国家已经病入膏肓了。当经济学家约翰·梅纳德·凯恩斯被问到是否有过更糟糕的时代。"那个时代被称为黑暗时代（Dark Ages），"凯恩斯说，"而且持续了 400 年。"

在穆雷看来，任何一个能站出来连说四个句子的人都有机会当总统。民主党的一派支持 1928 年的被提名人艾尔·史密斯，但是穆雷说，天主教徒，你懂的。另一个极端是红色分子（Reds）；当穆雷去年派国民警卫队前往俄克拉荷马的亨利埃塔解散五一游行队伍的时候，他已经表明他会对付社会主义者。

从纽约来了一位出身有钱阶层的州长富兰克林·德拉诺·罗斯福，穆雷气急败坏——此人正好来自他讨厌的那个家族。（富兰克林·德拉诺·罗斯福的远房堂兄泰迪曾逼迫穆雷从俄克拉荷马州的宪法中删除一项白人至上主义的条款，然后才允许该州加入联邦。）一开始，富兰克林·罗斯福被认为是个无足轻重的人，一个只会拿着本国一个伟大家族的名声来玩票的外行，所以没把他当回事儿。后来，他肩负起了"被遗忘的人"——大平原上破产的农民，城里卖苹果的小贩，蹭火车四处谋生的工人——的事业。尽管他说话时带有一种在大西洋中部各州以外的任何人听来很好笑的口音，而且他似乎对手上的那只烟嘴有点乐在其中，但罗斯福还是用混杂着希望与愤怒的情感唤醒了人们。他懂得世道艰辛，懂得当一个人的世界崩溃时会有怎样的惊恐不安。1918 年，他两次患上了肺炎，差点儿丧命，1921 年的脊髓灰质炎又导致他部分身体瘫痪。风华正茂却被人们一次又一次地告知他没有未来，再也不能走路了，可能活不了多久了。

"如果你曾经躺在床上两年费力地活动你的脚趾头，在那之后，任何事情都会显得很容易。"他说。

胡佛相信，解决大萧条的办法是在生产部门采取措施，帮助工厂和企业主重整旗鼓，再次运转起来。货物会走下生产线，经济繁荣会随之而来。罗斯福则说如果人们买不起工厂生产出来的东西，让生产机器转动起来是没有意义的。

"这些不幸的时代要求制定计划，而这些计划要有赖于被遗忘的、无组织的、不可或缺的经济力量单位。"1932 年 4 月 7 日，富兰克林·罗斯福在一次广播演讲中如是说，这次演讲确定了其竞选活动的中心议题。他呼吁人们相信"处于经济金字塔底部的被遗忘的人们"。那个被遗忘的人很可能是一个指甲缝里塞着大平原的泥土的人。

"肤浅的思想家在多大程度上能意识到我国大约一半的人口，即 5 000 万或 6 000 万人，要么靠农业生产谋生，要么在小城镇里直接靠农场生活？他们现在失去了购买力。为什么？他们的所得低于种植这些农产品的成本。"

随着竞选活动的深入，物价进一步下跌。在无人之地，农民的一打鸡蛋只能卖到 6 美分，一磅猪肉或鸡肉只值 4 美分。

在芝加哥的民主党代表大会上，穆雷最后一次咆哮着加入了阻止罗斯福的力量。但罗斯福在第三轮投票中获得了提名，"苜蓿比尔"溃败出局；他最终赢得了选举团的 23 张票，4B 俱乐部也随之解散，当《幸福的日子又来了》的音乐响起时人们开始唱道：

> "你的担忧和困难都已消失
> 从现在起不会再来了。"

穆雷怒目而视。"许多城里人目不转睛看着乡巴佬、俄克拉荷马州州长威廉·亨利（"苜蓿比尔"）·穆雷喝了几加仑黑咖啡，嚼着没烤透的雪茄烟头。"《时代周刊》写道。穆雷坚持认为，俄克拉荷马州只有"在霜冻之后"才会投票给罗斯福，而"霜冻直到选举之后才会来临"。

11 月，罗斯福得到俄克拉荷马州和其他各州的选票，除了 6 个州以外，它们大多在新英格兰地区。胡佛说罗斯福领导下的民主党成了"暴民党"，是暴民投的票。罗斯福在俄克拉荷马州的支持率达到 73%；在得克萨斯州达到 88%。穆雷后来说富兰克林·罗斯福——哈得孙河谷的新教贵族，总统的堂弟，格罗顿和哈佛的毕业生——是个犹太人，还在为他的祖先保密。

1933 年 3 月，新总统在一个雪天宣誓就职，这似乎正好匹配了这个国家寒冬般的气氛。胡佛的智囊团空空如也，交给罗斯福的国家是个空壳，国民的信心跌入谷底。"我们已经做了我们能做的一切，"胡佛在其任内最后一天说道，"再也没什么可做的了。"

罗斯福一分一秒也没有浪费。各种可能性的大门已经打开，罗斯福实施了百日新政。对美国资本主义来说，这是一段真正可怕的岁月，充满了罗斯福所说的种种"黑暗的现实"。货币不流通，即使在首都也是如此；邮政总长詹姆士·A·法雷说自己在华盛顿无法兑现支票。总统指责"肆无忌惮的放贷者"和"一代自私自利者"，他的政府中的一些人敦促他将银行国有化，认为毕竟他们劫掠了一个国家的储户，在大肆投机的狂欢中无视自然法则。罗斯福立即宣布银行放假 4 天，以稳定一个 3 年内 9 000 家银行倒闭的系统。然后他发表了广播讲话。

"我想花几分钟时间谈一谈银行业。"

这是他对国民的第一次广播讲话，就在就职典礼几天之后。罗斯福努力消除人们的疑虑，告诉他们当银行重新营业时，金融体系将保持运转。然而，私下里他告诉记者，他害怕没有足够的钱来阻止另一次挤兑风波。"上周五下午，我们无疑没有足够的货币，"他在非正式记者见面会上说，"有一点确定无疑：没有足够的流通货币来周转。"他召集国会开会，并签署《紧急银行法》——在提出之后 8 小时就生效了。法案起作用了。到罗斯福上任的第一周结束时，存款超过了提款。几个月后，新的法律增加了更多条款，为个人储蓄提供了 1 万美元的保险。他要人们把攒的钱从床垫和地板下面取出来，政府会为他们的钱兜底。

下一步是努力拯救农场。自由市场农业经济学结束了，永远结束了。罗斯福说，看看它做了什么：美国生产的粮食超过了历史上任何国家，而农民却被迫离开农田，身无分文，与此同时城市里的人没有粮食养活自己。农民的平均年收入是 300 美元，比 10 年前下降了 80%。从现在起，政府要努力制定价格并确保粮食流通。为了迫使价格上涨到足以保证农民生计的程度，罗斯福让政府采购剩余的玉米、豆类和面粉，并将之分发给有需要的人。600 多万头猪被屠宰，猪肉被送到了救援机构。庄稼被犁进地里，对一些农民而言就像割腕一样。在南方，当马第一次被拉到田里去犁除棉花时，它们退缩不前。第二年，政府将要求牧民和小麦种植者减产，以换取现金。胡佛一直对干预自由市场机制保持谨慎态度；在罗斯福治下，政府**就是**市场。《农业调整法》建立了这一框架，民间资源保护队召集底层群众一起努力将撕裂的国土缝合起来。他们修大坝，建桥梁，恢复森林，防止水土流失，在山上修小道，在大草原上建公路，并开挖湖泊和池塘。5 月，罗斯福签署了一项法案，拨款 2 亿美元帮助面临止赎的农民。现在，在一些安家者的土地被没收以偿还银行贷款之前，总算有了最后的救命稻草。

《禁酒法案》被修订，允许销售浓度为 3.2% 的啤酒，到 12 月，联邦禁令的其余条款也被废除了。博伊西城里竖起了招牌："这里供应啤酒！"不过南部平原的一些县仍然在执行禁酒令。达尔哈特仍然很干燥，这意味着威士忌蒸馏器将继续工作，药店仍然会开具烈酒的处方。

那个卡罗来纳棉农的儿子大个子休·班内特继续怒斥他的同胞戕害这片土地的行为。在俄克拉荷马州发生的事情尤其令他震惊。

"就在不久前，数百名农场主在美国军队的枪声中冲进了俄克拉荷马州切罗基的狭长地带，寻找免费农田，"他说，"自此以后，发生在这一地区的悲剧简直令人难以置信。"

班内特能发表这样的言论，而不像一个发牢骚的科学家或城市精英那样，是因为他坚信土地民粹主义（earthy populism）。他在自己的农场给奶牛挤奶，给猪喂食，砍柴过冬。他了解土壤，也知道每个农民的女儿的笑话。他可以在南方谈论棉花，在堪萨斯讨论小麦，在加州聊起柑橘。他最喜欢的莫过于用他那双大手挖泥巴，他认为这是大自然赋予美国的最了不起的财富。一天结束后，他会给自己倒几杯波旁威士忌，跟人聊一些荒诞不经的故事。

大多数科学家都不把班内特当回事，有些人叫他怪人。他们认为大平原的萧条，罪魁祸首是天气而不是耕作方式。基础土壤科学是一回事，而谈论脆弱的生命之网和破坏大自然——这种早期生态学还未引起人们的广泛重视。当然，西奥多·罗斯福和约翰·缪尔在新世纪伊始就将保护自然资源列为一种美国价值观，但这通常被应用于壮丽的风景奇观：山川、河流和巨型植物群。1933 年，威斯康星州的野生动物学家奥尔多·利奥波德发表了一篇文章，说人类是整个大的有机生物圈的组成部分，应该小心翼翼地对待自己所处的位置。然而那篇文章《保护主义伦理》（*The Conservation Ethic*）此时尚未对公共政策产生影响。在平坦丑陋的地表上肆意横飞的土壤，既不是诗人赞美的焦点，也不是政治家呼吁复原生态环境的核心。

不过，在富兰克林·罗斯福所做的第一波事情中，就包括在白宫接见班内特。班内特说，美国人在中部地区开垦过度，速度过快，土地承受不了这样的攻击。世界上最大的草原在遭到重创后被抛荒，就那样裸露着。刚刚开始成为全国新闻的尘暴不是上帝之手造成的，而且它们会变得更糟。好吧，总统问：有可能消除人类造成的破坏使之恢复原状吗？

班内特没有做出任何承诺。他很有说服力，拥有罗斯福喜欢的那种个人魅力，他欣然接受了任务——担任内政部一个为稳固土壤而设立的新机构的主任。他没什么钱，也没什么人手。不过，大个子休擅长演讲，而且是个在其专业领域造诣颇深的科学家。如果正如他在其《被遗忘的人》的演讲中所言，罗斯福相信大萧条的核心问题是农民和依靠农民的小镇完全脱离了经济体系，那么班内特就是罗斯福智识上的灵魂伴侣，因为他看到了导致大平原破败的原因。他在内心深处明白发生了一件影响深远的事，即人类改变了大自然。必须从地底下开始恢复平衡。班内特必须让人们以不同的视角来看待这场危机，接受一些指责。这需要一段时间的休克疗法。据估计，南部平原8 000多万英亩土地的表土被风刮走了，一个经过几千年才积淀下来的肥沃表层在一天天地流失。

大个子休上任才几个星期就开始发表一系列演讲，他将失败的农业系统归因于"基本上错误的土地利用模式"。数百万年来从落基山脉流出的水土在平原上沉积了一层肥沃的土壤，通过草固定在那里。要恢复这片土地，班内特建议人们回顾一下犁地破坏大草原之前的那些岁月。答案就在这片土地上，就在一直以来对 XIT 牧场牛仔和科曼契人再明显不过的事情里：这里是世界上最适合草生长，最适合食草动物的地方。但是，土生土长的草皮还能复原吗，土地还能恢复平衡吗？还是说人们下手太重了，一切已经回不了头了？

干旱从不肯消停一下。天气预报单调乏味每天都差不多：干旱，有尘暴。风隆隆地吹过，撕掉一层层的大平原土壤。当风暴来临天空变暗时，人们开始相信他们因为做了一些可怕的事正在遭受惩罚。当罗斯福去一些平原视察时，北达科他的一个农民举起手绘的标牌，上面写着："你给了我们啤酒。现在给我们雨吧。"

总统并不乐观。"啤酒倒还容易些。"他说。

第十章　巨大的打击

　　土地不会轻易死去。田里光秃秃的，有些地方的土壤被吹走后只剩下硬质层，土壤堆积在其他地方。天空把土壤从一个州带到另一个州。两年来由于没有明显的降雨，就连深井也开始吃力地从天然的地下蓄水层中吸水。1933 年的一个冬日，大片密云聚集在无人之地的上空。中午时分太阳不见了，镇上的灯都亮了起来以提高能见度。云朵倾倒下一层又一层的尘土，一波接一波地从空中袭击博伊西城，使其街道覆盖了厚厚的尘土，掩埋了一簇簇褐色的草，然后轰隆隆卷过大胖子威尔·克劳福德的地洞，拂过萨迪用易拉罐灌溉系统建起自己的菜园的那块地。他们不得不使劲地铲土，以免被发怒的大平原吞没。

　　黑泽尔·卢卡斯·萧看着尘土从他们出租屋的墙上最薄的裂缝中渗进来，撒落在瓷器、卧室和床单上。当她早晨醒来时，发现枕头上唯一干净的地方就是她的头留下的轮廓。她用胶带封住了所有的窗户和门的外沿，但是尘土总有办法找到进来的路。她学会了在准备就餐之前绝不摆出餐具，做饭时盖上锅盖，不把储存的水长时间放在外面，以防其变成泥水。她决定放弃这份付给她毫无价值的临时代金券的教职，努力备孕。她丈夫查尔斯终于开始了自己的事业，在他们的出租屋里开了一个家庭丧葬服务社。生活在城镇本应比生活在一个死气沉沉的南方农庄容易些，但是博伊西城面临着同样的折磨——天空没有一滴雨，只有泥土。有时候，黑泽尔会戴上白色手套坐在桌边——这个小小的挑衅行为看起来既愚蠢又勇敢。

1933年2月的一天，气温在不到24小时的时间里下降了华氏70多度。博伊西城的温度低至华氏零下14度，尘土仍然随着北极的寒风刮过来。黑泽尔想尽一切办法保温，让房间保持清洁。尘土主宰了人们的生活。从博伊西城到达尔哈特只有50英里的车程，然而车就像一叶扁舟航行在辽阔的大海上。公路有些地段状况很好，有车辙，也很坚硬，但几英里之后就消失在一波又一波的尘土之中。萧夫妇看不到车身之外的地方，只好跟着电线杆从一个镇开到另一个镇。

狭长地带的农工大学气象站在1933年记录了70天严重的沙尘暴。那一年，气象预报技术仍然很粗陋，不过是一种瞎蒙的游戏。测量空气运动、温度和从天而降的一切东西的基本设备在过去350年间几乎没有什么变化。政府预测天气靠的是从全国各地200多个气象站和气球、飞机、气象风筝等收集的数据。这些信息每天两次通过电报交换机发送给华盛顿，在那里绘制成气象云图，气象局再给国内不同地区发布天气预报。其依据是高气压和低气压之间的运动和对抗——一种古老的天气预报方法。天气预报总是来自首都，这也是为什么年纪较大、疑心较重的安家者仍然用19世纪的词——"很可能发生"来称呼天气预报的一个原因。像"月亮清透，霜冻将至""夜空披霞，牧工高兴；晨曦披霞，牧工警惕"这类经验之谈更值得信赖，而且并不仅仅是那些种地的人这么想。在当航空邮递员期间，查尔斯·林德伯格说他不太在乎气象局的官方预报；一点儿用也没有。在整个1920年代，尽管一个又一个的科技奇迹改变了美国人的生活，但气象预报工具仍是本杰明·富兰克林熟悉的那套。人们迫切需要知道明天会是什么天气，特别是随着飞机旅行的普及。当天气在毫无征兆的情况下变得致命时，它会害死人——有时候会造成大量的人员死亡。飓风没有任何征兆。1925年席卷中西部地区的一场飓风造成957人丧命。气象局仅有的一大成就是对以下数据进行了精确测量：大气压、无雨的天数、总降水量、气温和风速的变化。

1933 年 3 月和 4 月是那年中最糟糕的月份——两个月的持续大风将细粒土吹向了高地平原。骤冷的寒风将上一年秋天种下的一点小麦全部冻死了，现在只剩下一片翻耕过又休耕了的广袤土地，面积几乎有半个英格兰那么大，牲口没有草场，其他动物也没有食物。

弗莱德·福尔科斯大部分时间都在铲土。铲子是他的救命工具；他走到哪里都带着。吹了一整天的风，这些飘浮物可能会堆积到 4 英尺或者更高，撞上被风滚草堵塞的围栏后形成一个个沙丘，然后将尘土散落到四面八方。他试图修整围栏，使沙丘不至于顺着围栏移动。在一些清晨，福尔科斯甚至认不出自己的土地了，因为流动的沙丘形成了一个个土堆，上面还留着前一夜风吹过时的一圈圈波纹。另一些清晨，他的车被完全盖住了。在他把车擦干净之后，根本没法发动，沙尘堵塞了化油器。

他现在明白自己很可能会失去果园，这是福尔科斯农场上唯一存活的东西。他一桶一桶地打上来浇在小果园里的水似乎要付诸东流了。他对密苏里老家农场的鲜活记忆，那些桃树、樱桃树和李子树、苹果树、醋栗树、黑加仑树和越橘树——全都被 1933 年咆哮的沙尘挡住了，在他的脑海浮现不出来。

4 月底，大地上不见一丝绿意，天空未降一滴雨水，与此同时一连刮了 20 小时的沙尘暴。大多数风暴的风速超过每小时 40 英里，沙尘来势凶猛，粗粝到足以刮掉福尔科斯家房子上的油漆，进入牲口的消化系统。

"又来了一波沙尘！"博伊西城的人喊道，这是让人们赶紧找地方躲起来的警报。人们看着地平线随着沙尘暴的接近而变暗，无处可逃，他们不能待在室外，生怕在含有沙粒的气流中迷路或呛住。尽管室内能遮挡风，却对细沙无能为力。

林德伯格是他那个时代最了不起的飞行员，5月6日，他试图穿越得克萨斯的狭长地带时飞入了这片带有杀伤性的空域。他的飞机被卡住了，引擎噼啪作响，在气流中疯狂地颠簸。6年前，林德伯格飞越大西洋时，在去巴黎的路上差不多是贴着洋面飞行的。现在，他无法飞越美国最平坦的地方。他在得克萨斯州的一个地方迫降，此次飞行的一个发起人曾试图把那里打造成挪威某地的样子。孩子们欢呼着他的到来，仿佛他是上天派到人间的神，这一事件上了南部平原所有地方的新闻头条。林德伯格不想参与其中，他好像被沙尘暴吓到了。他睡在飞机里，耽搁两天之后就飞走了。

5月下旬的一天，正当大风季节开始消退的时候，沙尘消失了，在过去几年间引来安家者的空旷蓝天也出现了。但是到了上午10点钟左右，乌云又卷土重来。它们看起来像雨云——大家的祈祷终于有了回应。更大、更黑、更沉的云朵出现在他们的头顶上——沙尘附在了通常情况下只会带来雨水的系统之上。黄昏时分，乌云散尽，送来了一团团棕色的坚硬水珠——雨和冰雹，它们在降落过程中拾起了尘土，然后像泥球似的落下。泥泞的暴雨击碎了屋顶，砸凹了汽车引擎盖，奶牛痛得大喊大叫。更多的还在路上。一朵漏斗云出现了。

"龙卷风！"

人们奔跑着寻找藏身处，祈祷着平安度过。龙卷风在堪萨斯的利伯勒尔登陆，该镇接近俄克拉荷马州边界，那里是龙卷风风道的中心。风卷起了谷仓的屋顶，撞倒了仓库的墙，将房子连地基拔起。一家老扫帚厂被彻底摧毁。商店被撕成了一堆木棍，窗户碎了一地。市中心变成了一堆堆木材和砖块。4人遇难，近800人无家可归。龙卷风席卷之后不久就摧毁了高地平原上一个较大城镇的市中心，泥球卷土重来，从天空砸下，这是对人们的最后一轮凌虐。

夏季，风吹倒了得克萨斯狭长地带的电线杆，将贮存着没人买的小

麦的粮仓推到一边。夏末，另一阵龙卷风对无人之地的最南边造成了重
创。这个狂怒的漏斗力量大到可以刮走旅店的屋顶。有记录以来，还未
见过更干燥的夏季。

高地平原只剩下一片废墟。从堪萨斯到无人之地，再到科罗拉多，
越过新墨西哥的尤联县，还有从南边进入得克萨斯州的埃斯塔卡多平
原，泥土要么从地上被刮起，要么如雨水般从天而降。在任何人所见过
的最糟糕的生长季节，大地没有色彩，也没有庄稼。一些农民种了细长
的矮小麦和玉米，但是根本不值得花力气去收割。两年前曾经生产了
600 万蒲式耳小麦的得克萨斯狭长地带，现在放弃了几卡车的粮食。在

俄克拉荷马州的一座农房，1930 年代

一个县里，90%的鸡死了；沙尘进入它们的体内，令它们窒息或阻塞了它们的消化道。奶牛没奶。牛被饿死或者因兽医所称的"沙尘热"倒地而亡。一名记者在锡马龙县采访时竟然没看见一棵草或小麦。

来自4个州的人汇聚在俄克拉荷马州的盖蒙，该镇位于博伊西城东面，他们是来交换信息请求援助的。红十字会措手不及，求助者远远超过了该组织的承受能力。联邦政府新成立的一个机构的救济金还在路上：它将支付足够的钱，作为人们清除盖蒙、利伯勒尔、德克斯荷马、沙特克、达尔哈特和博伊西城街上的沙尘的费用。工资是1美元1天，为了给其他人留点机会，每人每周连续工作不得超过3天。

高地平原的破坏者给国会发去了一封求救电报。这些安家者从未想过他们会做这样的事——乞讨。在达尔哈特，《得克萨斯人》的编辑约翰·麦卡蒂极力反对寻求帮助。太丢人了，他所在的城市竟然低着头伸手求助。他更喜欢挑衅，嘲笑那些抱怨沙尘的人，他叫他们"软柿子、嫩脚跟和好哭佬"。然而，遭到沙尘暴袭击的人和破坏大平原上的草的人一心只想着获得援助以结束这一切，他们凑份子发出了紧急求助电报，上面有1 500人签名：

> 我们苦苦挣扎，以维持我们的家庭、学校、教堂和各种企业，满足本地需求。我们不要救济金或直接救济。我们需要工作。

另一些农民则在逃离，他们加入了其他佃农向外撤离的队伍之中，后者有的来自被干旱压垮的俄克拉荷马东半部，有的来自阿肯色和密苏里，那里种植的棉花已毁坏殆尽。但大多数人还是决定坚守到底，挺过去。毕竟有了新总统。干旱持续的时间比任何人能记起的都更长、更严重，但总得有个头啊。平均律是这么说的。

一天晚上，就在晚饭前，黑泽尔·萧在清扫掉博伊西城家中的地板、餐桌、灯罩和厨房灶台上的每日灰尘之后，笑着戴上了白手套。她要向丈夫宣布个好消息。

"我怀孕了。"

第三部分

爆发：1934—1939

第十一章　分类赈济

政府工作人员在新总统上任的第二年来到高地平原，计划杀死尽可能多的农场动物。在这个半球，没有人愿意购买大草原上这些东倒西歪、病恹恹的牛，它们当中有许多已经失明，皮肤上显出肋骨的轮廓，身上长满疙瘩，内脏塞满了沙土。没有人能从这片贫瘠的尘土飞扬的土地上收获粮食，更不用说干旱已是第 3 个年头了，到 1934 年年中降雨量还不足 5 英寸。对于一个把小牛养大的农民来说，每天都面对着一个了无希望的任务，因为他发现牛不是在漫天沙尘中摔断了一条腿，就是为了吸口气而被呛得窒息。看着食草动物在这片毫无生机的被诅咒的草皮上悲惨地死去，寡言少语的男人们忍不住哭了，而这里曾经是天底下最辽阔的草原。奶牛只能靠咀嚼撒过盐的风滚草和吞食泥巴活这么长时间。政府工作人员的职责是通过消灭市场上过剩的牛肉、猪肉和谷物来使经济恢复正常。他们将一群面容憔悴的安家者召集到博伊西城的帕里斯剧院。在梅伊·韦斯特的《我不是天使》的放映间隙，他们摊牌了：

告诉你们吧：把那些有气无力的牛交给我们，我们给你们现金，每头最高 16 美元。那些还能走路的，骨头和松松垮垮的皮之间还剩一点儿肉的牛，我们会送到阿马里洛的屠宰场，然后让挨饿的人吃上肉。其他的很可能不值 1 美元——这是最低收购价——我们打算在这里杀掉。可以请一两个牛仔来帮忙。这就是我们的打算。

好，我没问题，弗莱德·福尔科斯说。他只剩下几头牛了，站都站不稳。他还有一头奶牛，还给它挤奶，不过挤进桶里的东西看起来像巧克力奶，他只好把抹布放进桶里，把沙尘滤出来。

黑泽尔·卢卡斯的叔叔C·C·卢卡斯也认为这可能是赚到1美元以勉强维持农场经营的唯一办法。他不喜欢这种事：把小牛犊养大，然后朝它的头上打一枪，把它扔进沟里。但是要么这样做，要么眼睁睁地看着它死去，看着它像别的牛那样呕吐、发烧或失明。1934年在无人之地让动物活着是个错误。卢卡斯的老奶牛已经死了，他只剩下一小群牛和两匹马。有些人问政府工作人员，牲口杀了之后用什么替代。他们现在该怎么办？前一年，政府购买了500多万头猪送去屠宰，重点放在"种母猪"或怀孕的猪身上。他们的计划是让农场的动物离开这片土地。在一段时间里。收缩事态的扩张。政府工作人员制定的目标是来年要宰杀800万头牛，从而将市场价格推高至农民的劳动能得到合理回报的水平。他们在南部平原的新城镇工作时，发现了他们见过的最糟糕的落后分子。他们购买的牛几乎每三头当中就有一头被认为病得太重而不能屠宰。卢卡斯家的牲口就很典型。C·C·卢卡斯的牲口病入膏肓，没有一头健康到可以运往阿马里洛。政府工作人员告诉卢卡斯他可以自己开枪，也可以请他们雇来的牛仔处决他的牲口。他选择让牛仔动手。

卢卡斯农场的牛被赶去杀死的那一天，孩子们进了地窖，关上门，捂住了耳朵。枪声响起，每头牛的脑袋上都挨了一颗子弹，孩子们开始哭喊。现在只剩下几匹马能告诉人们C·C·卢卡斯在俄克拉荷马的土地上生活的那段岁月是怎样一种情况。其他的一切都没了。他的一个女儿试图收集足够的饲料来维持马的生命，但是它们不能像牛一样咽下风滚草。一匹马啃着围栏。沙尘堆积得太高，一溜围栏成了移动的沙丘，这使得马很难站稳。后来，她发现母马躺在地上，啃着围栏的边缘，嘴角流血，眼睛里满是泥土。不久之后它就死了。黑泽尔·卢卡斯试着安慰孩子们，她的侄女和侄子。想想明天，想想绿色的田野和新生活，想想水，想想以前那万里无云的天空和春天……

黑泽尔把孩子们带到镇北边的科勒牧场，就在锡马龙河的涓涓细流旁边。这里已经成为博伊西城的人们星期天驾车前往的目的地——一个可以看到些绿色的地方。尤里乌斯·科勒是第一批在无人之地上居住的盎格鲁殖民者之一，他1902年来到这片土地的边缘，那时候满地的草从得克萨斯边界一直绵延到堪萨斯。科勒靠他的马从锡马龙河到他的牧场修筑了一道8英里的沟渠，现在只有一弯细流从河里流出来，这是科勒家经历过的最严重的干旱了。他们的泉水全都干枯了，只剩下一眼。通过将锡马龙河的水流改道，他们得以保有一小块绿洲，而此时无人之地的其他一切地方看起来就像火星表面。黑泽尔带着孩子们走过草地，让他们触摸最初的草原，并告诉他们，我们一家人刚到这里时就是这个样子。死亡中孕育的新生——想想看，无人之地的故事。重生。黑泽尔想把一个婴儿带到这个燃烧着大颗粒的空气的高炉，原因之一就在于她相信这片土地能像科勒牧场的那一小块地一样焕发生机。总有一天。不过，在星期天开车回博伊西城的路上会碾碎他们所有的希望，因为会经过一个又一个沙尘飞扬、破败不堪的农场。小镇本身笼罩在一片雾霾之中；直到汽车隆隆地驶过铁轨驶入小镇时，才知道博伊西城近在眼前。过去，博伊西城看起来像是强手棋上的玩具建筑；而且是一片绿洲。但现在这里被泥土包裹着，披上了伪装，没有任何明显的轮廓，一半都陷入了荒芜的大草原。

路过这里的人预测这里的一切很快都会消失——房子、小镇，甚至铁轨。"铁轨很快就会在咆哮的沙漠中锈蚀，两个宜居的沿海地区距离沙漠1 500英里。"1934年5月，《新希望》（New Outlook）杂志的一名记者写道。有人正在撤离，人数不多却持续不断，他们放弃无人之地的生活，前往一个老天没那么愤怒的地方。

在达尔哈特南部，政府工作人员买了 4 000 头牛来杀。那些牛看起来一点也不比无人之地的牛好多少。有些因为缺水少粮而奄奄一息。它们在破败不堪的 XIT 牧场上游荡，到处找水，直到摔倒，舌头上沾满了沙粒。巴姆·怀特打了份短工，替一个牛仔干活，靠开枪杀牛每天赚 2 美元。政府雇牛仔是因为他们在看着饥肠辘辘、鼻子湿湿的小牛犊的眼睛把它打死的那一刻不会心软。XIT 牧场的老帮工们把瘦弱的牛赶到镇外的一条沟边，开枪打死后把它们推到沟里。在掩埋之前，欢迎镇上的人来挑拣，找可以拿回去吃的肉。镇上的人说，有时候，有些动物并没有立刻死掉；它们在痛苦中挣扎，不停地呻吟，它们的叫声在夜里随风飘荡。巴姆很难向孩子们解释他们在做的事情，杀死人们为了谋生而带到这里来的牛。世界上的一切都乱套了。这些牛反正都会死，不妨杀了它们，还能赚一两块钱。

50 年前，政府清除了这片土地上最肥壮的四条腿食草动物，清除了每一头野牛，以便为奶牛腾出空间。就在夸纳·派克领导的科曼契人投降，并被赶出承诺给大草原领主的永久性条约土地仅仅一年之后，查尔斯·古德奈特把自己的牛赶到了这片草地，宣布那里是地球上最丰茂的草场。这一切仿佛就在昨天——一眨眼的工夫。而现在，为代替野牛而来的牛被赶尽杀绝，因为它们在挨饿：它们站不起来，不能喝水，不能再多活一天，就算它们能做到，人们也无法靠它们维生。政府的屠宰应该是为了恢复市场平衡，而不是纠正大自然的错误。对于巴姆·怀特这样的牛仔来说，这是件难受、更难以理解的事。1934 年夏天，XIT 牧场几乎看不到一根草；曾经比东部某些州还要大的一个牧场，现在沦落为一片随风飘荡的荒地，大多数时候风吹起的沙尘太大，以至于人们根本看不到足够远的地方，无从知晓情况到底有多糟糕或许倒是件好事。草原作家、堪萨斯的报人威廉·埃伦·怀特说他知道谁是罪魁祸首，大平原的人是时候审视自己，承认自己犯下的错了。他指责麦农贪婪无度而破坏了土地。

"他的好日子毁了他。"怀特写道。

7月4日，天热得没有人想动一动。和前天，还有大前天一个样。风力减弱了一些，但空气中还有沙尘。人们戴着围巾或红十字会分发的外科口罩。鲜少有人没得沙尘咳嗽病——一种肚子得得翻江倒海的病。要是你抽烟的话，大多数人都是自己卷烟抽，那就更难熬过一夜，因为肺部拼命想要抖落覆盖着尼古丁的草原表土。多亏了政府的宰牛行动，镇上有了一点现金流。约翰·麦卡蒂试图让人们走出闷得透不过气来的地洞和房屋。达尔哈特的钻石球场有一场棒球赛，一个人花15美分就能看住在地窖中的得克萨斯人和克雷顿队交手，后者的大多数队员是唐·胡安·卢汉的堂兄弟。驱赶野兔的行动暂停了，因为天气太热，不宜用棍棒打死动物。虽然没有人想走进烈日当空的田里，把大耳朵的害人精围起来，但是针对野兔的行动仍在继续。在这件事上，许多人觉得要么它死，要么我亡。商会通过筹款雇了一个自称懂得如何混合大量毒药的人，与他签约，让他找出解决野兔问题的生物方法。

麦卡蒂信守承诺，在他的报纸上强调好消息。

"情况会更加光明，更加美好，"麦卡蒂在专栏中写道，"而且当情况变好时，我们几乎不会意识到曾经发生过什么。"

他努力劝阻每一个考虑离开达尔哈特的人。想搬出得克萨斯狭长地带到加州？他辩称，达尔哈特比加州的晴天更多，人也更坚强，土壤更好，长期的干旱已经到了尽头。

"平均律现在对我们有利，"他写道，"我们早该下雨了，早该繁荣了，还有很多好东西也早该来了，迟早都会来的，就跟2加2等于4一样确定无疑。"

想屏蔽高地平原上已经发生的一切，得患上很严重的健忘症才行，但是麦卡蒂尽力了。

"除了风和沙尘暴,"他写道,"狭长地带北部真的没有不适宜的天气。"

在缺席 16 年之后,啤酒又回到了达尔哈特。"忙碌的蜜蜂咖啡馆"出售冰啤,5 美分一品脱。但喝酒仍然是违法的。"126 号"在麦卡蒂胎死腹中的反对行动中幸存了下来,继续在这幢芥末色的房子里做见不得光的皮肉生意,尽管姑娘们试图变得不那么招摇。对于不喜欢棒球、妓女或冰啤的人,为了转移他们的注意力,7 月 4 日,乔伊·汉金斯牧师在第一浸信会教堂举办了一场信仰复兴会,题为"打牌和跳舞错在哪里"。他扫掉教堂长椅上的灰尘,迎来了 100 位年轻人。布道之后,孩子们挤到教堂前面保证再也不跳舞不打牌了。

1934 年 5 月 9 日,北部大平原刮起了一股旋风,就在达科他和蒙大拿的东部,20 年前人们就是从那里逃离了家园。上午 10 时左右,太阳变成了橘黄色,仿佛肿了起来,天空好像被罩上了一层纱窗。第二天,一大团布满沙尘的云朝东飘去,当他们发现急流风向人口中心移动时,云团的力量增强了。在这条黑色战线袭击伊利诺伊和俄亥俄时,这些编队已经合并成了飞行员眼中的一个飞行土块。飞机必须飞到 1.5 万英尺的高空才能越过它,当他们终于飞到它上面,飞行员们将这场沙尘暴形容成世界末日。这块东西为每个活着的美国人捎来了 3 吨沙尘,它飞到了中西部的上空,晚上,覆盖了芝加哥,倾下约 6 000 吨沙尘,这些沙尘顺着墙壁滑下,仿佛每个家庭、每个办公室都出现了裂缝。到了早晨,沙尘像雪一样落在波士顿和斯克兰顿,然后纽约在半明半暗中躲过了一劫。现在这场沙尘暴宽 1 800 英里,是一个从大平原飞到大西洋的巨大矩形,重达 3.5 亿吨。在曼哈顿,街灯在正午时亮了,汽车得打开前灯才能驱动。黎明时分还是晴朗无云的天空,笼罩在一片雾霾之中,就像日偏食一样。从帝国大厦顶上的天文台,人们看到的是市中心从未出现过的厚云层。他们看不见下面的城市，也看不见北面的中央公园。一层灰白色的薄膜盖住了窗台。人们咳个不停，冲进医院和医生办公室请求赶紧帮他们清洗眼睛。港口变成了灰色，灰尘漂浮在水面上。公园里的草和郁金香都覆上了一层细沙，而这些郁金香原本是为了驱散大萧条的迷惘才种上的。在加弗纳斯岛，能见度低得看不见近在岸边的船只。棒球运动员说这让他们难以追踪飞行的棒球。

记者们赶紧跑去询问专家。"我的年轻时代在南方度过，那边的这种情况比较常见，不过我不记得有过沙尘被吹得那么高的时候，"纽约气象学家詹姆士·H·斯卡尔博士说，"我不能说我喜欢这种空气。它使我根本无法自由呼吸。"

日射强度计是一种外观奇特、类似未来主义装饰艺术风格的仪器，它测出的阳光指数是 50%——也就是说，在一个平常的晴朗春日，只有 50% 的紫外线能穿透云层照进城市。

1934 年的纽约是一座肮脏的城市，空气中弥漫着成千上万个小商店、工厂、面包店、公寓排放出的废气和废物。空气可能非常危险，以至于患有呼吸系统疾病的人被建议搬到西部沙漠去生活。在最平常的一天里，测得每平方毫米的沙尘颗粒达到 227——对有健康问题的人来说，这可不是个好数字。但是在 5 月 11 日，测得每平方毫米的沙尘颗粒高达 619。这些颗粒还进入了室内。在全国广播公司的演播室，空气过滤器每小时更换一次。纽约大学的教授 E·E·弗里博士计算得出，在第五大道上的熨斗大厦 17 楼，灰尘厚度约为每立方英里 40 吨，这意味着纽约市的灰尘总重量为 1 320 吨。

纽约人不喜欢这个来自腹地的可怕访客。他们听说过有关沙尘席卷农场的事，也看过几个新闻短片，但那里就像另一个世界，离哈得孙河远得很。5 月 11 日，那个会飞的土块从大平原来到了本国第一大城市的门外。一连 5 个小时，乌云都在往纽约上空倾倒沙尘。商业陷入停顿。"德国"号货船的船长决定推迟靠岸,因为他不确定发生了什么事。自由女神像的轮廓几乎看不见了,还披上了一件浅灰色的表土做成的外衣。"德国"号的船长说这使他想起了佛得角群岛,撒哈拉沙漠的沙子在那里被吹向大海。

> "巨型沙尘云,
>
> 刮过 1 500 英里,
>
> 城市昏天黑地 5 小时"

这是《纽约时报》第二天的新闻头条。该报称之为"美国历史上最大规模的沙尘暴"。

风暴向海上移动,离海岸 200 多英里的船只上到处都是沙尘。风暴的后防线也向南延伸,在国会议员的嘴巴里留下了草原土壤的味道。沙尘落在华盛顿国家广场,渗进白宫,当时罗斯福总统正在讨论抗旱计划。芝加哥、波士顿、曼哈顿、费城和华盛顿的沙尘使美国的大城市体会了一把高地平原上小社区的居民近两年来的遭遇。城里的人们想知道,草原上的人们为什么不能做点什么来锁住他们的土地。有人建议在草原上铺沥青,还有人建议把报废的汽车运到南部平原,在那里它们将被用作固定地面的重物。

至少在东海岸,沙尘像暴风雪一样来了又走,然后又恢复了正常的季节性波动。但是在无人之地、得克萨斯狭长地带或堪萨斯,季节的变化只体现在气温或风的猛烈程度的不同。沙尘每个季节都会扬起,它已经成了生活本身。即使是下雪,也没给令人窒息的灰色和黑色带来什么变化。3 月的一场暴风雪在无人之地会下到 21 英寸深,但落下来的是黑色的雪花。他们称之为"沙尘雪",雪中夹杂着沙。圣帕特里克节有啤酒,但没有阳光——一场沙尘暴悬在头上长达 16 个小时。月底,太阳连续 6 天被遮住了。1934 年 1 月，南部平原发生了 4 次沙尘暴，随后 2 月有 7 次，3 月也是 7 次，4 月有 14 次——其中一次持续了 12 小时——5 月 4 次，6 月和 7 月分别有 2 次，8 月是 1 次，9 月是 6 次，10 月有 2 次，11 月 3 次，12 月 4 次。那一年甚至还不是最糟糕的一年。在大多数的沙尘暴中，阳光仍然可见，天空从来没有完全变黑。但是能见度降低到 0.25 英里或更少。

大平原上到处都是沙尘，不过最恶劣、最持久的沙尘暴发生在 5 个州的部分地区，它们是科罗拉多南部、堪萨斯西南部、得克萨斯和俄克拉荷马的狭长地带，以及新墨西哥东北部。政府把沙尘肆虐的地理中心定位在锡马龙县，即无人之地的正中，在地面的覆盖层尚未完全被剥去的一些地方，浮尘哗哗地流动，留下一个新的沙尘来源。

即使人们在鼻孔里和呼吸面罩上抹了凡士林也无法防止吸入沙粒。沙尘颗粒非常细小，只有 63 微米，甚至更小。相比之下，打字结尾的句号是 300 微米。在户外不到一小时就会令红十字会发放的面罩变黑。房屋的窗户上盖着湿床单和毯子，门上贴着胶带，墙上的裂缝里塞满了碎布和报纸。男人们见面都不互相握手了，因为静电大得能把人击倒。他们也在门把手和金属烤炉的手柄上裹上布，以防被电到。车主们在车底拴上了铁链，铁链在街上拖行时，可以将空气中的电流导入地面。医院推迟了手术，因为他们无法确保手术室的清洁。堪萨斯州的面粉厂不得不减少开工时间，以免灰尘和谷物混在一起。

"很少有哪一天里沙尘云不现身一会儿的。"卡洛琳·亨德森写道，她是曼荷莲文理学院的毕业生，也是一位农民的妻子，就住在博伊西城北面的无人之地。大学毕业后，她爱上了一位农民，他们在小麦种植热潮期间大有所获。他们的井有足够的水，能灌溉一个大菜园，满足猪、鸡和牛的饮水需求，甚至连一些花都开了。年景好的时候小麦闪着光芒，卡洛琳装了一部电话，订了报纸，每天有人送上门，让他们在家门口知道世界大事。这次破产使亨德森一家过起了勉强糊口的生活，而这个地方的人似乎都老得很快。45 岁的妇女看起来像 60 岁，有人说，一个同龄的男人脸上没爬满皱纹是很罕见的。他们失去了电话、报纸、菜园、牲畜和所有的庄稼。到 1934 年，他们的土地已经连续 3 年一无所获了。卡洛琳每天的任务似乎变得越来越毫无意义，毫无希望。她紧紧抓住一些小事情——窗台上的一株室内盆栽，满是谷物的农场照片，还有对明天的信念。在尘土飞扬的头三年里，她从未对这片土地失去信心。在写给一位朋友的信中，她说她感到"一种与土地——我们共同的母亲——血脉相连的原始情怀"。她用水泥袋做毛巾，用廉价的碱液洗衣服，尽管这令她的手变得很粗糙，连她自己都给吓坏了。到了 1934 年，他们甚至懒得去种庄稼了。亨德森家养了一些鸡，几头牛，还有一个菜园，足够使他们维持生计。卡洛琳收集牛粪做燃料，但随着牧场消失，牲口开始挨饿，"草原煤炭"的供应也枯竭了。

像邻居一样，亨德森对基本生活资料的渴望伴随着干燥、漫天尘土的每一天而加剧。

"我们梦见干涸的土地吮吸着令人感激的水分时传来的微弱的潺潺声响，"在给东部一位朋友的信中她写道，"但我们醒来时又是一个风沙横飞的日子，希望再次落空。"

第十二章　漫长的黑暗

　　当黑泽尔·萧在春天越过州界前往克雷顿生孩子时，高地平原上的尘土被重重地压住了。准妈妈们被告知分娩前要在医院或疗养院待上一个月，黑泽尔不想冒险。博伊西城没有医院。在新墨西哥，在高出海平面1英里的地方，空气理应更干净。从克雷顿望去，地平线并不是完全平坦的：岩石台地和古老的火山打破了天际线，那几天，当傍晚的光线正好时，这里会像新墨西哥州最美好的地方一样令人着迷。光线也是赫兹斯坦因家族热爱克雷顿的一个原因。在镇上，查尔斯把妻子安顿在医院附近的一家提供膳食的寄宿屋里，门窗用床单和胶带封了三层，以防孕妇吸入沙尘颗粒。

　　查尔斯回到了博伊西城。一周后，消息传来：要生了。他发动了他的T型轿车，沿着土路直奔新墨西哥。距离还不到60英里，但到处都是飘浮的尘土，开车得要半天的时间。尽管道路基本上是笔直的，而且他是在4月的一个万里无云的日子里开车，但查尔斯还是看不到自己前方几辆车之外的路况。无人之地的每个司机现在都了解这种暴风雪了。他小心控制着车速，生怕迎面撞上另一辆从尘土中冒出来的车。有时候这就像眩晕或者在太空中开车。他把头探出窗外，想要看清路边的水沟，这样他就可以顺着这条道开往克雷顿。消息很紧急——黑泽尔已经开始宫缩，孩子就快要生出来了。沙子越堆越高，挡住了车头，打着旋从引擎盖爬到他的膝盖上。在风把到处都刮得露出硬质地层的路面上，牵引力够大，查尔斯加快了速度，时速接近 35 英里。然而，正当他开始开得很顺利的时候，汽车冲进了移动的沙尘中。他被困住了，T 型汽车卡在了路面那么宽的沙堆里。他跳下车，试图用一向随身携带的铲子铲走沙子。但流沙太深，甚至在他铲沙的时候，又有更多的沙尘吹到了沙丘上。T 型车就这样陷入了将近 3 英尺深的沙里。

他无法挪动汽车，只好步行。任何方向都看不见东西，只有漫天黄沙不停侵入他眼里、头发里，还打在脸上。当局警告人们不要独自出行，特别是不要在起沙尘暴的时候在路上走动。在堪萨斯，有个农民的车抛锚了，他步行去求助，结果窒息而死。但萧别无选择。他的妻子正在生孩子。如果他留在车里等待救援，等有人经过的时候，他可能已经被掩埋了。再过几个小时天就黑了。

他沿着路边的水沟走，直到走进一条狭窄的小巷，拐弯就是一家小农舍。他猜自己走得很快，已经走了两英里。萧敲着小屋的门，向农夫解释发生了什么事。农民发动他的拖拉机，两个男人开车回到汽车旁。他们又拉又挖，再加上拖拉机的推力，总算把 T 型车弄出来了。

萧继续赶往克雷顿。他心急如焚，想着婴儿，担心遇到更多的流沙，所以一直在加速，将车开到极限。当他开到路上一个急转弯处时，速度太快来不及调整，T 型车的两个轮子摇摇晃晃，终于侧翻在地。有一瞬间，萧以为自己被钉住了。他的身体擦伤了，还在流血，不过总算安然无恙。当他从窗户爬出来时，看见两个轮子还在沙尘里打转。他用撬杠把车从沙尘中撬出来，把它推正。引擎启动了，他开完了这段路，总算到了圣约瑟夫医院。正当黑泽尔宫缩最厉害的时候，一个带着瘀伤、流血不止、满身尘土的人走进了产房，他的眼皮上沾满了泥巴，手指上又是油垢又是泥污。

1934 年 4 月 7 日那天晚些时候黑泽尔生了个女儿，他们给她起名叫露丝·内尔。她胖乎乎的，看起来很健康，但医生对于把她带到户外表示担心。空气对婴儿来说太不安全。他命令黑泽尔在医院至少再待 10 天，并强调这对年轻夫妇可能要考虑搬出无人之地。其他人正在关闭家门，赶在沙尘毁灭他们之前离开那里。但是，卢卡斯一家在俄克拉荷马州狭长地带的这片边远区域安家落户时，那里连一个为安家者设的土地办公室都没有。他们是第一批拥有宅地者之一。离开这里对于这批开拓者将意味着什么？如果他们搬走了，不仅仅是去哪里和做什么的不确定性，更在于一种感觉，那就是他们再也不会拥有什么了。从在你自己的一小块地上劳作变为四处漂泊，这是很大的一个下坡路，你会被陌生人盯着看，仿佛你是俄克拉荷马州的另一块垃圾，说你该被驱逐。被驱逐！去哪里呢？被连根拔起之后，安家者就成了风滚草。至少在这里，一个饥肠辘辘的人还能对自己的处境和归属感到自豪。黑泽尔的身上洋溢着家族的乐观情绪。她和查尔斯在博伊西城有小生意，哪儿都不去。就这么定了：不管空气多么糟，土地多么死气沉沉，经济多么萧条，无人之地的新生命——露丝·内尔——可不是经常会出现的。这个宝贝一定要在一个叫做"家"的地方好好享受人生，并且以一个适当的方式开启自己的未来。

对于其他人来说，1934 年是最糟糕的一年。5 月初，北达科他的气温高达华氏 100 度。躲过了早期的一些沙尘暴的内布拉斯加部分地区，现在也刮了起来。亩产 20 蒲式耳的麦田，能收割 1 蒲式耳都算幸运了。在 800 万英亩的田地上，庄稼枯萎颗粒无收。另外 200 万英亩土地被抛荒——根本没人耕种。由于 1 000 万英亩的土地寸草不生，内布拉斯加的农民与他们的南部邻居一样陷入了绝望的境地。

1934 年不仅是迄今为止被干旱围困的年份中最旱的一年——俄克拉荷马州狭长地带的降雨量不到 10 英寸——而且原来羊和奶牛吃的一些水牛草也绝迹了，都被沙尘淹没。据农业专家比尔·贝克估算，锡马龙县约三分之一的地方都起了沙尘暴。有些草被埋在 10 英尺深的黄沙下。其他地方饱受风吹，被刮得光秃秃的，已经变得跟地下室的地板一样坚硬。就连科勒牧场也正在失去最后的青草，他们有锡马龙河的河水灌溉，这是大多数人都已失去的一条命脉。科勒夫妇可以把水洒在草皮上，但是无法使草皮免受飞扬的沙尘的侵蚀。他们试着架起围栏和防风林，但横冲直撞的泥土跃过障碍，重新飘了出去。科勒家的畜栏里有 36 只羊因为吸入沙尘窒息而亡。

那年晚些时候，政府工作人员提出，如果麦农们同意来年不种地，就跟他们签合同。这样的想法乍一听很不道德，至少在人们看来有些古怪。和屠宰牲口一样，这是罗斯福倡议的一部分，以期通过减少供应来推高农产品价格——人为造成供应紧缺。最终，许多农民都不打算种地了——没有水，种地有什么用呢？——所以他们同意什么都不种就能得到钱的提议并不难接受。无人之地有超过 1 200 名麦农签订了合同，并得到了总计 642 637 美元的回报——平均每个农民得到 498 美元。由此诞生了一种农业补贴体系，后来逐渐演变成联邦预算中不得动摇的支柱性内容之一，它是为贫穷的粮食种植者设计的，他们既面临着止赎，又饿得要死，还饱受沙尘之害。很多农民都在挨饿。

"这一次我的庄稼歉收了，" 1934 年末，一个来自得克萨斯的农民在给罗斯福的信中写道，"我一个子儿也没收到，根本养不活自己，现在寒冬来了，我还有老婆和 3 个孩子要养活，没有足够的衣服来让他们御寒。我的房子 3 年前被烧毁了，现在只能住在一个像洞一样的房子里，全家都很遭罪。"

对那些自 1930 年以来就没有收入的人来说，498 美元的支票是笔意外之财，就算不够农场来年的开支，也足以让他们继续留在土地上。至少这让他们能够活下去。但这笔钱只够支付欠下的税款，只够支付拖欠银行贷款的利息，只够买种子，只够使他们不必锁上门一走了之。倘若没有政府的补贴，锡马龙县的所有人可能会在 1934 年的沙尘暴中烟消云散了。那一年，政府买下了 12 499 头牛、1 050 头羊，并向 300 名农民发放了贷款。政府估计俄克拉荷马狭长地带的 5 500 个家庭中，有 4 000 个接受了某种形式的救济，从做筑路工人每周工资几美元，到因人为造成供应紧缺而支付的款项。总之，近 100 万美元从华盛顿来到了无人之地的偏远角落。

休·班内特认为，倘若他能使这些被沙尘暴侵袭的草原州的一些土地休耕，大自然或许还有机会复原。班内特在尝试改变农业历史。他的一个想法是在光秃秃的草原上种植新草，这是以前从未有过的一项大规模修复计划；另一个想法是让农民个人打破其地产的界限，眼光看远一些。如果他邻居的土地还在被风沙侵袭，单靠他自己去保护土壤是不够的。班内特希望人们着眼于整个平原，而不是只顾他们自己拥有的那几亩地。

班内特让罗斯福的"字母表机构"① 之一——民间资源保护队参与他早期的一些示范项目，试图激发他们对自己使命的紧迫感。

"我们不仅仅是保护队队员，"他在民间资源保护队的集会上说，"更是在保卫国家生存之本的火线上奋战的士兵。"

俄克拉荷马州州长穆雷对罗斯福新政的第一批慈善法案开始在南部平原落地而火冒三丈，这使率先开垦的州沦为"卑躬屈膝者"，他这样称呼领救济的人。当然，穆雷在竞选总统时曾保证每个美国人都有权得到 4B——面包、黄油、培根和豆子。穆雷承诺会庇护大家，可现在他的老对手富兰克林·罗斯福，那个斜叼着烟斗、口音滑稽的花花公子正绕开他，以救世主的面目示人。将近五分之一的人仍然失业，但政府安

---

① 罗斯福新政用了大量字母缩写来指代相关的政府机构，故而得名"字母表机构"，如"AAA"（The Agricultural Adjustment Act），民间资源保护队是"CCC"（Civilian Conservation Corps）。——译者

排的工作已经使 400 万人得到了薪水。因为有工作意愿的人远比工作岗位多，政府按照人口数量给每个县定了一个配额。或许是在每天喝两壶黑咖啡的习惯的刺激下，这位来自托德萨克的大亨对罗斯福及其公共工程项目大加指责，称其为共产主义者，甚至退出民主党以抗议新政。不过，他的影响力正在消退，他不能动用国民警卫队阻止政府援助农民，也不能阻止人们修路架桥。他所在州的人民热爱新总统，报纸上对新政赞不绝口。穆雷变得越来越暴躁。在这年年底的一次演讲中，穆雷一边抽着雪茄，一边像往常一样责备起了总统。就在这时，一个男学生提出了异议。穆雷大发雷霆，打断了那个孩子的话。

"你个小兔崽子！"州长冲着男孩大叫，"滚出去！"穆雷的政治生涯就此彻底结束了。

穆雷支持的一个提案是在盖蒙附近的海狸河上修筑大坝，盖蒙是博伊西城东部第一个上规模的小镇。正如无人之地支持建大坝的人设想的那样，大坝会蓄足水供人们灌溉，从此就不用再靠雨水了。如果海狸河像往常一样干涸了，他们可以开采南部平原地下的奥加拉拉含水层来取水。只要他们把水囤起来，怎样取水并不重要。水文学家刚刚开始了解奥加拉拉含水层的体量：其面积接近休伦湖，位于地表之下几百英尺的地方。只靠蒸汽机和风车，安家者们几乎够不到含水层的上半部。但是，倘若动用大型天然气发动机把水吸上来使干枯的土地再次变绿又会怎么样呢？罗斯福被告知，现在还没有这种技术。与此同时，在无人之地修筑大坝的规划在华盛顿引发了轩然大波。内政部长哈罗德·伊克斯对鼓励人们留在那片土地上有所顾虑，他认为激励人们离开会更好。这片土地建立在"拥有 160 英亩土地，自主自立"的口号上，而现在这片土地会害死人，人们正在依赖政府的救济。伊克斯想将土地重新收归公有，并将 50 万人迁出这一地区。他的想法在有些人看来简直是异端邪说——剥去"命定扩张论"的外衣,无异于承认美国在南部平原的殖民政策是一个巨大的败笔。据伊克斯推测,高地平原再也不会成为能产粮的农田了。为什么要拖延不可避免的事情呢?

总统对回购宅地的做法表示怀疑。他不希望在这个国家的中部有一片无人居住的筛沙地带。为什么不试着改变土地本身呢?罗斯福和他的第五个堂兄西奥多·罗斯福一样,骨子里就是个真正的环保主义者。孩提时代,他就学会了热爱大自然,并且对哈得孙河谷的各种植物着了迷。当罗斯福建议从加拿大边境到得克萨斯种植一片防护林时,人们嘲笑这个计划简直是个苏联式笑话。如果上帝希望大平原上长出树来,他会自己在那里种上的。风太大,树苗根本没法扎根;雨水也太少。但是罗斯福很坚持:为什么不种一排排的树,使中间的农田免受风吹,形成一个"保护带"呢?

"森林是我们土地的肺,"他说,"净化空气,赋予人民新的力量。"总统要求林务局制定一个计划,涵盖全球,看看有没有树种能在平原的酷暑和严冬中存活下来。与此同时,他要求休·班内特和其他人研究一下伊克斯提出的一个更大的问题:到底是鼓励人们以后再从事农业生产呢,还是亡羊补牢,在这个国家的中部变成沙箱之前清空大平原上的一切?

当科勒牧场失去最后一抹绿色,锡马龙河变得危在旦夕,无人之地的另一条河海狸河也干涸了,对水的渴望也正在消失。大约80英尺或更深的浅口井快干了,迫使安家者们从邻居或镇上的水井里担水回家。《博伊西城新闻报》头版刊登了一张照片——一个池塘的主人用风车把水抽到池塘里。

"锡马龙县的绿舟"是图片下的标题。1934年,无人之地的一个小水塘看起来像天堂。

弗莱德·福尔科斯失去了他的果园，这是他牧场上最后一片有生命的东西。过去两年里维系这片果树的生命是一个艰难的过程，但最致命的打击在1934年出现了。春天里，他还一桶一桶地给苹果树、桃树和桑树浇水，但眩目的太阳下山了，风猛烈地刮着，流沙肆无忌惮地堆积，把果树的脖颈以下都埋了。福尔科斯只剩下从沙丘中冒出来的光秃秃的树枝。

就在北边，这场令生命慢慢枯竭的干旱还杀死了接受过大学教育的农民妻子卡洛琳·亨德森精心呵护的树。

"我们多年来当成宝贝的小槐树林变成了一小堆围栏桩。"卡洛琳在给朋友的信中写道。

3年前大丰收时的余粮已经没有了。就连曾经让农场动物活下来的风滚草也奇缺。给蓟草加盐，以便牛能吃得下去，福尔科斯是最早这么做的一批安家者之一。现在他的一些邻居想知道：为什么人不能吃风滚草呢？埃兹拉和戈尔迪·洛尔里自1906年开始就在无人之地有了宅地，他们想出了一个在罐子里用盐水浸泡蓟草的办法。朋友们问他们怎么吃这样的东西，这可是大草原上的杂草。它跟棉花一样干，像厚纸板一样无味，跟仙人掌一样多刺。嗯，是的。它们的味道的确像小树枝，这一点没什么好争论的。但是洛尔里夫妇说，这些起起伏伏的蓟草是德国人从俄罗斯大草原带到高地平原来的，吃了对你有好处，它富含铁和叶绿素。锡马龙县宣布举行一次"俄罗斯蓟草周"活动，县政府官员敦促吃救济的人们到田里去帮人们收割风滚草。

洛尔里一家也开始用当地的一种植物做饲料，这种开花的丝兰紧紧依附在无人之地一部分未开垦的土地上。他们挖出草根，剪断根茎，把秆子碾碎了喂牛。与一点糕饼粉混合之后，碾碎的丝兰根能使牲口活下来，这反过来又会在没钱买食物的情况下获得源源不断的牛奶和奶油。但这也意味着最后几种能将粉状的大平原黏土固定住的植物之一——丝兰，现在正被连根拔起。有了这两项创新——罐装的风滚草和碾碎的丝兰根——洛尔里一家五口就能养活自己了。

对他们来说，这是一个漫长的秋季。在小麦收成好的年份，洛尔里夫妇把他们的马和马车换成了福特 T 型汽车，给房子增加了两个房间，面积扩充了一倍，用墙纸遮住了里面的墙上过去贴的报纸，地板上也铺了油毡，用手摇洗衣机取代了搓衣板，还买了一台风力发电机，这让一家人可以听收音机。现在他们的牛没了，被射杀后埋在沟里。果园也死了。田里光秃秃的，一家人要挖草根，用罐子装风滚草。为什么不离开呢？

"我不会让我的家人去排队领救济餐，"埃兹拉·洛尔里说，"绝不。我们手上有食物，头上有屋顶！"

已经逃离的家庭的经历给人们敲响了警钟。一个邻居，克莱伦斯·斯奈普和他老婆伊瑟尔，那年搬出博伊西城去了阿肯色，那边想来会湿润一点，有更多机会。克莱伦斯娶伊瑟尔的时候太穷了，于是借了自己

俄克拉荷马博伊西城，1936 年 4 月

妈妈的结婚戒指；他说这只是暂时的。在阿肯色州，克莱伦斯在田里干活，挖萝卜和红薯。但他一分钱也没赚到过。当他回到无人之地后，他告诉邻居他在矿区工作赚钱。

厄尔里奇一家试着把蓟草碾碎了喂牛，但似乎并不像洛尔里家那样管用；他们的牲口越来越瘦，撑不住了。新生的牛犊病恹恹的，很瘦小。对于威利·厄尔里奇而言，牛犊是他的未来，他是这个十口之家唯一幸存的男丁，正努力跟随父亲的脚步建立自己的生活。但是这些牛犊一生下来他就看得出，它们活不了多久，身体看起来还未成形，病恹恹的，不具备活下去的能力。有时候，他不得不用斧子钝的那头击碎这些新生牛犊的脑袋，这让他难过地直掉眼泪。他成家了，有了两个孩子，还跟父母一起住在他们的农场，这片土地是厄尔里奇一家 1900 年走下移民火车后获得的。他的父亲乔治逃离俄国沙皇的征兵，从海上的台风中幸存下来，经受了那些认为德裔美国人全都是间谍的人的冷酷与憎恨，这一切使威利和他父亲有足够的信心相信自己能爬出这个泥泞而沮丧的深洞，迎来曙光。厄尔里奇家给自己建了一个典型的农庄——160英亩地，足够放牛、种菜、养猪，种几排燕麦和一些小麦。所有这一切几乎都没了，在得克萨斯-俄克拉荷马边界的灰色空气中只剩下一片光秃秃的土地。他们靠自己能制作并能贮存的东西过活。杀了猪之后，他们割下肥肉用来做罐装凝胶，或者与碱液混合制成肥皂。猪肉用盐腌制，抹上黄糖溶液和盐水，然后挂在风车上几周，直到晾干，再次抹上盐和糖，用注射器将溶液注入骨头附近。最后装进一个袋子里，在地窖中挂上几个月。除了尖叫声，他们什么都吃了。

厄尔里奇的邻居古斯塔夫·博斯连一头猪都没有，没法杀了制成过冬的香肠，也没有牛粪做燃料。为了买煤生炉子，他把一部分农庄和他的联合收割机抵押给银行，借了 25 美元。博斯生性骄傲，是叶卡捷琳娜大帝敞开大门欢迎德国人到俄国时发家致富的那批德国人的后代，却在 1934 年的美国一败涂地。在极为想念故乡和对现实大失所望时，他会走到农场小屋的后面，避开家人大哭一场。他的女儿罗莎好几次看见他掉眼泪；他有点驼背，眼泪止不住地往下掉。这令她心碎。他把最后几头牛卖给了政府，每头 7 美元，有了这笔钱就能给孩子们买他们想要的鞋子了。14 岁的罗莎·博斯只有一双鞋，而且穿不下了。她去教堂时把鞋子涂成黑色，上学时涂成白色。天气暖和时，她就打赤脚。明年，罗莎的妈妈告诉她——明年就会有新鞋子了，只要一下雨。罗莎看到自己的父亲，一个用双手撕开俄克拉荷马的地壳的勇敢男人躲在屋子后面哭泣，她感到很害怕。没有鞋子穿不要紧，她还可以再忍忍，但父亲害怕失去自己的联合收割机——这是他最后一件值钱的东西。博斯为了买这台机器欠了 400 美元，它在年景好的时候打了很多麦子。400 美元——这笔债就像珠穆朗玛峰那么高。他没钱给自己的小女儿买鞋子，更别说还这样一笔欠债了，而他在小屋后面的抽泣却被风吹得无影无踪。

有些德国人放弃了。他们已经回不去俄罗斯高原。在斯大林的统治下，故乡已经不再安全。留在伏尔加河畔村庄里的德国人已经被撵走了，财产也被没收。在美国，那些现在加入从阿肯色、密苏里和俄克拉荷马东部撤离的农民队伍中的人，要么去了华盛顿州的果园县，要么去了明尼苏达州北部，要么前往萨斯喀彻温省①。

对于在无人之地没有属于自己的牛或猪的人来说，有三种办法可以获得食物。他们可以在离博伊西城法院几个街区的地方排队领救济食品，也可以在治安官海·巴里克赞助的另一个地方排队领救济粮，发的不是从私酒贩子那里收缴的糖（治安官免费给的），就是路上被碾死的

---

① 位于加拿大中部。——译者

动物（他会派副手们来发）。总有人会去沙尘弥漫的公路或铁轨上捡被碾死的动物。而第三个获得食物的办法就是：偷。

在治安官的管辖范围内，犯罪行为不再仅限于小偷小摸。一个人在光天化日之下用枪顶着司机的脑袋抢走了一辆车。

治安官住在法院里，毗邻监狱；海·巴里克和他的妻子伊内兹在那里养育了3个儿子。孩子们溜着旱冰鞋，打弹珠，在走道上追逐，在庭审的房间和监狱之间穿梭。伊内兹做着为律师缝制西服的小生意——3.5美元量身定做一个三件套。住在监狱旁边要比他们之前的家——那个地洞要好。从家里和办公室的窗户向外张望，使巴里克学会了如何判断一场严重的沙尘暴是什么时候沿着第一国家银行的标志横扫过街道的。看得见标志，就意味着天空够亮可以开车。

邦妮和克莱德的通缉令还张贴在巴里克的办公室，那时这对雌雄大盗风华正茂，才20多岁。巴洛帮①在得克萨斯、俄克拉荷马、阿肯色和密苏里一路开着偷来的车兜风，抢劫银行，杀人，他们被一支由前得克萨斯骑警领导的地方执法队宣布为"头号公敌"。邦妮和克莱德在几十个县愚弄警察，有一次他们绑架了一名执法官，强迫他去偷一块车用电池，替换他们偷来的双人敞篷跑车的电池。邦妮给她妈妈写了一首诗，还在报上登了出来。她觉察到他们命不久矣，说她和克莱德是所有人的朋友，除了告密者和卑鄙小人。这使他们成为无人之地一些人心中的英雄。他们抢劫银行，一如银行掠夺老百姓。但他们也是杀人犯，正如巴里克提醒人们的那样。鉴于这一对雌雄大盗还在逍遥法外，饥肠辘辘的人们还在城里游荡，私酒贩子仍然在贩卖在俄克拉荷马的部分地区并不合法的劣质烈酒，治安官可没有时间搞政治。尽管他是共和党人，而这个县十分之八的人会投票给民主党，巴里克仍是受人尊敬的。他是多么

---

① 巴洛是克莱德的姓，克莱德因小偷小摸入狱，出狱后他和前狱友组了个巴洛帮，开始抢劫杀人。后来遇到了邦妮，成为美国历史上最著名的亡命鸳鸯。——译者

鄙视每周一在法院台阶上为约翰·约翰逊银行举行的止赎拍卖会，这已经不是什么秘密了；他甚至还试图想办法不到场，直到法院通知他，在一些安家者的土地以几美分的价格拍卖时，他必须在现场，那是他的法定义务。这种强行出售几乎是无人之地仅存的不动产买卖。大量的农场在公开市场上出售，但没有买家。当记者问他有无计划时，巴里克说："我没有什么新东西要讲。告诉他们我又去执勤了。"

巴里克至少还能有望保住工资——每月125美元。一些教师已经差不多两年没发工资了，由一名学生的家长提供膳食，除此之外什么也没有。黑泽尔·萧以为她能用她的"工资"，那些临时代金券来买日用品，但当系统破产已成定局时，银行停止了兑付学校发放的临时代金券。县里的金库空空如也。到1934年，锡马龙县60%以上的有产者都拖欠税款。他们不交税是因为他们身无分文。而对于那些靠烧牛粪供暖，用沙尘滤网遮盖窗户的学校而言，这意味着他们无力购买课本。孩子们将不得不继续使用被无人之地那侵蚀一切的风沙打磨过的旧课本，哪怕书脊开裂，页面破损。锡马龙县高中更是年久失修；这是一个建筑物满是灰尘的小镇上最荒凉绝望的地方之一，只有两个护墙板搭成的棚屋紧贴在一起。沙尘扬起之前，家长们已经能擦干净窗户，修缮屋顶。现在外面已经破损不堪，仿佛是被人故意削成一片片的，排水沟也塌了，窗户上覆盖着撕破的床单，上面还有3年来被风吹起的沙尘留下的点点印记。孩子们在街上乱跑，又脏又饿；有些就这样被父母抛弃了。

"我们在沙尘中越陷越深。"《博伊西城新闻报》写道。

1934年5月23日，邦妮和克莱德在一名同党位于路易斯安那乡下的家门外被伏击，从勃朗宁自动步枪中飞出的子弹把他们的身体打成了马蜂窝。邦妮死的时候穿着一条红裙子，这是她最喜欢的颜色。那年她24岁。报纸上刊登了前得克萨斯骑警和他们血淋淋的猎物的合影，然后一切又回归往日尘土飞扬的乏味生活。

博伊西城刚建起时新粉刷过的建筑，现在已经破败不堪。一个因其如梦如幻般的树而得名的小镇如今几乎寸木不生。行李箱农民涌进城时的火车站在风中摇曳，空荡荡的。谷仓里已经三年没有进新麦子了，沙尘刮过空谷仓的外墙，让它变硬了，成了块状的屏障。在大萧条之初，该县在拒绝接受救济时表现出来的那种明显的自命不凡已成过眼云烟，取而代之的是一种劫数难逃的宿命感，仿佛无人之地正在受到上帝的惩罚。一些牧师告诉人们，他们肯定是做过坏事才会遭受这样的命运。报纸也表达了同样的情绪；公民沙文主义已从《博伊西城新闻报》的版面上消失。报纸头版刊登的图片是手持镰刀的死神正死死地抓住无人之地，并引用《圣经·以西结书》中的一句话作为沙尘暴报道的开头：

"看哪，我因你所得不义之财，就拍掌叹息。"

黑泽尔·萧并不认为自己获得的一切——开家庭殡葬服务社的小家和刚出生的女儿——是所谓的不义之财。牧师们指的是小麦发财热，似乎是很久以前的事了：所有人都在买新车，跳舞到深夜，喝非法酿造的劣酒，赊购洗衣机，翻耕更多的土地以跟上反常的粮价浮动——涨，涨，涨，再种，再种，再种一些。黑泽尔很虔诚，而她的上帝也并非满怀复仇心。她的上帝是希望。黑泽尔住在圣保罗卫理公会教堂对面的街上，这时时提醒她上帝一直与他们同在。在用干净的床单遮住窗户并扫除沙尘之后的夜晚，她会轻摇着露丝·内尔入睡，说情况很快就会好转，天空又会晴朗起来。正值高地平原的初冬，10 月，寒冷的北风刮了起来。那一年有些树压根儿就没长叶子；那是一个没有颜色的秋天，一如刚刚过去的灰蒙蒙的春天和夏天。

一天早晨，当黑泽尔轻摇着她的孩子时，透过微弱的光线看见街对面教堂的台阶上有一个小咖啡盒。她走出门来到前廊上想看个清楚，只见一件外套扔在盒子上。她回到屋里开始忙一天的琐事，然后就把这事忘了。露丝·内尔的婴儿床在卧室的一个角落里，黑泽尔想尽法子使卧室一尘不染。她每天擦洗家里，还洗婴儿的毯子，把窗户重新封一遍。城里的商店里出售房屋胶带，35 美分一卷，有 500 英尺长，促销广告上写着"亲爱的主妇们，请用胶带封住门窗，别让沙尘进来"。干完家务后，她去看望卢米扎奶奶，后者是住在南部、德克斯荷马附近的卢卡斯家族最早的拥有宅地者。卢奶奶说她从没见过这片土地如此愤怒。连呼吸都是危险的，卢奶奶已经有了呼吸系统疾病的症状，咳得甚至能摔倒在地上。当了 20 年的寡妇，她在农活上是把好手，在农场上干起活来像男人一样。但是这种频繁的干咳使她日渐衰弱。

那天晚上，下了一场混着沙尘的小雪，博伊西城披上了一层脏兮兮的泡沫一样的外衣。黑泽尔注意到那个咖啡盒和外套还在教堂的台阶上；它们都搁在那儿一整天了。第二天早晨，温度降到冰点之下，沙尘雪给地面铺上了几英寸厚的褐色积雪，黑泽尔看向屋外：外套和盒子没有动过。她走到街对面的台阶上，拂去雪，揭开外套。里面有个婴儿，脸冻得发青，几乎一动不动，或许还不到 4 磅重，比菜园里的南瓜大不了多少。黑泽尔赶紧跑回家，想尽办法把婴儿焐热，紧紧地抱着她，揉搓她，又温了些牛奶，给她喂了一些热奶汁。黑泽尔的丈夫请来了牧师、医生和治安官，婴儿在寒风中待了至少 40 个小时，身上除了一条蓝色法兰绒尿布和上面罩着的一件外套，什么都没穿。医生用油给婴儿按摩，然后把她包在几层毯子里。治安官巴里克似乎对这个发现并不感到惊讶。他说话总是慢吞吞的，一年比一年慢，除非真的很生气，否则很少会加快语速。这个老兵在一战硝烟弥漫的战壕里见得太多了，但他近来在家乡的土地上调查的案件创下了锡马龙县的新低。人们开始抛弃自己的孩子——数量不是很大，但足以使治安官为他的俄克拉荷马同胞感到羞耻。

在全国范围内，1930 年代是美国历史上幼儿数量下降的第一个十年。在此之前，人口出生率从未那么低过，每千名育龄妇女生育的孩子不足 20 个。

随着体温升高，婴儿开始啼哭，脸上总算有了颜色。黑泽尔认为这是个奇迹，一个婴儿被抛弃在寒风、沙尘和飞雪中那么久之后居然活了过来。但是，正如治安官所说，人们径直从一个婴儿身边走过，任由她在教堂台阶上挨冻，呼吸寒冷肮脏的空气，想起来都觉得可怕，而她还得补充一句，太"邪恶"了。这还不是最糟糕的，治安官说。有一家人抛弃了自己的 3 个孩子；他们太穷，没法养活孩子，还说留着孩子不放手是不人道的。黑泽尔发现的婴儿最终被城东的一对夫妇收养。不久之后，有消息说这个装在咖啡盒里的婴儿死了，害死她的正是在高地平原上夺走儿童和老人生命的罪魁祸首——尘肺病。

第十三章　拼命呼吸

1935 年冬天，奥斯汀家地洞里的每个人都开始咳嗽，喉咙生疼，眼睛红红的，而且一直发痒，还呼吸困难。这家人——艾克，他兄弟，以及两个妹妹和寡母，住在巴卡县大草原上一个用草皮做成的地洞里——曾经千方百计地密封他们的家，往墙缝里塞布条，把涂上面粉糊的纸贴在门的周围，用胶带封上窗户，然后用湿麻袋盖住裂缝。湿床单就挂在墙上当作又一层过滤器。然而，这一层层的湿布和面糊都无法阻挡风筛过的沙粒。地洞像个筛子。当他们的红十字会面罩被泥土堵住的时候，脸上仿佛贴了一层泥饼，他们会用海绵来呼吸，但斯普林菲尔德的杂货店无法满足市场需求，海绵很快就断货了。艾克在小麦热潮期间用来赚钱的犁几乎全被埋进了沙子里。去外屋是一次磨难，要蹚过齐肩的沙堆，费力地挖开沙尘才能前行。他们试图把旧的 A 型汽车停在地洞的不同侧面，或者沙堆的顶部，以防它被沙尘掩埋。3 月，最猛烈的沙尘从北边吹来。沙尘暴遮天蔽日长达 4 天，尽管天并没有全黑，但聚集的风力足以把人吹倒。它迫使奥斯汀一家在屋里躲了头三天，还把他们的 A 型汽车淹没在了土里。艾克听见静电发出的噼啪声不断从风车周围传来。他把头探出洞，看见电流沿着一条铁丝从风车上蹿下来，形成一道蓝色的火焰。这算不了什么；他的朋友特克斯·埃克尔说自己家的静电太强了，竟然电死了一只长耳野兔，是其亲眼所见。

每一次新的沙尘暴来袭，奥斯汀的 320 英亩地能在某种程度上解家里燃眉之急的希望就变得更加渺茫。一连数天，他们都不确定太阳从地平线的哪一边升起，又从哪一边落下。2月的一场黑色沙尘暴来得那么猛烈，把电线杆都刮倒了。到了春天，奥斯汀的妈妈只想看着儿子从学校毕业，然后搬到镇上去。艾克坚持着，想在沙尘暴不那么大，骡子还能跌跌撞撞地穿过一座座沙丘的日子去上学。有时候他会一路骑到校舍，却发现由于沙尘暴而停课了。全县的每所学校在3月都停课一周。有一所学校的孩子在下午放学铃声刚刚响起时就被困住了，没法回家。他们挤在木结构的校舍几面薄如纸片的墙后面躲了一晚，又冷又饿。这样的事让家长们不再叫孩子们上学。太危险了，他们看不出有什么理由要冒这个险。对生活的雄心与梦想都破灭了；人们只抱着少许几个最迫切的愿望——呼吸干净的空气，有吃的，能取暖。上学是一种奢望。

艾克考虑退学。政府的筑路工地上应该有活干，人们正在铺设一条穿过巴卡县南部到达新墨西哥的公路，如果能谎报年龄，像他这样的男孩就能得到工作。他也想过跳上火车一路向西，看一看加州那边怎么样。他和特克斯·埃克尔曾经讨论过要到有树有水的地方闯一闯。但艾克的母亲说，如果他高中没毕业就离开，会伤透她的心。她至少需要一个孩子给地洞带来一丝希望。他也报名参加了高年级的戏剧演出《邮购新娘》，放学后留在学校的小体育馆当舞台助理。但是在仲春时节，就在彩排的前几天，练习戛然而止——演出取消了。一批病床被拖进学校体育馆，一排紧挨一排。红十字会把体育馆变成了急救医院。很快这里就住满了喘着粗气、发烧的病人，包括艾克的一些同学。9人死亡，其中一个才17岁，跟艾克同龄，是他的同学，那年春天原本有望跟他一起毕业的。

漫天尘土的日子就这样一个接着一个。据气象局所说，从3月的第一天开始，一连30天，天天都有沙尘暴。在堪萨斯的道奇城，据卫生局统计，1935年的头4个月里只有13天没有沙尘暴。

人们身上塞满了草原表土。在提交给南方医药会的一份报告中，俄克拉荷马州盖蒙市的约翰·H·布鲁医生说他治疗了 56 名尘肺病患者，所有人都有矽肺的症状；其他人还出现了肺结核的早期症状。他直言不讳。医生检查了一位本该健康的年轻的农场工人，才 20 出头，然后告诉病人他看到了什么。

"你身体里面全是泥。"医生说。这个小伙子不到一天就死了。

草原沙尘中二氧化硅的含量很高。当这种物质在肺部积聚时，会撕破蜂窝状的气囊，削弱人体的抵抗力。长期暴露在这样的环境中，其对人体的影响与煤尘对矿工的影响是一样的。矽肺病长期以来一直是在地下工作的人的瘟疫，是最古老的呼吸道职业病，但它需要好几年时间才会发作。在高地平原，沙尘暴侵袭仅仅 3 年之后，医生们就看到了类似矽肺病的情况。鼻窦炎、喉炎、支气管炎这三种痛苦的呼吸和咽喉疾病很常见。到 1930 年代中期，第四种病症尘肺病已经猖獗起来。它是最致命的疾病之一。医生甚至不确定它是不是一种独特的疾病，有别于那种导致肺部感染的普通肺炎。他们看到的症状呈现出以下规律：无论是儿童、婴儿，还是老人，都咳嗽不止，还伴有身体疼痛，特别是胸痛和呼吸困难。许多病人还会恶心，无法吞咽食物。确诊后不出几天，有些人就会死亡。

绝望的父母恳求政府人员帮助他们逃离苦海。他们的孩子被沙尘折磨得无法呼吸。不到一个月，巴卡县有 100 户人家将他们的财产交给政府，以换得一条逃离正在戕害他们的土地的生路。罗斯福还没有定下来是否要出台一个人口安置计划，不过零零碎碎的救济项目可以提供资金帮助那些被迫搬家的人。

红十字会于 1935 年宣布高地平原地区出现医疗危机，开设了 6 所急救医院，包括艾克学校体育馆的那所。但在无人之地的巴卡县农庄和堪萨斯西南部，许多急需治疗的人根本无法去医疗地点。通往凋敝的农场的次干道，没有一条是铺好的，其中大多数几乎没有对路况分级，在 1935 年的头几个月里，扬沙天气导致道路根本无法通行。2 月是 40 年来最寒冷的一个月。人们被困在通风良好、沙尘飞扬的农庄里，周围冷得像冰柜，咳得枕头上都是泥土。为了求生，病人们骑着骡子或马穿过一座座沙丘来到医院。在与锡马龙毗邻的海狸县，有 300 人被确诊为尘肺病。在堪萨斯州利伯勒尔附近，来到医疗机构的 9 个人死于同一种疾病。3 月，堪萨斯西南部所有医院的病人中，每 5 人中就有一个说他们被沙尘呛得快要窒息了。接下来的一个月，超过 50% 的住院病人都是因为与沙尘有关的呼吸系统疾病。

珍妮·克拉克的舞蹈家母亲离开纽约来到高地平原，是为了治好自己的呼吸系统疾病，结果自己的女儿珍妮却在巴卡县北部的家中因为高烧、发冷和慢性咳嗽病倒了。她被送往科罗拉多州拉马尔的一家急救医院，住在一间窗户上挂着湿床单的病房里。从前是肺病病人的天堂，现在却置人于死地。珍妮的妈妈开始寻找离开这个是非之地的出路。她离开百老汇明亮的灯光来到这个每天都盼着能见到阳光和蓝天的小镇，宝贝女儿病倒后她一直在想办法回到纽约。珍妮是独生女。医生说他们不知道她是否能活到 1935 年复活节的那个星期天。她一天中大部分时间都在睡觉，偶尔被父亲的雪茄烟呛醒。她很喜欢见到她爸爸，但是烟熏得她大叫。

红十字会建议人们除非迫不得已千万不要出门，出门的话也必须戴上呼吸面罩。连乘火车都危险重重。从堪萨斯城开往达尔哈特的一列火车不得不中途停车好几次，因为乘客抱怨他们快要窒息了。火车停了下来，空转着等待沙尘沉积下来，这样人们才能把它们舀出车厢。堪萨斯的另一列火车由于冲进了几个小时前刚刚形成的沙丘而脱轨。尽管红十字会发出了警告，人们还是得外出。他们的生计在户外，户外的东西也靠他们活下去。两种说法是同一个意思。他们没有选择。高地平原上的安家者可能比这个国家其他任何地方的人都更加亲近恶劣天气。他们知道黑色沙尘从堪萨斯刮来，红色沙尘来自俄克拉荷马东部，橘黄色的来自得克萨斯。有时候堪萨斯、俄克拉荷马和得克萨斯似乎同时刮来沙尘：黑的、红的和橘黄的交汇在一起。穿透这些沙尘的阳光呈现出一种诡异的色调——有时候甚至是绿色的。人们知道当风从西南部刮来，随后的沙尘会经历一系列的颜色变化——什么颜色都有，除了从最初撕开草皮的日子起就留在他们记忆中的那道金光。如果沙尘云从南面飘来，有点薄，它们会形成移动的台地形状，爬升到离地面 2 英里以上的地方。如果沙尘从北面刮来，云会像雷雨云砧那样沸腾起来，往往还会携带沉重的沙尘。这些黑色的北风是最遭人痛恨的。在可以策马奔驰的平原上生活就如同与大自然达成约定，它给予的和拿走的一样多，而在 1935 年全都是拿走。

第十四章　达尔哈特的决战

　　流浪汉、疯子和破产的店主挤满了达尔哈特的法院。许多天，法律对无以为继的人们的慢慢压榨是镇上唯一的事情。迪克·库恩大叔获得了一家台球房的所有权，这是镇上最古老的娱乐场所之一，房主因欠款612美元被取消了债务赎回权。法院判给库恩4张台球桌、4张多米诺骨牌桌、12把椅子、5根球杆架、4套多米诺骨牌和2个雪茄盒。银行还对红牛、黑阉牛、拖拉机、联合收割机、水箱、风车和照明设备取消了赎回权。西蒙·赫兹斯坦因几经努力，但仍然没找到在镇上重新开店的办法。到1935年，赫兹斯坦因已经3年没缴纳城市税了。一连许多天他的商店卖不出一件衬衣，最后他走投无路只好关张。赫兹斯坦因因为付不起242美元的补缴税款而被取消抵押品赎回权，此后达尔哈特镇拥有了这个长期用来开设南部平原上领先的服装店的地方。渐渐地，那里变成了一个衰败小镇上的另一个空洞。

　　达尔哈特镇边缘地带标牌上的话——"黑人不许大白天在此出没"——得到了严格的执行。2月，一阵寒潮穿过高地平原，气温骤降到华氏7度。极寒的雾霾天气持续了一个星期。两名黑人在达尔哈特走下火车时饥寒交迫，到处寻找可以填饱肚子、暖和身子的地方。他们发现火车站的一个棚子的门是开着的，里面有食物，还可以避寒，他们的手冻得生疼就像被喷灯灼伤了一样。

"两个黑鬼被捕"：《达尔哈特的得克萨斯人》上报道了这两个人，一个 19 岁，一个 23 岁，在火车站附近鬼鬼祟祟地寻找食物的全过程。他们被铐起来关进了县监狱，一个星期后被治安法官休·爱德华兹传讯。法官命令这两个人跳舞。他们犹豫了；这本该是一场羁押听证会。铁路公司的代表说这两人除了跳黑鬼的踢踏舞外一无是处。法官笑了；他说他想看看。

"来段踢踏舞。"爱德华兹命令他们。

"在这里？"

"是的。在法庭上。"

两个人开始跳舞，脸上勉强挤出傻笑。跳完之后，法官敲响木槌，命令两个人在监狱再服刑 2 个月。

在尘土飞扬的"肮脏的三十年代"中期，法庭还得面对一种新型的精神疾病——被沙尘逼疯的人。与许多州一样，得克萨斯为那些非自愿被州机构羁留入院的人规定了一项民事诉讼程序。县法院有管辖权。年轻的法官威尔逊·柯文就是庭审小组 6 名成员之一，他听到的是在高地平原非常普遍的故事：一个年轻女人被人发现在街上游荡，喃喃自语，不连贯地念叨着乞求的话。对这些精神病人的审判令柯文深感不安。他是 1934 年夏天被选为法官的，尽管还很年轻（当时刚满 30 岁），而且经验不足（在达尔哈特才生活了 5 年）。在竞选法官时，柯文在达拉姆县各地目睹了裹着尘土的风是怎样夺走这个地方的生机的。开车走了好几天，一丝绿意他也没见到，只看到农舍里没有鸡、没有牛，衣衫褴褛的孩子挤在木棚里，他们的父母太害怕他们得尘肺病不敢送他们去上学，这些木棚在草原上起起伏伏，几乎分不出哪是木棚，哪是沙堆。当法官不到一年，他被指派审理一个 35 岁寡妇的案件，她在街上被人发现，还有几个年纪尚幼的孩子。这个女人因小麦收成不景气而破产，丈夫死于尘肺病，她失去了依靠，身无分文。她的孩子们在挨饿，脏兮兮的，还在咳嗽，穿着破破烂烂的衣服，身上全是土。他们的房子几乎被埋在沙子里，里面到处爬着蜈蚣和蜘蛛。一天，这个妇女突然崩溃了。

"沙尘要害死我！"她喊道。声音在达拉姆县法院的红墙里回荡。

柯文尝试跟她谈话，让她讲一讲发生了什么事，怎样才能让她恢复健康。法官告诉她镇上刚刚开了救济所，由道森医生负责。医生也破产了。他在疗养院赚的钱全都投在了地里，结果没赚到一分钱。他身上剩下的只有奉献，那种一生都在鞭策着医生的冲动。在迪克大叔的捐助下，他开了一家名叫达尔哈特庇护所的施舍处，供应黑咖啡和用大锅煮的热豆子，有时候咖啡还是热的。沙丘在整个狭长地带蔓延，在惊慌失措的市民面前不断筛糠似的洒下来并延伸开去，将过去 XIT 牧场的土地变成了沙漠。医生的雄心壮志已经消退了几个目标：在沙尘暴中活下去，维持施舍处的运转。

因此，柯文法官建议那个尖叫的女人，或许她可以在道森医生的达尔哈特庇护所中找到暂时的解脱。

"沙尘要害死我！"她又喊道，"它要害死我的孩子。"

私下里，法官告诉朋友们，如果政府能找到驯服沙丘的办法，如果天空能下几滴雨，或许还有一丝希望。一些政府官员在讨论通过等高耕种①的办法控制大草原，这令柯文备受鼓舞。**资源保护**——这个新词来自大个子休·班内特。他派了一名土壤科学家去达拉姆县，这个人告诉农民，他们一直在这片土地上"进行自杀式生产"。如果政府提供援助，人们必须以书面形式承诺他们要改变生产方式，并且统一行动。但是，在大多数人仍然对自己生活无着、挚爱的得克萨斯州土地陷入毁灭感到震惊时，要使一个社区达成共识似乎是一件很难的事。这片明日之地上

---

① 指在坡耕地上沿等高线进行犁耕和种植作物，形成等高沟垄和作物条垄，是保持水土、提高抗旱能力的保土耕作方法，多见于丘陵或山地地区，如梯田。——译者

已经没有明日之民了。

"沙尘正在害死我们所有人！上帝救救我们。"

法庭听说了这名妇女的棚屋简直就像表土之下的坟墓，她的孩子们也快要窒息而死了。一位专家告诉法官，这名妇女已经丧失了照顾孩子和自己的能力。经过半天的商议，陪审团同意了。强忍着内心的挣扎，柯文法官签署了一份证明，将这名妇女送往得克萨斯威奇托福尔斯的精神病院。她的孩子交由州政府照顾。柯文庭审这个案子时 31 岁，50 多年后，这件事仍然困扰着他。

在巴姆·怀特一家五口蜗居的两居室棚屋里，有几次莉兹·怀特差点崩溃，太难熬了，棚屋里没有电，没有自来水。

"风，"面容憔悴的她摇着头说，"哦，风，风。"

他们借着一盏煤油灯的光干活、吃饭。把沙尘堵在门外是不可能的。就连把刚刚洗好的衣服晾在屋外的绳子上也是很危险的，当沙尘扬起来时，她得赶紧跑去把衣服收回来，因为通常扬沙里的油多得足以把衣服弄脏。莉兹每天要清扫五六次，她让儿子们早上把门外堆积起来的沙子铲掉。有时候，一个大沙丘会堵住门，孩子们不得不从窗户爬出去才能铲掉。沙尘神不知鬼不觉地到来，又像幽灵一样渗进来，或顺着墙壁倾泻而下，或沿着天花板滑到有缺口的地方。当然她会用胶带封住门窗，用湿床单盖住所有的东西，把锅倒扣，盖上水槽。然而，就算这样沙尘还是在晚饭后的煤油灯光下飘浮，自由地飘浮。只是听见大草原上的风声就能令她心口发紧，因为她知道接下来会发生什么。再看看她的孩子，这些饥肠辘辘的小家伙，他们的鼻子从来都不干净。在担心他们会遇到无法睁眼的沙尘暴的日子里，她不让他们上学。尘肺病把她吓坏了。她住在南部的妹妹就得了这个病，发高烧，身体剧烈疼痛，呼吸困难，仿佛气管被切断了似的。她整日整夜地咳嗽，直到断了 3 根肋骨。

然后她体温陡升，在还没找到去急救医院的路之前就死了。

小迈尔特的工作是照料菜园，用桶打水给棚屋边的一块地浇水。除了西瓜没什么好照料的。它们长得又大又绿，怀特一家扳着指头数着他们能切开一个，把脸埋在甜甜的湿润的水果里的日子。仲夏时节，在一连串的沙尘暴中，静电噼啪作响，像炮仗似的。傍晚，沙尘云飘过来时，迈尔特去屋外查看他的菜园。那天早上他刚浇过水，但现在西瓜死了，被沙尘暴的电流电死了；叶子是黑的，瓜藤也蔫了。静电把整株西瓜的枝叶都烧焦了。

菜园完蛋后不久，孩子们回到家，看见莉兹·怀特窝在一个角落里。她在哭泣，脸埋在毛巾里。孩子们看着妈妈哭红的眼睛，发现毛巾被泪水打湿了。

"妈妈，我们该怎么办？"

莉兹·怀特绞尽脑汁也找不到一丁点乐观的答案。

"这得问你们的爸爸，"她说，"我再也不能这样过了。"

在卖臭鼬皮和打零工之间，巴姆·怀特在1935年的大部分时间都是与XIT牧场的老牛仔们一起度过的。他们谈论着在得克萨斯州最大的牧场的聚会，或许可以搞个牛仔表演大会，在镇上募集一点钱当奖金。巴姆已经不再梦想着在牧场上找到工作了，他刚到达尔哈特时工作过的地方是麦尔·斯图尔特在镇子西边的一大片农场，现在已经被风吹走了，与XIT牧场的大多数土地一样，放眼望去全是沙子。现在，牛仔们让自己活到明天的办法就是星期六晚上在邓洛克大街用绳子围一块地方跳方块舞。巴姆也不再喜欢跳舞了；他身上的每个关节都疼，是一辈子驯马赶牛带来的伤。他现在做的事情就是负责召集舞会，跟乐师们确定时间。

巴姆·怀特其他时候在詹姆斯农庄剩下的地方闲逛。老安迪·詹姆斯因为其家族在得克萨斯的大农庄的毁灭而伤心欲绝。长久以来，詹姆斯家的儿子们都在埃斯塔卡多平原上谋生，他们是这片乡土的一部分，是个骄傲的家族。他们的父亲于 1898 年来到这片草原，但还没得到他要的地就死了。孤儿寡母住在有两个房间的地洞里，然后建立了从达尔哈特北面一直延伸到博伊西城南面的牧场——面积仅次于 XIT 牧场。他们的牛群身上印有钻石牌标志，在美国中部这片地毯似的丰茂大草原上长得又肥又壮。这些男孩喜欢讲把一队马拴在牛皮的一角然后撕拉，从而剥下整张牛皮的故事，它总是让人们两眼放光。他们经历过野火，在草原上翻滚着像魔鬼的呼吸一样，无数次见证了锡马龙河泛滥成灾，淹没大地。暴风雪不止一次冻死了他们一半的牲口，总有人在喝了太多的威士忌之后大病一场，或误入带刺的铁丝网而鲜血直流。

现在詹姆斯牧场破败不堪。在过去十年里，牛的价格大跌，大部分牛都出售了以免银行家蒙受损失。照章办事是一回事，但詹姆斯兄弟无法跟沙尘暴对抗。安迪·詹姆斯从不生病，也从不抱怨；有一次，牙医要拔掉他几颗牙，而他只喝了一瓶劣质烈酒，权当麻醉。但是黑色暴风雪那年击垮了他，也影响了跟他关系亲密的每个人。就连他的儿子小安迪也不再招摇了，后者曾向黑泽尔·卢卡斯吹嘘说自己吃的是"脆得很"的蚱蜢。巴姆从没见过哪个牛仔像老安迪那样沮丧。大家的牧场都一样，都给风沙吹走了。

达尔哈特法院开了一次会。大约 150 名男女挤满了会议室，他们要么过去是牧场主，要么现在仍然拥有土地，地上曾经牧草丰茂宜于养牛。大家怨声载道，安迪就坐在那里听着，然后他起身发言了。他提醒大家，他的家族在新世纪之初就来到高地平原，率先选择了这片草原上的 4 个地块——2 560 英亩土地——只为了一件事：草。詹姆斯家族开始经营牧场时，这里还没有农民。整个地区到处都是格兰马草，卷曲的豆科灌木，雨水充足的年份里还有齐腰高的须芒草。安迪·詹姆斯的爸爸还说土地永远不会被翻耕。只要在詹姆斯牧场上待一季，你就会爱上大草原。这些年来，安迪见过有更多树、更多山、更多水和更多人的地方，都是狭长地带没有的东西，但他总觉得牧场才是他的家，因为这里是天堂。即使他的家族因为牛价大跌而损失很多，他们的灵魂仍然在这片土地上。安迪痛恨农民们的所作所为，这些人毁了这片好地。他讨厌安家者们在开阔的牧场上挖出一条条直线，像淘金热中醉酒的矿工那样想靠小麦发笔横财，然后撒手就走，任由泥土被风吹跑。他们所做的一切是对大自然犯罪。然而安迪无法带着仇恨和遗憾过活；这是不对的，这种愤怒和悲痛让他彻夜难眠。不久以前，安迪去牧场好好看了看，那里的情形让他难受不已。他母亲种下的棉白杨死了，从东边一直延伸到西边的草地也不见了，地上连一个叶片都没有。围栏被沙尘覆盖，公路埋在流沙底下，风滚草和沙堆得跟法院一样高，就像一座沙堡。

"我们就是这样糟蹋自己的土地的。"他在会上说。他因为大草原的泥沙而剧烈地咳起来，咳得他那饱经风霜的脸通红，还疼得弯下了腰。

一些安家者随即发出几声嘘声。他们用可怕的眼神死死盯着安迪。他以为自己手握正义？其他人开始鼓掌吹口哨：是的，伙计，你说得对。安迪·詹姆斯说的是实话。最后他呼吁大家听从政府工作人员的号召，给他们一个机会。是啊，依靠别人，特别是政府，这可不是牛仔的做派。但这是他们唯一的希望，土壤保护计划是大个子休·班内特试图让人们达成共识的事。班内特的手下曾建议将得克萨斯一大片飞扬的草场变成一个示范项目，展示如何固定泥土，这是美国此类项目中最大的一个。但这个计划需要该县大多数人的同意。如果事情进展顺利，他们几年之后就有可能让草重新覆盖草原。有了草，就会有牛。这片乡土可能会重获生机。

"胡说八道！"有人喊道。

但是安迪·詹姆斯赢得了人群的支持。他们推选他和曾经雇佣过巴姆·怀特的牧场主麦尔·斯图尔特写信给华盛顿的班内特，通知他他们同意一试。班内特已经告知国会，有 5 100 万英亩的土地已经被侵蚀得无法再用于耕作。重建 1 英寸的表土要花上一千年时间。现在能做的——只是纸上谈兵，但这总好过在怒号的沙尘中再熬一天。得克萨斯的灾难是独一无二的，因为大个子休在其他地方提出并实施的项目都是为阻止水的侵蚀。风是高地平原的难题。两个牛仔寄出了一封信：狭长地带的人同意对得克萨斯的扬尘采取行动，只要告诉我们怎么办即可。

4 月初，两名黑人在达拉姆县监狱服刑 3 个月后被带回法庭受审。铁路公司的代表又讲了一遍他是怎么发现他们的，在那个最寒冷的夜晚，他们在寻找食物和住所，找到的恰好是一个属于洛克岛铁路公司的地方。法官问他们是否属实，他们说："是的，先生，我们又冷又饿，看到了这样一个又温暖又有食物的小避难所，就推门进去自己动手了。"承认了之后，法官判这两个人犯有非法侵入罪，判处他们再服刑 120 天。但他还想让他们再做一件事。

"跳个舞。"法官说。那两人只得同意，就像第二天的《得克萨斯人》报道的那样，跳踢踏舞的黑人把法官、公诉人和洛克岛铁路公司的代表逗得大笑。

该报编辑麦卡蒂因国内其他地方的人对他挚爱的高地平原的印象感到沮丧。他不可能在沙子上建造一个帝国。他的工作并没有落后于那些像乌鸦啄食尸体一样撕扯着城镇的扬沙。他在报纸上登了一幅跨页图片，拍的是小镇在星期天最美的样子。"达尔哈特美丽的全景显示出在这个宜居小镇生活能获得真正的快乐。"他写道。就连房地产广告都比新闻诚实。人们提出用土地换卡车。有个房地产商写道："我们在这里过着地狱般的生活，这里不是嗷嗷待哺的婴儿或心肠太软的人待的地方。"

在麦卡蒂看来，一年前有人写信到华盛顿求助，说他们"正拼命维持家园、学校和教堂"就已经够糟糕的了。麦卡蒂没法不关注此事,因为这让他的四邻看起来全都是输家。福克斯电影新闻公司来这里已经有几个星期了,几乎每天都在拍摄山一般高的沙尘暴横扫高地平原的情景,还依据政府工作人员提供的风沙测绘图在地图上标明了达尔哈特和博伊西城最严重的风暴来临时的死亡中心。这是麦卡蒂的噩梦:他的小镇在美国成千上万的电影银幕上被描绘成一片哀嚎的荒原,一个迷失方向的阴曹地府。一场黑色暴风雪给达尔哈特送来了半英寸厚的脏兮兮的雪,这一幕被电影新闻公司的人拍了下来并送往各大影院,在电影——比如《柳暗花明》——正片之前播放。

麦卡蒂将那场风暴的新闻放在报纸的一个不起眼的专栏里,转而提出了一个行动计划。《得克萨斯人》宣布将举行一场围捕野兔的活动,要超过其他所有类似活动。几天后,人们在一片围起来的区域散开,杀掉了 6 000 只野兔。据该报报道,这一次允许用枪,而且"还有一卡车的子弹提供给开枪者"。如果这都不能证明达尔哈特人不肯坐以待毙接受这片转瞬即逝的土地的命运的话,还有更多呢。通过他名为"仙人掌、鼠尾草和疯草"的专栏,麦卡蒂给 1935 年这个黑暗的冬天装上了最好的门面。他说,那些描述达尔哈特的电影新闻片是一种诽谤,就像流言蜚语一样有毒。

早些时候,在迫使两名黑人流浪汉去取暖的那场寒潮期间,麦卡蒂还写道,最坏的情况已经过去了。然而,一个月后更冷的北风又滚滚而来,气温降到了华氏 6 度。与此同时,一场骇人的沙尘暴打破了小规模沙尘暴的常态,覆盖了得克萨斯全境、俄克拉荷马的狭长地带、科罗拉多南部和堪萨斯西南部。达尔哈特遭到了重创。沙尘比通常像面粉一样轻的细沙更粗糙厚重,感觉像砾石,它敲碎了窗户,沿着烟囱飞驰而下,顺着墙壁奔跑,像冬季的暴风雪一样把街道都埋进了土里。早晨,脚印和车辙在沙尘上留下印记。一个 18 个月大的男婴在那场沙尘暴过后第二天死了。

"向我们的沙尘暴致敬"：麦卡蒂宣称是时候停止将沙尘暴视为《圣经》中的瘟疫了，是时候赞美它们了。拍摄新闻短片的人和从大城市来的日报记者、杂志记者——他们全都搞错了。沙尘暴有它自己的威严气派，甚至很美，他写道。人们不应该在沙子面前畏缩，而应该睁大眼睛仰望天空。麦卡蒂的一些读者觉得他疯了。

"让我们赞美大自然和统治大自然的全能的上帝吧，"他写道，"让我们齐声夸耀我们那了不起的强大的沙尘暴吧，夸耀能够承受考验并始终面带微笑的个人、城镇和国家吧。"他敦促达尔哈特的市民"欣赏大自然伟大奇观，狭长地带的沙尘暴的壮丽和秀美，哪怕我们在窒息，我们的喉咙和鼻孔满是沙尘，无法用语言描述我们的情感，也要笑着面对"。

这种新方式受到了那些厌倦被告知就要熬出头的人的欢迎。安家者不应该破坏南部平原、在城镇扎根，这种说法在麦卡蒂看来很荒谬。他谴责内政部长伊克斯提出的人们应该迁移到不那么不利于人类居住的地方。一个人只需要走进迷仙剧院，忽略新闻短片中的谎言，看一看这片土地的真实模样即可。在那里，讲述俄克拉荷马州土地热（在好莱坞拍摄）的电影《锡马龙》正在上映。这部电影塑造的英雄般的农夫形象更符合麦卡蒂的喜好。在剧院外，这些沙尘暴是反常天气的一部分——是的，一个史诗般的考验——不过得克萨斯州的狭长地带会东山再起，变得强大，跟电影中令人钦佩的地方一样。麦卡蒂的颂歌引来的邮件和关注度超过了他当《得克萨斯人》编辑 6 年来所写的任何一篇文章。赞美的信件在最显眼的地方被展示了出来，其中包括一封将麦卡蒂与一些有史以来最伟大的美国作家相提并论的信。

"您登在星期五报纸上的《向我们的沙尘暴致敬》一文，以我之愚见，实属我在当代文学中所见最优美、最文雅的修辞典范之一。此文意象瑰丽、措辞讲究、辞藻华丽是毋庸置疑的。崇敬之情贯穿全文，对大自然的诗意赞美与其上乘之风格相得益彰。在霍桑、坡或欧文等大文豪之作品中，读者需孜孜以求，方能领略到更具文学价值的段落。"

可惜的是，这封信没有署名，使人难免怀疑这封赞颂野蛮的沙尘暴的匿名信是麦卡蒂自己写的。但麦卡蒂也意识到了某些事。他利用了那些想有所作为而不是棒打野兔、想祈祷天降甘霖、想等待地狱之门为他们打开的人的韧性。

"我喜欢沙尘暴，"麦卡蒂在那篇公然挑衅的专栏文章发表一周后写道，"我喜欢看见盘根错节、伤痕累累的老树在天空的映衬下，顶着寒风，迎接可能到来的沙尘暴。我喜欢看见男人和女人尽管在为生命而战的过程中饱受折磨，仍能在最艰难的考验中证明自身的价值，并时刻准备好迎接即将发生的一切。"

最恶劣的条件塑造出最坚强的人，他总结道。"从 1932 年 6 月以来，最恶劣的天气条件就一直打击、摧残、伤害和撕裂着我们的故土。这里光秃秃的，一片荒凉和破败。我们的人民遭到种种不幸的蹂躏，大自然全部的仇恨好像都发泄在了我们身上。"他轻蔑地提到了 1934 年 5 月巨大的沙尘暴将沙尘撒向大城市时哀嚎的东部人，说"差点儿吓死了东部那些戴手表的山顶洞人"。

赞美沙尘暴之后，麦卡蒂继而赞美那些忍受了沙尘暴的人。是的，正如他在去年 7 月 4 日所言，除了高地平原上的这些安家者之外，美国人都是软蛋。他们才不是什么戴着手表的山顶洞人呢。

"向我们的人民致敬"："斯巴达人！没有词能比这个更好地描绘北部平原的县和达尔哈特的市民了，"他在文章的开篇写道，"英勇和磨难就是铸就伟大帝国的工具，真正的男子汉会成为斯巴达勇士。"

"斯巴达人"似乎做出了回应。《得克萨斯人》的头条新闻中说，来自得克萨斯州狭长地带5个县的人3月聚集在达尔哈特，举行了"反沙尘暴集会"。

"700多名身强力壮的狭长地带市民，带着一脸风霜、满身尘土来了，他们投票支持坚决采取行动，要让这个县重获新生，再次像玫瑰一样绽放。"报纸上这么说。而如何使其绽放却没有回答。休·班内特已经收到了牛仔们发去的电报，他的土壤保护项目现在有了一份固定土地的蓝图。该项目只覆盖狭长地带被严重破坏的300万英亩土地的一小部分。不过，他们已经采取行动了，这比什么也不做任凭风沙吹走他们的宅地要好。

而更大的战役不在于争论沙子究竟是美丽的还是野蛮的，也不在于人们还能忍受多久，而在于那些土地和那些生活在上面的家庭最终该怎么办。

"这不是一幅美丽的画卷，但能在这里坚持下去会让人有某种满足感。"麦卡蒂写道。

对于水量和繁荣前景的夸大其词，将人们吸引到了美国地图上剩下的最后几片辽阔土地上来。干脆叫他们回去，承认安家者被骗了，土地被糟蹋了，是不是已经太迟了？麦卡蒂认为，将这个论点颠倒过来——说沙尘暴是大自然的辉煌灿烂的极致，而生活在其中的人们都是有德行的——这样可以无损于城镇的形象。政府仍在考虑该如何——甚至是否——能够使大平原的野草重回大地。他说，这样的想法只有"坐扶手椅的农民"才会有。斯巴达人会留在原地。

麦卡蒂的热情鼓吹无法阻挡沙尘暴，也无法遏制那些感觉自己像矿工被困在深井的人们所面临的危险，更不能阻止他们的死亡。这场瘟疫夺走了更多斯巴达人的生命，在"反沙尘暴集会"举行一周后，达尔哈特的一位年轻的母亲莫雷尔·桑福德死于尘肺病。她才 26 岁，留下一个正在因同样的疾病而奄奄一息的婴儿。从南边进入达尔哈特的主路上覆盖着 4 英尺厚的沙尘，汽车陷入其中动弹不得，无法返回城镇。其他的流沙完全掩埋了废弃的农舍。另一场黑色暴风雪使城镇的能见度降到只能看见一个街区。天还不是很黑，但街灯已经亮了起来，小镇被一种诡异的雾霾包裹着。3 月中旬，达尔哈特另一个孩子死于尘肺病，他的 1 岁生日才过去几天。麦卡蒂的报纸大肆渲染其他州的沙尘暴，与此同时尽量弱化本镇的。他报道说，每个月有 100 户家庭逃离州界北面的锡马龙县。

4 月 11 日的报道说："在令人窒息的沙尘发怒之前，那些咳嗽的、呼吸不畅的人们逃跑时连四轮马车都用上了。"有时候，麦卡蒂似乎幸灾乐祸，因其他州遭遇沙尘暴而感到窃喜。

"堪萨斯引领灾难性沙尘暴，赶超得克萨斯的花样"

通讯社登出一些堪萨斯购物者的照片：原本他们打扮时髦，现在却嘴上捂着防尘面罩；死牛骨瘦如柴，看起来像是沙粒中的化石。这是事实：沙尘在堪萨斯成堆落下；据一个土壤科学家小组计算，在 1935 年 3 月和 4 月的风暴中，每次暴风雪都在堪萨斯西部每英亩的土地倾倒下约 4.7 吨沙尘。这种负担不仅压垮了树木，击碎了窗户，把车顶砸得凹凸不平，还使房屋的天花板坍塌。这种压力不仅落在斜屋顶上，而且待到沙尘过滤和沉降之后，还压在屋顶下面平直的天花板上。堪萨斯州立农学院的负责人说，就算有持续的雨水也无法挽救堪萨斯西南部焦渴的麦田。土壤已经无力回天。麦卡蒂的报纸解释说，达尔哈特最近的沙尘暴全都是其他州刮起的土壤惹的祸。

"外来沙尘诱发狭长地带的炎症"："从其他州特别是内布拉斯加、

艾奥瓦和科罗拉多刮来的沙尘引起狭长地带居民的鼻子和喉咙发炎。"报道说。得克萨斯的斯巴达人比其他州的沙尘受害者更强壮。"要么俄克拉荷马、堪萨斯和科罗拉多以及其他一些州的沙子和尘土比我们这里更严重，要么他们就是一群娘们儿，为这点儿新情况就放声大哭，而我们大多数人从孩提时代起对这些早已习以为常。"麦卡蒂写道。

到了4月，麦卡蒂的公然挑衅发展到极致。他在头版提出挑战："抓住根，咆哮吧！"

他写道，达尔哈特的市民承受着"肆无忌惮的地狱怒火"。但是最糟糕的情况已经结束了。他在2月也曾有过这样的预言，在前一年，即1934年，他也预言过几次。但是现在他心中有种感觉，那就是好日子就在前头，他希望他的明日之民像那样行动起来。

"当然，情况很严峻，沙尘很可怕，麦子也没了，连作的可能性正在减少，整个地狱都失控了，但我们知道这个县的基石是什么。我们知道只要有一半的机会它就会做什么。我们知道天终究会下雨，高地平原总会像神话中的安泰俄斯①一样迅速恢复活力，在每次失败后变得更强大。"

在麦卡蒂看来，沙尘暴是种冒险。"抓住根，咆哮吧——坚持住，让我们看看这一切如何结束。"

咆哮声在镇上都能听得见，不过是从肚子里发出来的。达尔哈特位于美国粮食主产区的南部，现在几乎无法自给自足。越来越多的人向道森医生离开自己的疗养院大楼后开设的施舍处寻求庇护。有几天，200人在排队等候：有住在洛克岛铁路公司圆形机车库附近棚屋里的墨西哥人，有刚刚从火车上下来的流浪汉，还有3年都没领过薪水的达尔哈特居民。医生用大锅炖豆子，煮了5加仑的黑咖啡。开门时间是下午晚些

---

① 大地女神盖亚和海神波塞冬的儿子，居住于利比亚。他的力量源自大地，只要身体不离开大地，就会有源源不绝的力量来助他打胜仗。——译者

时候。人们得摘下帽子、洗手，并且吃完后在公共消防栓的龙头下洗干净锡餐盘。每个人只能排队领一次食物。面黄肌瘦、神色憔悴的人每天排队可不是迪克·库恩大叔决定在达尔哈特建立自己的帝国时所设想的。但是迪克对那些被沙尘和贫穷击垮的人们很厚道，尽管他自己也被止赎，且走完了法定程序，没有口袋里的百元大钞他就不出门。他从未忘记加尔维斯顿的恐怖经历，那座小镇被 20 英尺高的水墙淹没，时速150 英里的飓风把房子撕成碎片，6 000 多人遇难，他们的尸体绵延数英里，他们的房屋被劈成了火柴棒。迪克大叔是达尔哈特庇护所的幕后支持者。有了迪克的钱，医生才能买干豆子、土豆和咖啡。否则，医生自己可能也手里拿着餐盘在别的镇排队。他和妻子已经一无所有。

红十字会发起一次鞋子募捐。他们号召人们检查衣橱，找出太小太破的鞋子——这没关系。在迪克大叔赞助的德索托酒店房间里，放着他们收集到的几百双鞋。他们还招募了一个鞋匠，是个门诺派教徒。人们从火车站仓库挑拣出旧皮带，收集了轮胎外壳。经过几个星期，鞋子被拆开又被重新缝合，装上了新鞋底。达尔哈特现在每天都给有需要的人提供豆子和改制的鞋子。在政府工作人员想办法固定土壤的同时，这足以把人们留在此地。然而他们真正需要的是雨水。到 3 月，那年的降雨量只有半英寸。1935 年是比 1934 年更干旱的一年，而 1934 年是高地平原许多地区自有记录以来最干旱的年份。

镇领导们就如何让天空降雨征求大家的意见。一个流行的办法是杀死一条蛇，然后肚皮朝上挂在围栏上。在堪萨斯西南部，死蛇的白色肚皮朝着褐色的天空，在带刺铁丝网上挂了好几英里。它们在阳光的炙烤下变得很脆。还是没下雨。更好的办法是在空中引爆点什么，据雨贩子说这种办法更科学。振动理论可以追溯到公元 1 世纪，希腊哲学家普鲁塔克提出了军事战争之后必有雨的说法。拿破仑对此深信不疑，于是朝天空鸣炮、开枪，想让自己和敌人之间的土地变得泥泞。在泥泞中摸爬滚打过的内战老兵相信,不断地近距离开火会打开一片天。1890 年代晚期,当第一批安家者开始在 100°经线干旱的那一边挖立足点的时候,国会拨款在得克萨斯测试振动理论。测试是由一个名叫迪伦弗斯的人做的。他使出浑身解数,政府审计员在他身后看着,不过迪伦弗斯没能从得克萨斯炎热的天空中挤出一滴雨来。从那以后,他被称作"干旱弗斯"。

政府测试的失败并未阻止其他人的尝试。自称"加湿器"的查尔斯·M·哈特菲尔德在世纪之交时逛遍了平原,这位会造雨的家伙说他有一种混合秘方,可以用机器送上天空。在电话普及之前的年代,很难逮住这个骗完一个镇又到下一个镇的家伙。

1910 年,谷物巨头 C·W·波斯特心心念念地想要从天上挤出一点雨水,浇灌他在得克萨斯西部的一大片地。波斯特希望在他用家族财富购买的 20 万英亩土地上树立一个由数百个小型农场构成的模范社区。这片土地一马平川,平淡无奇,就这样被太阳炙烤着。如果上帝不能给他的土地赐下雨水,波斯特认为他可以自己动手去拿。他成了造雨专家,如果自我标榜也算的话。波斯特是振动理论的信徒,他命令农场工人做一个能把两磅炸药送上天的风筝。牛仔们吓了一跳。风筝?是的。他要 150 只。波斯特打算给振动理论一个最好的自我证明的机会——利用这些风筝形成的地毯式炸弹云。他认为,过去的失败是由于传送系统太差造成的。波斯特在中西部下了火车,检查了他的农场工人给他装配的东西。风筝看起来够结实,他给其中 6 只绑上了炸药。但就在波斯特准备发射空气推进器的时候,天下起雨来,还很大,他和他的手下只能找地方躲雨。翌年,即 1911 年,他带着一个新计划重新来过。这次不是风筝,他弄到了几门小型榴弹炮,就是军队用的那种,在改装后专门用来造雨。他一声令下,炮弹射入天空。云发出阵阵轰鸣散开了。什么也没有。没下雨。2 年后,波斯特去世了,他的得克萨斯土地上仍然没有模范家园的影子，仍然很干燥，振动理论不过如此。

到了 1930 年代的干旱时期，年长的安家者回想起 20 年前丰沛而稳定的雨水——每年 25 英寸甚至更多——再次将其归因于欧洲每天的轰炸。如果他们不能把大炮弄到高地平原上来，也可以尝试小规模的武器。拿破仑、干旱弗斯和谷物巨头的经历已经被达尔哈特镇的领导抛在了脑后。他们已经绝望了。

降雨的点子还在达尔哈特征集，但它们就跟当初为解决野兔问题而提出的不靠谱的最终办法如出一辙。尽管为了人工降雨拿出 2 分钱都很困难，但这是那种一旦奏效就能拯救一个农场或一桩生意的投资。迪克大叔是第一批捐款人。他亮出那张百元大钞，一些人还以为他要付大部分费用呢，然后他把钱放回口袋，认捐了一个小面额。一个名叫特克斯·桑顿的人被雇来从云中挤出雨水。桑顿的专长是炸药；他承诺可以用 TNT 和固态硝化甘油的混合物来办成这件事。特克斯自称这种方法在堪萨斯的康瑟尔格罗夫试过，打破了那里的干旱魔咒。特克斯获得了 300 美元的报酬。当然，他得把雷管和 TNT 送到足够高的云层里才能起到作用，为此，他需要更多的钱。人们开始筹款，又付给他 200 美元。镇上的人计划组织街头舞蹈，每个人都受邀参加一个自带菜点的野餐，一些 XIT 牧场的老牛仔伴奏，为欢迎雨水重回大地举行大型庆祝活动。特克斯·桑顿承诺 5 月的第一周就会降雨。达尔哈特将要重新站立起来。

第十五章　沙尘暴前夕

那年冬天她开始咳嗽，婴儿的那种不规律的一连串打嗝，还一直不停。尽管黑泽尔·萧把门窗都封上了，在开口的地方额外多挂了一层湿床单，但尘土还是上了露丝·内尔的婴儿床。有些早晨，油腻腻、黑漆漆的东西蒙住了婴儿的脸。她的嘴唇上满是泡沫和泥污，眼睛通红。她一边哭一边咳嗽，黑泽尔用凡士林滋润她的小鼻孔，并试图在她脸上戴上口罩，但婴儿咳嗽或呕吐又把口罩弄到了一边。一位医生给她检查并听了她加速的心跳，露丝·内尔被诊断为百日咳。医生建议为了救孩子的命，你们应该离开。

在德克斯荷马南面 40 英里处，卢米扎·卢卡斯把自己裹在好几层被子里。卢卡斯家族的这位女家长，黑泽尔的祖母，咳得很厉害，就像婴儿一样。卢米扎已经 80 岁了，寡居 21 年，有 9 个子女，40 个孙辈，30 个重孙辈。那时候还没有社会保障。

1934 年，北达科他州一位农民的寡妇给总统写了一封信，信中的哀求口吻很常见。她说："又老又一无所有的日子很难熬。我一直很穷，一直辛苦劳作，现在我再也干不动了。我已经筋疲力尽，但还能自理，感谢上帝没让我落下病痛。"

卢米扎很痛苦。尘土像有毒的蒸汽似的渗进她家里。她已经吃不下东西了，越来越虚弱。每次她合上牙齿都能尝到沙粒的味道。她的卧室是避难所，但并不舒服，只不过是农庄上的一个布满灰尘的洞。不能搬动她，因为旅途的危险会使她暴露在扬沙中。她的家人恳求她吃点东西，她却愈发往一堆被子里缩。窗户封得严严实实，以致她挚爱的土地上的光线全被挡住了。这没关系：她讨厌无人之地变成现在这副样子。记住它原来的模样更好，那个时候她刚刚到这里，乘着大篷车抵达德克斯荷马，她和她的吉米在无人之地的自由国度的北边获得了一块属于他们自己的320英亩土地。这个县的边边角角放眼望去全是高高的须芒草，长得跟稻草人一样高，水牛草像给大地铺上了一层厚厚的地毯，上帝啊，年成好的时候雨水能带来这一切——大地本来就该是这副模样。

比起自己的健康，卢奶奶似乎更担心她最小的重孙女露丝·内尔的健康。她对那些关于她精神日渐衰退的问题一挥手，问起了露丝·内尔的情况，然后在心里默默祈祷。她紧握着随身携带了一辈子的《圣经》，这本书经历了各种时空辗转之后现在已经破了。当沙尘扬起，卢奶奶的一些朋友乃至家人都相信这可怕的风暴是《圣经》的预言成真——最后的审判的征兆。但卢奶奶更清楚，她的《圣经》里根本没提到过世界将在黑暗和尘土中终结。

离露丝·内尔的1岁生日还有2天，黑泽尔和她的丈夫决定逃离这里，按照医生的建议，为了孩子的健康他们只能与家人分开。现在就得走，否则孩子有生命危险。这一年，即1935年，沙尘暴一场接一场，到了4月也没有要停歇的迹象，天气预报说没有雨，干旱已经持续4年。3月底，黑色暴风雪一连刮了12天。其中有一场，风速达到每小时40英里甚至更高——刮了100小时。《博伊西城新闻报》说，这是该县有史以来最严重的沙尘暴。学校再次停课，紧急警报响起：赶紧来接孩子回家，待到安全之时学校才能复课。博伊西城形如鬼魅，在风暴中一切戛然而止，像撒哈拉沙漠中一个废弃的偏远村镇一样蜷缩着。所有的窗户都蒙上了一层褐色。静电引起短路的汽车被遗弃在公路上或沟里，很快就被淹没在沙子里，变成一个个沙包。

黑泽尔急匆匆地计划带着露丝·内尔逃离博伊西城。她安排好去俄克拉荷马州伊尼德市的婆家稍作停留，然后一路往东。但就在他们准备动身时，一场龙卷风在离伊尼德不远的地方登陆，黑色的漏斗就在露丝·内尔打算寻求庇护的地方的边上飞舞。它非常可怕，撕开房子，将屋顶抛向空中。现在怎么办——是留下还是离开？黑泽尔和查尔斯觉得他们除了离开别无选择。住在博伊西城更加危险，如果他们再等的话，可能就没法出城了。装在咖啡盒里的那个婴儿一直浮现在黑泽尔的脑海中，那个面孔冻得铁青的婴儿被留在冰天雪地之中，后来死于尘肺病。

　　治安官巴里克说，出城的道路被大量的流沙堵住了。民间资源保护队的工作人员还没来得及铲掉这一个，那一个又来了，它们覆盖了四分之一英里的路段。想在本周早些时候离开的博伊西城居民组成了一支大篷车队，把自己所有的财物都装进了破汽车，却被困在了城镇的边缘地带，只得打道回府。被卷到空中的泥土量非比寻常。堪萨斯州立学院的

挖出围栏杆，俄克拉荷马锡马龙县，1936 年

一位教授估计，如果一个长 96 英里的卡车车队每天满载 10 车沙子，那么把从堪萨斯的一边吹向另一边的沙子运完需要一年的时间——总共4 600 万车的沙子。天气预报没有提到天气会好起来。

黑泽尔动身赶往德克斯荷马，在那里她和露丝·内尔可以乘火车到俄克拉荷马州东部。如果宝宝能在干净的空气里待上几个星期，跟爷爷奶奶住在一起，她或许可以摆脱这恐怖的咳嗽。去伊尼德的旅程并不容易。几周前，一列满载着民间资源保护队的工作人员的火车滑出满是沙土的铁轨并在地上打了个滚，造成几名年轻人遇难。黑泽尔的火车向东飞驰，经常停车以便工作人员能把沙子从铁轨上铲掉。黑泽尔试图保持乐观，但外面看起来太糟了：俄克拉荷马狭长地带的所有地方都是黄沙漫天，一片死寂，田野里没有任何生命迹象，没有春耕，路上也没有农民。当母女俩赶到伊尼德时，孩子的咳嗽并没有好转。她的小肚子一定咳得很疼，可能已经咳断了一根肋骨，因为孩子哭个不停。有时候，黑泽尔跟孩子一起哭，拼命地祈祷，希望能解脱。一到伊尼德，黑泽尔就赶紧送露丝·内尔到圣玛丽医院。医生试图吸出一些黏糊糊的东西，把她的肺部清理干净，但婴儿还是平静不了。她一边咳嗽一边哭喊，医生确认了黑泽尔的恐惧——露丝·内尔得了尘肺病。她被转到伊尼德的医院分部，那里被护士们称为"沙尘病区"。孩子的体温始终在华氏 103度以上，她无法咽下奶瓶中的牛奶，反上来的是黑乎乎的呕吐物。医生用纱布和宽胶带绑住她的腹部，这样可以固定住骨折的肋骨，缓解她胃部肌肉的疼痛。尽管如此，露丝·内尔还是一边咳嗽一边大哭。

"你必须来，"黑泽尔从伊尼德的医院给丈夫打电话，"现在就来。露丝·内尔情况很糟糕。我很害怕。"

查尔斯上了车，穿过沙尘，想朝东走。哪怕只到一县之隔的盖蒙都很危险。他一路上把头探出窗外，就像一年前露丝出生那次一样，但这一次沙子使他什么也看不见。他戴着护目镜和呼吸面罩，但它们很快就被堵住了，他只得把它们都摘掉。有一次汽车偏离了路面侧翻了，他似乎又要出车祸了。他决定沿着沟开，两个轮子在地面之下，另外两个在路上。这是在雾霾中前进并确定方向的唯一办法。到伊尼德大约 300 英里，沿着沟慢慢地开得 2 天。他晚上也亮着大灯继续赶路。为了能一半车身悬在沟上开，查尔斯把平时拖在车身下面的链条拉了上来，因为上面塞了太多的垃圾，大都是被沙尘裹住的风滚草。不过，没了链条，他的车就无法将静电传导到地面。他希望沙尘暴能稍作停顿。在开第一个 100 英里期间他得偿所愿。但在开到一半时，他开进了一场沙尘暴，静电导致汽车短路。他被困住了。

他踢了一脚车，咳出一把黏糊糊的东西，又抖掉了头发上的沙尘。他把凡士林涂在鼻孔里，等着沙尘暴过去，想象着他的女儿在医院里喘不过气来的样子。过了差不多一个小时，黑色沙尘暴过去了，查尔斯才能重新发动汽车。

当查尔斯终于赶到圣玛丽医院时，他满身都是尘土，一脸黑泥。他去了沙尘病区。黑泽尔在哭。露丝·内尔 1 小时前死了。从医生举着手向她走过来时的表情她就知道了。

"我很抱歉——你的宝宝死了。"

回到无人之地，黑泽尔的奶奶卢米扎停止了咳嗽。她一连几天高烧不退，也吃不下东西。

"宝宝怎么样了？"她问，"露丝·内尔怎么样了？有消息吗？"

她的儿子没有听见。卢米扎别开头闭上眼睛。她再也见不到农庄的绿色了，再也见不到饥饿的大地了。她滑进了一层层的被子里，咽下了最后一口气，在最小的重孙女离世几小时后也走了。一家人决定为露丝·内尔和卢卡斯家族的女家长同时举行葬礼。他们计划在博伊西城的教堂里举行，然后在 1935 年 4 月 14 日星期天前往城外的家族墓地安葬。

第十六章　黑色星期天

这一天开始时就像雪花石膏碗的内部一样柔和明亮。在被黑色白色的东西包围之后，在布满沙粒、毫无变化的云团一连几季威胁着高地平原的人们之后，人们的祈祷在 4 月的第二个星期天总算有了回应。日出时天空是粉红色的，还夹杂着绿松石色的条纹，是个戏剧性的开始。空气很清爽。地平线又一次伸展到无尽的远方，天空犹如洗过一般洁净。没有风。太阳给每个灰暗的角落都镀上了一层春天的金色。安家者们像鏖战许久的士兵那样爬出地洞、棚屋、两间房的木屋和泥泞的砖房。这一次，在外出之前他们总算不用戴上护目镜、海绵口罩，给鼻孔抹油了。他们伸了伸腿，深深地吸了口气，在草原清晨的纯净中眨着眼睛，再一次闻到了明天的气息。他们周围的土地被抛过来翻过去，满地尘土，毫无生气，一如历经多年堑壕战之后满目疮痍的法国田野。树只剩下树干，菜园被近来的沙尘暴释放的静电烧焦了，无精打采的。尽管如此，这一天仍有足够的希望提醒人们，为什么他们要在南部平原的土地上开垦家园，有些人甚至还对这个早晨心存希望：或许最糟糕的事情已经过去了。

从哪里开始？窗户拆掉了封条，敞开着，满是沙尘的厚重床单取下来了。有些窗户被沙尘封得死死的，一动不动。让洁净的空气和阳光实实在在地洒进来真让人精神为之一振。拿着铲子一个房间一个房间地清理沙土，不一会儿就能装满一个大垃圾桶。屋顶也要铲，还有天花板。

有些天花板已经塌了，很多已经凹陷。人们在头顶上方挖洞，爬上去，把尘土推过洞口。床单、毛巾和衣服都可以在阳光下洗净晾干，它们会在这最美好的日子里散发出平原的气息。室外，奶牛们会被刷洗一番，从水罐里喝下不带泥沙的水。这些牛看起来很疲惫，在沙尘中失去了一团团毛，皮肤也粗糙开裂，每顿饭都要咀嚼砂粒使得牙齿豁口、牙龈发炎。小鸡在院子里跑个够，抖掉羽毛中的沙子。马可能会清理自己的鼻孔，找个不用担心膝盖陷进流沙的地方驰骋。

诚如《博伊西城新闻报》所说，"蔚为壮观的"赶野兔行动因为沙尘暴推迟了一个月之后回归了。一位牧师警告人们不应该在安息日用棍棒打死野兔，这么干会激怒上帝的。但是今天天气简直完美，或许有机会杀死 5 万只呢。而且在一些安家者看来，这或许是宣泄心中挫败感的完美途径，因为糟糕透顶的日子轮番登场——据气象局统计，过去 3 个月共有 49 场沙尘暴。

罗伊·巴特包赫是位职业音乐家，擅长萨克斯和单簧管，几年前为了好玩买下了《博伊西城新闻报》，心想是时候抛开与这片破败土地的纽带了。他想飞。沙尘暴使他患上了幽闭恐惧症。哦，去舒展筋骨，从死气沉沉的地上爬起来，在蓝天和阳光下飘会儿吧。一个朋友有一架小型单引擎飞机，就在镇边充当跑道的土路附近。没费什么唇舌他就说服巴特包赫跟他一起在洁净的空气里兜一圈。

教堂的人说的没错。今天是棕榈主日①——复活节前一周，是基督教节日中最神圣的时间的开始。上帝必然心怀宽恕，否则为什么这一天会那么美妙呢？一位牧师在博伊西城的主日布道中说，有了这样的天气，无人之地只需一两场暴雨，田地就会再次肥沃起来，但是他们必须祈祷才能让这一切实现。想要去教堂的人因为自己的仪表而感到尴尬，

---

① 复活节前的星期日，纪念耶稣返回耶路撒冷。——译者

小珍妮·克拉克在熬过一场漫长的尘肺病之后刚刚离开拉马尔的医院，她只有麻袋做的裙子，一侧还印着洋葱牌的字样。她不能穿成这样去教堂；其他孩子会笑话她的。

在巴卡县，艾克·奥斯汀在地洞附近干了点额外的活。被困在口袋似的家里那么久，艾克浑身是劲儿。整个 2 月到 3 月沙尘暴接连不断，厚厚地覆盖在那 320 英亩土地上，使之看起来那么陌生。他现在 17 岁，是个想要开创新生活的小伙子。他在奥斯汀家 320 英亩的牧场周围转悠，试图找到一个熟悉的地标。果园死了，埋在尘土下。沿着树线形成了一个沙堆，约 6 英尺高，看起来像是被冻住的海浪。他看到长耳朵大野兔在沙堆上留下的脚印，听到小鸟在这个萧条的春天发出的第一次鸣叫。它们在哪里筑巢呢？或许在谷仓找到一个没有沙尘的角落。奥斯汀一家种过莴苣、西红柿、胡萝卜、红薯和玉米的菜园，现在变成了移动的坟墓。农具和机器都被埋了。艾克发现了中耕机的轮子和他已故父亲用过的一辆马车，但只看得到顶部。他想把它们挖出来，但只靠两个姐妹和一个兄弟还不够，他需要更多帮手。表土都去哪儿了？奥斯汀农场现在飘到哪个州了？在沙丘还没有堆积起来的地方，艾克找到两个箭头。他一边从坚硬的泥土里拔出来，一边想这或许是一个被风吹得光秃秃的印第安人墓地。他能看出坟墓的轮廓，此景让他不禁想知道科曼契人如果复活发现水牛草都不见了，大地被毁了，他们会作何反应。

艾克操起铲子清除沙子，直到通往果窖的门露出来。他兄弟打水到里面洗澡。在一个晴朗无风的日子，窗户开着，地洞里的每个人都能好好泡个澡而不用担心水会变成褐色。洗澡水冷掉后也不会被浪费，可以用来浇灌榆树，这几乎是奥斯汀农场仅有的还活着的东西。外屋只有屋顶露在沙子外面。流沙靠墙堆了 9 英尺高。至少地洞没有被完全掩埋。几英里外罗伊·贝格托的农场，房子淹没在沙尘之中，全家人被迫逃离。只有屋顶板还看得见。

艾克清理出一条从地洞通往外屋的小路之后，开始查看 A 型汽车，他称之为"老亨利"。在一次沙尘暴中熄火之后，他已经有一段时间没开过"老亨利"了。这是艾克所能做的一切，以防它在 3 月里被掩埋。艾克拿了一把平板锉想锉掉分电器上点火造成的焦印，他用力把它们锉掉，直至发动机能点火。现在他有办法去上学了。近来，由于骑骡子或开"老亨利"到沃尔什高中很困难，艾克整个星期都待在村子里；他和他的哥们儿特克斯·埃克尔借宿在沃尔什的奶奶家，只在周末才回家。12 年来，艾克和特克斯一直是最好的朋友，奇怪的是他们还在上学。火车一直经过，带着他们的梦想驶离巴卡县，这让人不禁心驰神往。他们只要熬过 4 月和 5 月就解放了。艾克接了特克斯，一起开车去珀尔·格罗弗家，也顺便载她去上学。

他们都同意：这是一年中最美好的一天。只穿衬衣就可以的天气，气温华氏 80 多度。3 个高三学生开着车，车窗摇下，暖风迎面而来，

黑色星期天，科罗拉多南部

头顶上是万里无云的天空。他们谈到恢复体育馆的用途，重新排练高中戏剧。沃尔什高中的体育馆被红十字会用作临时医院已经一个月了。但是天气那么好，只有西南方向吹来的最轻柔的微风，艾克、特克斯和珀尔还是希望他们的体育馆能很快再次变成剧院。

　　北面大约 800 英里开外，北达科他州俾斯麦的人们开始给气象局打电话。南、北达科他州上空顶着一个高压云团，正与从育空地区冲过来的冷锋扭作一团。随着冷暖气流的碰撞，空气剧烈振动起来。风呼啸着吹过草原，夹着厚重的沙尘，能见度不到 100 码。在肮脏的三十年代，南、北达科他州遭遇过无数次的沙尘暴袭击，但这一场更大更猛，还裹着巨大体量的沙子。两个小时不到，温度骤降至华氏 30 度，预示着冷锋的提前到来。早上 10 点左右，风吹起的泥土滑向南达科他州上空，继续向内布拉斯加前进。气象局被一大堆问题淹没了：

阳光怎么了？

为什么天那么黑？

这是龙卷风吗？一连串的龙卷风？是不是什么恐怖的新东西？

它从哪里来？天气预报怎么说？它要去哪里？会持续多久？

我们会有足够的空气吗？

我们该怎么办？逃走？躲起来？

　　气象专家跟打进电话的人一样困惑。这场风暴一年前从南、北达科他州转移，席卷了纽约、华盛顿和海上的船只，由于它乘着急气流和高位风向东移动，增加了其强度。这场沙尘暴带着冷锋一起南移，但它比大草原上先前见过的任何东西都来得黑。有人将之比作一堵泥水墙，沸腾之后倾倒在大地上。空中侦察没有发现它；1935 年用来进行每日天气预报的最近的一架气象局测量飞机在东部几百英里外的奥马哈。

那个星期天早晨，从丹佛来的美联社记者罗伯特·盖格与摄影师哈利·艾森哈德一起前往无人之地。他们的路线是从丹佛出发前往东南部，远离山脉，越过高高的褐色的大草原，经过阿拉帕霍、埃尔伯特、林肯、夏延、基奥瓦和普罗韦尔斯县到达巴卡县。他们计划继续前往博伊西城、盖蒙和达尔哈特。没有任何迹象表明一场巨大的沙尘暴正在路上，不过黑色暴风雪几乎是不可能预测的。新闻记者们只是在寻找更多有关风暴袭击南部平原的逸闻趣事。由于几乎每天都会刮黑色暴风雪，盖格的报道在全国各地引起广泛关注。在那个冬天和早春，通讯社发出的图片所传达的信息就算不大，也不亚于盖格的文字报道内容：人们戴着面罩，拿着手电筒，在小镇主街的废墟中穿行，汽车躲避着乡村道路上的流沙和雾霾，商店关张，学校停课，牲畜在尘土中奄奄一息。

据报道，当这场巨大的沙尘暴进入堪萨斯时，它有 200 英里宽，一侧是速度像龙卷风一样的大风。在丹佛，气温一小时内下降了华氏 25 度，接着城市陷入一片雾霾之中。太阳被遮住了。这还只是暴风雪的西面边缘。在 50 年前从俄罗斯来的德国人定居的海斯城，一个一直跟朋友在田里玩的男孩朝家里奔去。他在正午的黑暗中迷了路，混乱中又兜了回来。第二天，人们发现他死了，在离家半英里的地方窒息而死。

下午 2:30 左右，从堪萨斯北部用摩尔斯电码发来的一封问询电报送到了堪萨斯道奇城的火车站，道奇城离巴卡县东北约 140 英里。

"风暴来了吗?"

几分钟后，道奇城的车站传来了回信。

"我的上帝! 它来了!"

道奇城顿时黑了下来。沙尘暴的前端看起来有 2 000 英尺高。风速达到每小时 65 英里。几分钟前还是阳光明媚，气温华氏 81 度，没有一丝风。司机们打开前灯，却看不到前路，甚至看不清坐在旁边的人。一个老安家者说，这就像是在一个罐子里关了3个晚上。汽车熄火了，静电导致系统短路。人们逃到龙卷风避难所、消防站、体育馆和教堂地下室。因为恐惧占据了每个人的心头，认为世界末日即将到来，所以有一股恐慌的气息，这在早些时候的风暴中并不明显。堪萨斯的一名妇女后来说，她想杀死自己的孩子以免其在世界末日的混战①中受罪。气象局一位工作人员在其日记中写道，这场沙尘暴向东向西延伸，一直延伸到目力所及之处。顶部颜色较浅，底部颜色如炭。当它不断前进时，好像是在循环，卷起新的泥土，然后翻滚着砰的一声摔下来。

堪萨斯州埃尔克哈特的艾德·斯图尔特跑到外面，把他的相机、摄像机安在了城镇的边缘，朝向北方。当有史以来最大的沙尘暴滚滚而来时，他按下快门拍了一系列照片。在这组照片的第一帧中，风暴在埃尔

黑色星期天，科罗拉多南部

---

① 《圣经》所描述的世界末日之时善恶对决的最终战场。——译者

克哈特后面移动。在灿烂的阳光下，看得见房屋、小型建筑物以及一两辆汽车。从它们后面爬上来的厚厚的云使之显得矮小。在翻滚的锋面上方，天空依然明净，对比非常鲜明。在下一帧中，云层吞噬小镇时变得像墨水一样黑。在中间的几帧照片中，只有前景中的电话线杆还依稀可见，但很快就消失了。最后几张照片展示了一个漆黑的冬夜——像地上的洞那么黑。美联社的团队正好走在沙尘暴的前面，也拍到了一些照片，但他们的照片是从正面更远的地方拍摄的。他们驱车进入巴卡县，然后赶往博伊西城。

就在埃尔克哈特的南面，无人之地的北部边缘，几百人聚集在一块田里来参加由《博伊西城新闻报》发起的赶野兔活动。他们从盖蒙和博伊西城开车过来，许多人并不是出于公民义务而是因为饥饿。牛没了，地里没了小麦，鸡又瞎又饿，无人之地的人们开始把兔肉装在罐子里，跟腌制的风滚草一起放在地窖里。要是肉密封在罐头罐里的话就能保存。赶野兔的活动吸引了一大群人。人们沿着围栏按照 V 形路线把野兔赶到围栏里，然后用球棒、铁链和扳手敲打它们。

艾克·奥斯汀跟特克斯、珀尔在离农庄 5 英里远的地方注意到野兔和鸟正向南逃走。这是他从未见过的景象：绝望的大迁徙，鸟儿在他的车旁发出刺耳的尖叫，野兔在冲刺，都朝着同一个方向。这很令人好奇，因为那时还没有风，晌午的天空跟早晨一样明亮。他向北面和东面望去，在一个难得的日子里当一个人可以看到无尽远方的时候，他扫视着巴卡县破碎土地上的地平线。然后他看见了什么，就在下午 4 点钟过后几分钟。

"看起来它会是个鼻涕虫。"他对特克斯说。

他们又开了 1 英里才意识到它可比鼻涕虫厉害多了——它是所有沙尘暴之母。现在天空中聚集的鸟更多了，野兔在拼命寻找坚硬的地面以获得一些摩擦力。艾克觉察到车内有静电。

"嘿!"他碰了碰特克斯,电流强得把他推了回去。他感觉自己就像抓到了电线,一根带电的电线。

"靠边停车,"特克斯·埃克尔说,"我们去前面那幢房子吧。"

A型车停了下来。他们下了车,匆匆看了一眼朝他们冲过来的大山,黑乎乎的,隆隆作响。埃尔默·库尔特家的农舍就在附近。3个少年冲向农舍,库尔特一家人站在门口,看着沙尘暴越来越近。库尔特夫人跪在地上祈祷。

"快点!进去!"

带刺铁丝网的围栏上每一根尖刺都闪着电光,传导着风暴的能量。尘土扑来时,艾克和他的朋友离门口只有几码远。它比大多数沙尘暴来得快,而且有欺骗性,因为它的前方没有风。无声无息的,也没有微风,然后就压在了他们头顶上。他们被砰的一声摔在地上,被一堵从上到下笔直的墙吞没,沙尘粗暴而猛烈,沸腾着盘旋着。动静非常大,叮当作响,一种刺耳的刮削声。他们分不清上下左右,东南西北,没戴面罩,也没戴护目镜,艾克和他的两个同学都睁不开眼,只能拼命呼吸。他们摸索着往前爬,找到了农舍的门。库尔特一家让他们进去,然后猛地关上了门。里面漆黑一片。埃尔默·库尔特点亮了一盏煤油灯,但是微弱的光芒只能照亮几英尺远,就像一个快没电的手电筒。他们坐在地板上,头上和嘴上都捂着毛巾。特克斯坐在艾克那边,珀尔坐在另一边。他听得见他们的声音,感觉到他们的手,却看不见他们。他也看不见自己的手。

那天早晨在博伊西城,圣保罗卫理公会教堂举行了一场双人葬礼。接着是两具木棺落葬的时候了:小的那具装着婴儿露丝·内尔,大的那具装着卢米扎·卢卡斯。在这个美好而又不合时宜的日子里,黑泽尔努力克制住自己巨大的悲痛。上帝在同一天带走了她唯一的孩子和奶奶。

牧师的话让她好受了些，但黑泽尔无法把自己的情感逼到一个平静的角落里。她换上一副庄严肃穆的表情，戴着白手套，跟所有的亲戚拥抱表示感谢。眼泪不禁流了下来。她努力不屈服于笼罩在无人之地上的绝望。教堂里满满当当，有 200 多人，不仅是分布在俄克拉荷马狭长地带各地的卢卡斯家族的亲属，还有博伊西城里的许多挚友。黑泽尔教过的最聪明的学生菲亚·福尔科斯也来了。她现在高三，跟艾克同龄，快要毕业了，前提是高中能继续开课让她拿到毕业证书。星期天是她 17 岁的生日。葬礼之后，她打算跟一个朋友去兜风。

送葬的队伍开始向德克斯荷马行进，A 型汽车、T 型汽车和皮卡组成的一列车队跟在载着卢米扎奶奶的灵车后面，在春日阳光的照耀下朝东南方向移动，风很轻，犹如阵阵耳语。他们计划穿过一条 40 英里长的土路去德克斯荷马，将卢奶奶安葬在她丈夫吉米旁边，就在他们辛勤耕耘的土地的附近，那里是卢卡斯家族第一次成为土地所有者的地方。黑泽尔和查尔斯留了下来。他们想要把孩子葬在博伊西城边上的一个小公墓里。他们是锡马龙县的一员，比大多数人更难以割舍。当这片土地还有草的时候，黑泽尔曾骑马驰骋过，她认识大多数人家，教过许多孩子。她在博伊西城的一次田径比赛中爱上了查尔斯。他们在镇上结婚，搬走后又搬回来，开始自己的事业。就算无人之地像是遭到了诅咒，他们也不打算离开。他们想把孩子埋在这里——但是博伊西城墓地已经流沙成堆——沙子淹没了已故开拓者们的十字架和墓碑——没有一个像样的地方能让死者入土为安。黑泽尔和查尔斯决定把女儿葬在他的家族所在伊尼德，等到星期一再往东去。

送葬车队到下午 3 点还在路上。这家人估计抵达德克斯荷马需要 3 小时，这样他们有足够的时间在日落前一小时安葬卢奶奶。载着老妇人的灵车和一队汽车缓缓地行驶着，路上不时布满了流沙和坑坑洼洼的车辙。每辆车都拖着一根铁链以传导静电，这些尾巴扬起阵阵尘土，卢卡斯家的送葬队伍看起来就像一条在窄路上移动的云团。1 小时后，送葬队伍停了下来；路上的一处流沙挡住了去路。卢卡斯家的男人们拿着铲子下车开始挖沙，身上还穿着他们最好的衣服。

在无人之地北部，乔·加尔扎趁着天气晴朗去找丢失的牛。乔出生在卢汉牧场，在还没大到上牧场餐桌吃饭前就学会了怎样驯服野马，甜言蜜语哄骗羊群。他的世界是俄克拉荷马边远角落的开阔地，新墨西哥以及往北进入科罗拉多的台地，他骑马穿过古老的圣达菲小道，赶着羊群，在星光下露宿。乔·加尔扎这个春天就 35 岁了，一个人孤零零地活在世上。他的父亲刚刚在克雷顿去世。乔干活是为了填饱肚皮，为了头顶上有片可以移动的屋檐：一辆有小木屋的马拉车。他知道高地平原已经毁了，自然资源已经耗尽或者消失了。他出生地附近的小溪，就在牧场的斜坡下，也干涸了。自从这片土地上只说科曼契方言或西班牙语

黑色星期天，科罗拉多巴卡县

以来就一直养育着卢汉牧场的羊和牛的草，已经湮没在一层层沙粒之下。

星期天，乔和另一个牧场工人厄内斯特把几头走散的牛围拢，嘘着它们朝牧民在一条小溪边上搭的宿营地赶。路上，他们遇到一个卢汉牧场的牧羊人，这个叫盖亚戈的男孩正在赶羊。乔心想他年纪太小了，不能一个人待在外面。看到天气如此晴朗，乔决定睡在外面，尽管半夜温度会接近冰点。乔在火上煮着一锅黑白斑豆，仰面而卧，吹着口哨度过星期天下午，看着一群鸟儿从他的帐篷旁边飞过。它们尖叫着朝南飞，好像生病或者受伤了似的。鸟儿经过时，牛的反应很奇怪。乔站起来，走到拴在一根木桩上的马匹跟前。乔的马用蹄子划拉着地面，紧张地喷着鼻息，好像知道什么似的。它的尾巴忽闪忽闪的，电火花噼地响了一下，毛都竖了起来。乔很少看见马这么烦躁不安，他解开马具，放开马。他知道它们会回来的。卢汉牧场是方圆几英里内唯一一个动物肯定能找到水和饲料的去处。天气这么好，如果马想奔跑一下的话就让它们去吧。他回到自己的晚餐边，豆子慢慢地在煤球上煮着。

"乔……快看天上！"

他扭头看向北边，只见一片快速移动的云的前锋。乔沿着干涸的小溪边走去，想看得更清楚一些，靴子上的马刺使他走不快。当他来到高处，心脏急速地跳动起来。一片巨大的云朝他飞来——像汹涌的黑色波浪——离他只有四分之一英里。他滑下堤岸，赶紧朝马车顶上的小木棚跑去。顷刻间，沙尘暴撒在他们身上，灰尘从小木屋的细缝中不断地涌进来。乔和厄内斯特用破布塞住缝隙，伸手去找煤油灯。他们点燃火芯，但它熄灭了；这个地方没有足够的氧气使其燃烧。乔趴下来，头上蒙着衬衣，空气像枪声似的噼啪作响，大粒的沙打着旋。和卢汉牧场的其他牛仔一样，乔习惯了扬沙。现在令他害怕的是黑暗，仿佛太阳被赶出了天际。而且天很冷。

乔朝木棚壁挪了挪，瑟瑟发抖。

"听，"他对厄内斯特说，"你听见了吗?"

他拢了拢耳朵以便听得更清楚。那是一个高亢的哭声。动物？马不是那样叫的，哪怕它们在绝望中嘶鸣也不是这样的。牛？快饿死的牛也不会这样放声大叫。羊羔？它们也不会这样哀鸣。

"我听见叫喊声了，"乔说，"我要出去。"

"你会送命的。"

"我要出去。"

乔探出头，手窝成扩音器状冲着黑乎乎的风暴大喊。他听见有回音，又大叫了一声。那个声音又传了过来。

"继续叫，我来找你。"

他朝那个声音走去，马刺让他跌跌撞撞。他摔倒在地上，向前爬行。45 分钟后，他终于离那个声音够近了，就在他耳畔。他什么也看不见，伸手摸索着，想要摸出个轮廓来。

"你是谁?"

是那个放羊的男孩盖亚戈。乔终于摸到那孩子时他正在哭泣。男孩说沙尘落在他身上时把他撞倒了，他趴在光秃秃的地上起不来，心想自己要被活埋了，所以在土里爬来爬去，大声叫喊，希望有人能听见。

"嘿-唉-唉-唉!"加尔扎大声喊着躲在避难所里的另一个牧场工人。他喊了一会儿，牵着男孩的手慢慢地朝他觉得马车会在的地方爬过去。

"嘿-唉-唉-唉! 出来呀——"

终于，传来一个声音。

"乔! 这边……"

在厄内斯特的声音的指引下，加尔扎和男孩爬回了安全地带。在里面，厄内斯特已经点亮了煤油灯；现在氧气充足，火焰可以继续燃烧，不过他们还是看不见彼此的脸。

送葬队伍总共约 50 人，他们已经走出博伊西城 6 英里了，离德克斯荷马的卢卡斯家族墓地还有一段路。他们稍微分散了一些，好让拖在车轴后面的铁链上的扬尘沉积下来。下午 5: 15 左右，他们看见半英里高的沙尘在他们身上投下的影子，影子那么大，那么黑，队伍中的一些人吓得以为那里肯定发生了爆炸，把一座山脉的顶炸飞了。汽车停在无人之地最平坦的地方，就像保龄球处于静止角的架势。从这个角度来看，悼念者们看黑色星期天沙尘暴的视野更广阔。这堵墙看起来像是从东向西延伸了几百英里，顶部基本是平的，只是一端有些参差不齐。前锋被一根根沙柱推着，在风暴的大部队前面汹涌翻腾，仿佛是在清扫地面。卢卡斯家族为了该怎么办而争论起来。一些人想调转车头回博伊西城，另一些人，主要是家里的长辈，认为在卢奶奶下葬这天掉头是不礼貌的。当滚滚的风暴越来越近时，他们已经没有选择了，就像一队在古老的圣达菲小道上行驶的马车，队伍中的汽车与中间的灵车排成一列，面朝南，这样沙尘暴就不会首先袭击发动机。

"谁有水?"

"在冷却器旁边。"

C·C·卢卡斯总是在帆布袋里装上饮用水。他们把水倒在围巾、衬衣和手帕上，然后系在身上。孩子们被告知要爬到车底下，把湿衣服蒙在脸上。每个人都趴在地上或躲进车里。巨大的沙尘暴一路朝南袭来，其强度和密度越来越大。在 4 月的这个下午，没有比这片荒芜的高地平原废墟更好的沙源了。大地一片漆黑。人们看到电火花在车身周围闪烁，这是这片空旷中唯一的光亮。当沙尘暴到达时，盖住了灵柩顶部和车顶，并将颗粒状的尘土吹向车窗，摩挲着人们藏身的汽车下方的路面。天黑了一个多小时。

6: 30左右，风力减弱了，人可以站起来而不至于摔倒了。粗粝的风稀薄了一些，人们能看见自己的手，看见别人的脸。但是这给孩子们带来一幅幅恐怖的画面——大人们惊魂未定，满脸漆黑，眼泪变成了泥水。

他们只得返回博伊西城。留在这条空旷的公路上，任由黑色沙尘暴袭击，只有死路一条。车前灯亮了起来，汽车掉头朝北。有些车发动不了。由于能见度极低，土路两边都有深沟，开车回镇上会很困难，但送葬的人们觉得他们别无选择。6个人脱下外套，手拉着手。卢卡斯家的哀悼者这一侧沿着路走当向导，后面跟着灵车和其他汽车。就这样，人们摸索着回到了博伊西城。

当沙尘暴袭来时，镇子东北面的赶野兔活动正进行到一半。数百人把几千只野兔赶到一个围栏里。他们杀气腾腾地靠近，准备用棍棒猛击野兔的头，就在这时"那个东西"，一个男人是这样称呼它的，缓慢地向他们逼近。有人说，用你的手指指着它就会在上面戳出一个洞来——它那么厚。是紫色的！不，更接近狗内脏的颜色——黑得不能再黑了。人们丢掉棍棒，争先恐后地朝汽车跑去。看呐，上帝因为你们在安息日杀野兔而发怒了，就像牧师所说的。一辆满载着青少年的皮卡向家的方向疾驰，沙尘暴使司机什么也看不见，皮卡偏离路面，掉进了深沟。孩子们蜷缩在一张毯子下面，等待空气变干净。他们手拉着手慢慢地走着，在漆黑的空气中摸索着，寻找他们刚刚经过的一间校舍。一只手摸到了一堵墙。学校锁住了。一个男孩从窗户爬进去，打开门。里面很冷，没有太阳，黑色的寒潮笼罩在他们身上。他们拆掉一张书桌，在大炉子里点上火，等待重见光明。

在福尔科斯的农庄，一些小鸡误以为黑暗是夜幕降临，就回窝了；另一些则咯咯地叫着，战战兢兢地转圈，沙尘暴使它们什么也看不见。

戈登和他妈妈凯瑟琳很担心弗莱德，这个老人跟一个朋友一起外出，到 2 英里外的空地去了。凯瑟琳和她的儿子蹲伏在屋子里，一盏灯笼也点不着。那天早上，凯瑟琳打开所有的窗户，从上到下把房子打扫了一遍。整整 3 年了，这房子没有这么干净过。这个家，曾经是无人之地的福尔科斯一家繁荣的高点，现在犹如陷阱，像个天花板和墙壁在慢慢坍塌的山洞。干旱使木窗框钙化萎缩，使细沙有隙可乘。福尔科斯把裂缝都塞住了，但今天早些时候他们打扫时取下了封条。黑色的沙尘沿着墙壁倾泻而下，顺着天花板流了下来。

美联社小组越过州界进入俄克拉荷马州，就在土墙的前面，但它正在向他们逼近。尽管沙尘暴的顶端风速估计在每小时 100 英里，地面风速为每小时 60 英里，但根据政府对风暴袭击的某个地区的记录，沙尘自己好像放慢了速度。傍晚时分，这块沙尘编队以每小时约 40 英里的速度前进。新闻记者们穿过生气全无的锡马龙河上的桥，在赫曼·施耐德的农场附近停了车。当沙尘暴在施耐德农场背后升起时，艾森哈德拍了张照。

"多么棒的照片啊！"他说。

这幅照片登在了世界各地的报纸上，是为数不多的新闻机构拍摄的黑色星期天的照片之一。盖格估计这片云的高度为几千英尺。他在笔记上写道，尽管一开始他以为是黑色的，但

黑色星期天，堪萨斯利伯勒尔，1935 年

当它碾过锡马龙县时似乎呈现出蓝灰色。它的前方是一根根沙柱,看起来像烟,颜色略浅于沙尘暴的主力。他们回到车里,加速前进,试图在土路上以 60 英里的时速跑赢云层。还不够快。他们看到这条路变得像隧道一样窄,然后就消失不见了。盖格猛踩刹车,打开车灯。他们就这样坐在黑暗中。半小时后,他们试图往前开。盖格再次刹车,突然转向,想躲开站在路中央寻求帮助的一家五口。汽车栽进了沟里,刚好避开了这群人。

他们把车推了出来,把这家人塞进车里,在沙尘暴中继续前进。博伊西城内,水晶酒店已经客满,根本没法知道谁是谁或要去哪儿。大厅里挤满了人,这是容光焕发的行李箱农民曾经把他们赚来的钱花在菜单上最大块牛排上的地方。一群被吓坏的、满身尘土的逃亡者聚集在煤油灯微弱的光芒下。他们想看新闻。发生了什么事?这是从哪里来的?什么时候会结束?那是什么意思?盖格没有答案。他只想及时回到丹佛发出美联社的图片。他的车短路了。他愿意出 50 块钱给任何一个能开车送他回丹佛的人。

沙尘暴袭来时,托马斯·杰弗逊·约翰逊正从卢卡斯家的双人葬礼往家里走。约翰逊是高大硬朗的农场主,从奥扎克斯乘大篷车来到西部,在 160 英亩土地上建了一个地洞。当沙尘暴扑倒约翰逊时,他离家只有半个街区了。他倒在地上,摸索着可以抓住的东西,试图弄清自己的方位。这比他经历过的任何一场沙尘暴都厉害,比过去摧毁他庄稼的冰雹更猛烈,仿佛无人之地的土全都被掀翻了然后狠狠摔在地上。被沙尘暴推倒后,他爬着前进,匍匐着穿过马路。他在黑暗中分不清方向,靠手和膝盖往一个方向移动,以为这样就能回到家。可是,这个方向通往别的地方,他根本没找到回家的路。沉重的沙子吹进他的鼻子和眼睛,火辣辣的。他爬到了离家大约 6 个街区的地方,在坚硬的地面和流沙上摸索，直到找到一个棚子。感觉眼球好像被大黄蜂蜇了。厚厚的沙子卡在眼睑下方，摩擦着眼球。他揉了揉，想弄出来，但那只会让它们进得更深。当约翰逊的家人那天晚上找到他时，他的双眼满是黑泥，他说他看不见。他在黑色星期天失明了，视力再也没有恢复。

离约翰逊家只有几扇门之隔的地方，黑泽尔·萧正在收拾第二天安葬女儿的东西，这时屋里的光突然灭了。4 岁的侄女卡萝尔那天下午跟他们在一起，此刻正在与殡葬服务社连在一起的小公寓里玩耍。黑泽尔伸出手来摸索着，想要找到那个孩子。每次当她摸到一个门把手或金属物体时，都会被电一下。

"卡萝尔……？卡萝尔！你在哪里？"

自从一周前把奄奄一息的孩子送到东边去之后，黑泽尔就没睡过觉。尘肺病、医院里的垂死挣扎、婴儿和卢奶奶悲惨而迅速的离世，还有今天下午的葬礼——悲伤像巴掌一样一个接一个扇过来。经历了这一切，她强忍着不要崩溃。但是现在小侄女不见了，她再也承受不住了。找孩子的时候，她撞到了墙，打翻了盘子，眼泪直流，尘土在屋子里打滚使她脸上布满一条条黑色的泪痕。她究竟做过什么竟然要受到这样的惩罚？查尔斯抓起一个大手电筒走了出去。手电筒根本没有用；光束在黑色风暴厚厚的沙帐中只能照到几英尺的地方。他呼喊着孩子，但除了鸟刺耳的尖叫什么也没听见。查尔斯趴在地上，沿着街道一摇一摆地爬着。地面的能见度稍好一些；云似乎悬在地面上方。利用这个爬行的空间，查尔斯沿着街道移动，按照胳膊的长度计算距离。当他到达一个他估摸着离侄女所在的屋子差不多远的地方时，他转了个身，朝门爬去。他说话急促不清，声音惊慌失措，眼睛寻找着他要找的面孔。

"我……我们……把卡萝尔弄丢了。她不见了！她在院子里玩，然后不见了。"

"不，不。没事儿。是你吗，查尔斯？"

黑暗中的声音传来一个好消息。卡萝尔很安全。小姑娘跟他们在一起。当她看见博伊西城飞来的云块后赶紧跑回了家。

半英里外，博伊西城的报纸出版商罗伊·巴特包赫刚刚爬上小镇边上那架小飞机的座椅，他的哥们儿坐在飞行员的位子上。他们看见沙尘暴逼近，决定不飞了。但当他们从土跑道走开时，沙子像幕布一样砸在了他们身上，他们赶紧掉头朝飞机那边跑。在黑暗中，他们被绊倒了，于是紧贴着地面朝飞机爬去。一上飞机，他们赶紧关上门。飞机是用长索固定在地面的，但在狂风中剧烈颠簸，摇来晃去。

在驾驶舱里，两个人相距只有几英寸，却看不见彼此的脸。

另一位飞行员劳拉·英格尔斯成功地在风暴来临之前升到了高空。她驾驶着洛克希德单人飞机飞越得克萨斯州狭长地带，试图创造一项穿越大陆连续飞行的新纪录。飞机配备的是低翼，因此速度很快。当英格尔斯注意到移动的沙尘山时，她正在接近俄克拉荷马边界。沙尘山延伸

逼近约翰逊的沙尘暴，堪萨斯，1935 年 4 月 14 日

得很远，她看不到它的后方，看起来有几百英里宽。她想，即使飞到它的顶上，那里风应该无法把那么多粗沙粒吹上去，整个云块还是很暗，一片深紫色。英格尔斯一加速，升空寻找干净一些的空气。她爬升到23 000英尺高。此时事情已经很明显了：她不可能越过这片沙尘暴。她将飞机掉头，寻找可以着陆的地方，放弃了创造新纪录的事。

"这是我整个飞行生涯中见过的最恐怖的东西。"她后来说。

伏尔加德国人在做完礼拜后走出教堂，沐浴着阳光，周围是洁净的空气。他们的教堂还屹立着，尽管油漆已被沙尘吹走。他们的房子，许多都是砖头砌成的两层楼，是工匠精神、节俭和秩序的丰碑。最重要的是，德国人以保持家里整洁为自豪。在伏尔加，有法律禁止不清扫人行道，不整理前院，违者将在乡村广场被处以鞭刑。对于一些女性而言，让这些新世界的家园被沙尘暴弄得脏兮兮的，让墙壁和天花板日复一日年复一年地漏下尘土，实在是太过分了。在俄克拉荷马-得克萨斯边界上的沙特克，周围的土地背叛了他们。经过4年的干旱后，厄尔里奇家已经没有粮食了。乔治·厄尔里奇这位最初的拓荒者，在小儿子乔吉在他家附近的路上遭遇车祸去世后，他仍然沉浸在悲痛中，一蹶不振。维持农场生计的重任落在了剩下的唯一一个儿子威利的肩上。这个星期天，威利出去放牛，到一片干涸的小溪上寻找青草。当黑色的沙柱从西北面逼近时，他正跟姐姐和姐夫在这片地上漫步。

"你最好看好那头小牛，"威利的姐姐指着围栏线附近的溪谷说，"看起来像要下暴雨了。"

他们在高地平原上生活得够久了，知道当一片膨胀的乌云突然出现并落在干旱的土地上时，雨大得能把地面冲出裂缝来。山洪暴发夺走的生命差不多跟草原大火和龙卷风夺走的一样多。

"那不是雨云。"威利说。

当沙尘云像锤子似的打在他们身上时，威利已经抱住了小牛。他被撞倒在地，咳出一口泥土，他一边大声呼喊他的姐姐姐夫，一边到处摸索那只小牛。他站起身来，没走几步又摔倒了。围栏线就在附近。威利发现带刺的风滚草沿着雪松的长度方向卷成一团，于是顺着这条线走，以为会通向谷仓。他摸一步走一步，手心和胳膊肘满是碎片，一直走到木桩的尽头。他来到原本是谷仓的地方。他对这里了如指掌。然而，他伸出手什么也没摸到。厄尔里奇一路跌跌撞撞，感觉碰到一捆干草——他竟然就在谷仓里。沙尘暴吹开了门。他蜷缩在一个角落里，直到差不多半夜，一些形状和影子才重新出现。他再也没找到那头小牛犊。

当怀特一家彻底打扫完 400 平方英尺的房子后，这间两室的木棚闪闪发亮，好像从他们搬进来起就没这么亮过，3 个孩子每人都洗了个澡之后，一家人为参加晚上的礼拜仪式做起了准备。诚然，他们穿的衣服是政府发放的，鞋子是救济组织的女士们请来的门诺派鞋匠改制的，但他们这次总算干干净净的了。巴姆穿上了一件散发着春天气息的衬衫，给八字胡的胡尖儿抹了蜡。莉兹多年来一直在念叨搬离达尔哈特的事，过去这几个月她几乎撑不下去了。3 月，大风一连吹了 27 天，随之而来的往往是沙尘暴而不是雨水，莉兹开始崩溃。她哭了，直到温暖而咸湿的泪被沙尘变成了泥污，她每天都在念叨要找个地方，那里有一池塘的凉水，一片开着花的果园，空气中不会散下泥土沙尘。但是他们跟那些最后的投机者一样被困在了这里。巴姆年纪大了，在这个地方，岁月的风霜让人未老先衰。一个长满老茧的牛仔在一片破碎的土地上能做什么呢？他有时候从政府屠宰的牛身上拖一些肉回来，再想方设法从母鸡那里弄几只鸡蛋来。他计划再弄点玉米和干草。

他们活泼的儿子迈尔特·怀特刚刚从一位姑姑那得知自己身上有印第安人血统。起初，他试图否认。印第安人都被赶出了埃斯塔卡多平原，没有人说他们的好话。学校的孩子们因为他的肤色而欺负他，叫他"墨西哥人"和"黑鬼"。他现在知道自己是印第安人，因为他父亲这么说，还说这就是他们比大多数人都更擅长骑马、老人喝不了酒的原因。他父亲这边有切罗基人、爱尔兰人和英格兰人的血统，妈妈这边有阿巴契人和荷兰人的血统。他被告知有印第安人特别是阿巴契人的血统是种耻辱——他们是世界上最卑鄙、最糟糕的部落，他们只想着喝酒打仗，他的亲戚说。迈尔特才十几岁，他开始考虑离家出走。

"我就是个脾气暴躁的印第安人，"他告诉一个朋友，"我不属于这里。"

他想去一个能骑马的地方，就像他爸爸曾经那样。家里的房子不过是一堆木板和防水柏油纸：没有树，没有草坪，菜园也被静电毁了。

当迈尔特在屋外时，他望向北面看见了一条黑色的长线划过大草原。好像有1英里那么高，移动得很快。就在它前面，太阳照亮了达拉姆县的褐色田野和达尔哈特的街道。鸟儿飞得很低，飞成一条直线，旁边是成群的昆虫。他跑进屋。

"我们不能去教堂了。"迈尔特说。

"为什么?"他爸爸问。

"出来看看。"

巴姆·怀特只需要看半眼就明白了。已经没时间仔细盯着风暴看了。他赶紧跑回屋里。

"关窗!"

他们把刚刚弄干净的床单打湿，盖在窗户上。大多数沙尘暴都是往两边吹的，泥土是在水平方向的阵风中从墙上渗下来。这个从上面下雨一样倒下来，黑色粉末顺着墙壁滑下来。黑暗中，巴姆摸索着去找灯时，膝盖撞到了炉子边。电击比膝盖撞击要痛得多。迈尔特用手指摸了摸鼻子，只是想安慰自己他的手还连着身体。他看不见自己的手指头。

半英里外，道森医生跟他的妻子一直坐在门廊的秋千上。那天下午真像夏天啊，气温超过华氏 85 度。房子里的每扇窗户都开着。大约下午 6：20，黑色风暴降临达尔哈特。一列正在接近终点站的洛克岛铁路公司的火车突然停了下来；列车长对是否还能在这碗黑汤里继续前行心存疑虑。汽车在德索托酒店和《得克萨斯人》的办公室以及库恩大厦前面的大街上熄火了。迪克·库恩大叔正准备吃星期天的晚餐。他根本看不见食物。刚刚在达尔哈特庇护所吃完豆子的流浪汉们含糊不清地念念叨叨，一个 9 岁男孩哭着绕圈子，在离家不到半个街区的地方哭喊。他叫道："请帮帮我！我的眼睛瞎了。"

约翰·麦卡蒂正在看书，这时书页变黑了。他摸索着走出门，回头瞥了一眼 3 英尺外自己的房子。房子不见了。他拿着一个大手电筒找到报社办公室，一台电传打字机正在吐出从堪萨斯来的一则新闻，讲的是一个人们称为"所有沙尘暴的老祖宗"的故事。他伸手去摸大楼的窗户，这扇窗正对着邓洛克大街。他知道街灯肯定亮了，但他什么也看不见。沉重的黑沙落在办公室里。这场沙尘暴，麦卡蒂不会赞美。没有一首赞美诗能与大自然的力量与壮美相媲美。就在几天前，在建议读者"抓住根，咆哮吧"并坚持到更好的明天，麦卡蒂预言最糟糕的情况已经结束。现在他为明天的报纸准备了一个标题："夏日变噩梦"。

达拉姆县南边的一位妇女打电话给阿马里洛的报纸，提醒他们最大的沙尘暴正在滚滚向南。

"我坐在房间里却看不见电话机。"她说。

在离达尔哈特东南 110 英里的得克萨斯州潘帕市一个漆黑的房间里，一位 22 岁的巡回民谣歌手想出了一首关于世界末日的歌的第一句歌词。伍迪·古斯利与几个人围坐在一盏灯周围；光线那么昏暗，犹如烟蒂。过去 2 年间，古斯利一直在得克萨斯狭长地带游荡，打零工，坐火车上上下下。当他在一家根汁汽水摊工作，在柜台下卖玉米威士忌时，闲来无事便拿起吉他，学着弹几支曲子。看着黑色星期天的沙尘暴来临，他想起了红海步步逼近以色列人的故事。

"就是这样，"屋子里的一个人引用经文说，"世界末日。"

古斯利开始哼唱。他想到一首歌的第一句歌词，"再见，认识你真好"。

黑色星期天的沙尘暴从边界城镇到阿马里洛用了 1 个小时。下午 7:20，得克萨斯狭长地带最大的城镇一片漆黑，42 000 名居民因为同一波厚厚的尘土呛得呼吸困难，这场沙尘暴从南、北达科他州开始，把恶爪伸向荒芜的平原，熏黑了 5 个州的天空，产生的静电足以给纽约供电，这样的愤怒从未重现过。

第十七章　战斗的号令

鲍勃·盖格的新闻通讯和哈利·艾森哈德的照片在报纸上随处可见，为一个许多城市居民仍然无法相信的故事提供了图文证据：午夜在正午出现，遮天蔽日的沙尘暴！早期的黑色沙尘暴没有记录在案，给大平原带去恐怖，破坏那里的生活，但只有被困在高地平原上孤立无援的人们才知道。第一次，一个术语进入这个国家的词汇。它来自盖格的另一篇新闻通讯，是他为了强调更重要的事情而临时使用的短语。

"3个简单的词，每个西部农民的舌头都很熟悉，它们主宰着那片大陆的沙尘碗之下的生命——如果它们往下倒的话。"这3个简单的词不像那2个词那么贴切，此后头条作者、政客和新闻短片在提到南部平原的空中部分时会用它的新名字来称呼：沙尘碗（the Dust Bowl）。

在黑色星期天之后的头几天，人们试图解释清楚它是怎么回事。造成沙尘暴的天气形态并没有不符合这些特征，特别是在早春。极地气团从加拿大向南移动，与平原上空的高气压穹顶相撞。当更重的冷空气沿着平原地带向下推进时带动了风，造成气温骤降。风是这一带的常态——一直都是。自从第一批盎格鲁人在草地上插进第一根木板，他们就开起了强气流的玩笑。新来的人不知道会不会一直刮风。标准答案是，风会一连呼啸10天，然后天昏地暗地刮上5天。干旱进入了第四个年头，在至少一代人的时间里这是最严重的一次。但跟草一样，漫长的干旱期也是大平原不可或缺的组成部分。1935年的不同之处在于这片土地是裸露在外的。如果草原被充足的地面覆盖物——草或者从冬眠中冒出来的小麦新芽——固定住，那么土地就不会像以前那样剥落，大片大片的泥土被抛向天空。大平原上到处都是古老的沙丘，譬如内布拉斯加的沙丘，但它们被草原沙茅之类的草牢牢抓住，这种土生物种十分适应周遭狂风烈日的大环境。1933年、1934年和1935年初的沙尘暴把土壤刮得粉碎，风一吹就扬起来了。而新形成的沙丘对黑色星期天的云层起了加固作用，每到一个新地方，风暴就变得更重，更厚，更黑。

到了星期一，黑色星期天的余尘朝东面和南面吹去，进入墨西哥湾，最后大量消散，但仍然携带足够的平原沙土来扰乱日常生活，哪怕只有几个小时。几天来，国会一直在讨论休·班内特提出的拯救大平原的计划。他希望资金和人力支持远超出已经启动和运行的示范项目的范围。他想要一些**永久性**的东西，以确保不被破坏，并努力恢复草皮。很多人对此表示怀疑，尽管班内特试图在最后的辩论中像庭审律师一样为自己辩护。目击者作证说一些小镇已经一脚踏进了坟墓，农场抛荒，4年来田里一点收成都没有，家家户户又病又饿，学校停课，唯一的希望就是总统创造奇迹或者吝啬的老天爷能下一场雨。班内特一直试图勾勒一幅宏大的图景，以使人们能对大平原崩溃的程度有所了解，其中不仅仅是黑色沙尘暴、挨饿的牛以及目光空洞的人们的出逃。人类的故事每一个都有其悲伤之处，都是一个更大的悲剧的一部分：美国中部大部分地区的崩溃。班内特说，1亿英亩土地失去了大部分表土，近一半"本质上被摧毁"，无法再耕种。想想这个规模吧，他说，一片从北向南绵延500英里、由东到西延伸300英里的区域正在沙化，变成扬尘；大平原总面积的三分之二被严重的风蚀破坏——这是一场比美国历史上任何情况都严重的环境灾难。

在罗斯福政府内部，人们对正在发生的事情有着相互矛盾的观点。哈佛大学一位地质学家告诉总统，大自然正在发生不可挽回的转变，气候本身已经发生了改变，一个周期的开始可能要持续百年或更久，并使南部平原成为"沙漠废墟"，内政部长伊克斯在日记中亦这样指出。农业部表示，这一周期较短——是预计 15 年的周期的第 4 年——并将其归类为严重干旱，而不是气候或地质的变化。尽管如此，这段干旱期可能意味着堪萨斯、内布拉斯加、科罗拉多、新墨西哥、得克萨斯和俄克拉荷马境内数十个甚至数百个小镇会从地图上消失，一如它们曾经那么快地在地图上标示出来。这可能意味着，曾经被贴上"美洲大沙漠"标签的一大片美利坚土地将恢复之前的名称。宰牛和付钱给人们以阻止他们种更多的小麦推高了价格，但是政府补贴的稀缺性对恢复整个农业经济收效甚微。和土地一样，这个系统被破坏了。争论的焦点在于是采取激进的新耕作方法从零开始，还是完全放弃南部平原。罗斯福仍然着迷于在被沙尘覆盖的平原上种植数百万棵耐旱树木，建立一个巨大的防护带。他在等待关于这个想法的可行性报告。防护带项目可能是一个崇高的使命，罗斯福认为，要求为年轻的、穿着制服的民间资源保护队工人发工资，这些人响应一个近乎战时的紧急状态的号召，去拯救美国的腹地，给那里装上"肺"——移植的森林。

伊克斯继续提出反对给人们提供更多的激励让他们在沙尘碗里继续从事农业生产。有时候，伊克斯是个理想主义者，新政指定的梦想家。"乌托邦式的目标？确实是乌托邦式的，"他在政府任职两年后回答记者提问时答道，"我们是一个属灵的民族，如果我们没有实现那些看似可望而不可即的目标的冲动的话，生活对我们就不值得过了。"不过，芝加哥街头的困苦也造就了他务实的品格。他的高明手腕遮住了他的学者气质。作为内政部长，他是户外世界的帝王，掌管着一个几乎与德国面积差不多的公共领域。在他看来，土地已经耗尽；干旱简直是致命的打击。很难告诉人们，他们的辛勤耕作给他们带来了巨大的不幸，但伊克斯还是做到了，即使他的直率给自己带来了麻烦。他还追查那些利用新政救济计划割据一方的政客。从路易斯安那来的土皇帝，参议员休伊·朗警告过伊克斯，后者会因批评他而"被打入地狱"。伊克斯的回答很符合他本人的个性：

"参议员朗的问题在于他的智商引起的口臭，"他说，"假如他有智商的话。"

休·班内特采取了另一种策略，利用乡土的魅力演奏历史的赞歌。大个子休既懂科学，又知道如何表现，他放弃了让人们知耻而后勇的做法，不再把美国列为世界上有史以来最大的土地破坏者。利用公共工程资金，人们可以开挖池塘和蓄水池，可以建立社区农业区，在那里每个人都会同意实行一套严格的土地保护规则，轮作，休耕，放弃撕裂土地的耕作方法。他们可以通过修建天然屏障来阻止沙丘的蔓延。从罗斯福聘请大个子休的那天算起，两年来他取得了长足的进步。起初，政府将大平原的破坏与 1927 年密西西比河大洪水或龙卷风、飓风等而视之，都是一场需要救援的自然灾害。红十字会和政府努力使人们脱离危险，提供小床、食物和住所。1933 年，班内特得到 500 万美元的救济资金用来启动他那刚刚起步的土壤侵蚀保护局——一个临时机构，管辖范围仅限于赈灾。但随着沙尘暴凶猛地卷土重来，班内特是华盛顿第一批试图说服人们相信这不仅仅是另一场自然灾害或史无前例的干旱的人之一。它似乎是人为造成的，很大程度上是傲慢和无知的副产品。或许有些能被逆转。但要做到这一点，人们就要重新思考他们该如何利用土地。这不可能以零零碎碎的方式实现。

班内特给国会做工作，试图说服他们创建一个资金充足的常设机构负责修复土地。他希望这个机构由地方管辖，第一步由华盛顿推动。在他心中，每个农业社区都要设立一个土壤保护区，将其所在地区当成本地生态结构的一部分。大个子休是个颇有气势的人物，口袋里塞满了便签，头发蓬乱，蓝眼睛鼓起，眼镜在他挥舞着沾满泥土的大手时上下滑动，他引用的资料从普林尼在《自然史》一书中对罗马梯田的描述到托马斯·杰斐逊建议采取的等高耕种，无所不包。许多人对于将纳税人的钱花在这样的冒险上心存疑虑。难道新政的公共工程和农业救济计划还不够多，无法帮助深陷高地平原的那些可怜的农民吗？是的，但班内特希望一笔专项资金用于固定土壤以造福后代，它必须超越对赈灾和灾情分类的认识。但这不是违背了自耕农的意愿吗？草皮被那些单干的壮汉们破坏了，他们从未获得华盛顿特区一些机构的一星半点建议。他们是这个星球上最坚韧的家伙。城里的一些土壤专家怎么可能知道安家者面朝黄土背朝天地干了 50 年却一无所知呢？

"如果上帝不在堪萨斯降雨，"一位国会议员问，"新政又怎能办到呢?"

班内特承认，富兰克林·罗斯福并没有打算越俎代庖。他的想法简单得多：改变人类的行为，而不是天气。"单凭一个人阻止不了土壤被刮走，"他说，"但是有一个人就等于开了个头。"他还指出，处于绝望地带的人们正在乞求指引。这些坚忍不拔的农民正跪在地上，把手伸向华盛顿。这是一封得克萨斯州达拉姆县的牧场主们发来的电报，要求实施一项防止水土流失的计划。还有一些从堪萨斯、俄克拉荷马和内布拉斯加发来的电报。他们恳求：告诉我们该怎么办吧。

然而，许多政客仍然认为本国其他地区需要更多的援助。200 多万人得到了政府公共工程的工作，给美国人的生活修修补补，周薪最低为 12 美元。但是近 2 500 万人仍然没有稳定收入，靠的是打临工、民间慈善或黑市收入。而非裔美国人的失业率为 50%。在整个南方和北方的某些地区，工作地点的备注上写着："直到每个白人都找到工作，才有工作向黑人开放。"1935 年 5 月，罗斯福颁布行政命令，将公共工程的工作机会向所有种族开放。在全国范围内，人均年收入从 1929 年的 681 美元降至 1934 年的 495 美元。失地农民的队伍膨胀为一支漂泊不定的大军。1930 年至 1935 年间，75 万个农场破产或丧失抵押赎回权。在南部的佃农区，新政的稀缺性支出填满了土地所有者的腰包，却迫使佃农流落街头。在这片国土上到处都是支离破碎的景象。为什么沙尘肆虐的平原应该得到特别的关注呢？

另一些人则认为南部平原的安家者太蠢笨，近亲繁衍太久，人太多，不值得给予更多的援助。"根据上帝神秘莫测的意志，他们不过是劣等人。"H·L·门肯写道，他是美国最有影响力的专栏作家之一。最好的办法是给他们绝育，他说。

班内特已经跟南部的气象站取得了联系。黑色星期天改变了一切。风暴的残余——或许是一场新的扬沙——正在向东移动，在其他州卷起了尘土，即使它不再有足够的力量和密度遮天蔽日了。班内特被安排周三再去参议院面前作证。在检查了向东移动的沙尘暴的进度之后，他要求延期。一年前席卷纽约和华盛顿的风暴已经让人大开眼界。正如班内特告诉一位助手的那样，"当东海岸一带的人们开始尝到 2 000 英里外平原上的新鲜土壤时，他们之中的许多人才第一次意识到这片土地的某些地方出了问题"。

他想让他们再尝一尝。4 月 19 号星期五，黑色星期天的 5 天之后，班内特走进参议院办公大楼的 333 房间。他的讲话从图表、地图和土壤保护所能做的事以及关于黑色星期天的一份报告开始。参议员们听着，一些人的脸上流露出百无聊赖的表情。一个助手在大个子休耳边低语。"它来了。"

休开始岔开话题，谈的更多的是普林尼和杰斐逊，拿他自己家的农场开玩笑并说维持这个地方有多么艰难。再拖一会儿，助手再次告诉班内特，他们说一个小时内就到这里了。

班内特讲述了他小时候是如何学会造梯田的，以及他父亲过去在北卡罗来纳的旧地是如何用简单的方法固定住土壤的，这是大多数农民在年轻时就懂的事情。那他有没有提到过——是的，又说到这上面了——1英寸的表土可以在1小时内被吹走，却要1 000年才能恢复呢？想一想这个等式。一位一直盯着窗外的参议员打断了班内特："外面越来越黑了。"

参议员们走到窗前。4月中旬的一个下午，还没到傍晚，天就渐渐黑了。参议院办公大楼上空的太阳消失不见了。阳光透过阵阵沙尘时，空气呈现出一种铜黄色。两年来，南部平原的土壤第二次落在首都。这一次，它好像是得到休·班内特的暗示。气象局说这场沙尘暴源自无人之地。

"先生们，这就是我正在说的事，"班内特说，"俄克拉荷马州来了。"

一天不到，班内特就得到了资金和常设机构来恢复和维持土壤的生命力。当国会通过《土壤保护法》时，标志着所有国家中第一次设立了这样的机构。随即，150个民间资源保护队团体从林务局被调派到班内特那个已更名为土壤保持局的机构，以增援他的示范项目上已有的少数几支队伍。正如罗斯福在派遣他的重建队时所说，他们将"致力于结束我国土地上的荒废景象"。总计大约2万人被派往南部平原。他们来自城市、大学和本国其他地区的农场。总统在4月结束前签署了这项法案，这是那些陷入飞扬的尘土中的人度过的最艰难的一个月。

但对于该怎么办，政府有两种想法，因为罗斯福同时还创建了移垦管理局，目的是提供贷款以帮助人们重新开始或购买土地用于相同目的，平均每户大约700美元。尽管罗斯福仍然对鼓励人口大规模迁移有所保留，但他还是签署了第7028号行政命令，授权联邦政府回购过去73年来它在宅地上投入的资产的大部分。该行政命令是共和国成立以来对政府在公共领域所做的一切的惊人逆转。政府曾将那里宣传为"健康、财富和机遇"之源，那些曾经在政府的号召下将他们的生计押在土地上的人，还记得当时一列列火车满载着安家者来到不毛之地的农业边疆，在他们看来，行政命令别有用意——推动人口迁出大平原。

在达尔哈特，约翰·麦卡蒂公开立下了新的誓言：这种做法不会长久的！他的愤怒贯穿于他的文章中，表达着他的心声。如果他们想把我们踢出去——我们会做给他们看！麦卡蒂宣布成立留守俱乐部，并自任主席，向任何同意留下来的人开放。无论沙尘刮得多厉害，无论人们被沙子埋得多深，他们都不会退缩。他的人民是斯巴达人。他说："他们会一直盘坐在沙坑里，直到地狱结冰。"然后他们还会在地狱溜冰。他印制了登记卡，上面写着：

> 除非有天灾或无法预见的个人悲剧或家庭疾病，我保证自己是最后一个离开这片土地的人，永远忠于它，并尽我所能在未来的日子里与留守俱乐部的其他成员通力合作。

一个人在卡片底部麦卡蒂签名的旁边签了名，并得到了一个编号。留守俱乐部的 1 号成员是伊利·摩尔，前 XIT 牧场一个能剥生牛皮的、负责驱赶牛群的人，现在沦落到只能给别人讲逝去已久的青草的故事。迪克·库恩大叔现在据说是镇上剩下的唯一一个有钱人，是留守俱乐部的 2 号成员。第三个加入的是得克萨斯州州长詹姆士·V·沃尔莱德，他是迪克大叔在其某次造访州府时招募进来的。这是一个政治噱头，但它奏效了，在沙尘碗中心传播了这群公然挑衅的安家者的言论。道森医生穷困潦倒，身体不好，经营着施舍处，是留守俱乐部的 4 号成员。俱乐部的成员不只是怪老头，麦卡蒂提醒大家。年轻的法官威尔逊·柯文是留守俱乐部的 31 号成员。公民中的这个精英群体，这群斯巴达人在这片土地上的这一举动跟 100 年前科曼契人最初埋下的木桩一样清晰明了，如果这都不足以证明处在沙尘碗中心的人的钢铁意志，人们还能要求什么样的证据呢？

黑色星期天过后的一周，镇上到处挂满了横幅："今晚集会——留守俱乐部"。麦卡蒂的演讲被拍成新闻短片，送到全国各地的剧院。他看起来还是很像年轻的奥逊·威尔斯，体格健壮，一头黑发乱蓬蓬的。在他身后是留守俱乐部一面更大的横幅。

"我们要不要坚守在这里直到地狱结冰？"他吼道。

"要！"

"我再问你们一次：我们要在这里坚持多久？"

"直到……地狱……结……冰！"

欢呼声传到了邓洛克大街，那里黑色星期天留下的尘土还没被铲走；传到了塞满孩子、锅碗瓢盆、几把摇摇晃晃的椅子和其他财物的汽车里，这些家庭正准备逃离致命的沙尘。即使柯文法官加入了留守俱乐部，他也明白许多人不得不离开这里，否则就是死路一条。"沙尘逃兵"，人们这样称呼他们。达尔哈特的一家人问法官能否给他们买个轮胎，让他们上路。另一些家庭则在自己的财物前面拿着杯子或帽子乞讨汽油钱，好让他们动身向西。但是，难道他们没听说加州边境贴着告示，警告沙尘逃兵们掉头，加州没有工作吗？或许吧。不过得克萨斯也没有任何东西能把一个人留下来。在得克萨斯，人均年收入只有298美元——是加州的一半。柯文法官命令达尔哈特的一家加油站给离开本镇的人10加仑汽油——价值约1.9美元——和一只二手轮胎。这一优待只适用于达拉姆县的居民。法官说，这是他们能为一个在过去4年飞扬的尘土中幸存下来的人做的最起码的事情。

在德索托酒店打扑克、喝酒时，人们对分发汽油和轮胎的事说三道四。逃兵，他们这么称呼那些打包离开的人。没骨气。为什么达拉姆县要给他们东西呢？那些决定坚持到底、抓住根与麦卡蒂一起咆哮的人，被留守俱乐部关注的所有事情激怒了。他们是斯巴达人——对极了！——但他们心中还有个大问号：沙尘暴咆哮的时候他们要做什么呢？

第一件事就是从云朵里挤出雨来。以前的那个投机分子特克斯·桑顿现在是全职造雨人了，他有爆破工具、城里人给的钱，准备向天空发射炸药给狭长地带带来雨水。他当然得到了麦卡蒂的支持，后者相信整片矮草平原真正需要的莫过于一点雨水，然后这个国家就会复兴了。

"如果你有机会的话，来见见特克斯·桑顿，"麦卡蒂写道，"特克斯玩 TNT 和硝化甘油就跟玩许多木棍似的。他的本事货真价实。"

麦卡蒂敦促人们赶紧加入留守俱乐部。

"第一场大雨降临时我将停止招募新成员，因为在我们得到一场好雨之后，所有人都会想留下来，那些已经离开的会想回来。"

他的文章有双重目的，因为麦卡蒂不仅是《得克萨斯人》的编辑，而且现在还是雇用了特克斯·桑顿的商会的会长。特克斯一直在等待合适的天气条件，然后他就能表演他的气象魔法了。到 5 月初，他已经准备就绪，在离镇 4 英里的地方搭了发射台。第一天晚上，在一群好奇的人围观下，桑顿发射了 TNT 火箭炮，大约每 10 分钟发射一次。其中一些携带的炸药多达 10 支。风和沙尘一如既往地吹着，使得忙着发射的特克斯的身影变得模糊不清。几个小时之后，人们陆续回家了。在镇上，直到半夜人们都还能听见桑顿的烟火发出的雷鸣。道森医生每隔半小时就要到屋外一次，伸长脖子，看向天空。外面只有风沙，没有雨。

第二天，特克斯继续发射炸药。这次来观看的人少了一些。特克斯发射了一两枚哑弹，在地面爆炸，他自己制造的沙尘暴把人群赶走了。

"这会有用的，"他说，"需要焊补一下。"

烟火表演一直持续到下午，然后到傍晚。道森在镇上闲逛，带着达尔哈特的悲情，后者试图通过向天空发射炸药和成立留守俱乐部重整旗鼓。反抗行为自我感觉很好，但整个小镇显得很可悲——光秃秃的树上没有叶子，建筑物周围都是高高的沙丘，房子被削成了灰色的木头，沙子像雪一样犁到了镇子的边缘地带。道森会跟他 1907 年搬到这个刚刚建立的小镇来时就认识的人打招呼，道一句"邻居，你好!"他们也会回答一句"你好"。但第二次交流通常会以令人难过的事结束：某个挚爱的人得了尘肺病，某人濒临破产。人们正处于崩溃的边缘。几乎每个人都患有这样或那样的与尘肺有关的肺病。

第三天下午桑顿又开始了。达尔哈特东边的城镇抱怨特克斯只是把更多的沙尘弄到了他们那边，并要求他住手。

"就快好了。"特克斯说。

天空呈现出米黄色，随着风把新的沙尘吹到城里，天空的褐色越来越深。特克斯将炸药对准沙尘云，一轮又一轮地发射，直到越来越厚的沙尘迫使他在晚餐时分撤离。晚饭后，风势减弱，桑顿又回来了。他向天空开炮直到午夜。"砰、砰"的爆炸声使医生和达尔哈特的大部分人都无法入睡。道森穿着睡衣走出门外，掌心朝上伸出手。只有风和沙，没有雨。天空显得很诡异，特克斯发射的大型照明弹发出的光在沙尘云底部闪烁。

第四天，特克斯·桑顿休息了。天气预报正如温度计显示的那样，气温会降低，空气中几乎没有水分——没有发射炸药的条件。对于他到目前为止的失败，特克斯说他只需要做一点改进。问题是他得把炸药直接送进云层腹地。为了精确发送，他做了小气球，宣布次日早晨在镇外的一个新地点重新造雨。特克斯把气球拴在一根风筝线上，装上炸弹，然后放它升空。他这次全副武装，穿着特制的防尘服，戴着面罩，不管天空把什么扔过来他都会留在原地。

随着气温下降，低云层飘了过来。有报道说，克雷顿和新墨西哥的其他地区有降雪，就在西面。特克斯继续向天空发射，直到天黑。那一夜，下了一场略带沙尘的薄雪，只有十分之一英寸。麦卡蒂欣喜若狂。第二天也下雪了，随着气温升高，变成了雨夹雪。当然，丹佛、阿尔伯克基和道奇城也都下雪了，这些地方根本没有感觉到特克斯·桑顿一手创造的隆隆巨响。尽管如此，市民们还是对这位来自阿马里洛的造雨人心存感激。他完成了自己的任务。有些人甚至以为干旱结束了。那天晚上，他们以留守俱乐部的名义举行了最后一次集会。

"我们要在这里待多久？"麦卡蒂问。

"直到地狱结冰！"

"没错。直到地狱结冰。"

特克斯抬了抬帽子，收拾好气象气球、硝化甘油和 TNT 上路了。"我尽了自己最大的努力，"他说，"我由衷地为达尔哈特的人们感到高兴。"

乐观并没有随着雪花降临到 48 英里之外的博伊西城。黑色星期天之后，全镇还在眩晕之中，一片狼藉。黑泽尔·萧在安葬了自己的孩子几天后回到了家里，那个空荡荡的殡葬服务社和一居室的公寓。婴儿床使她心烦意乱，街对面的教堂对她怒目而视，里面供奉着一位愤怒的上帝。送葬队伍撤回博伊西城后蜷缩着身子过了一夜，第二天重新启程去卢奶奶的墓地，最终她在德克斯荷马入土为安。无人之地的一切，黑泽尔生命中的里程碑，全都失去了意义。她感到孤独，沮丧得不知所措，那些带着愧疚感的问题一遍一遍地在她耳畔响起：她是否做过什么来挽救露丝·内尔？她是不是该早一点儿逃离的？沙尘暴的威力与日俱增，尘土那么致命，为什么他们在博伊西城待那么久？

风有缝就钻，将黑色和褐色的粉末带进公寓，再次激起了她心中的疑问。她让自己忙于家务，但有时候她就这样崩溃了。这么做好像无济于事：反复清洗表面、窗帘或地板，不到半天上面就会布满新的草原尘土。她开车到卢卡斯家其他亲戚的农场，结果只会变得更沮丧。路上很危险。但她只觉得那么幽闭恐怖，那么绝望无助；她得看到一些绿色，找到一片澄澈的天空，逃离布满沙尘的公寓里的那个围困她的空间。那个春天没有任何迹象暗示着新季节的到来：没有新冒出的芽或小枝干。死去的牛，有的双眼被冻住了，被沙子覆盖，被钉在拦截风滚草和泥土的围栏上，令人毛骨悚然。她叔叔Ｃ・Ｃ・卢卡斯剖开了在他田里迷路的一头死牛的肚子，它的胃里到处都是硬邦邦的尘土，以至于食物无法下移。其他尸检结果也一样：饿死的动物是由内窒息引起的。沙尘正在杀死无人之地的一切。

1935年下半年，自4年前的旱灾开始以来，已有1 000多人，约占此地人口的20%，拔掉木桩离开了锡马龙县。他们挤进马拉货车或者A型汽车——轮胎都磨损了，油漆很久以前就剥落了——向东前往密苏里，再驶向南、北卡罗来纳，或向北去丹佛，去爱达荷南部的斯内克河高原，去华盛顿州东部，向西去加州。埃兹拉和戈尔迪・洛尔里在博伊西城外的宅地依靠罐装的蓟草和丝兰根过活，他们再次发誓坚守此地，尽管他们已经度过了可怕的一年。他们的女儿奥黛丽是个高中生，跟菲亚・福尔科斯是校友，这一学年开始时左腮得了腮腺炎。她请了一星期的假，然后脖子右侧也得了腮腺炎。11月，她得了麻疹被隔离三星期。到了2月，一个几乎没有一天不刮着令人窒息的沙尘暴的月份，奥黛丽被确诊为猩红热。她又被隔离了两个月，全家人被迫逃离他们的农场。他们在4月14日黑色星期天返回。她的父亲仍然不屈不挠。

"我们可能不得不吃响尾蛇了，"他说，"但我不会离开。"

一个月后，奥黛丽毕业了。她代表全班致告别词。

黑泽尔的一些朋友也加入了逃离的队伍，向西逃亡的移民中还有堪萨斯、得克萨斯东部和俄克拉荷马的佃农，据他们寄回来的信中说，加州的情况并不比锡马龙县好。无论他们来自哪里，是否上过学或拥有过土地，都被冠以相同的称呼：俄州流动农业工人。这意味着你还不如一块用后即扔的破布。至少在无人之地，人们还有家人、朋友帮助他们渡过难关，或者给人帮忙换来一打鸡蛋、一根火腿，人们会直视你，眼中带着尊重。

加利福尼亚中央山谷的标牌将人们对新来者的态度表现得清楚无遗。有个标牌上写着："俄州流动农业工人和狗不得入内。"

在接下来的两年里，22.1万人将搬到加州，其中大多数人来自阿肯色、俄克拉荷马和得克萨斯。但只有1.6万人是从真正的沙尘碗来的。在南部平原上被风侵蚀得最严重的县里，大多数人都没有搬离，充其量只是向一个方向移动了几百英里，重新安顿。

黑泽尔和她丈夫查尔斯准备离开。是的，他们还有殡葬服务的小生意。但是许多家庭付不出钱来。萧夫妇会给他们挚爱的人穿衣打扮、安排仪式、下葬，然后得到的报酬是杂货店临时代金券或者鸡、一张期票、寥寥无几的现金，几乎不够支付成本。未来是个黑洞。就连星期天去拜访卢卡斯家的其他成员也不再可行——治安官警告人们，除非有紧急情况，否则不得开车。黑色星期天过去三周后，两辆汽车迎头相撞，司机双双而亡。他们相撞时时速只有15英里，但是沙尘厚得使司机什么也看不见。每过一天，黑泽尔都觉得自己被埋得更深了，也更加沮丧。她的故乡，在旱灾之初拒绝了救济，现在转而绝望地向华盛顿求助。博伊西城的骄傲荡然无存，没有选择，没有未来。锡马龙县的行政长官们给白宫发了一封电报：

"本县80%的居民陷入半饥饿，急需救援。"

第十八章　离　开

　　奥斯汀家的地洞受着高温的炙烤。5 月，气温升至华氏 105 度，这是巴卡县一年中这么早就出现的最高温度。艾克和他兄弟奥斯卡仍旧从储水罐中取水，一桶桶倒在地洞的顶上。水落在防水柏油纸屋顶时，奥斯汀家传来一阵嘶嘶声。只有一棵榆树还活着，靠洗澡水和洗碗水支撑。在地洞里面，挂在窗户上的泥巴床单比监牢里的铁栅栏还糟糕，提醒他们沙尘一直都在，他们被困在这里了。尽管很局促，因为静电的缘故，奥斯汀一家还是试着不触碰彼此，就是这种电流造成一根拖下来的铁丝和带刺铁丝网的围栏闪着蓝色火花，在风车上喷出火焰。但艾克和奥斯卡总是会碰到胳膊肘，一碰到就会引起一阵剧烈的刺痛。艾克的母亲正在考虑让女儿们搬到镇上去，到某个小地方打打零工。她给家人吃的食物有一部分是罐装肉，来自政府宰的牛。她总是说什么都能用罐子装起来。

　　好像整个巴卡县都准备倒闭了。离奥斯汀农场 3 英里远的理查兹小村庄已经萎缩到只剩一家邮局了。艾克在那里上学时，镇上有两个杂货店，一家奶油和鸡蛋销售站，几家商店，还有漂亮的住宅群。理查兹在这个十年结束之前就会消失；这里有死亡的气息，沙尘自己好像也感觉到了。巴卡，1920 年代被大面积翻耕，是沙尘碗中心地带风沙刮得最厉害的几个县之一；110 多万英亩土地被侵蚀得很严重，在政府官员看来，可能再也无法种植庄稼了。黑色星期天后不久，一名通讯社记者搭乘邮政车沿巴卡县的邮路采风。因为火车无法通过这个县最大的镇子斯普林菲尔德，邮件延误了近一周。在他们到过的农场，人们已经一连几个星期没见到人了。有个地方，一位妇女孤零零地在铲门前的沙；她没穿鞋子，眼神空洞。邮递员走近时，她丢下铁锹，抓住他的胳膊，说她已经被围困好多天了。

"发生了什么事?"妇女问，"外面的世界怎么啦?"

记者问她为什么不离开。

"我也想啊，"妇女说，"可是我不能。"她说这片土地是她的一切；她想自己会死在城里，一个人都不认识，也不知道该怎么养活自己。

如果没有政府救济，巴卡县的大多数居民都会挨饿。全县约50%的人靠救济维生，从其他地方获得帮助没有看成懦弱的表现，因为土地本身已经放弃了。一个教堂给丹佛的通讯社发去电报，呼吁全国为科罗拉多东南角的地区祈雨。他们把祈祷日定在5月5日。那天没有下雨，第二天也没下，接下来的一天还是没下。5月8日，一团乌云出现在地平线上，雷声隆隆，接着下起了能在地上冲出沟来的倾盆大雨。雨下得又急又猛，但是水落在硬得像骨头似的土地上，流进了久旱而成的凹坑，溪谷里盛满了雨水，直到变成泥泞的山洪冲垮了棚屋，冲走了马匹，然后消失了。仿佛根本没下过雨似的。

1935年夏天，富兰克林·罗斯福启动了第二个百日新政，这是国内改革史上迄今最重大的举措之一——按照政府时间表，0要在一眨眼的工夫变成60。罗斯福签署了《社会保障法》，以确保没有养老金的老人不会挨饿；设立了公共事业振兴署，以确保政府能源源不断地支付薪酬；并支持《全国劳资关系法》，其中规定了工会在工作场所的权利。农业经济正在改善：自胡佛下台以来，收入增加50%，农作物价格上涨66%。罗斯福对此表示赞赏，他说政府宰牛杀猪并对剩余农田进行休耕的政策造成了一种强制稀缺，刺激了市场。最高法院不认可这一说法，至少在农业领域上态度如此；他们宣布罗斯福对农业经济的控制违宪。政府不能代替市场。罗斯福勃然大怒。他谴责反对者"蓄意歪曲，企图误导民众——不，为什么要用一个卑鄙的词——来对这个国家如今正在赖以运转的农业举措进行污蔑"。

不过，他的移垦管理局未受这一裁决的影响，毫发无损，而且政府发现大量接受救济的人，与其说是为了留下来而获得贷款，还不如说是要钱为了离开。那些没有土地的人——或者在小麦热潮时来到这里的行李箱农民——可从移垦管理局获得 35 美元以维持生活。今天还像往常一样坐在艾克·奥斯汀旁边听课的一个男孩，第二天座位就空了，这个男孩永远地离开了。辍学没什么可耻的。奥斯汀家的 9 个孩子中，只有艾克一个人一直读到了高三。他兄弟奥斯卡觉得读书没什么用。即使在黑色星期天以后，当大多数心怀明天的人都不再指望来年时，奥斯卡·奥斯汀还满心希望从自家的田里有所收获。他们有两头骡子、一个粮仓和一台被埋在沙子底下的拖拉机。总有这样一种可能：一天早上奥斯卡醒来发现沙丘不见了，露出可供耕种的农田，还有个小果园，可以种高粱、玉米、小麦和苜蓿的土地。但你永远不知道它何时来。艾克更像个现实主义者；如果说这片农场还留了什么给他，他可没看见。1911 年，他的父亲用马拉货车拖着木材从 32 英里外的堪萨斯埃尔克哈特来到这里，建了谷仓，竖起了奥斯汀地洞的墙壁和屋顶，因为他相信劳动可以带来改变。动手按照你的意愿来塑造它，奇迹就会发生。在他那个年代，往西的运马货船会在奥斯汀的谷仓过夜，给这里孤独的农庄带来流言蜚语、物产和一点新鲜的人类见识。即使在年幼时，艾克就感觉到巴卡根本不该被犁开种庄稼。他热爱这片土地，内心深处总有一种想要留下为之战斗的冲动。他从不轻言放弃。

红十字会把临时医院搬离了学校体育馆，学生们摆好椅子准备 1935 年 5 月举行的毕业典礼。对艾克而言，上学总是很轻松，尽管他因为恶作剧而惹上麻烦，还错过了许多天的课，因为沙尘暴使他无法走出家门。他受邀作为学生代表致辞。只有一个学生的成绩更好。毕业典礼那天，体育馆里面热得能汗湿裤子，但仍然不能长时间地开窗或开门，以免一阵清风吹来，沙子在室内盘旋令人窒息。艾克被叫到前面演讲时，室内安静了下来，只有那些无法避开沙尘的人们咳嗽了几声。他扫视了一会儿观众，发现母亲在人群中。她擦着脸，眼睛通红。艾克开头讲的是未来一定会比过去好，就算黑色沙尘暴来袭，大地毁灭，所有的人都在离开，巴卡县仍然是片伟大的土地，他会永远记住草原上这所小学校。他又停了下来，因为他母亲在哭；她坐在前排，眼泪止不住地流。艾克最后感谢了那些帮助他的老师，虽然他们只得到杂货店临时代金券的报酬，却仍然陪伴他度过了艰难的日子。

典礼结束后，外面刮起了一阵热风，艾克的母亲擦去眼角的泪水，吻了吻她最小的儿子。

"祝贺你，"她说，"你做到了奥斯汀家族从来没人做到的事情。"

艾克把毕业证书递给妈妈。

"你拿着这个吧。"他说。

"为什么？"

"那张纸证明我完成了12年的学业。"

"是的。"

"但我想让你知道一件事，妈妈。我仍然不觉得我像你一样聪明。一点都不。"

那年晚些时候，艾克的母亲最后一次站在地洞前，然后跟两个女儿一起搬到了城里。其他的孩子都走了，去漂泊了。她说儿子们如果想要的话可以分田产，也可以把它卖给移垦管理局的人。随便怎么处置。在把25年的生命用来养育了9个孩子的大平原上，她受够了地洞里的生活。

艾克跟他哥哥讨论了农场的事。

"你想要吗?"

奥斯卡耸耸肩。"我没别的地方可去。"

"那么,你要留下来?"

"我想是的。但我看不出这怎么能养活两家人。现在可不像爸爸那时候。"

"那这块地是你的了,"艾克说,"这个地方归你了。"

"你的那一半你想要什么呢?"

"不要。都是你的,奥斯卡。"

"啊,那好吧。"

几天后,艾克打包了一些肉干、几片饼干和一罐水。他最后一次在地洞的泥地上走了一圈,厌恶地看了一眼粘在窗户上的褐色床单上的泥污,看了一眼那么多个夜晚靠烧牛粪给他保暖的炉子。地面之上,这个地方几乎被掩埋了。被绊住的风滚草和沙尘顺着围栏形成了一道屏障。

"你有什么打算,艾克?"

"不知道。"

"那么,你要走了?"

"是的。"

"永远不回来了?"

"不知道。"

"你要去哪儿?"

"不知道。可能不会很远。得找个工作。"他听说在斯普林菲尔德有活干,在锡马龙河旁边的铁路线上。

"那我们再见了。"

"是啊。再见。"

艾克带着身上穿的衣服、一袋食物和一些水离开了农庄。他艰难地在沙丘中跋涉，穿过几乎被沙尘覆盖的外屋，经过一边是沙墙的谷仓，静电噼啪作响的风车，蓄水罐上满是泥泞的槽，孤零零地矗立在那里的树——再见了，所有的一切——然后来到开阔的田野，这片土地上曾经到处都是古老的神话，这些西班牙征服者的秘密，这些印第安人的坟墓，这个属于草和野牛的鬼魅的地方。他只是不停地往前走。

第十九章　亲历者

　　他于 1936 年新年第一天开始写日记。如果唐·哈特维尔将要被埋葬在这片浩瀚的沙尘之下，他希望留下些什么。他和他的妻子维娜经历了干旱的 4 年，没有收成的 4 年，债务越来越重的 4 年。黑色星期天几乎彻底扼杀了他们的农场，风大得像龙卷风，随后在春天，一场突如其来的山洪暴发将他的房子推离了地基，然后是一夏天的沙尘暴，掩埋了他好不容易在漫滩上种活的玉米和苜蓿。47 岁的哈特维尔绝不会不战而退，但如果这些因素最终击败了他，他想要一份自己斗争的记录；或许这会对未来的安家者起到警告作用。历史的问题在于它是由幸存者书写的，他们往往在阳光下，在一个收获的日子里，以胜利者的姿态来写。所以，哈特维尔在最黑暗的时刻开始写他的日记。这不会是对那些敬畏上帝的人的勇气、毅力和欢呼的讲述，尽管这些人赶走了印第安人，杀死了野牛，生产了世界上有史以来最多的小麦。唐·哈特维尔也无意吹捧商会，甚至从未受邀参加他们定期举行的午餐会。他的故事不是《草原小屋》①，而是一个生活在堪萨斯和内布拉斯加州界上的农民在 10 年里宅地变墓地的经历。他对写日记的事守口如瓶，从没给任何人看过，甚至他妻子。

　　"你听到的很多有关'高尚的开拓者'建设这个国家的事，某种程度上可能是真的，"他在日记的前言中写道，"然而，那个时代的妇女和儿童才是真正面临艰辛和贫困的人。当时妇女的位置是在家里，这通常

236　The Worst Hard Time: The Untold Story of Those Who Survived the Great American Dust Bowl

意味着每三年生两个孩子，干的活跟 2 个普通男人的一样多，生活在条件恶劣的环境中，这种环境会让一个普通流浪汉对流离失所、露宿街头心存'感恩'。在许多情况下，男人都是酒鬼，或者天生的宗教狂热分子，后者甚至比醉鬼更难相处和应付。"

哈特维尔的家人于 1880 年来到内布拉斯加，但从来没人解释过原因。"我母亲不喜欢内布拉斯加，她看不起我父亲的乡亲们（并非毫无道理）。我记得他们吵架后，我总是在半夜里发抖，紧张得睡不着。"上学很难。"我在此想要说的是天真的童年通常绝不是这样的——撒谎、偷盗、超乎预料的残暴（特别是对动物）、彻头彻尾的自私、同性恋、手淫和各种其他性活动，有时甚至还有谋杀，这些都是'天真的童年'的一些活动。"

他父亲 1934 年去世，那一年内布拉斯加只下了 14 英寸的雨，是 1864 年以来的最低点。老人养了猪和牛，就在内布拉斯加州伊纳维尔镇附近他认领的一块土地上，那里离薇拉·凯瑟②儿时在红云镇的家不远，里帕布利肯河在大草原上冲刷出一块广阔的平地，距离无人之地东北边几百英里。小镇在小麦热潮时期繁荣起来，有一个木材场，一个肉类市场，两个杂货店，一家银行，一个台球房，一所学校，一家邮局和一个小音乐厅。它的衰落始于农产品价格的暴跌，而大萧条和干旱的双重重击使其更加摇摇欲坠。银行于 1932 年关门，再也没有重新开张，农民的储蓄随之化为乌有。哈特维尔在伊纳维尔镇外经营着自己的小型家庭农场，就在内布拉斯加的一小块条状地带，政府认定那里是更大的沙尘碗的一部分。他靠在里帕布利肯河流域的舞会和小屋中弹钢琴赚一点外快，而他的妻子则为镇上的人缝衣服贴补家用。他们没有孩子。哈特维尔每天都

---

① 1974 年开播的美剧。——译者
② 19 世纪美国著名作家，以《我们中的一个》（*One of Ours*）一书获 1923 年普利策奖，作品以擅长描写女性及美国早期移民的拓荒生活而闻名，为美国重要的乡土作者之一。——译者

写日记。他的一些想法反映了在情况最严峻的那几年里他的动向。

1月6日

你看见过一个中年人为了生计而在农场干活吗？

2月8日

昨天晚上是多年来我在这个国家见过的最糟糕的夜晚之一，狂风大作，暴雪纷飞，气温为零下华氏15度，令人生畏。我们把床搬到餐厅的炉子旁边，我们头一次这么干。牧场北边的马匹今天看来还不错，可是我们再也没有饲料喂它们了。

2月14日

我经常想着要送情人节礼物（谁没这么想过呢），但我从来没有送过。

2月21日

我已经没有什么雄心壮志了。当一个人看见自己所有的一切都悄悄溜走时，他的雄心壮志似乎也逐渐随之消失了。

2月29日

好吧，今天通常是3月1日，但是今年又给了我们一天的时间，这个地方对我过去35年的生活和传统意义重大，4月野李子灌木、紫罗兰和青草芬芳四溢，6月有小雷阵雨，会在下午晚些时候突然降临，野云雀在歌唱，当这个时节的雨水较之其他时候更加充沛时，野玫瑰会绽放得更加灿烂，闻起来更香。

3月7日

下午在堆场有马市。我卖了我们的一匹。现在还剩6匹，我不知道我还能养多久。当食料全靠买，还没钱买时，一切都是不确定的。位于R·R的"堆场"是个光秃秃的荒无人烟的地方。

3 月 15 日

大多数时候都是多云，很冷，有厚厚的沙尘云，相当寒冷的西南风。到处都很干。饲料场西边的地里种下的苜蓿，差不多死光了。

3 月 17 日

今天是圣帕特里克节，所以每个人都应该穿绿色的衣服，或者做过节该做的事。下午很舒服，但后来吹起了又冷又裹着沙尘的西南风。

3 月 20 日

春天从今天中午 12：58 开始，我们听见收音机里这样播报。多年前，春天到来于我是件大事。春天和夏天才是真正属于我的生活的时光，特别是在 5 月和 6 月，花儿绽放，果树繁茂，溪边草变绿了，傍晚时阵阵蛙鸣，有种"大雨"将至却很少来临的感觉。今天天气不错，西北风，干燥多尘。

3 月 21 日

尘土飞扬，风非常大，发了狂似的。

3 月 22 日

尘土飞扬，温暖强烈的西南风有时会在下午 4 点静止，空气中和天空中满是沙尘，一整天都只能隐隐约约地看见太阳。

4 月 8 日

这个国家沙尘暴越来越严重了，有些地方的围栏几乎完全被淹没了。西部和南部更远的地方，许多土地完全摧毁了。而且没有下雨的迹象。

4 月 15 日

空气中满是尘土……整个乡下正在迅速地变成一片尘土和沙子飘散的地方，一天刮向南边，一天刮向北边。有些地方的围栏被埋在了到处乱飘、随风而起的泥土下。

4 月 20 日

下午 2 点，一场可怕的风和泥暴从无人之地刮来。什么都看不见，什么也做不了，只有几朵云，但泥土和风遮天蔽日，看不见云。

4 月 28 日

我拿到了戴维斯以前下午摆放在台球室的钢琴。我不知道我们将保管多久——我们能保管多久。

5 月 21 日

15 年前，整个里帕布利肯河河谷是一望无际的苜蓿地和玉米地。现在这里实际上成了一片荒芜的沙漠，沙子四处乱飘，冲毁了沟渠，芒刺卷起了边，满目疮痍。我怀疑还能收回多少东西。

6 月 2 日

我希望我知道一年后我们会在哪儿。

6 月 15 日

维克·C、阿蒂和孩子们今天早上动身去加州了。他们说他们会回来，但我不知道。许多人正在逃离农村。干旱和艰难时世正迫使许多人离开。

6 月 27 日

今天我把温度计拿到西边的玉米地去了，地表温度竟然有华氏 142 度！

7 月 4 日

今天是我见过的最严重的沙尘暴之一，即使是在这里。温度华氏 100 度，西南风吹着，有时候甚至达到狂风级别。红云镇今天举行"庆祝"活动，但天气太糟糕了，我们哪儿都没去。

7 月 14 日

从 1908 年起我每年夏天都种玉米，但我有时候怀疑自己是否还会再在这个地方种玉米。

7月15日

华氏102度。玉米和所有的东西都差不多毁了……天真的太热太干了，令人气馁，什么都做不了。自7月1日以来，在这片"伟大的中西部"地区，地狱般的天气效应已经导致2 500多人死亡。

7月21日

我在这个国家看见过许多不好的年景，实际上比其他任何年景都多，但我从没见过比在这片土地上更糟糕的。现在玉米实际上几乎全毁了，牧场跟1月份一样光秃秃的。

7月30日

夏洛特·兰布莱希特今天下午来了。夏洛特恪守道德，遵行节制，我们所有人差不多在人生的某个时候都经历过这个阶段。有许多次生活变得支离破碎，而我们却发现这就是我们留给自己的一切。

7月31日

7月是已知（到目前为止）最糟糕的一年中的最糟糕的一个月。

9月1日

好吧，又一个夏天就要过去了，而我有时候想知道明年这个时候我们在做什么。我总是害怕看见夏天过去，无论它有多么糟糕。病恹恹的冬天好像持续了好久。

9月10日

今天下午我带了3头猪去卖，卖了12.05美元，即每头4美元。这些买卖真是令人印象深刻。一听旧罐头和几只小猫只卖5美分。鸭子每只只卖30美分。一匹马11美元，还有一匹才7美元。

9月19日

我把史蒂克尼西边田里的俄罗斯蓟草割完了。我想到别处去，或者看看什么时候能长点俄罗斯蓟草之外的东西出来。

10 月 2 日

我用收音机听"世界系列赛"①。纽约洋基队以 18∶4 击败了纽约巨人队。人们在自己家里通过收音机（无线传输）就能听到纽约的棒球赛。你能听见球棒击球和球撞击接球手的手套时的砰砰声。25 年前谁能想到呢？

12 月 3 日

维娜和我今天去了红云镇，把另一群牲口运过去卖。120 磅的东西她只卖了 9 美元。万斯夫人和约翰（她的儿子）搭我们的车回来。约翰刚从监狱出来，他时不时会因为"醉酒"进去。但喝酒几乎是这里仅存的消遣了，一个人的时候难免会喝。

12 月 25 日

我相信今天是我见过的最温暖的圣诞节早晨……我们上午扫灰掸尘，做了一些糖果。我们俩在家吃了晚饭。

当唐·哈特维尔草草地描述沙尘覆盖的土地上的日常生活时，其他人正在用相机记录类似的细节。堪萨斯的罗伊·艾默生·斯特莱克尔想到为美国农业安全署留下美国衰败的记录，为其建立档案。其动机并不仅仅是新闻报道：罗斯福正在谋求连任，面对着敌意与日俱增的最高法院，为争取对改善恶劣环境的举措的支持而拍摄的纪录片虽然在评论家看来很激进并且不符合美国人的精神，但因此显得非常珍贵。但事实证明，或许是偶然，或许是因为罗伊·斯特莱克尔雇佣的人很有天赋，政府图片部门成了为新政做出最持久、最受欢迎的贡献的部门之一，其生命力远远超出了新政的宣传目的。有线新闻网拍摄了黑色星期天和其他

---

① 美国棒球联盟和全国棒球联盟优胜者之间的年度比赛。——译者

无人之地，亚瑟·罗斯坦因拍摄，美国农业安全署

大风暴的影片，但他们的镜头总是对准天空，很少关注一张饱经风沙的脸上的皱纹，或者望向破产的安家者的双眼，或者看到一个抱着孩子的女人颓然地倚在一辆装满其生活必需品的破旧汽车旁。斯特莱克尔派他的摄影师到沙尘碗的腹地去拍摄绝望者的脸，他告诉摄影师们，他们要做的不仅仅是开车经过然后再赶回城里，他们应该尝尝尘土的滋味，深入民间，跟自耕农一起生活。1936 年春，斯特莱克尔把纽约来的亚瑟·罗斯坦因派到堪萨斯、得克萨斯和俄克拉荷马时，后者刚刚大学毕业，才 21 岁。这好比派乔治·卡特林进行最早的西部探险，因为罗斯

坦因带回的照片是大多数美国人从未见过的。

在达尔哈特镇外，他拍摄了一张照片，一辆汽车孤零零地在开阔的道路上奔驰，黑色风暴在后面紧追不舍；黑云衬出了汽车的渺小。在博伊西城，罗斯坦因发现一个小镇因为沙尘的冲击而无精打采，建筑没有上漆，窗户变成了褐色的，到处飘浮着尘土，以至于很难分清哪是街道、前院和人行道，哪是正在飘移的大草原。在他拍摄的一张废弃房屋的照片中，能看到的只有一个屋顶和一根从沙子里冒出来的烟囱，就像潜水艇伸出海面的望远镜。在无人之地漫游时，罗斯坦因把车停在了亚瑟·科博尔家的棚屋外。科博尔正在挖围栏桩，把水拖到两头快饿死的牛身边。突然起了风，从南面刮来了一阵泥土，科博尔和他的儿子们纷纷逃往藏身处。其中一个儿子达莱尔是黑泽尔·卢卡斯·萧的学生，当时黑泽尔在博伊西城教书，工资是杂货店临代金券。罗斯坦因的照片

废弃的农场，俄克拉荷马锡马龙县

抓拍到了父子俩面朝风沙，奔向一个摇摇欲坠的半埋在沙子里的外屋躲藏的一幕；看起来就像是尘土正在吞噬他们。前景中只看得见围栏桩的顶部，背景是一片不成形的米黄色。这张照片成为当时最重要的影像之一。

另一位纪录片制作人帕尔·洛伦茨希望讲述一个更宏大的故事，而不仅仅是拍摄几张被死亡之地困住的人的特写。他想拍摄一部故事片：大平原是如何以及为什么会成为定居地的，然后又是如何被毁灭的。像寓言一样。洛伦茨以前从未拍过电影，但他对自己的设想很有把握。好莱坞则不确定，各大制片厂都拒绝了他。不过，1935 年，在斯特莱克尔成立了一个纪录片部门之后，洛伦茨为自己的电影找到了后盾——美

休·班内特在跟科罗拉多州斯普林菲尔德的农民聊天

国政府。现在好莱坞注意到此事并且想方设法阻止他。制片厂负责人不希望政府在他们的地盘上跟他们竞争，因为洛伦茨计划拍摄一部将在全国各地电影院进行商业放映的纪录片。反对者说，罗斯福政府卷入通过电影讲故事的行业是件危险的事。他们担心这会是政府的宣传。洛伦茨说，他只是想讲一个必须被讲述的故事：当政府的一个部门力图拯救平原时，另一个部门将力图展示人们是如何造成这一问题的。经过多次辩论，这部电影获得了批准。这将是有史以来最具影响力的纪录片之一，也是美国政府在和平时期制作的唯一一部打算大范围商业发行的影片。为了平息批评，洛伦茨说除了每天 18 美元的薪水外他什么也不要。最终他还自掏腰包完成了部分制作。

洛伦茨和他的剧组成员搬到了高地平原，拍摄沙尘蹒跚着穿过土地，被赶出道路，跟细沙子混在一起，他们一遍一遍地听着同样的故事：繁荣、崩溃、沙尘，尽管形式各异。他们在蒙大拿、怀俄明、科罗拉多、堪萨斯、俄克拉荷马和得克萨斯取景。当他来到达尔哈特时，洛伦茨发现了无数沙丘和一座试图重新振作的小城，尽管它已被尘土吞没。他们拍摄的最可怕的沙尘镜头来自得克萨斯狭长地带。洛伦茨拍电影时没有脚本，这让他的摄影师非常恼火，他抱怨导演的想法改来改去。镜头里的一切洛伦茨都想要。但当他在达尔哈特周围拍摄时，一个中心意象开始成形：最早撕开大草原地皮的具有代表性的平原居民形象。他在城里见人就问这些地方是否有老牛仔，仍然保留着四轮马车或马拉耕犁的人。人们告诉他几个 XIT 牧场帮工的名字，这些老牛仔有大量故事可以讲，就是没有马拉耕犁。然后有人抛出一个留着八字胡的小个子男人的名字，他跟家人住在镇子边上一个两室的棚屋里，名叫巴姆·怀特。

怀特正是洛伦茨要找的人。他有两匹面露倦容的马，是他养着来拉马车的。他有一台旧耕犁，上面布满了浮尘。他的脸上满是岁月的艰辛、酷热和风沙蚀刻过的痕迹。洛伦茨雇用巴姆·怀特把马套在犁上，拖到田里去。怀特迷惑不解：你就要这个？洛伦茨为此付给他 25 美元。在怀特看来，这 2 个小时的工作抵 2 个月的薪水——这是他在那么短的时间里赚到过的最多的一笔钱。在飞扬的尘土的映衬下，巴姆·怀特只剩下一个剪影，是洛伦茨拍摄的电影《破坏大平原的犁》的最后一幅画面。

这部电影把大平原描绘成了失落世界中的一个神话之地。它以一张反映出平原的广袤无垠的地图开场。这片土地曾经是野牛和牛的天堂。"草原，"旁白用诗意的成语解说道，"一个大风四起、太阳高悬，除了风就是太阳，除了太阳就是风的国度。"这片伊甸园根本就不该像现在这样被极度耕种。"拓荒者，翻耕将置你自己于绝境。"自耕农们得到这样的警告。他们用工业时代的拖拉机和脱粒机大军撕开大地，像蝗虫那样啃噬青草。当雨水不再来，大地被风吹过，天空中飞舞着泥土。在密苏里州长大的维吉尔·汤姆森所作的曲子，跟画面一样令人震撼，音乐随着草原上最初的奇妙景象缓缓响起，当土地对人们施暴时，音乐变得阴沉，危机四伏，一如希区柯克的惊悚片的电影原声。

在纽约，《破坏大平原的犁》与《一夜风流》在里亚托剧院同期上映。在达尔哈特，这部影片在迷仙剧院开映，几年前，南部平原出生的吉恩·奥特里的电影处女作《在古老的圣达菲》在此上映。而现在银幕上讲述的是真正的牛仔的故事。巴姆·怀特带来了自己的家人；这是年幼的迈尔特第一次看电影。男孩一直盯着银幕，然后转头看看坐在自己身边的小个子男人——他爸爸，现在比生活中的形象高大，比仍然悬挂在大厅里的电影海报上的吉恩·奥特里还高大。电影令巴姆感动得落泪。他一直觉得自己的马在达尔哈特死掉，使他的家人困在这片荒凉的土地上是有原因的。现在他看到了答案，是为了全世界。1936 年 3 月，电影在白宫放映，美国总统凝视着巴姆·怀特那张饱经风吹日晒的坚毅脸庞，这个有一半印第安血统的流浪者，后来被视为高地平原最低谷时的面貌的代言人。

第二十章 最悲哀的大地

1936 年初，黑泽尔·卢卡斯·萧怀孕 5 个月了，有了一次将另一个孩子带到这个世界的抗争机会。但这里是否会有一个世界——无人之地上的一个家——是个更大的问题。政府官员在科罗拉多的普韦布洛召开了一次峰会，将争论从舒适的华盛顿特区大理石会议厅转移到了战区范围内。他们听到了可怕的数字，反映了这场灾难的严重程度。去年南部平原的表土被刮走了 8.5 亿吨，相当于每个美国居民有近 8 吨泥土。在沙尘碗地带，农民们每英亩田地损失了 480 吨表土。这些土去了哪里——是去了天上、海上，还是平原的山峦边缘——谁也猜不到。那么，仅仅一年就损失了 8.5 亿吨泥土意味着什么呢？意味着 500 万英亩土地陷入休克，耕种的机会微乎其微；意味着 1 亿英亩的土地可能再也不会成为有生产力的农田；无论未来几年下多少雨，土地都太荒芜太贫瘠了，在沙丘下不堪重负；意味着在土地被固定住之前，尘肺病将一直在校园和人行道上蔓延；意味着一些奄奄一息的城镇再也救不回来了，甚至不值得花力气去救。这一点在每一个新公告中都越来越明显。那年年底，堪萨斯州计划关闭 400 所学校。

"除非采取措施，"林务局在一份报告中警告说，"否则西部平原会跟阿拉伯沙漠一样寸草不生。"但是，除了遮住太阳，锁住风，用稀薄的空气造雨，我们还能做些什么呢？

就像当年青草被扒光一样，本来在被掀翻的草皮上扎根的学校、教堂、住宅和主要街道现在正被一片片剥落。没有举行任何仪式这些城镇就死了。堪萨斯州布罗肯鲍从 300 人降到 3 人。在伊纳维尔，记日记的唐·哈特维尔和他妻子维娜孤独地吃完了圣诞晚餐，在年底失去了两家商店中的一家，其所在的县失去了 22% 的人口。沙尘峰会上的辩论与在华盛顿激烈进行的辩论如出一辙，但有着新的紧迫感：是鼓励人们坚守土地，希望它复苏，还是清空大平原，让战败的美国人撤退？如果他们什么都不做，1935 年加速的趋势看来还会继续。在整个大平原上，从 1930 年到 1935 年，将近 100 万人离开了他们的农场。在北部平原小麦和牛价低迷的推动下，人口外迁开始得很缓慢。但正是干旱和沙尘将他们赶出了大平原的其他地方，特别是堪萨斯、俄克拉荷马和得克萨斯这 3 个州。麦卡蒂的留守俱乐部可不是什么噱头：到 1935 年底，得克萨斯狭长地带超过三分之二的县都在流失人口。

罗斯福内心很挣扎。"你们和我都知道，许多州的农民正想方设法在不适合农业生产的土地上维持收支平衡，"他在一次广播谈话中说，"但如果他们想那么做，我认为，这是他们的葬礼。"然而他也坚信一种本能的直觉，即人类总有办法修补自己造成的破坏。尽管他的助手提醒总统，没人试图阻止整个地区的崩溃，罗斯福依然相信伟大的复兴梦想。

峰会以一些现有计划和社会工程中一些较小规模的新措施的扩展作为结束，而这些今后将被证明具有历史讽刺意味。班内特的机构全力以赴地进行试错实验，寻找最好的草在沙尘覆盖的土地上重新种植，并且开始规划可以重新播种的区域。基本的挑战在于找到一种办法将土壤固定得足够久，使任何种子有机会生根发芽。在政府购买的农田上，围栏将被清除，建筑物将被拆掉，这样流沙就会失去依靠而无法堆积。政府同意先行购买 225 万英亩被消耗殆尽的沙尘覆盖的农田。尽管像麦卡蒂的留守俱乐部这样的组织抱怨连连，但政府官员相信，从人们手中买走农田要比为了让他们留在几乎寸草不生的土地上而付他们救济金便宜。一个新的想法是把这些土地中的一部分还给印第安人。土著人从来就不想在地块上耕作；他们只想要草地去喂野牛。现在政府决定为印第安人购买100万英亩的土地，后者将同意在休耕了几年的土地上放牧。这片土地的一部分是在俄克拉荷马州老切罗基人的土地上。从本质上讲，政府现在是要撵走牛仔，请回印第安人。

巴卡县成为大草原上重新种植草皮的首要目标。没有强迫出售，也没有动用国家征用土地权。政府以每英亩2.75美元的价格收回宅地所有权。这笔钱似乎微不足道，但没有其他报价。一个有320英亩土地的人可以从这片泥巴地的买卖中得到880美元，然后重新开始。这片土地可能会变成草地，也可能变成沙漠。在风车、储水罐和围栏被拆卸，房屋被拆毁当废品卖，道路被掩埋之后，腾出的土地将自生自灭。有人提出，在破坏最严重的地方有些人或许希望将死者移出墓园；不然过不了多久，可能连墓碑都找不到了。

记者厄尼·派尔是当时最有影响力的作家之一，他在1936年夏季游览了大平原。他将沙尘碗地带称作"满目疮痍的苦难之地"。派尔驱车穿过堪萨斯州各县，那里曾经每160英亩地就有一家农场，他说："我看见的不是什么遗世独立的景象，而是光秃秃的土地，几座孤零零、空荡荡的农舍……没有一棵树、一根草、一条狗、一头牛或一个人——什么都没有，只有灰色的原土和几间农舍和谷仓，从深灰色的大海上凸出来，像沙漠中的白色牛骨架。"他写道，这是"我见过的最悲哀的土地"。

派尔从未巧遇一个鬼魅般的人，他行走在堪萨斯西部尘土密布的道路上，长着白胡子，留着白色长发，挂着根拐杖，自称"行走的威尔"。农民们会在路上看到他，停下来问他要不要搭车。有时候他会上车；有时候他会继续走，就算搭车他也不会搭很久。

"停车！"他喊道，"上帝叫我下车往回走。"

然后他会走上另一条路，一直这样重复。在 1936 年的堪萨斯，他似乎是个来自不确定的梦中的人物。

《大西洋月刊》刊登了更多"沙尘碗的来信"，为曼荷莲文理学院毕业生、农民之妻卡洛琳·亨德森所写。她住在无人之地的东北角。

"我们戴着遮阳帽，脸上蒙着手绢，鼻孔里抹着凡士林，一直试图把我们的家园从不断被风吹起的沙尘中拯救出来，这些沙尘会渗透进有空气流通的任何地方。但这些努力几乎是无望的，因为很少有一天在某个时间段沙尘云不会翻滚。'能见度'接近零，一切又淹没在淤泥似的沉积物中，这些沉积物深浅不一，有些薄如胶卷，有些则会在厨房地板上泛起波浪。"这封信写于 1935 年 6 月 30 日，是在黑色星期天过去 2 个半月后。到次年 3 月，情况也没有改善。

"自从我给你写信以来，我们已经经历过几次恶劣的风沙天气了。在最近最糟糕的那天，挂在门上和塞进窗户裂缝里的旧床单喷上了煤油，很快就变黑了，对压住我们客厅里那恼人的沙尘起不了什么作用。你们看见、听见或读到的任何东西都不可能夸大这些风暴造成的身体不适或财物损失。人们通常不那么重视精神影响，也不重视我们所有的改良计划或正常的农活被打乱后造成的思想混乱，还有制订其他计划的困难，哪怕是以试探性的方式。"

她的笔在令人备受折磨的整个夏季陷入了沉默。在她家乡小镇中的 136 个家庭农场上，只有 8 个还有人居住。一天，她看到了一个"不可饶恕的罪过"——一个邻居正在拆除水井，想把管子当废品卖掉。她对农场的热爱——30 年的忠贞——已经败给了一种不同的感情，听从本性。她会坚守这片土地。一如守护奄奄一息的伴侣，但她的心已经碎了。

"这只是个能立足的地方。"这是她对自己农场的评价。

　　对黑泽尔·萧而言，她来年唯一的计划就是给这个世界带来一个新生命，以取代被沙尘暴夺走的那个。为了分娩，她北上去了堪萨斯的埃尔克哈特。为了生露丝·内尔开车到克雷顿，以及她丈夫跟风尘汹涌的公路博斗，这些记忆仍然历历在目。在埃尔克哈特，孩子出生得很顺利，是个黑眼睛男孩。当他来到这个世界时，第一声哭喊——响亮而有力——在黑泽尔听来仿佛是她 5 年来听到的最强烈的生命欢呼。他们给宝宝取名为查尔斯，为了感谢他父亲。他看起来很强壮，肤色红润，个头正好。3 个月后在洗礼上，宝宝抓住牧师手里的银杯不放。他们全都大笑起来：这个男孩力气好大。现在，去哪里生活呢？黑泽尔的大多数家人，她母亲迪和兄弟姐妹们，表亲们、姑姑姑父、叔叔阿姨、老老小小都还留在无人之地。锡马龙县是卢卡斯家族的家，但去年它害死了卢奶奶和露丝·内尔，这使黑泽尔再也不可能对这片土地怀有同样的情感。她的许多亲戚都很害怕；他们不知道发生了什么，也不知道什么时候会结束。他们环顾四周，猜想俄克拉荷马州的遥远角落正在变成沙漠。

　　夏季的气温很酷烈。7 月和 8 月分别有两天温度冲到了华氏 118 度，那是无人之地有记录以来的同期最高温度。8 月是俄克拉荷马州本世纪最热的一个月，达尔哈特华氏 117 度，沙特克华氏 120 度。下过几场雨，但都是突然下起来，大雨泼在坚硬的地面上，将沟壑变成了山洪暴发，然后消失得无影无踪，接着又回到干旱模式，气温超过世纪高点。

　　整个热浪滚滚的季节，黑泽尔都热切地盼望着能有一阵穿堂风吹进公寓——带来一丝干净的流动的空气——这样他们晚上就能睡个好觉，但她不能冒险让沙尘接触她初生的宝宝。黑泽尔将住的地方封得严严实实，就像住在罐子里一样。除非最晴朗的天气，否则她不会带孩子到户外。她把一条湿床单盖在婴儿床上方，离婴儿的头大约 2 英尺。只要他还躺在床上，头顶上就无时无刻不挂着这块湿布。后来，查尔斯长大成人后患上了幽闭恐惧症，他认为这一定是他早年在一间密封的公寓里仰望着婴儿床上方一片布满沙尘的湿布所造成的结果。

那年年底，她告别了无人之地。黑泽尔戴上白色手套，擦干眼泪，说明天会给这个新生的家庭带来好运，所以不值得一直掉眼泪。她打算体面优雅地离开，像个淑女。1914 年，10 岁的她踮起脚尖站在她爸爸的大篷车驾驶座上第一次看见了草原，看见了这片乡土。她会记住美好的回忆。她和查尔斯带着婴儿搬到了维西，离俄克拉荷马腹地更近，在她丈夫的老家附近。在黑泽尔对最黑暗的日子的记忆中，总有无人之地的一席之地。但它会慢慢变小，因为黑泽尔会让它缩小，惟其如此她才能活下去。

在东面 100 英里处，伏尔加德国人试图阻止他们在沙特克一带的社区崩溃。身强力壮的男人们仍在掉眼泪，像酒鬼偷偷地喝一杯那样藏起心中的苦闷。男人们哭泣是因为他们从未见过这样的事，以前从未经历过不知道该干什么的时候。一直以来，他们都能捶捶打打，挖、刮、切、建、种、收、杀——做些什么来扭转局势，在最凄凉的岁月里用双手总能创造出什么，哪怕最微不足道的凹坑。家家户户心照不宣地说起精神失常的母亲或年轻的新娘，离家出走几天或几周后被人发现在镇上蹒跚而行，迷失了方向。正如他们 1765 年逃离莱茵河，120 年后逃离伏尔加河，来自俄罗斯的德国人现在再次谈到了搬家。

大多数时候，乔治·厄尔里奇听上去像是坚信自己会熬过这一切，但这很可能只是一个心知肚明的过来人强装勇敢的话。一个德国家庭可以靠面包、啤酒和香肠过活，厄尔里奇家的人告诉他们的盎格鲁邻居。他们从政府那里得到一笔钱，每头牛大约 7 美元，这使他们有足够的钱买面粉和糖——再加上炉子，总能做出饭食来。一个表亲会拿出在1890年的飓风移民之旅中幸存的小提琴，音乐响起，热乎乎的面包端上来，伏尔加河最美好的记忆缓缓流出。然而，干旱已经进入第5个年头，丧钟正在敲响。

博斯家的孩子因为沙尘病倒了，医生来到古斯塔夫·博斯家有3间卧室的房子里给他们做检查。其中两个孩子发烧，咳得胸口疼肋骨疼。他的诊断结果是尘肺病。他说他们得离开高地平原，或者到医疗庇护所去。但离他们最近的医院已经人满为患，红十字会根本没来德国人的社区设立紧急医疗机构。古斯塔夫把罗莎的床搬到厨房，就在烧牛粪的炉灶旁边。有足够的牛粪当燃料，她就能一直暖暖和和。没有多余的空间放下另一张床，她的兄弟被安置在父母的卧室。一连三个星期，孩子们不停地咳嗽，吐出沙尘，等着病好。罗莎是个15岁的姑娘，她一直凝视着窗外褐色的土地，没看见一只鸟、一朵花或一只蜜蜂。她很肯定，哪怕只看见一根绿色的野草，都足以令她开心起来。

孩子们正面临着致命的疾病，土地淹没在沙尘之下，一片死寂，这让古斯塔夫常常想起俄罗斯的大草原，在他心中那里始终比美国的这个地方好。他仍然去离家半英里的教堂，一家人试着与其他会众一起唱《上帝即是爱》，但是他们内心几乎是空荡荡的。许多次，他们太难为情不敢在公共场合露面，因为罗莎穿的是用鸡饲料袋做的衣服。

"Es ist hoffnungsloss（没希望了）。"古斯塔夫·博斯说。希望渺茫。通常他在家人面前绝口不谈失败，也绝不流露出像眼泪这样的蛛丝马迹。

"Es ist hoffnungsloss."

后来银行收走了他的联合收割机。在光辉岁月里，联合收割机让博斯收获了高高的谷堆，那是纤维状的黄金。他把孩子们送到几百英里外的南边，跟得克萨斯的表亲们住在一起。古斯塔夫怀着对旧世界的乡愁留下了，独自品尝失败的滋味。

那年春天，《破坏大平原的犁》在电影院上映，达尔哈特发现自己成了聚光灯下的焦点。大银幕上，巴姆·怀特正在割裂世界上最好的草原，由此导致了这场噩梦。约翰·麦卡蒂气得脸色发青，他谴责这部电影是政府的工具，旨在把人们赶出这片土地。而这正是狭长地带的开拓者们的根本性格，也是《得克萨斯人》的编辑长久以来一直赞为勇气和远见的缩影。如果再这样下去，达尔哈特就会完蛋。

"这纯粹是部宣传片，"麦卡蒂说，"这必然会对我们的名声和可能会带来好处的农业造成更大损害。"麦卡蒂力劝邻近城镇的人们来达尔哈特亲眼看看：看到拒绝认命，感受奋斗精神。得克萨斯的政客们也加入麦卡蒂宣泄他们的愤怒。尤金·沃利是 1936 年民主党全国代表大会的代表，他要求政府将影片撤出影院。"这是对伟大的得克萨斯狭长地带的诽谤。"沃利说。迈尔特·怀特又回去看了电影，目不转睛地盯着父亲沿着风沙飞扬的土地的地平线移动，伴着激动人心的音乐，旁白说道："4 000 万英亩的平原土地被犁彻底毁了。"

电影制作人帕尔·洛伦茨几乎算不上是第一个将大平原的灾难归咎于误入歧途的农业生产的人。经验丰富的 XIT 牧场工人和土壤科学家如休·班内特，已经以自己的方式做出了同样的论断。《纽约时报》驻中西部通讯员哈兰·米勒目睹了小麦热潮的兴起和狂热，看到了城镇建设和行李箱农民，还有债务负担和技术革命，也目睹了这一切土崩瓦解——整个抛物线落下的过程。

"在一战期间以及之后不计后果地翻耕，剥光固定土壤以抵御风蚀的植被，多年的干旱使之变成粉末，最终这些贫瘠的土地插上了翅膀。"他在 1935 年 3 月 31 日黑色星期天两周后《时代周刊》上的一篇长文中写道。一年前一则类似的新闻报道的标题是："犁耕预示了它的毁灭。"

在得克萨斯狭长地带长大的另一个人得出了同样的结论。道森医生的小儿子约翰于 1929 年离开了达尔哈特，在休斯敦开始了自己的律师生涯。他在 1930 年代中期回来帮助他苦苦挣扎的父亲，想看看医生一直希望给自己带来舒适的退休生活的那片土地是否还有挽救的余地。约翰见到的一切令他既震惊又愤怒，黑色星期天刚过，他母亲在写给他的一封信中描述了"你所见到过的最漆黑的黑暗"，然而她的话并未使他对自己的反应做好准备。这片土地已经变成了月球表面，空旷而骇人。在扬尘时，土里有一种令人作呕的气味。他在达尔哈特没发现野生动物，没有草，也没有树，只有几棵坚韧的洋槐。留守俱乐部和洛伦茨的电影受到了大量的关注，营造出一种印象，即这个镇与重塑土地的力量进行了一场巨大的斗争。但道森发现他的大多数邻居完全麻木了，挣扎着熬过一天算一天已经使他们精疲力竭。城里没有经济活动，也没有人买东西。他母亲努力保持体面，谈论的仍然是书本、星期天晚饭做什么以及上帝。然而，顺着她的墙壁滑落下来的尘土，窗户上留下的条状污渍，在医生的施舍处见到的那些皱巴巴的脸，在饥饿的边缘苦苦挣扎的人们，这一切都令她非常苦恼。现在他们已经忍受了 5 年了。5 年了，还看不到尽头。

　　尽管如此，医生还是跟儿子说他觉得一场小雨可能终会降临。6 年前，当他的小儿子第一次从大学回家时，医生将其领到自己的地里铲起了一锹土。他双手捧着土，宣布这是地球上最好的泥土，能种任何东西。现在他说他已经筋疲力尽，耗尽了所有的钱财，也耗尽了几乎所有的时间。他的健康已经完了。狭长地带有一年正常的降雨。然而，到底什么才叫正常呢？达尔哈特建成只有短短 35 年，有气象记录的时间也不会比这个早。约翰·道森很难过，因为他觉得人们是咎由自取。他们所有人——那些赶走牛仔的安家者，房地产推手，瓜分了 XIT 牧场的人，还有道森的父亲，他在狭长地带开垦了自己的一小片土地却成了风滚草的据点——所有这些人都有责任。

政府保住了这个镇。休·班内特1936年8月来到达尔哈特，察看平原上最大的土壤保护工程——"沙尘碗行动"。该计划是通过等高耕种来缓解泥土流失，这种耕种方法是开挖犁沟从而使泥土不太可能被大量地吹起来，然后在上面播下从非洲引进的草种。其目标是从头开始培育生物，创造一个相互依存的地方，但不种植庄稼。只有上帝在创世纪的第三天才懂得那种感觉。班内特也在努力将刚刚起步的土壤保护区整合起来。安家者往往都是单干，一个人打理一片地，有时候一个人跟另一个人对着干，每个人都忙着自己的那块地。班内特正试图建立相当于社区民间土壤防护委员会的机构，但人们得发挥主观能动性。如果只有几个人参与的话，土壤保护区肯定会失败。当然，这些都是纸上谈兵。但是邻居们互相骂娘，指责对方不愿意承担起自己的那份义务，逃避责任，敷衍了事，懒洋洋，醉醺醺，过于迷信宗教，只会惹是生非。大个子休听得耳朵都生茧了。

与此同时，班内特作为罗斯福任命的小组成员，正在调查沙尘碗的成因。政府已经启动了一系列重大举措，但大多数都是试探性的，还要等沙尘碗问题陪审团的结论。总统希望在夏天结束前见到报告。

麦卡蒂想尽一切办法给班内特留下深刻印象，向总统派来的人表明达尔哈特理应得到救赎的机会。看看这里：迪克·库恩大叔和他的产业以及他口袋里的百元大钞——嗬，我的天，他有个大计划。只需看一看去年特克斯·桑顿用TNT和硝化甘油炸开天空，使人们获得了怎样的喘息机会。他们所需要的只是一两天持续不断的大雨，大地就会起死回生，绿意盎然。他的小镇是个斗士，到处都是斯巴达人。这会给高地平原上的人做出榜样。一群人从几乎跟博伊西城和达尔哈特一样闷热难耐的盖蒙来达尔哈特参观时，麦卡蒂安排了几个音乐家跟他们见面。看看这里，他对大个子休说：看看这个城市是怎样张开双臂迎接访客的。音乐家们爬上一辆平板卡车，而从盖蒙来的小伙子们正好挤成一团想看一看一个尘土密布的城镇能从另一个身上学到些什么。一整天，风吹着尘土四处飞扬，什么都看不清，然后它变了，刮起了从新墨西哥带来的略带红色的尘土。麦卡蒂爬上平板卡车，邀请盖蒙来的访客跟他一起上来，手拉着手唱歌。他们开始唱《忠实的追随者》。落下的尘土是红色的，很厚实，当天空挤下一点雨之后，它变成了泥浆。

"……忠实的追随者，我们一起骑马游荡四方……"

人们四下寻找躲雨的地方。但是麦卡蒂仍然从平板卡车的后面唱着歌，拉着一位来自盖蒙的破产商人的手，向每个人展示着达尔哈特的精神，而泥浆滴下来溅到他的脸上，使他看起来像是在哭泣，还流着红泥般的眼泪。

第二十一章　判　决

　　治理国家的人认为可以堵住美国的主要河流为太平洋西北部创造一片绿色的应许之地，并给田纳西河谷输电，在这样的时代，休·班内特被鼓励去想更宏大、更壮丽的事。在结束沙尘碗峰会并巡视完他的土壤保护项目之后，班内特回到华盛顿，他相信大平原会得救，土地不一定会被风吹走，人们不必非得搬走。然而，其他地方使用的混凝土和钢筋创造出的所有奇迹，都无法推迟风和一批批单向犁对大草原造成的伤害。不会有神奇的工程解决方案。当然，有些人相信有。国会批准了一项在大陆分水岭①下面逆转水流方向的计划，试图通过一条隧道将水流从西引向东，创造一个水力救世主，解决危机。在俄克拉荷马，政客们仍然坚持要堵住锡马龙河的小水流，将水引向盖蒙附近，形成一个蓄水库。另一些人认为解决办法是挖地三尺，挖到地底深处，开掘古老的地下水库奥加拉拉含水层。为了开采石油或天然气而挖的深井在地下 500 英尺或更深的地方发现了随时可用的水源。把水打上来，许多县领导在班内特视察沙尘碗地带期间对他说。如果天不下雨，水可以从地下来。奥加拉拉含水层的存在就是为了让人们汲水的，正如 30 年前的草原本身一样。拿来用吧。

　　400 万英亩的农田寸草不生，任其荒芜，也没有买家，连移垦管理局都不要——他们的任务是回购土地。一开始，班内特就认为答案是让人们按照有利于草原土壤的情况对待它，这是对大规模的翻耕活动的反向操作。保护那些能挽救的农田所采用的新方法有等高耕种、轮作和建立土壤保护区。对于其他土地，可以播种，过段时间南部平原会恢复成草原。或许吧。班内特拿的学位是化学专业的，不是政策投机。他是信奉科学的人：根据事实，得出正确的结论。但是他处在全新的领域。他们全都是。历史上没有可供借鉴的模式。

罗斯福要求的是一个诚实的裁断：为什么大平原会遭到风蚀？是什么原因造成了这片土地的死亡？转瞬即逝的草原造成的危机已经消耗了本来就深陷大萧条的纳税人的巨额资金，从 1933 年起已有 5 亿美元用于土地修复项目、补助金、贷款和救济。在划拨更多的资金之前，总统想知道大平原是否能得救，如果能，怎么做。罗斯福也询问了贫瘠的平原是否应该安置居民，在这片土地上分配宅地的举措是不是一个巨大的错误？是杰斐逊式的小农场主、小镇和农业人口模式造成了草原上可怕的水土不服吗？政府在这场美国历史上最糟糕的自然环境灾难中是否曾助纣为虐？

大平原旱区委员会的报告于 1936 年 8 月 27 日呈递给总统，上面写着"仅限个人阅读，机密"字样，班内特先签了名，然后 7 名机构负责人签名。一份扩充的备忘录《大平原的未来》将在年底提交。但这份较短的报告表明了委员会接下来要怎么做。结论赤裸裸地摆在眼前。

气候并没有改变。这驳斥了罗斯福思考了一段时间的理论：平原处于百年变化周期的头几年。平原遭受了严重的干旱——这一点毫无争议——但是干旱期是平原生活的一部分，自古以来就是如此。随附的一

---

① 北美西部一系列南北向山峰形成的连绵山岭，将该大陆主要水系分为东向（在加拿大注入哈得孙湾或在美国境内主要汇入密西西比河）和西向（注入太平洋）两部分。分水岭大部分沿落基山脉的起伏走，经过加拿大的不列颠哥伦比亚省，并沿不列颠哥伦比亚-亚伯达省边界下来，穿过美国蒙大拿、怀俄明、科罗拉多和新墨西哥州。然后继续往南到墨西哥和中美洲，大致和西马德雷山脉、南马德雷山脉以及其在中美洲相关的山脉平行。该词也泛指任何大陆上的主要分水线。——译者

张地图向总统展示了任何一位学习美国地理的学生都能明显看到的事实：经度 98 度以西的美国中部地区，从加拿大边境到墨西哥，年降雨量只有 20 英寸或者更低。这根本不足以养活庄稼，无论怎样推广"细土覆盖"或吹嘘其他旱作农业噱头，都无法改变这一事实，这也是为什么长久以来银行拒绝在这片贫瘠地带发放贷款的原因。在干旱期，干旱各州的年降雨量仅为 5 至 12 英寸不等。

"没有理由相信高地平原地区的气候、温度、降雨和风力等主要因素发生过任何根本性变化，"报告指出，"大平原的问题不是大自然一己之力的结果，也不是仅仅一年乃至连续多年的异常灾害的结果。"

那么，什么才是原因呢？

"错误的公共政策对这一情况负有很大的责任。"报告宣称。具体说来，是"一个错误的宅地政策，战时需求的刺激导致了过度种植和过度放牧，并鼓励了一种既不可能持久又不可能繁荣的农业体系"。

对罗斯福而言，这些话难以接受，因为他信奉政府良好意愿支持下的人类的主动性是一种具有引导性的力量。他在土地问题上最信赖的助手和一群专家告诉他，是人——而不是天气，也不是时运不济——造成了这一问题。此外，对罗斯福的人道主义冲动的另一个打击是，专家们说，大草原上的大部分问题是人类无法纠正的。

"造成大平原当前状况的根本原因是企图将不适合平原的农业生产体系强加在该地区，"报告说，"大平原的气候特征是任何人类行为都无法改变的，尽管它们可能会在我们尚不能预测的气候周期中慢慢改变，无论是好是坏。"

报告接着谈到了灾难是如何发生的——有关衰败的一份纪年表。一张图表上显示出了草被翻耕得有多快。1879 年，1 000 万英亩土地被翻耕。50 年后，总面积达到 1 亿英亩。土壤需要草来固定，这是大自然适应平原高风少雨的基本条件的方式。特别是水牛草，短小且耐旱，是大自然数百年来的改良品种。这块草皮数千年来完好无损，然后在两段狂飙突进的开发期——养牛热潮和紧随其后的小麦泡沫——草皮被连根拔起，破坏殆尽。

"因此，不仅当地的草皮被逐渐破坏，在尚未开垦的土地上草皮也越来越薄。"

尽管班内特及其同事将平原的风蚀归咎于与淘金热旗鼓相当的农业种植热，但他们并没有将责任推卸到带来破坏土地的耕犁的个体身上。

"移民们缺乏必要的知识和动力来避免这些错误。他们被那些本该成为其自然向导的人误导。联邦宅地政策将土地分配保持在较低水平，并要求每片土地要翻耕一部分，这一政策现在看来造成了不可估量的伤害。1862 年的《宅地法案》规定个人最多只能拥有 160 英亩土地，这在西部平原无异于强制人们贫穷的法案。"

这是最可恶的控诉：神圣的《宅地法案》，**无异于一个强制贫困法案**！

技术和投机也负有责任。战时需求推高了价格，刺激了创纪录的产量。价格无法维持，农民只有耕种更多的土地才能维持收支平衡。而这些物资富足的年代发生在"一个明显已经结束的潮湿期的开始时"。倘若农民们是在 40 年前干旱天气比较典型的时候尝试在贫瘠的平原上定居，那他们绝不会破坏土壤。

"对于生活在落基山脉以东的几乎所有美国人而言，1934 年和 1935 年的沙尘暴都是出现严重问题的明证。大平原上的风蚀程度尚未准确评估。可以肯定的说法是 80% 的土地现在都处于风蚀的某个阶段。"

罗斯福喜欢行动计划，喜欢能迅速付诸实施的项目，喜欢动员各方力量大张旗鼓地朝着一个共同的目标前进。

"我们绝对处于建设的时代，"他在一次演讲中说，"建设造福大众的重大公共工程，以创造人类幸福为明确目标。"

然而报告却说没有简单的解决方案。

"这是一种绝不可能自愈的情况。连续的降水年份可能会推迟这一破坏进程，但最终提出错误的希望、新一轮鼓励农业生产的错误做法可能会加速这一进程。"

为什么一个城里人要关心这片生命与土地的废墟呢?

"形势如此严峻，整个国家出于自己的利益考虑无法承担农民破产的后果，"报告总结道，"如果我们放任大平原或全国其他任何地区成为经济沙漠，我们就会使我们的民主陷入险境。"

这足以使罗斯福数夜难眠。失败的宅地法案。拓荒的人被误导。一场投机狂潮。而现在是撤退：每月有 1 万人离开大平原，这是美国历史上最大的单次人口外流潮。他在广播讲话时语气痛苦，内心矛盾重重。在 1936 年 9 月 6 日的一次广播谈话中，将之称为"炉边谈话"还言之过早，他试图鼓励人们坚持住。

"开裂的土地，炙烤的骄阳，滚滚热浪，蝗虫，这些永远都不是不屈不挠的美国农民、牧民和他们妻儿的对手，他们带领我们经历绝望的日子，以他们的自强自立、坚忍不拔、非凡勇气激励着我们前进。"

那是一个选举年，罗斯福极受欢迎。欧洲局势紧张，因为希特勒巩固了他在德国的权力，加强了德国的武装力量，而西班牙内战正拉开即将到来的更大规模战争的序幕。美利坚饱受国内危机的拖累，宣布在欧洲事务中保持中立。共和党推出的候选人是堪萨斯人阿尔夫·兰登州长，也是密西西比西部唯一一位共和党州长。兰登说罗斯福不知道如何重建大平原，正在将国家引向一个激进的方向。而大多数美国人的感觉正好相反：共和党的选举惨遭溃败。罗斯福拿下了除缅因州和佛蒙特州之外的所有州，创造了有史以来最大的选举团票差：523∶8，而多获得 1 000 多万张的普选票占全体选民的 60%。兰登在晚年被问及新政及其对国家的持久影响时，说它"挽救了我们的社会"。

和全国其他地区一样，高地平原也把心掏给了罗斯福。人们写信给他，好像他是一位叔叔，是个总有答案的人。

"请做点什么帮助我们拯救我们的乡村吧，我们在这里曾经那么幸福。"平原上的一位妇女玛丽·加拉格尔在信中写道。

罗斯福又回到班内特和其他人的工作中，他们正在撰写有关沙化土地未来的更大的报告。接下来是什么？他们有更多相同的内容要报告：过去一败涂地，大自然被伤害，沙尘暴是结果，别指望雨水能力挽狂澜。

"大自然在大平原上建立了一种平衡机制，"第二份报告的初稿总结道，"白人破坏了这种平衡；他必须恢复它，或者设计出一个新的平衡机制。"这呼应了1933年奥尔多·利奥波德开创性的土壤保护论文；他们甚至还引用了他的话，指出人类和其他物种、土地和技术是相互依存的。

班内特的机构已经准备好开始在遭到破坏的土地上洒下第一批新草种。然而还有许多问题没有解决：在马拉松式的干旱期内，草怎样才能生长呢？哪些物种会存活下来？草种需要多久才能长出来连成一片，像从前那样？土壤里还有足够的养分供草扎根吗？土壤科学是基础；农业经济学家能分辨土壤的构成和成分，但没有人想过要重建整个生态系统。经过基本的侵蚀疗法处理后，新草在营养不足的土地上要么活下来，要么死去。安家者们已经除掉了平原土地上十分适应刮风的多年生植物，代之以柔弱的一年生植物。政府在堪萨斯的一个死角购买了10.7万英亩土地，并指定那里为重建美国大草原的第一块土地，这片土地的尽头消失在锡马龙河处，就在离无人之地不远的州界上。他们种下了各种植物：能固定土壤的杂草、来自非洲的草、格兰马草、须芒草、水牛草和其他植物。这需要时间：10年、20年或许50年后，才能再次长出一大片崭新的草皮。

罗斯福仍然希望找到某种更显著、更快的项目，那就是防止土壤流失的大古力水坝①。林务局带回一份积极的报告之后，他在美国中部地区植树造林的"大计划"已经落到实处了。自从总统第一次提出自己的愿景以来，他就遭到嘲笑，他希望建造的是一片100英里宽的树林带，从北达科他与加拿大的交界处一直延伸至得克萨斯的阿马里洛南部。树阻止不了沙尘，但能提供躲避黑色沙尘暴的庇护所，足以使人们种下庄稼。他希望这项工程能实现三大目标：

隔断风。

阻止风蚀。

雇佣数千人。

有些人还说这些树会产生更多的雨水，尽管这一承诺从未写进授权法案。罗斯福在推动政府补贴的平原植树计划的过程中，又回溯了美国早期的一项法律，即《鼓励西部草原植树法案》（Timber Culture Act），它允许人们在同意于一部分土地上种植并维护树木的前提下要求获得面积更大的宅地。

一支植树队被派往俄克拉荷马无人之地的东面。罗斯福的大计划付诸行动了。

"这将是本国曾经实施过的最大的气候和农业环境改善项目。"林务局局长 F·A·希尔科斯说。他显然没有读过大平原报告中的警告，即警告人们不要试图重塑气候。植树的是民间资源保护队的工人，渴望工作的年轻人；一个11人的团队每天可以栽种6 000棵树。安家者们盯着这些认真的新政实施者在被毁坏殆尽的土壤中种下小树苗，一排排地从

---

① 美国西北部华盛顿州哥伦比亚河上的重力坝，建造于1933至1942年间，其主要功能为水力发电并实施灌溉。它是美国最大的电力设施，同时也是世界上最大的混凝土结构之一。——译者

北到南像种庄稼似的，大型油罐车的油箱里装满水去浇灌树苗，让它们开始生长。该死的傻瓜，安家者们说。没有人在草原上南北方向种过一棵树。过了一会儿，工人们又改变方向，在东西向种下一排排树，形成一道更有效的防风带。

一些专家说，树可以把人们团结起来，使生活更容易——通过硬木带来的社会变革。"我们将改善生活条件，"负责堪萨斯州防风带项目的查尔斯·斯科特说，"我们希望使这里的环境宜居。我们希望发展一种乡村社会关系，一种乡村幸福感，一种乡村满足感，这些是我们认为栽种树苗会带来的。"

其目标是每年栽种18万英亩的树，大多数是在私人田产上，然后由土地所有者负责照管。这些树每隔1英里呈条状栽种，在防风带的范围内最多可种出100条。树林带之间可以进行农业种植。一位政府科学家曾被派往戈壁荒漠，研究在贫瘠的土壤中能种植哪些作物，他带回了几个物种；另一位从撒哈拉沙漠带回了一些建议。根据安家者们的建议还会进行相应的调整。种进地里的有棉白杨、皂荚树、朴树、白蜡树、核桃树、美国黄松和中国榆。这些树撑过了第一个冬天，到了1937年春末，当沙尘随着猛烈的季风刮起时，罗斯福再次派出了种植队。总统无视休·班内特和其他人的警告，这些人说人类无法改变大平原的基本性质。班内特本可以拥有他初露雏形的新草原和土壤保护区，但罗斯福执意要实施从一开始就最令他着迷的想法。他派了植树队到6个州，到破坏最严重的县，到最贫瘠的农场，最干旱的土地，只有一个简单的命令：种树，种下2亿棵树，从平原的顶部到底部全都种上。

第二十二章　第二代剥玉米佬①

　　年底的时候，唐·哈特维尔担心起了自己的健康状况，长期债台高筑留下的阴影，死寂的土地，还有一个似乎在大萧条中迷失了7年的美国。在总结1936年时，他在日记中写道，这是内布拉斯加州韦伯斯特县有史以来最干旱的一年。他想参加红云镇的舞会度过除夕夜，把过去12个月的痛苦抛在脑后。然而一场寒冷的细雨和接下来的一场裹着尘土和雪的寒潮，使得哈特维尔和他的妻子只能待在伊纳维尔附近的家中，哪儿也去不了。他们吃了玉米片和火腿，早早地睡了。元旦那天，他在日记里记录了农场生活的一些简单事实，风速每小时22英里，汽油每加仑20美分，这意味着一个人要在政府的筑路工程中干上一整天才能加满油箱。

　　"许多重要的事都已经发生了，"他写道，"我们也很感激一些没有发生的事。"

　　艾克·奥斯汀已经离开了巴卡县的地洞，黑泽尔·萧在沙尘中失去自己的宝贝女儿后也放弃了无人之地。德国人博斯一家被迫骨肉分离，将孩子送往南方以免死于尘肺病。但在内布拉斯加南部的里帕布利肯河流域，唐·哈特维尔紧紧守卫着自己的土地，因为他除此之外一无所有。1937年初，内布拉斯加州约900万英亩的原有农场无人看管，宛若孤儿。哈特维尔试图抵挡彻底的失败——将农场输给银行，失去妻子，而所有的梦想都在破灭。他仍然靠在堪萨斯-内布拉斯加边界的镇上弹奏钢琴直到清晨赚点钱，人们喜欢受欢迎的、带有怀旧情怀的老歌，但是哈特维尔往往在弹完一系列曲子之后以《暴风雨的天气》里的几句来结束，"不知道为什么，天空没了阳光的踪迹"，该死的，人们才不在乎这些呢，可哈特维尔还是喜欢弹。

1月10日

流感像棺材盖一样笼罩着全国，导致大城市里数百人丧生，又逐渐向这片乡村逼近。去年冬天流行的是天花。

1月11日

我们现在只有2头母猪、6只秋猪和5匹马，我怀疑我们还能养多久。所以——我不知道。我不知道今年我们还能否留在这里。我真希望我们能再看清一点前路。

2月14日

好吧，又到了情人节！我想每个人都暗自有个愿望，想给除父母或其他"合格的"同事之外的一个人或某个人送上礼物，而且更希望以同样的方式获得礼物，但是很少，哦，少得可怜的人能梦想成真。

2月18日

今天空气中弥漫着灰尘。据报道，堪萨斯西部、俄克拉荷马等地有非常严重的沙尘暴，但这对于这个国家过去四五年来的干旱沙尘和大风状况而言并不罕见。

直到凌晨3点我才从苏必利尔回到家，所以相当疲惫。

2月25日

在芝加哥，一个男人主动提出送走自己的孩子以保住汽车，当

---

① "剥玉米佬"也是内布拉斯加州居民的别称。——译者

然，这件事使人们义愤填膺。但至少他有胆承认。我敢打赌成千上万人会做同样的事，只要他们敢并且能做到。

3 月 4 日

今天天气不错，下午暖和。早上 2：30 我才回家。但我还不确定今年我们该怎么办，也不知道我们从哪里或者靠什么借到更多的钱度过这一年。

3 月 6 日

过去两个星期我并没有觉得好一些。我们的院子跟马路一样光秃秃的。去年春天我种下了早熟禾，但去年夏天全都干死了。

3 月 18 日

我们仍然不知道今年该怎么办。我们跟其他人一样没剩下什么可以抵押的东西以继续"农业"，所以我不知道。得克萨斯新伦敦的一座校舍发生了可怕的爆炸，450 人遇难。我们的一些郁金香开始发芽了。

3 月 30 日

维娜和我去了哈里·查普林斯的拍卖会。那里有一大群人。他与很多人一样在这里生活了许多年，当然也跟其他很多人一样因为最近几年持续的干旱而被迫离开这个县。

4 月 4 日

有些人生活在"有事发生"的希望中，而我总是或多或少地活在对这种希望的恐惧之中。并且与人们普遍认为的相反，我们所恐惧的事当中有很多确实会发生。

4 月 10 日

下午，我用圆盘耙耕了草料场西边的田。这是我今年第一次使用圆盘耙耕地。但是日复一日地我们不知道今年我们能做什么或者会做什么！

4月14日

天空部分多云，总是或多或少地有些灰尘。下午我用圆盘耙耕了西边的田埂。但我还是不知道我们今年夏天能否留在这里，或者如何留守在这里，所以提不起精神做太多事。非常暖和。

4月15日

好吧，我对去年的预感证明完全正确。1936年是有史以来最一败涂地的年份，即使在这里也是如此。我去年种下的苜蓿和玉米全都被热风毁了，只剩下田埂上的一些草料。

4月16日

以前在这片土地上很常见的大块的苜蓿地现在全都消失了。只剩下光秃秃的被风侵蚀的田地。

4月24日

今天是今年以来最糟糕的一天。西北面吹来了有1英里宽的疾风，还有令人睁不开眼的沙尘。人们什么都做不了，哪怕干也是白忙活。风、沙尘和干旱日益严重。

4月30日

4月就要结束了！我想知道我们是否会在这里度过另一个4月。

5月20日

空气中仍然悬浮着尘土，旱情一直在加剧。我在西边的田埂上种下了玉米。下午1点到3点，热浪和灰尘令人窒息。

5月25日

好吧，我种完了玉米——在我开始再种之前。即使我播下种，它好像也没为我长出什么东西来。空气中仍然有些雾霾和灰尘，不过下午6点，云在西南方向聚集了起来。维娜和我在地窖里躲了一会儿。

5 月 29 日

去了红云镇……我们带着除草机和耙子，一起打扫了墓地……我去里弗顿为舞会伴奏——那边人不多。我怀疑自己是否还会再去。

6 月 1 日

今天我再种玉米，我猜我种完了。

6 月 19 日

今天惨得不能再惨了。伴着一股强劲的西南风，沙尘从河边飘来的云团里落下，下午 6 点，遮天蔽日的沙尘云从西北面滚滚而来，经过时还下了几滴雨。一大群人聚过来想参加户外画展，但没有办成。

6 月 22 日

今天的旱情真是严重。我给草料场北边的玉米地除草——但是马已经卖了，所以我不知道我该怎么对付。霉运似乎与我如影随形。

7 月 2 日

我今天在一座谷山的底部放了一根温度计，温度竟然高达华氏137 度！

7 月 4 日

今天是星期天，也是独立日，在伊纳维尔这两个日子都过得静悄悄的。天空晴朗，骄阳似火。下午早些时候我扫地除尘。晚餐我们吃了樱桃派，哪里也没去。多年前我们常出门，但那些美好的日子已经一去不复返了——永远不会再来了，我猜。

7 月 7 日

干旱仍然在以让人毁灭与绝望的方式继续。因为干旱，我先前种的苜蓿未能发芽，现在我种的甘蔗几乎全都毁了，干旱现在又开始毁我的玉米了，大约 20% 的玉米受损。

7 月 14 日

今天，一些俄罗斯飞行员从莫斯科途径北极上空飞往加利福尼亚，这事儿跟在内布拉斯加韦伯斯特县种玉米比起来要容易些。

7 月 15 日

我把一个温度计放在玉米垛旁边的田里，温度竟然高达华氏 140 度！难怪东西都发烫！红云镇在举行狂欢节，但我很久都没去过了。

7 月 16 日

西边出现了一小团云，另一团在西北边。这个飘到东南边去了，给红云镇带去了雨和冰雹，我们这里晚上 7 点下了一场小阵雨。下午，一匹马病了。我不知道——好像我们没什么可做的了。

第二十三章　留守者

达尔哈特的人在躲避巴姆·怀特，责怪他出现在那部电影中，让人觉得好像是安家者们出于贪婪或无知破坏了这片土地。他们叫他杂种，得克萨斯的叛徒，尽管纪录片摄影师拍他的时候，巴姆所做的不过是拉着犁穿过一片干涸的田地。大多数时候，巴姆并不在意别人对他说什么，也不在意别人对他的看法。城里的流言蜚语连一捧唾沫星子都不值，但是当小迈尔特放学回家被人们对父亲的说三道四气得面红耳赤时，他觉得很伤心。小迈尔特以父亲为荣，在迷仙剧院的大银幕上看到他使他的形象顿时高大起来。巴姆、安迪·詹姆斯和 XIT 牧场的老牛仔们都知道他们是对的，安家者撕毁草皮的时候根本没想过这对自然秩序可能会造成什么影响。詹姆斯农庄上那座巨大的沙丘看起来像是从撒哈拉沙漠北部移过来的，全都扭曲变形，而且每天都在变大。讽刺的是，安迪自己是个农场主；他从来没参与过小麦投机，而他农庄上的沙丘是别人田里的土。据休·班内特的手下计算，达拉姆县 70 多万英亩的土地风蚀严重。否认这种情况并不能改变什么。这片土地上的很多地方给人的感觉像是爆炸后的粉末残余。

然而，1937 年春天，在这个属于明日之民的地方，很难抑制人们往地里种东西的冲动。没有人有钱买拖拉机燃料或者请帮工，甚至连种子都买不起。政府分发了草种，发放了购买汽油的补助金，前提是人们同意尝试一种新的耕作方法。班内特的项目"沙尘碗行动"全面铺开了。一支由民间资源保护队的工人组成的队伍，在失业的农场工人的帮助下，每天早晨从高地平原上的临时工房中被唤醒，起来与沙尘作战。民间资源保护队的工人把安迪·詹姆斯农庄上匍匐着的巨大沙丘推到四周，努力把它推平，然后挖成犁沟状，从而使尘土对肆虐的风形成最起码的抵御。沙丘一度高达50英尺，高过了任何谷仓的屋顶，犹如长到近1英里高的怪物。他们在这片养分耗尽的农庄的一块地里种下非洲沙漠草和甘蔗。虽然他们没说这里将会长成能发挥作用的草皮，但他们确实说有可能会起死回生，让绿色重回大地。再过几年，有些草可能不需要民间资源保护队的帮助就能自己重新生长，或许沟里的一些野生李子会扎根，或者是一些山艾，一些柽柳，某些地方可能会变得跟詹姆斯家族初到高地平原并宣布这里是地球上最像天堂的地方时一样。大个子休说，如果他们的办法能在这里成功，他们就能在沙尘碗的任何地方成功。达拉姆县是实验室。班内特一开始只在1.6万英亩的土地上试验，但项目很快就扩大到4.7万英亩，其目标是这个规模的10倍。经过那么多年的摧残，听了那么多年他们是如何毁了这片土地，人们都想为重建贡献一己之力。努力治愈创伤的感觉很棒。

怀特一家在他们有两间卧室的房屋外面的一块地上种了玉米和一些草，那里有一小块完整的砂质壤土没有被沙尘掩埋，也没被撕碎。巴姆一直在这里种草，尽管草很早就变成褐色，在过去6年的大部分时间里看起来都死了，但它还是固定住了土壤。这块地的另一部分却跟水泥地一样硬。当巴姆拿起锄头锄地时，连个凹坑都没砸出来。他拿来斧头，叫儿子们过来看看，试图劈开泥土的盔甲。在反复用力挥舞斧头许久之后，他才凿出一道缝。他拖着电影里用的同一把马拉耕犁，走过聚拢在一起的泥土，犁出刚好够撒下一些种子的地方。他种苜蓿是因为想要一点干草来给他的两匹马，因为苜蓿收割后的茬子可以留在地里固定土壤。春天的雨水来得很及时，一天下了 1 英寸，第二天下了半英寸，接着是一连 10 天的晴天，然后又下了 2 英寸的雨。巴姆告诉孩子们夏天的时候他们可能还真会看到些什么呢。

道森医生从施舍处的工作中抽出时间，到他的地里忙活了最后一次。后者看起来一败涂地：风滚草缠住了带刺铁丝网，使之表面看起来像块旧的棕色破布。这里有 10 英尺高的沙丘和从新墨西哥州吹来的红色沙丘，还有从得克萨斯其他地方吹来的无精打采的黄沙堆。他听从民间资源保护队队员的建议，耕出犁沟，这样风就会起伏，而不是翻滚起来撕开口子扬起尘土，他把沙丘推到四周，还尝试种下草籽，并挖出种谷物和玉米的洞，这些总比脚趾甲更容易生长。

整个狭长地带的人们终于同意严格地实施土地保护，对任何放任其田产被风吹走的土地所有者实施制裁。允许一个农民和农场主组成的委员会来确定一个人是否遵守自然规律，这不正常，也不符合得克萨斯人的风格；后来允许新政的土壤保护人员管理埃斯塔卡多平原，也很不符合得克萨斯人的做派。然而是他们给华盛顿发电报求援的。就连达尔哈特唯一的银行家朗·C·麦克洛里也加入了要求外部救济的请愿中，他说："我们需要有人来拯救。"

补救措施并没有阻止牛群死亡，也没有阻止黑色沙尘暴席卷沙尘碗的其他地方。1937 年，高地平原上的沙尘比任何一年都多，达 134 次。对于那些忍受死亡和灰土地的人们而言，这已经成为生活的主色调，几乎无人注意。但是，对于去而复返或带着新的视角来到沙尘碗的人们而言，这片病恹恹的土地上的景象是触目惊心的。亚历山大·霍格是一位牧师的儿子，从小在离达尔哈特不远的亲戚家的牧场长大，后来去了城里，然后带着一个计划回到了故乡——他要画下自己的所见所闻。霍格像细心的学生一样仔细地研究着地里的一切，琢磨他年轻时记忆中的树林为什么现在看起来像立着的骷髅架，牲口是如何啃食围栏桩的，当它们的眼睛因为沙尘而突然直愣愣地睁得很大、一脸痛苦神情时到底发生了什么。在他看来，平原上的死亡就像一场黑死病。霍格画下了饥肠辘辘的动物，覆盖着拖拉机和房屋的流沙，吃得太饱的蛇和昆虫，俨然一幅正在腐坏的地狱景象。《生活》杂志 1937 年刊登了他的画，称他为"沙尘碗的艺术家"。最引人注意的是一幅油画名叫《久旱幸存者》，描绘的是一个农村的噩梦，颇具超现实主义风格。画面上有两头脸埋在流沙里的死牛，沙尘没过了一棵没有叶子的树的树梢，一台被沙子埋掉一半的拖拉机，一个被刮到别处的围栏。这幅画登在《生活》上不久，又在达拉斯泛美博览会上展出。

麦卡蒂在商会的支持下，公开谴责了这幅画。《破坏大平原的犁》仍在一些影剧院放映已经够糟了，现在竟然又冒出个穿着花里胡哨的裤子的画家让得克萨斯的高地平原看起来像一片无遮无挡的墓地。麦卡蒂提议商会买下这幅油画，带回达尔哈特，并在留守俱乐部成员的欢呼声中一把火烧掉。镇上派了一位代表带着 50 美元去了达拉斯，他们估摸着这幅画最多只值这个价钱。然而在达拉斯，博览会至少要 2 000 美元才肯卖掉《久旱幸存者》，毕竟它曾经上过《生活》杂志。达尔哈特的代表空手而归。这幅画后来被巴黎的一家博物馆——法国国家影像博物馆买走，并毁于一场大火。

初夏，来过几场还算过得去的暴风雨，雨水并没有狂泼下来，不像引起山洪暴发的那种，而只是生长季中期不时地下一下的那种雨。雨水既不纯，也不干净——落下的雨水中有泥污——但雨水稳定，足以起些作用。种下草、草料和谷物的干涸土地，多年来第一次像海绵一样吸饱了水。村民们说，我们总算能喘口气了。巴姆·怀特的一小片绿园到 7 月初变成了一片绿油油的毯子，道森医生那块被摧毁的土地也露出了一抹光彩，一排排健康的玉米高高地站立着。就连在安迪·詹姆斯农庄上的草也长势喜人，已经长成了脚踝高的绿地毯。这似乎是个奇迹，人们觉得上帝和富兰克林·罗斯福功劳各半。上帝带来了雨，而罗斯福给人们指明了使土地恢复生机的路。达拉姆县拥有全国最大面积的土壤保护计划；1937年夏天，这里变成了一座奖杯，而全县大部分地方仍然是一片荒原。在沙丘被移走，地面挖出犁沟并严格执行土地保护计划的地方，土地看起来生机勃勃——获得了重生。休·班内特又来视察了一次，在齐腰高的苜蓿地里拍照留念。大个子休很谨慎，敦促人们不要对初露生机的这一小片土地有过多的解读。他又一次对他们千叮咛万嘱咐，一定要团结在一起使土壤保护区连成一片海，千万别是东一块西一块的小规模合作。

7月，雨水散去，热浪回归，温度超过华氏110度。在光秃秃的或土壤流失的大面积土地上，地面烫得像火烧过，炙热的风吹黄了庄稼，而且脆得像薯片。谷物还没到收割的季节，但也许有些草和草料可以赶在它们枯萎之前收割下来，堆起来做饲料。有些人决定等一等，希望能再下一场雨，赌它们能撑过酷暑，熬过另一场大沙尘暴。

傍晚时分，迈尔特·怀特在屋外玩儿，温度仍然在华氏100度以上，这时他听见像漏电的电线发出的那种嗡嗡声。他四处张望，找不到任何能发出噪音的东西，只有热浪袭人、万里无云的一天行将结束时吹起的一阵和风。嗡嗡声越来越响。他抬头望着天空，看见一片奇怪的云，约有3个足球场那么大，正朝他飞来。起初他以为是一场怪异的扬尘，一种新型的沙尘云，它很厚很黑，飞得很快，飘忽不定，它一闪而过时阳光还穿透了过来。云越来越近，嗡嗡声越来越大，变成了嗖嗖声。孩子吓坏了，大声呼喊着父亲。巴姆·怀特缓缓地走到门外，罗圈腿在热浪中移动得很慢。

怎么啦，儿子？

那片云。看起来像是很奇怪的沙尘暴，发出那种噪音。

巴姆眯起眼睛，手遮在额头上，想看清这片嗡嗡作响的飞云。

该死！那不是沙尘暴。是蝗虫。

飞云几分钟不到就散了，降落在巴姆·怀特的草地上，牢牢粘在他的草料上，覆盖了菜园。迈尔特吓坏了——不计其数的蝗虫闯进了他的家。它们吃光了这家人种下的所有东西。几分钟后草就没了。草料也不一会儿就消失了。迈尔特拿起扫帚，想把蝗虫从草上扑下来，但无济于事。有些还攻击他，咬他的衣服。它们咽下了地上的每一根纤维细胞，直到什么都没剩下，田地再一次死去，变得一片枯黄，然后它们飞走了，使怀特家一季的劳动毁于一旦。

当蝗虫袭击道森医生的农田时，它们把玉米啃得只剩下细细的秆，还吸干了直立的麦穗。蝗虫就像一台吃饭机，每只蝗虫一天内消耗掉的粮食可达其体重的一半。虫子吃掉了道森所有的草，所有的谷物，所有的玉米，然后继续吃掉了他农具的木把手。医生丢掉了几把铁锹、一些干草叉和一把耙子。蝗虫们在疯狂饱餐的过程中爬到磨光了的木头上，想把它也吃掉。然后它们继续攻占围栏桩。他的土地上看起来像是一片厚实的、不断移动的蝗虫墙，它们到处爬，大口嚼，他满以为能在1937年获得的收入，现在全都毁于一旦。他什么都没有了。医生的妻子说这就像《圣经·出埃及记》中的故事，他们是埃及人，要应付一场接一场的瘟疫。

蝗虫并不挑挑拣拣。遮天蔽日的虫群从一个县飞到另一个县，寻找一切活着的东西，所到之处一朵花、一片叶子或一根草都不会剩下。在无人之地，它们啃遍了科勒牧场灌溉过的所有草皮，在卢汉牧场那片有树荫的地方，在人们备受鼓舞去努力呵护直到收获的麦田里。嗡嗡作响的云在弗莱德·福尔科斯的农场上落下，把他的园子啃得只剩下泥巴，简直是一架长着翅膀、弯着腿、什么都吃的飞机。他的果园早就消失了，不过他在犁沟里还种了一些齐膝高的小麦。蝗虫全吃光了。县农业专家比尔·贝克说他一辈子都没见过来势这么凶猛的大群昆虫，他估计每英亩土地上有2.3万只蝗虫，每平方英里有1 400万只。一个有两块面积共1 280英亩土地的农民面对的是2 800万只这种狼吞虎咽的东西。

大自然陷入紊乱状态。在黑色沙尘暴、蜘蛛、夜蛾和野兔取代水牛草、草原鸡和哀鸠之后，现在上场的是遮天蔽日的蝗虫。它们从干燥的落基山脉飞来，政府人员说，蝗虫在平原产卵，在干燥年份里没有天敌的情况下大量繁殖。湿润的年份通常会产生一种能杀死许多蝗虫卵的真菌，过去一年四季栖息在高地平原上或者在迁徙季节停在茬秆上的鸟类已经消失了。响尾蛇也是。一个农民以前春天能在自己的320英亩地里杀掉一整桶的响尾蛇。可是现在没有了。5年来，人们鲜少看见响尾蛇。蛇和鸟吃蝗虫。它们从草原生物链中被移除后，蝗虫就大面积扩散了，多到人们可以随处看见；非常明显。班内特的土壤保护部门的早期生态学家们才刚刚开始研究地表下面的昆虫和微生物的小世界中有多少生物被毁灭。

国民警卫队得到指令，要采取一切必要手段消灭蝗灾。部队试着烧田，用拖拉机拖着大滚筒碾压地上的昆虫。他们炮制毒药洒在田里，每英亩毒素高达175吨。就算地里还有任何活物，也会死在这层毯子一样的毒药之下。民间资源保护队的工作人员被调离开挖犁沟和推平沙堆的项目，加入到毒药大战之中。在无人之地，州公路局的80辆卡车与国民警卫队一起昼夜不停地混合和运输灭蝗毒剂。砷和麦麸的混合物被确定为最佳配方，不仅从空中喷洒，还通过播种机播洒在地里。灭蝗行动所在之处，公路上由于铺满了被压扁的死虫而变得滑腻腻的。但是毒药也杀死了其他的一切。一场大有希望的雨水降临之后，生长季在几天时间里演变成另一场灾难。

正当死去的蝗虫在田里堆积如山的时候，沙尘暴卷土重来。到了秋天，由沙尘、蝗灾或干旱等原因导致的庄稼歉收造成了 5 亿美元的损失。南部平原的状况并没有比 5 年前干旱开始时好。

在达尔哈特，一个惊人的消息传开：约翰·麦卡蒂要走了。这位留守俱乐部的创办者、沙尘碗的啦啦队长、帝国建造者、达尔哈特商会会长和《达尔哈特的得克萨斯人》的编辑兼出版人，正在收拾行装搬到南边的阿马里洛。他向德索托的那些惊得目瞪口呆的朋友解释说，这并非出于个人原因，也不是要背弃达尔哈特这个美好的、到处都是斯巴达人的地方，他告诉迪克·库恩和道森医生以及所有签下了决不离开的保证书，并且视此为与小镇的婚姻契约的人。现在麦卡蒂想离婚，不是背叛了达拉姆县，不过是机会来了就得及时抓住。他得到了阿马里洛的一份不错的工作，盛情难却。绝不是要背叛留守俱乐部的其他成员。他祝他们好运并道别，然后背弃了这个他曾发誓永不离开的小镇。这种遭到背叛的感觉在沙尘暴肆虐的最后几年一直挥之不去。

就这样，达尔哈特失去了它最大的摇旗呐喊者，《达尔哈特的得克萨斯人》不再拥有独一无二的声音。大有希望的庄稼被蝗虫毁了。土地再次被风蚀，比黑色沙尘暴开始以来的任何时候都要糟糕。孩子们得了尘肺病，奄奄一息；好像每 10 天就有 1 人死亡。迪克大叔成为镇上仅存的支柱。这位加尔维斯顿飓风的幸存者环视这个干瘪的卑微的小镇，到处都蒙着污迹，就跟地鼠洞一样毫无生气。第一国家银行破产后再也没有重开。台球室也没了，是迪克自己不情愿地放弃了抵押品赎回权。赫兹斯坦因的商店没了，也是在失去抵押品赎回权后被收走了。德索托几乎难以为继。班内特的项目给镇上的人带来了工资，给老乡们带来了房租收入，他们把自己的房子租给不想住在城外营地上的民间资源保护队工人。然而当"沙尘碗行动"偃旗息鼓，留给达尔哈特的还有什么？

库恩大叔在牌桌上找到了答案，他看着牌友，那些脸上带着饱经风吹日晒的印记的 XIT 牧场的牛仔搓着双手，把烟草吐进杯子里。达尔哈特毕竟还有一样资源：这段历史，这个州最大的牧场，为建造国会大厦而发展出的地方，围栏围住的是世界上最广袤的草地，最正宗的得克萨斯牛仔。

"我们应该为自己办一次烧烤晚会，"迪克·库恩大叔说，"一个聚会，把 XIT 牧场的所有牛仔请到达尔哈特来，搞一次烧烤晚会。"

这个提议一呼百应，特别是在迪克说吃的东西他来出钱之后。10 月的第一个星期，在一个沙尘云还远在天边的日子里，他们到处打电话，把所有能找到的牛仔都叫来了，办了一场盛宴，猪排、鸡肉和牛肉在露天烤架上噼噼作响。巴姆·怀特带来了他的小提琴，别的牛仔也加入他的行列。他们整个下午都在弹琴，舞一直跳到晚上，这是脏兮兮的 10 年开始以来达尔哈特最美好的时光。牛仔们发表演讲，向伟大的魂灵——XIT 牧场的草原敬酒。老前辈们讲述着他们骑马赶牛，睡在埃斯塔卡多平原那柔软丰美的草地上的故事，还有这个地方的春天曾经那么地绿，你会以为自己是在爱尔兰。他们不忍打断，任由他们说到深夜：说道森医生的疗养院是牛仔们的庇护所，救了不少喝醉酒被带刺铁丝网划伤的男人；描述所有的羚羊在草原上奔跑的场面；讲到在电闪雷鸣的天气里一匹马被电死的事；还说你骑上马从日出走到日落永远也走不出 XIT 牧场；又说到加拿大来的暴风雪顺着草原线吹来，寒潮冷得能让撒到一半的尿冻住。人们笑到深夜，和着小提琴的音乐唱歌跳舞，吃面包布丁，上面浇了玉米威士忌酱。每个人都觉得这次聚会让他们有所收获，他们不应该让这些故事随风而逝。

几天后，迪克大叔靠在德索托酒店前面的栏杆上时，发现一个年轻的牛仔和他的家人正在镇上慢慢走着。5 年来，迪克看着由破旧汽车和马车组成的队伍不断穿过达尔哈特，人们只在此停留一两个晚上，然后继续前行到可能会有工作或稳定的土地的某个地方。加州不欢迎这些移居者。塔尔萨城外竖着公告牌，警告在 66 号公路上西行的人不要靠近：

"加州没有工作

如果你在找活干——**请离开**"

迪克从他放在马甲口袋的雪茄里抽出一支，眼睛盯着这个牛仔和他的家人。无意中听见了他们的一段谈话，那个男人告诉孩子们他知道他们很饿，但是还要再忍一会儿，或许在下一个镇上能找到吃的。这个牛仔曾经溜达到镇上参加过 XIT 牧场的聚会。他想附近都是老牛仔，也许有人知道哪里有工作。

"你好。"迪克大叔对他喊道。

"叫我吗，先生?"

"你在这里做什么?"

"准备离开，先生。我来是想在哪个牧场上找点活干。"

"你会骑马吗?"

"是的，先生。还会用索套。修围栏。修风车。我什么都会干。"

"那你还有什么可烦恼的?"

"这附近没活干。"

"什么活都没有?"

"是的，先生。"

迪克大叔把手伸进口袋，抽出那张百元大钞递给牛仔，要他拿着——这是他的了。小伙子惊呆了。

"你确定?"

"你拿去吧，"迪克大叔说，"把自己安顿好。祝你好运。"

牛仔泪流满面，在达尔哈特布满灰尘的大街上抽泣。后来，牛仔四处打听这位恩人时，人们告诉他那是迪克·库恩，城里最有钱的人。他什么都有。但人们惊讶地发现他放弃了自己的百元大钞。也许他还有另一张吧。只有最亲近的朋友知道真相：迪克大叔破产了。他所有的财产都抵押了，没有任何收入。他的银行账户上只剩下 4 美元。而且他病了。医生告诉迪克·库恩，留在高地平原上无异于让自己身处险境，但是他签过留守者的保证书，他对自己的誓言看得很重。医生说，如果他食言告别达尔哈特，人们或许会理解的。这可不像那个伪君子约翰·麦卡蒂，在让所有人发誓留下来之后，自己却为了一份好工作拍拍屁股走人了。迪克是为了活着才不得不离开。好吧。他搬进了休斯敦的赖斯宾馆，去世的时候，身上的钱并不比他身无分文的父母把他带到这个世界上的时候多。

莉兹·怀特最害怕的就是挨饿；这使她在夜里辗转难眠，伤心地掉眼泪。当蝗虫吃掉了巴姆·怀特在地里种下的所有东西之后，他被迫去领救济。这家人把棚屋抵押给政府，换来了政府给的衣服和食品。那个冬天并不好过。寒潮吹来，温度降得很低，巴姆的八字胡都冻僵了，硬得跟他们屋里的水一样。男孩们会早早起来生炉子，融化出足够的水来煮咖啡和洗漱。巴姆好像没了精神。他不想出门，也不想跟牛仔们打交道。他变得很迟钝。

"把那把小提琴递给我，儿子。"

冬天，一连数天被困在寒冷黑暗中无法脱身，一点点音乐就能改变棚屋里怀特一家的情绪。但是巴姆常常觉得身体不舒服没法拉琴，他的手开裂了，破了皮，还患有关节炎；几乎无法握拳。迈尔特把乐器拿给他爸爸，巴姆开始拉。开裂的手一动就疼得他皱眉蹙额，但音乐还是像往常一样响起，而巴姆的手也开始流血。迈尔特叫爸爸停下来，但牛仔还是继续拉，在四处透风的棚屋里为他的家人演奏轻柔的小提琴音乐，鲜血缓缓地滴落在铺满沙尘的冰冷地面上。

几天后，在 1938 年 2 月第一周的那个星期六，巴姆没能起床。他呻吟着号啕大哭，说肚子痛得要命。他浑身烧得滚烫，被打发到镇上给他找点东西的儿子们带着一种粉红色液体急匆匆地赶了回来，好像是碱式水杨酸铋①。巴姆·怀特喝下了这瓶粉红色液体，但没止住疼。他捧着肚子呻吟，声音大得屋外都听得见。星期天也不见好转。他拼命忍着，不想让孩子们看见他如此痛苦。疼痛来势凶猛，久久不散，仿佛有只猫在他肚子里挠，想逃出来。星期一他死了。

他们把巴姆埋在老 XIT 牧场附近，办了一场小型葬礼，只有家属和一些牛仔参加。人们注意到，尽管巴姆·怀特因为参演了那部电影而被镇上的人避之不及，也从未受邀加入留守俱乐部，但他从未放弃高地平原，他留守的时间比麦卡蒂本人还要久，一直待到咽下最后一口气。几天后，移垦管理局的人来了，卖掉了家里剩下的一切——一头牛、两头猪、鸡舍里的所有鸡、两匹马和一头骡子——以偿还这家人所欠下的债务。事情完成后，他们告诉莉兹·怀特，这家人还欠政府 2 300 美元。她一无所有。管理局的人获得棚屋及棚屋下面这块泥地的所有权。莉兹带着全家搬到了南方，这是她一直想做的，在得克萨斯一个沙尘没那么大、毁得没那么严重的地方，跟她的妹妹在那里安顿下来。他们找到了摘棉花的工作。迈尔特无法忍受。他需要自由，开阔的地方，就像他爸爸那样。有一天他说他受够了，他决不会以摘棉花为生。迈尔特已经 17 岁了，他收拾了几件东西说他要回家。

家？他妈妈大吃一惊。家在哪里？

迈尔特说他想念故土，父亲安葬的地方，而且他生来就该跟马和辽阔的大地在一起。他打算回到达尔哈特，想法子在农场干活。他妈妈试

---

① 一种减缓肠胃不适的药。——译者

图劝阻这个倔强的孩子，问他为什么会想回到那个恐怖的地方。一开始迈尔特自己也不明白，后来他说他的印第安血统在召唤他回到埃斯塔卡多平原，因为这里是印第安人和草该待的地方，总有一天这两样东西可能会变回过去的样子。

道森医生生命的最后几年，达尔哈特对他而言是个孤寂冷清的小镇。他想念迪克·库恩的慷慨，约翰·麦卡蒂的狂热鼓吹，巴姆·怀特的小提琴。还有许多他不认识的面孔；他们都是陌生人，在镇北的大型土地保护工程中为民间资源保护队工作。人们已经开始从伸入奥加拉拉含水层的深井里打水，急匆匆地想把水从地底下弄出来送往各处。乡民们说，要是他们能让土壤稳固下来，狭长地带就能恢复原貌了，因为现在它有了属于自己的液体黄金。但是道森已经受够了这片土地。近十年来，他一直试图在自己的两块土地上种下一种像样的作物——先是棉花，然后是小麦、玉米、高粱等——但这是一片受到诅咒的土地。在干旱和黑色沙尘暴、蝗灾和北方寒潮的循环往复中，除了缠在整排围栏上的风滚草，他一无所有。随着体力渐衰，他放弃了施舍处的工作，在镇上开了一间小诊室，不时来此给病人看病，但大多数病人都付不起诊金。更多的时候，人们只是过来聊聊天。他花了一个下午帮一位妇女调解家庭纠纷，傍晚时分她最终决定不离婚了。不过他感觉很糟糕，因为"这可能是在拆律师的台"，他在给儿子的信中这样写道。

1938年冬天一直持续到来年4月，一天，一场白色的暴风雪席卷全镇，第二天一场黑色暴风雪令达尔哈特喘不过气来，两场风暴之间又下了一场沙尘雪，随后刮了三天的泥土，阳光几乎被遮住了，午夜一样黑，跟黑色星期天一样可怕。

"我们在西部生活的31年间，从未见过这样的情况持续了三天三夜，一刻都不曾舒缓一点，我们没有一分钟不处在被狂风和劈头盖脸的泥土湮没的危险中。"薇丽·道森在给儿子约翰的信中写道。

5月初一个难得的晴天，医生去了镇上。他发现诊室的门被风吹开了，地板埋在沙尘里，这小小一间诊室里竟然多出一个小沙丘。他和一个朋友花了大半天的时间才把沙子铲掉。医生下了决心，他也该离开了。不过，他的想法陷入了绝望的怪圈：他是因为健康的缘故才来到得克萨斯狭长地带的，现在这里却是地球上最不利于健康的地方之一。

"我们都很沮丧，准备离开。"他写信告诉儿子。

他怎么能离开呢？在这个五分之一的人已经收拾东西离开的小镇上，他那漂亮的房子几乎一文不值。他怎么能留下呢？如果沙尘已经打败了达尔哈特声音最响的啦啦队长、最有钱的人和最坚强的牛仔，他一个年老体衰的医生又怎能指望坚守下去呢？达尔哈特和博伊西城一样，沙尘暴掩埋了进出的道路，盖住了铁路轨道，让人无法看见，因此外界已经连续几天没有它们的消息了。有几天，医生日历上唯一的事情就是老友来访。然而在1938年春天，黑色沙尘暴把人们挡在路上，就连这种小小的喜悦也被夺走了。

一次脑内大出血夺去了G·沃勒·道森医生的生命。在整理遗物时，儿子约翰在医生钱包里发现一张皱巴巴的卡片。是留守俱乐部会员卡，表明道森是第4个加入者，还有医生那熟悉的签名附在一份保证书后面，上面写着他将是最后一个离开高地平原的人，他将永远忠于它。

第二十四章　第三代剥玉米佬

　　经过 7 个世纪，内布拉斯加的一片土地上才长出了一棵树。1936 年这棵树被砍掉后，人们数了上面的年轮并研究了一番，每一圈都讲述了平原上一个季节的故事。干燥的年份年轮稀，树几乎没长但还是挺住了，静静地矗立在那里；湿润的年份年轮密，树撑满了纤维。仔细检查这棵树发现，内布拉斯加在过去 748 年间经历过 20 次干旱。对唐·哈特维尔而言，关键是能否活过第 21 次。1937 年 8 月初，当他把温度计放在地上时，温度显示为华氏 151 度。

　　"伊纳维尔就是不下雨。"哈特维尔写道。

　　哈特维尔差一点就要沦为流民了，他的农场只剩下三匹瘸腿的马和一头猪。晚上他仍然在镇上弹钢琴，尽管韦伯斯特县的人快要搬光了，观众越来越少。他的妻子把别人的衣服拿回来熨烫缝补，但打零工赚的钱还不够买种子。银行一直在骚扰哈特维尔，连发通知提醒他抵押款已经拖欠多日。他听到了在莱德威尔、科罗拉多或凤凰城等地有活干的传言，可是他好像瘫痪了动不了了。虽然他才 48 岁，但总是生病，被迫卧床休息。他感到疲惫不堪，身体僵硬。他在日记中写道，在贫瘠的平原上人们未老先衰。

8 月 9 日

　　今天，热得要命的高温、四散的沙尘云、阵阵热浪和几滴降雨都赶到了一起。维娜收到一封莎拉·珀茵茨从科罗拉多州沃德寄给她的信，想让维娜去她那里开餐馆。我们肯定得做点什么……

8 月 27 日

25 年前的今天，维娜和我结婚。说我们从未出现过问题是蠢话。在那么长的时间里，自己跟自己都有过不去的时候……今天热得很，刮着干燥的西南风，天上有几朵散开的云。

8 月 31 日

这个地方几乎所有的玉米和这个州的大多数地区都被本月的热风和干燥毁了。这已经是连续第 4 年颗粒无收了。

9 月 6 日

今天是劳动节。假日在这里意义不大，因为这个地方**不过节**是出了名的。

9 月 21 日

我感觉不好已经有一段时间了。我确实一直过得很紧张［原文如此］。或许这是一种紧张的反应——我希望没有比这更糟的了。

10 月 10 日

今天天气晴朗宜人。维娜和我听了"世界系列赛"。纽约洋基队以 4：2 击败巨人队，系列赛也以洋基队获胜而告终。我们已经听了好几年的"世界系列赛"了，但我相信这是我们在伊纳维尔听的最后一次——我们会亲眼看到的。

11 月 8 日

我烧掉了西边地里的一些俄罗斯蓟草，砍掉了我们房子西边的一棵枯树。这棵树我是 20 多年前种下的，是挪威白杨，以前只要它一变绿我们就觉得春天真的来了。但过去几年的干旱毁了它——就像干旱对我们所做的。

11 月 19 日

今天很冷，很惨，北风吹个不停。我们现在连一头猪都没有了，在我这辈子的记忆里，这是我们到这个地方以来第一次既没有猪也没有牛。事实上——我们一无所有了。平日里小心掩饰，其实我们真的走投无路了。

哈特维尔的农场四周的社区正在迅速消亡。离他家北面4英里的一个村庄空荡荡的，学校废弃，房屋和农舍荒废，路边长满了风滚草。这不可能是刘易斯和克拉克1804年见到的同一片土地，"是为最甜美、最丰茂的草精心设计的"，须芒草足有12英尺高。"探险远征队"① 继续沿密苏里河往上走的时候，克拉克对一路上的草惊叹不已，望着东面的内布拉斯加平原，他写道："多么壮观的景色啊，这是我见到过的最宜人的景致之一。"

哈特维尔的一位挚友去了怀俄明州，说他打算回来，不过哈特维尔确信自己再也见不到他了。另一位朋友对他的态度大转弯，变得冷淡起来，"就像电线杆上的选举通知一样毫无人情味儿。"哈特维尔写道。这样冷的天气冻死了流浪汉，也使人被迫偷窃。有些人用石头砸破了木材厂的窗户，"这样他就能进监狱，还能有吃的，不至于冻死。"哈特维尔写道。

感恩节前后，丹佛的一位朋友寄来一封信，催促哈特维尔夫妇搬到西边去。对这对中年农场主夫妇而言，丹佛是个陌生的城市，很大，充满了不确定性。哈特维尔觉得自己被逼到绝境。他小心翼翼地收起自己的骄傲，向红十字会求助但遭到拒绝。现在他觉得自己已经没有好运气了，正走在一条肯定会崩溃的绝路上。他还有一辆能开的车，但没钱买汽油。

---

① 1804年4月，美国总统托马斯·杰斐逊提出一项充满远见的"探险远征队（Corps of Discovery）计划"，旨在探勘当时尚不为人知的蛮荒西部，队伍由刘易斯和克拉克率领。——译者

"我猜我们在内布拉斯加已经走到了尽头。"他在年底写道。

1938 年初的大部分时间他都在向银行求情，求银行允许他在近半年没有付月供之后继续拥有农场。作为权宜之计，银行同意延长利息支付期限，虽然这减少了每月的付款，但并没有移走哈特维尔肩上的债务大山。出于习惯，他仍然试着像农民那样思考，利用冬天那几个月为来年的庄稼做打算，像农民一样修剪树枝，清理排水沟。不过，他做事的时候没精打采，心不在焉。他买不起种庄稼的种子，银行一分钱也不借给他。另一匹马死了，一匹名叫贝尔的母马。为此他伤心了几个月。他身上疼，肚子发出奇怪的声响；由于没钱看医生，他不知道自己得了什么病。

"整整一年了我都浑身不舒服。"

人们还在源源不断地离开韦伯斯特县，被沙尘和死去的土地赶走了。有些人关上房门，一声不响地走了；有些人举办大型的搬家清仓会，流着眼泪开派对，以仪式来告别。哈特维尔在自家田产上四处搜寻值钱的东西。钢琴是个显而易见的选择，但他无法鼓足勇气放弃它。他找出压路器——一种用来压平土地的金属大圆筒——拿到红云镇卖了 5美元。镇上有一大群人在对人们放弃的财物挑挑拣拣。基本都是垃圾，哈特维尔写道，不过这是大多数人唯一的购物途径。

4 月 5 日

维娜一直在给不同的人缝缝补补，我则无所事事。没有收入，只剩 2 匹马，95 英亩被抵押的土地，未交的税和利息，现金一分钱也没有。这是我在内布拉斯加生活了 40 多年后的真实处境。

4 月 6 日

电停了一整天，这是很长时间以来的第一次。不过，我想我们很快就永远都点不起电灯了。

4 月 8 日

维娜为布鲁姆小姐缝补外套赚了 2 美元。

4 月 18 日

好吧，又到了星期一，我还什么农活都没干，我不知道我是否还会干。我只有 2 匹马，名下没有一分钱，过去 4 年没有一分钱的收入，我只是不知道到底要去哪里。

一个朋友借给他一些种子，条件是用玉米或现金偿还。哈特维尔用圆盘耙耕了地，种下 22 排玉米。在 5 月断断续续播种的过程中，哈特维尔不断受到雨泥俱下的"沙尘雨"的侵扰。他还种了苏丹草，是民间资源保护队推广的一种耐旱植物，很容易在风蚀的土地上存活。玉米刚刚长出来，蝗虫就降临在他的地里。他喷洒了毒药。维娜在镇上一家旅馆找到了洗床单和毛巾的活，过了一段时间，他们被允许在洗衣房吃饭，吃的是旅馆的剩饭剩菜。

7 月 12 日

今天是个可怕的日子。太阳刺眼，有几小朵云，刮了一场酝酿已久的要命的西南风，又开始摧毁今年的一切。我希望自己活得够久能再在此地看到一个好年景。

7 月 20 日

我想知道在未来 500 年——或者 1 000 年里，是否会有一个夏天，雨水会降下伊纳维尔。当然，在我有生之年，这场干旱的诅咒肯定不会从这片土地上解除。

7 月 24 日

今天对于每个正在生长的东西都是个堪比地狱、死亡和毁灭的寻常一天。一阵干燥、要命的西南风，一片死寂的晴空和毒辣的太阳，构成了一幅毁灭的画面。或许上帝以其无穷的智慧创造过一个比内布拉斯加州韦伯斯特县更令人沮丧的地方，不过据我所知上帝从没这么做过。

7 月 25 日

马死了之后，我一直不知所措。我能做的事情不多。这是近40 年来我第一次没有可用的马队。下午我走过玉米地和甘蔗田。干旱每天都在伤害它们。

8 月 17 日

厄运——运命［原文如此］——（随便你怎么说）似乎从1932 年起就与我们如影随形，今年会稍好一些。我们交不起税，也付不起利息，因为现在马都死了，我们没有收入，也没存一分钱——那又怎么样？

下个星期，哈特维尔和他的妻子动身去丹佛找工作。维娜在旅馆洗衣服赚的钱不够保住农场。到了城里，他们借住朋友家，这些朋友给维娜找到了一份在医生家当女佣的工作。哈特维尔找不到活干，医生家也没有他的房间。这位农民跟自己的妻子道别后回到了伊纳维尔。分离应该是短暂的。沙尘、干旱和支离破碎的农场打破了他们拥有的最后一样东西：他们之间的纽带。这是他们结婚 26 年来第一次分开。哈特维尔在农场闷闷不乐，自言自语，写日记，无人做伴，连一匹马或一头猪都没有。他弹琴；有时看到维娜的一件衣服或一瓶盖子半开的桃子罐头，他就会黯然神伤，忍不住落泪。

"我几乎不能再称这里为家了。我写不出自己对这件事的真实感受。"

10 月 7 日

我给维娜写信。她离开好像已经很久了。但是才刚刚过了一周！如果日子就这样从日变成周，周变成月，月又变成……那会变成什么样。

11 月 2 日

今天我做了一件冲动的事，动身去科罗拉多，但我只走到麦克库克那里就改变主意回家了。我只不过是没钱继续赶路。

11 月 24 日

1912 年至今，我和维娜第一次没一起过感恩节。我们还会生活在一起吗？

12 月 19 日

我从没见过更干枯的田地。一切都蒙上了沙尘。

12 月 21 日

午后我走到田里，拍了几张北面荒废的农场的照片（我打算把它们放在一本书里）。一个曾经繁荣的乡村，现在在那里所剩无几。干旱几乎摧毁了一个相当繁荣的农业区，只剩下空空如也的房子，摇摇欲坠的建筑，杂草丛生的田地。

12 月 24 日

到处都非常干燥。临近中午时我把了耙院子的北边。下午我打扫除尘。傍晚我修剪树枝在上面挂上灯，这样维娜从车站回来时树就会亮起来。她晚上 10 点到家。

维娜在家待了一周后又回到了科罗拉多，继续在医生家当女佣。她每月挣 40 美元，每两周给她丈夫寄 5 美元。1939 年开始时，哈特维尔仍然留在伊纳维尔的农场，不过是独自一人，没有种子、马匹、牛或者猪。为了避免丧失抵押品赎回权，他卖掉了农机，用所得的 19 美元买了一台双排双壁开沟犁，这是他做过的最大一桩买卖。他有时候想去镇上弹琴，甚至去跳舞，但从来都没去。有一次，他乘火车去堪萨斯城，看了一场滑稽表演。

"姑娘们边跳舞边搔首弄姿，什么都没穿，"他写道，"不过四健会①可以那么做。"

失败的拉力太大了；他的生活正走在一条他无法逆转的道路上。但他仍然没准备放弃。一个朋友借给他一头骡子和一些种子，他计划再种玉米。孤独使他心碎。

"我们一起在这里生活了26年，直到内布拉斯加的天气和经济条件最终毁掉这里并将我们分开。"这年年底他写道。

2月3日

以前每年这个时候我都很期盼春天，但现在——我不知道该怎么办。我从来没像现在这样被逼到绝路。

2月4日

一整天都刮着恶劣的冷风……我非常怀疑维娜和我是否还会拥有属于我们自己的家。我甚至不愿去猜前方等着我们的是什么。

2月5日

我最近觉得迷茫——不知道该去哪里，也不知道该做什么。实际上，如果一个人一无所"有"，他能做的事情真不多。

2月23日

我收到联邦土地银行的一封来信，告诉我他们要取消我们住处的赎回权。所以，我们最后的住处很快就要没了。

5月27日

一阵强劲寒冷的西北风。下午我在西边的田埂上种完了玉米

---

① 四健会是美国农业部农业合作推广体系所辖的非营利性青年组织，1902年创立，以绿色四叶苜蓿为标志。4H代表健全头脑（head）、健全心胸（heart）、健全双手（hands）、健全身体（health）。——译者

（很可能是最后一次）。傍晚有露天电影，不过坐在户外观看很凉爽。

7 月 10 日

同样耀眼的晴天，酷烈的毒日头。甘蔗快要死了，玉米也正在遭到破坏；很快就会被毁掉。那些想出"没有比内布拉斯加更好的地方"这句话的人，说得比唱得好听。在内布拉斯加，一个人并非死了才能进地狱。

8 月 4 日

实际上现在几乎没人来这里。以前那些常常不自信地问起"维娜在吗？"的人，现在再也没来过。他们像去年的萝卜秧一样全都消失了。

8 月 5 日

几乎所有的东西都毁了。

9 月 13 日

今天很可怕，又是西南风，又是沙尘，又是酷热。风沙狂吹，下午实在没法做什么事。我耙了耙还值得收割的一小块甘蔗田，不过没剩下什么。

9 月 18 日

这里再也没有舞会了——除了沉默、空洞和"体面"，什么都没有了。

9 月 30 日

气象局说，1939 年 9 月是 40 年来所知的最干燥的日子之一。热风差不多没停过……玉米比去年还要少……希特勒、俄罗斯、法国和英国现在应该是在打仗。

10 月 13 日

好吧，今天又是我的生日。它们似乎来得特别勤。维娜寄给我

1 美元，我去旅馆吃了顿饭。

11 月 14 日

一切都散发着尘土的恶臭。它就在你的衣服上，能尝得到，也能感觉得到。

12 月 12 日

好吧，没什么要汇报的。冬天在伊纳维尔只有两件事可做：待着、活着。不过我不再寻找什么，也不再期望什么。

银行收走了哈特维尔夫妇自 1909 年起就拥有的土地。哈特维尔被允许在这座房子里再住一年，当一个付房租的租客。他在一个政府筑路队找到一份兼职。维娜留在丹佛，仍然在做女佣。在跟丈夫分开两年后，她回来过了一次圣诞节。哈特维尔以一首诗结束了他的日记，诗是献给一位来自新泽西州里奇伍德的妇女埃丽诺·查菲的。他把这首诗附在日记的最后一页，没有留下额外的评论。

> 我们曾拥有水晶般的片刻
> 从时间之手夺来，
> 欢歌的金色片刻
> 为爱和诗歌而在。
> 倘若它在我们手中破碎
> 正如水晶般的片刻必定如此，结果会怎样?
> 比尘世时光更美好
> 因它正变成没有生命的尘埃。

第二十五章 雨

夏天最热的那些日子，他们一直在工作，一针一线地缝出了一面长49英尺宽29英尺的国旗，是全世界最大的。得克萨斯狭长地带的每个音乐家都被召集过来排成一队，形成了另一个壮观的场面：美国本土有史以来集结的最大的单一行进乐队——有2500件乐器。阿马里洛看上去从没有如此出色。1938年7月11日，一切准备就绪，只待罗斯福总统视察南部平原。他选择"沙尘碗行动"总部所在地阿马里洛，因为这里是这片破败大地上唯一一座上规模的城市，因为班内特建议他出来看一看，看一看农民们正如何努力地把土地压下去，看一看他们如何把他已经开始的东西变成他们自己的。

人山人海，有近10万人，而城里的人口还不到5万。天空阴晴不定，而他们挤进埃尔伍德公园，沿街排起了3英里的长队，一直排到火车站。下午6：45，一列火车从东缓缓驶入阿马里洛。消息传开：他来了！人群骚动起来，随之传来一阵欢呼声。风越来越大，光好像比平时更快地滑出天际。热气迅速消散。云层越来越厚，阿马里洛的官员们很担心一场沙尘暴就要落在西方世界领导人的身上。

有些人在路面扭来扭去的公路上开了两天车才到这里，只为看一眼总统。他不是他们当中的一员，但许多人觉得这位来自纽约的瘸腿男人信守了承诺：他没有忘记他们。这片平地既无绿色，又不肥沃，然而野兽好像被驯服了。这一年很干燥，正如之前6年一样，而且异常多风，但土地并没有像从前那样剥落，天空也没有变暗。还是会扬尘，每年 4 月和 5 月都有 6 次乃至更多，不过再也不像黑色星期天那样，也不像《圣经》中的世界末日。或许，正如一些农民所猜测的，班内特的团队已经平息了汹涌的尘海，或许太多土壤被吹走了，几乎没剩下什么可以被风卷走的了。阿马里洛曾请求政府派民间资源保护队的土壤保护和植树人员到狭长地带，当他们来时，受到了人们的热烈欢迎，就像消防队员抵达火场。一排排纤长的树——比地上插根棍子强不了多少——现在遍布这片土地，近 4 000 万株树苗种植在得克萨斯、俄克拉荷马和堪萨斯破坏最严重的地区，这可是 3 600 英里活生生的希望啊。此外，农民们还拿到了一笔补贴，条件是列出他们的土壤和植的草，以及民间资源保护队所做的工作。近 100 万英亩的土地已经签约加入班内特拯救土地的蓝图。班内特希望 700 万英亩的土地上最终能重新种上草，平原获得新生，变成诗人沃尔特·惠特曼口中"那微妙的奇迹，不断重现的草"。

在 1938 年的其他地方，新政的复苏与活力已经日薄西山。政府削减开支之后，400 多万人失业，股市再次大幅下跌。胡佛总统执政中期时笼罩全国的一些阴云卷土重来。在沙尘碗，一片被强行种植的树林长出的枝桠以及在破败土地上的重新耕作并未阻止风，也没带来更多的雨，不过这只是某种程度上正在执行的计划，这足以鼓励人们坚持信仰。正如威尔·罗杰斯所说："如果罗斯福烧毁首都，我们会欢呼着说：'好吧，不管怎么说，我们至少点了一把火。'"这片高地平原已经被成千上万的居民淘汰了。在无人之地，这场安家者所说的"瘟疫"已经毁灭或驱逐了近三分之一的家庭。在得克萨斯狭长地带，情况差不多糟。不过，随着肮脏的 10 年接近尾声，大规模人口外流正在逐渐消失。他们说，留下来的乡民现在离开的唯一途径就是平躺在松木盒子里。

迈尔特·怀特找到了回到他父亲安葬之地的路，就在达尔哈特郊区的老 XIT 牧场附近。他用自己摘棉花攒的钱买了一匹小马，每天牵着出来跑一圈，寻找一个能给自己挖个立足点的地方。整个埃斯塔卡多平原很快就会有水了，就在地下。人们正在钻深井，开发那片古老的地下水库奥加拉拉含水层的主脉，他们说它跟草原本身一样大。而这些新出生的一代，镇上的一小部分人，根本不想加入班内特的土壤保护区。他们想要钱从奥加拉拉含水层抽出一条河来，再通过一团乱七八糟的管道洒到砂纸般的土地上。他们将种小麦、玉米和高粱，他们将用他们想要的充足的水让谷物堆得高高的，你就等着瞧吧。他们说这番话就好像是在 20 年前小麦热潮拉开序幕时。迈尔特觉得他们没吸取过去 10 年的教训。高地平原属于印第安人，属于野草，但达尔哈特没几个人跟他想法一样。

灵魂会回到一具被风吹走的尸体吗？科曼契人，破败的大平原的领主们，还能再自由驰骋吗？野牛还能在找不到野草的土地上找到家园吗？经过亿万年进化而成的草皮，大自然的鬼斧神工让它把野火、干旱、无尽的风以及严寒带入了自己的生命周期，是否还能重新补缀在这片贫瘠的土地上？

罗斯福的巡视路线周围的土地呈现出极度混乱的迹象。该如何解释这样一个地方呢，那里黑土从天空而降，那里的孩子们在户外玩耍时死去，那里的野兔被穿着主日学校①服装的、肾上腺素高涨的安家者们用棍棒打死，那里蝗虫降落在衰败的土地上除了门把手把什么都啃了个精光？该如何解释这样一个地方呢，那里肚子空空的马啃着围栏杆，那里的静电使与人握手变成一件痛苦的事，那里一个人或一头牛能吃的唯一东西是不受欢迎的外来者——俄罗斯蓟草？该如何解释大平原上 5 万匹甚至比这还多的马被抛弃，再也听不见家里响起孩子的欢笑或妇女的歌声？该如何解释 900 万英亩的农田没有主人？美国正行进在这片土地

---

① 英美等国开办在周日对贫民进行免费的宗教教育和识字教育的机构，兴起于 18 世纪末。——译者

上。它的日子到头了。

罗斯福第一次品尝到草原尘土的滋味是在 1934 年，当时它吹进了白宫。现在他来到了源头。总统的火车刚驶入阿马里洛，雨就下了起来。这样的巧合有多大？当地记者说，这可是 1% 的小概率事件。起初是阵雨，密云在底部翻滚，然后演变成倾盆大雨。人们用力撑住巨大的国旗，不过由于雨越来越大，它变得越来越沉。他们希望总统在国旗被雨水压破之前看到这面世界上最大的旗帜。罗斯福坐着一辆敞篷车，在雨中缓缓地穿过 3 英里长的小镇来到公园。他没戴帽子，雨水溅到他的眼镜上，顺着鼻子流下来，不过他始终使自己那张政治家的脸面向前方，下巴扬起，微笑着挥手致意。雨水在街道上积聚起来，人们站在涨得很快的水坑里，鞋子都湿透了，只为一睹总统的风采。罗斯福经过那面大国旗时命令汽车停下来，他向站在自己作品边的女裁缝和努力撑住国旗不落地的小伙子们行礼致敬。世界上最大的行进乐队仍在演奏音乐，尽管乐器全都被淋湿了。现在巨大的国旗开始下垂；小伙子们无法阻止它落下。星星和条纹从这片 150 平方码的布上流到湿漉漉的地面上，留下一摊紫水。

在埃尔伍德公园，没有为贵宾提供的庇护所。旱了 6 年；没人料到 7 月中旬会下起瓢泼大雨。根本没人带伞。罗斯福被人扶下车，走到一个看台前。他站在那里，沉重的金属支架撑着膝盖。人群躁动，大家都走了过来。他是他们的救世主，没有辜负他们对他的信任。他的一些专家曾告诉他，在这一地区安置人口是一个划时代的败笔，所有的土壤保护措施和植树造林都无法挽回土地的生命。人们用自己的贪婪和愚蠢——是的，还有狂妄——毁了这片土地，它再也无法复原。让它死吧。如果罗斯福相信这一点，他绝不会泄露。站在雨中，他头发湿了，西装也湿了，却容光焕发。

"我想我们淋到的这场小阵雨是个巨大的好兆头。"

雷鸣般的欢呼声响起，持续了数分钟。那动静堪比得克萨斯高中橄榄球锦标赛。是的，先生，是个好兆头。这片土地还能扔给他们什么呢？这里还有什么新打击？雨水重重地打在人们身上时，大国旗上的最后一片颜色也流到了地上，将雨水染成紫色，像一条食用色素做的小溪。欢呼和掌声平息后，罗斯福继续演讲。他切入主题后抓住了安家者心中的那根刺，受害者的义愤。

"我希望南部和东部有更多的人能参观这片平原。"他说。

是的，总统阁下——我们还没有死光，人们交头接耳。就这么直截了当地告诉全世界吧！

"如果他们来看过的话，你们听到的有关美洲大沙漠的谈论就会少些，就不会听到那么多对我们保护水源、恢复牧场、植树造林所做出的种种努力的冷嘲热讽。"他告诉人们，他们的表土是如何一路吹到了他位于哈得孙河畔的家里，以及东部人是多么不理解这些安家者，但他决不会放弃他们。

罗斯福始终坚信重建的力量。他也开始相信沙尘碗的形成本来可以避免。他把大平原委员会的一些结论记在心上，并从"沙尘碗行动"和自己的植树造林方案中看到了一条出路。在这片坚硬的土地上发生的一切根本不是天灾，而是人祸。一年前，罗斯福在哥伦比亚河上的邦纳维尔大坝落成典礼上致辞时就说过，如果美国人 30 年前就像现在一样懂得如何保护干旱的土地，"我们本可以在很大程度上阻止 10 个州的部分地区成千上万的农场被抛荒，进而预防成千上万的贫困家庭外迁"。

然而，总统对这天的后见之明只字不提，当然：他是雨中的阳光。"我们寻求永久性地将这一地区建成一个美好而安全的地方，让大量美国人能将这里称作'家'。"

他称赞了安家者们的胆量，并在出发前对当地政府说了半打溢美之词，然后扬了扬坚毅的下巴，微微一笑，挥手跟人们告别。随后他回到火车上，飞快地离开了下雨的地方；他就这样走了，再没重返高地平原，随后又去参加一场世界大战，曾经在阿马里洛湿漉漉的街道上举着国旗的那群年轻人有一些也上了战场；就这样他走了，回到了时间长河中的平凡一天：沙尘碗被人们遗忘，平坦的大地被风吹走，小镇在风中颤栗然后消失，最后的幸存者被打垮、彻底崩溃，诉说着天空曾向他们撒下泥土的时代的事，却不知道人们是否会相信，但即使相信他们也满不在乎。

后　记

　　高地平原从未完全从沙尘碗中恢复过来。这片土地经历过 1930 年代之后，千疮百孔，永远地改变了，不过有些地方还是康复了。政府总共买下了 1 130 万英亩被尘土覆盖的农田，并试图将其中大部分恢复成草地。最初的目标是购买高达 7 500 万英亩的土地。65 年之后，一些土地仍然贫瘠、被风吹散。不过在古老的沙尘碗的腹地，现在已经有了 3 个由林务局负责的国家草原。大地在春天变绿，夏天到处滚烫，一如从前，羚羊来这里吃草，在重新种植水牛草的草原和荒废已久的农庄旧地基徘徊。一些东西不见了或者消失得很快：草原鸡，一种在黑暗的日子里使许多农夫活下来的禽类数量正在减少，自 1966 年起少了 78%。得到恢复的区域面积最大的是科曼契国家草原，得名于草原的主人，占地 60 万英亩，其中大部分在巴卡县内。在矮草草原上重新引入野牛的计划正在进行中，就像在大平原其他地区建立的高秆草保护区一样。

　　印第安人从未回来，虽然新政曾试图为印第安人购买牧场。科曼契人生活在俄克拉荷马州洛顿附近的一小块保留地上。他们仍然认为阿肯色河与格兰德河之间古老的野牛狩猎场根据协约是属于他们的——"那里，风自由自在地吹着，没什么能遮蔽阳光。""十只熊"说。

　　因为富兰克林·罗斯福宏大的乔木梦而种下的树大都消失了。正如总统所设想的那样，种了近 2.2 亿棵。但是，当 1940 年代出现有规律的降雨而且小麦价格飙升，农民们再次撕开了防风带的树开始种粮食。

其他树木在过去半个世纪的干旱周期中死亡。游客偶尔能遇到一排榆树或棉白杨，尽管被风吹得扭曲变形，却依然矗立着。这可能是一幕令人费解的景象，一个谜，一如在空旷的沙滩上发现水手留在瓶中的信。

美国是一个由农民组成的国家，但如今只有不到1%的工作与农业有关。在平原上，农业人口减少了80%以上。政府支撑着美国腹地，以确保与政治联系最紧密的农场仍能营利。然而美国中部大片大片的土地已经不再是适合工作和生活的社区。在新政期间建立的帮助像卢卡斯家这样的人留在土地上的补贴制度，现在也大变样了：对种植已经供过于求的农作物的企业制农场的奖励，迫使小型农场停业。有些农场每年可获得高达36万美元的补贴。这笔钱跟使人们留在土地上或为普通美国人提供粮食几乎毫无关系。

只有屈指可数的几个农民家庭仍然在无人之地和得克萨斯州狭长地带的农庄劳作。为了维持农业综合企业的运转，泵和管道等大批基础设施深入到奥加拉拉含水层这个美国最大的地下淡水源抽水，其速度是大自然蓄补速度的8倍。含水层犹如一块海绵，从南达科他一直延伸到得克萨斯，被1.5万年前冰川融化的水填满，它为美国提供了约30%的灌溉用水。有了这些水，得克萨斯的农民能够极大地提高棉花产量，尽管棉花在美国已经没有市场。所以，从奥加拉拉含水层汲水的棉农们，每年因种植这种作物从纳税人身上获得30亿美元的补贴，这种纤维被运到中国生产廉价的服装，然后再回销给像沃尔玛这样的美国连锁零售商店。含水层的水量正以每天110万英亩-英尺的速度下降——也就是说，100万英亩的土地上灌溉1英尺深的水。以目前的用量看，它可能会在100年以内枯竭。水文学家说，在得克萨斯狭长地带的某些地区，水在2010年之前就会用完。

在1950年代的三年旱灾期间，沙尘暴又来了。沙尘盖过了公路，从城市上空撒下，但都不像黑色星期天那样。1974年至1976年、2000

年至 2003 年的干旱造成土壤流失。但总的来说，土壤固定的情况比以前好。为什么没有再次出现沙尘碗呢？2004 年，一项对农民在 1930 年代前后如何对待土地的大型研究表明，是土壤保护区阻止了土壤风蚀。还有来自奥加拉拉含水层的灌溉水补偿干旱，但这是旱作农业带的许多地方都没有的。这项研究发现，拯救这片土地的正是休·班内特开启的事业：使农民承包土壤保护区并将土地作为单片的生态单位进行管理。到 1939 年，沙尘碗的中心地带约有 2 000 万英亩土地属于某个这样的生态单位。休·班内特 1960 年去世，享年 79 岁，被安葬在阿灵顿国家公墓。他的遗产——土壤保护区遍布全美，是至今仅存的新政草根项目。

被风吹得摇摇欲坠、破败不堪的达尔哈特仍然矗立在三条公路的交会点。这里从未恢复 1930 年以前的人口数量；现在达拉姆县的常住人口只有 6 000 人。小镇入口立着一块醒目的纪念碑：一个空马鞍，献给 XIT 牧场的牛仔。每年，达尔哈特都会举办老 XIT 牧场的庆祝活动，缅怀过去的光辉岁月里曾在草原上驰骋的牛仔的魂魄。小镇最大的支持者约翰·麦卡蒂在搬出达尔哈特后，再也没有回来过。晚年，他拿起画笔，专注于描绘沙尘暴的壮观勇猛。麦卡蒂出生于 1900 年，与达尔哈特同岁，1974 年去世。迈尔特·怀特在镇边他建造的家中，与妻子胡安妮塔一起生活了 60 多年。他当过房屋油漆工，也当过裱褙工人，不过在职业和天性方面他仍然认为自己是个牛仔。他在老 XIT 牧场附近的地上还养了几匹马。他诅咒那些来到狭长地带撕碎草原的农民。

博伊西城还活着——不过也气数将尽。锡马龙县现在只有 3 000 人，沙尘碗时代之前人口的一半几乎都没了。弗莱德·福尔科斯在二战初期欠下近 1 万美元的债务。不过 4 美元的小麦使他摆脱了困境，一如战时工厂生产最终使美利坚走出大萧条一样。1948 年，66 岁的弗莱德心脏病发作。他一直在农场上劳作直到 1965 年去世。他的妻子凯瑟琳比他多活了 10 年，90 岁时去世。他们的孩子菲亚和戈登仍然拥有这片家庭农场，凯瑟琳曾在这里用熨斗把蜈蚣烫死在地洞的墙壁上。黑泽尔·卢卡斯·萧又生了一个孩子叫珍·贝斯，和她的儿子小查尔斯做伴。黑泽尔的丈夫查尔斯 1971 年死于心脏病。经历了沙尘碗时代以及后来的两次龙卷风之后，黑泽尔活了下来，比她在博伊西城的所有朋友都长寿。她于 2003 年去世，享年 99 岁。虽然再也没回到那里生活，但她告诉自己的孙辈她一直想念着无人之地。

哈特维尔夫妇生活过的内布拉斯加州伊纳维尔，现在是座鬼城。韦伯斯特县只有 4 000 人，从 1930 年代起失去了 60% 的居民。几年前，一位邻居发现维娜·哈特维尔在烧她已故丈夫的日记。后来日记得救了，维娜去世后转交给了林肯县的内布拉斯加历史协会。

年近九十的艾克·奥斯汀仍然与他的妻子丽达·迈伊一起生活在离地洞不远的地方，这个有 9 个孩子的家庭曾在地洞里度过了无数个日子。离开巴卡县后，艾克在铁路和公路上干过活，后来参了军。当希特勒的军队占领欧洲大部分地区时，奥斯汀人在步兵营。这位地洞里走出的士兵在 1944 年 6 月 6 日诺曼底登陆那天进入法国，穿过矮树篱与德军作战，目睹朋友们流血牺牲。战争结束后，他思考了自己在这个世界上的位置，重新回到了巴卡县。只有某一类人才能与曾经背叛过自己的土地和解，但那意味着要走上回家的路。艾克的母亲 92 岁时去世。大多数时候，艾克会在房子周围忙活一整天，常常还会用下午的大部分时间来整理他为高地平原上的生活建的博物馆。他仍然热爱它。

注释与资料来源

前　言

对达尔哈特、博伊西城和巴卡县的引用文字与描述均来自作者的采访和远赴高地平原的走访。艾克·奥斯汀 2002 年 4 月 25 日在他位于科罗拉多州斯普林菲尔德的家中接受了采访。珍妮·克拉克 2002 年 4 月 22 日在科罗拉多州拉马尔接受了采访，并于 2003 年 4 月 3 日、6 月 1 日接受了后续电话访谈。迈尔特·怀特 2002 年 11 月 21 日在其位于达尔哈特的家中接受了采访，并于 2003 年 8 月 3 日、9 月 12 日接受了后续电话采访。

离开沙尘碗的人口与留下的人口之间的比例，来自美国人口普查局（www. census. gov）1930 年和 1940 年的人口普查数据。

唐纳德·沃斯特的引用来自其著作的 *Dust Bowl: The Southern Plains in the 1930s*（New York：Oxford Univ. Press，1979）。

第一章　流浪者

怀特家族移民的故事由迈尔特·怀特 2002 年 11 月 21 日在得克萨斯达尔哈特对作者讲述。

有关 XIT 牧场的描述，来自作者参观得克萨斯达尔哈特的 XIT 博物馆以及戈迪亚·斯洛恩·杜克和乔·B·弗兰茨所著的 *Six Thousands Miles of Fence: Life on the XIT Ranch of Texas* （Austin：Univ. of Texas Press，1961）。

达尔哈特的早期情况和道森一家的故事摘自约翰·C·道森的著作 *High Plains Yesterdays: From XIT Days Through Drouth and Depression* （Austin，Texas：Eakin Press，1985）。

约翰·麦卡蒂的故事来自得克萨斯州阿马里洛公共图书馆的约翰·C·麦卡蒂藏书的介绍，无标题。

有关报纸上的引述来自 1930 年 5 月 1 日的 *Dalhart Texan*。

财产记录和民事案件资料来自得克萨斯达尔哈特达拉姆县法院存档的公共记录。

达尔哈特的早期历史摘自莉莉·迈伊·亨特的著作 *The Book of Years: A History of Dallam and Hartley Counties* （Hereford，Texas：Pioneer Book Publisher，1969）。

科曼契部落的历史摘自各种资料：

作者于 2003 年 10 月 2 日、10 月 5 日采访了科曼契部落的老人，其中包括俄克拉荷马州洛顿的露西尔·凯博尔和俄克拉荷马州印第安诺拉的雷·尼多。

莫里斯·W·福斯特的著作 *Being Comanche: A Social History of an American Indian Community* （Tucson：Univ. of Arizona Press，1991）。

T·R·费伦巴赫的著作 *Comanches: The Destruction of a People* （New York：Alfred A. Knopf，1974）。

霍华德·R·拉马主编的 *The New Encyclopedia of the American West* （New Haven，Conn.：Yale Univ. Press，1998）。

作者于 2003 年 5 月 15 日参观了俄克拉荷马州洛顿的大平原博物馆。

科曼契人的内容，见科曼契部落的主页 www. comanchenation. com。

草原和牧场部分的内容，部分来自美国林务局提供给作者的有关科罗拉多州拉洪塔的国家草原历史档案。此外还有以下来源：弗雷德里克·W·拉斯简撰写的 *The Panhandle of Texas* 一文，载于"得克萨斯手册（网络版）"（www. tsha. utexas. edu/handbook）；拉斯简所著 *The Texas Panhandle Frontier*（Austin：Univ. of Texas Press，1973）；以及弗兰克·W·古尔德所著 *The Grass of Texas*（College Station：Texas A & M Univ. Press，1975）。

韦斯利·L·霍克特的话摘自他的口述历史档案，保存在得克萨斯州阿马里洛公共图书馆的特别馆藏部。

第二章　无人之地

有关博伊西城的描述，来自作者对该镇的多次参观和采访，特别是对诺玛·吉恩·巴特包赫·杨的访谈，作者 2003 年 9 月 8 日在俄克拉荷马州博伊西城她的家中进行。

对早期的欺诈活动的描述，来自 *Cimarron News* 以及 2003 年 9 月 9 日俄克拉荷马州博伊西城锡马龙遗产中心提供的记录。

有关过去人们的生活方式，部分摘自乔西亚·格莱格和麦克斯·W·摩尔海德所编的 *Commerce of the Prairies*（Norman：Univ. of Oklahoma Press，1990）。

对早期博伊西城的描述以及家庭历史，摘自诺玛·吉恩·巴特包赫·杨所编的 *The Tracks We Followed*（Amarillo, Texas：Southwestern Publications，1991）。

早期狭长地带农场的故事，部分为作者 2003 年 9 月 9 日从俄克拉荷马历史协会的俄克拉荷马城、俄克拉荷马州的口述史项目获得。

有关牧师和邮政人员的轶事，来自杨所编 *The Tracks We Followed*，详见前条。

黑泽尔·卢卡斯·萧的故事和卢卡斯家族的大部分故事，来自 2003 年 9 月 21 日作者对黑泽尔的儿子查尔斯·萧的采访，以及由黑泽尔·萧撰写并自费出版的家族史 *Sunshine and Shadows*（1984）一书，萧先生于 2002 年赠送给作者；此外还有 2003 年 9 月 22 日萧先生与作者的私人通信。

福尔科斯家族的故事，来自作者 2002 年 4 月 30 日对菲亚·福尔科斯·加德纳、2002 年 5 月 2 日对戈登·福尔科斯的采访，以及加德纳夫人自费出版的家族史 *So Long, Old Timer!*（1979），加德纳夫人 2002 年赠予作者。

有关无人之地 1920 年代中期生活的描述，来自作者对伊莫金·格洛弗的采访，2002 年 4 月 29 日在她位于俄克拉荷马州盖蒙的家中进行。

农业统计数据，来自美国农业部的 *Yearbook of Agriculture*（Washington，D. C.：Government Printing Office，1926，1927，1928，1929）。

俄克拉荷马州定居点的情况，部分来自理查德·怀特所著 *It's Your Misfortune and None of My Own: A New History of the American West*（Norman：Univ. of Oklahoma Press，1991）。

无人之地的风车、地洞和第一批住户的信息，来自作者 2003 年 9 月 3 日对俄克拉荷马州德克斯荷马的珍妮·哈兰德的采访，以及她有关风车的口述史 *Panhandle Pioneers*（第 7 卷），由德克斯荷马家谱历史协会编撰。

政府土壤局和约翰·韦斯利·鲍威尔的 *Report on the Arid Lands*（Washington，D. C.：U. S. Geological Survey，1878）提供了有关高地平

原干旱情况和农业生产潜力的早期描述。

第三章　创造达尔哈特

怀特家族所经历的艰辛，来自作者对迈尔特·怀特的采访，2002年11月21日在得克萨斯达尔哈特他的家中进行。

城镇建设时期的内容，来自 *Dalhart Texan*，其各期保存于得克萨斯的达尔哈特 XIT 牧场博物馆，还引自前述亨特的 *The Book of Years*。

道森家族的详细信息，来自前引道森所著 *High Plains Yesterdays*。

堪萨斯州的详细情况，来自"公共事业振兴署联邦作家项目"的 *Kansas: A Guide to the Sunflower State*（New York：Viking, 1939）。

早期南部平原的城镇建设者的故事，摘自联邦作家项目（1936—1940）的口述史，参见国会图书馆的公共档案，网址：www. loc. gov/ ammem/ wpaintro/ wpahome. html。

第四章　高地平原上的德国人

厄尔里奇家族史，部分来自作者对胡安妮塔·厄尔里奇·汤普森的采访，于 2003 年 7 月 18 日在新墨西哥州阿尔伯克基进行；还有薇丽·厄尔里奇的口述史录音带，来自俄克拉荷马历史协会的俄克拉荷马州俄克拉荷马城的口述史项目，1986 年 7 月 17 日录制。还有一部分来自未出版的家族史 *Seventy-Eight First Cousins*（1990），由伊冯·福特尼·琼斯和乔吉亚·厄尔里奇·福特尼编著并赠送给作者。

博斯家族的故事，来自作者 2003 年 9 月 12 日对俄克拉荷马沙特克的罗莎·博斯·贝克的采访。

高地平原早期的德国人定居地信息，来自作者对得克萨斯州利普斯科姆狼溪遗产博物馆馆长米尔德莱德·贝克的采访，以及 2003 年 9 月 10 日作者参观博物馆时的展览。

来自俄罗斯的德国人在高地平原的家庭生活、食物和日常生活细节，部分来自俄克拉荷马州俄克拉荷马城的俄克拉荷马历史协会的口述史项目中乔治·霍夫博的口述史录音带。

伏尔加德国人的故事有以下几个来源：

艾米·布伦加·托普弗和爱格尼思·德莱灵所著 *Conquering the Wind: An Epic Migration from the Rhine to the Volga to the Plains of Kansas*（Lincoln, Neb.：American Historical Society of Germans from Russia, 1966）。

哈蒂·普拉姆·威廉姆斯的 *The Czar's Germans*（Lincoln, Neb.：American Historical Society of Germans from Russia, 1975）。

得克萨斯州利普斯科姆狼溪遗产博物馆的展品，作者 2003 年 9 月 7 日参观获知。

作者 2003 年 9 月 7 日造访"俄罗斯来的德国人美国史学会"所获信息。

诺曼·E·绍尔 1974 年发表在 *Kansas Historical Quarterly* 春季刊第 40 卷第 1 期上的 *The Migration of Russian-Germans to Kansas*。

高地平原的人口增长数据，引自美国人口普查 1870 年、1890 年、1900 年、1910 年和 1920 年的资料，网址：www. census. gov.

斯堪的纳维亚人的故事，来自彼得·L·彼得森的 *Oslo on the High Plains*，挪威裔美国人历史协会 1979 年出版（第 28 卷第 138 页）。

第五章　最后的大开垦

早期植树信息，来自吉姆·霍伊和汤姆·伊森所著 *Plains Folk*（Norman：Univ. of Oklahoma Press, 1987）。

农庄的详细信息，部分来自位于内布拉斯加州比阿特丽斯的美国移民宅地国家纪念地，作者于 2003 年 4 月 10 日参观。

堪萨斯的详细信息，来自前引 *Kansas: A Guide to the Sunflower State*。

有关联邦预算规模的信息，摘自 T・H・沃特金斯所著 *The Great Depression: America in the 1930s*（Boston：Little Brown and Co.，1993）。

道森家族的详细信息，摘自前引道森所著 *High Plains Yesterdays*。

福尔科斯的详情故事，来自作者 2002 年 4 月 30 日对菲亚・福尔科斯・加德纳的采访，以及前引她的书 *So Long，Old Timer!*。

奥斯汀家族的故事，来自作者 2002 年 4 月 25 日对艾克・奥斯汀的采访，以及他的书 *A Place Called Baca*，如前所引。

这一时期博伊西城的介绍，来自 1930 年的各期 *Cimarron News*。

20 世纪早期普通美国人的生活情况，部分来自查尔斯・A・彼尔德和玛丽・R・彼尔德合著的 *America in Mid-passage，Vol. III: The Real Rise of American Civilization*（New York：MacMillan Co.，1939）以及 *This Fabulous Century: Sixty Years of American Life，Volume III，1920 - 1930*（New York：Time-Life Books，1969）。

第六章　第一波

银行倒闭的资料，来自 1931 年多期 *Dalhart Texan*，保存在得克萨斯州达尔哈特的 XIT 牧场博物馆。

一般的大萧条细节，部分摘自以下几本书：

罗伯特・S・麦克埃尔文所著 *The Great Depression*（New York：Times Books，1984）。

沃特金斯所著 *The Great Depression*，如前所引。

约翰・肯尼斯・加尔布莱斯所著 *The Great Crash: 1929*（Boston：

Houghton Mifflin，1954）。

斯塔兹·特克尔所著 *Hard Times: An Oral History of the Great Depression*（New York：Random House，1970）。

怀特家族的困境，源自作者 2002 年 11 月 21 日对迈尔特·怀特的采访。

达尔哈特的详细信息，见亨特的 *The Book of Years*，如前所引。

达尔哈特的崩溃情况，摘自保存在得克萨斯州达尔哈特的 XIT 牧场博物馆的信件、档案和报纸。

赫兹斯坦因家族的信息，有多个来源：

作者于 2003 年 6 月 4 日参观新墨西哥州克雷顿的赫兹斯坦因博物馆。

作者于 2003 年 10 月 2 日采访莫蒂默·H·赫兹斯坦因。

赫兹斯坦因家族档案，保存于新墨西哥州阿尔伯克基的新墨西哥大学齐默曼图书馆勒茨坦因拉美阅览室。

作者于 2002 年 2 月 20 日采访西蒙·赫兹斯坦因的女儿伊莎贝尔·罗德。

第七章　黑暗初至

天气记录取自联邦气象局的记录，可在线获得：www. nws. noaa. gov/，以及作者 2003 年 6 月 22 日在内布拉斯加州林肯市国家干旱减灾中心查阅的档案。

黑泽尔·萧的故事，来自作者 2003 年 9 月 21 日对其子查尔斯·萧的采访。

福尔科斯的详细情况，来自菲亚·福尔科斯·加德纳所著的 *So Long，Old Timer!*，如前所引。

威廉·默里的信息，部分取自基斯·L·小布莱恩特所著 *Alfalfa Bill Murray*（Norman：Univ. of Oklahoma Press，1968）和俄克拉荷马大学卡尔·阿尔伯特中心档案威廉·H·穆雷藏书，作者于 2003 年 9 月 9 日查阅。

治安官海·巴里克及其故事，来自对巴里克的采访，录制于 1983 年 1 月 7 日，保存于俄克拉荷马历史协会口述史项目，作者 2003 年 9 月 6 日登门查访。

第一场沙尘暴的详细情况，来自联邦政府 1932 年 1 月的 *Monthly Weather Review*，网址：www. hisotry. noaa. gov。

有关风暴逼近时的情况以及社会因素，取自 R·道格拉斯·赫特所著 *The Dust Bowl: An Agricultural and Social History*（Chicago：Nelson-Hal，1981）。

怀特家族的详细情况，来自作者 2002 年 11 月 21 日对迈尔特·怀特的采访。

有关博伊西城的反应，来自 *Boise City News*，1932 和 1933 年多期。

有关农耕的困境，摘自劳伦斯·斯沃彼达所著 *An Empire of Dust*（Caldwell，Idaho：Caxton Printers，1940）。

第八章　干涸之地

道森家族对昆虫的描述，摘自道森的 *High Plains Yesterdays* 一书，如前所引。

怀特家族的信息，来自作者 2002 年 11 月 21 日对迈尔特·怀特的采访。

黑杰克墓地的故事，部分摘自 1932 年多期的《*Dalhart Texan*》，以及作者 2002 年 2 月 20 日、2003 年 10 月 2 日对赫兹斯坦因家族成员的采访。

有关气象局对早期沙尘暴的反应，部分摘自保罗·邦尼菲尔德所著 *The Dust Bowl: Men, Dirt and the Depression* （Albuquerque: Univ. of New Mexico Press，1979）。

有关俄克拉荷马狭长地带的反映的信息，来自作者对杰拉德·迪克森的采访，2002 年 11 月 21 日在后者位于俄克拉荷马盖蒙的家中进行。

有关干旱、社会生活、农业生活的详细信息，来自作者 2002 年 11 月 20 日对俄克拉荷马州盖蒙的无人之地历史博物馆馆长肯·特纳博士的采访。

卢汉家族的详细信息，摘自俄克拉荷马博伊西城的博伊西城公共图书馆家族史档案，以及杨的 *The Tracks We Followed*，如前所引。

县农业专员威廉·贝克的信息以及他的作为，部分摘自 1932—1934 年的多期 *Boise City News*。

拉美裔移民及其生活状况，部分摘自乔·加尔扎的口述史，保存于俄克拉荷马州俄克拉荷马城的俄克拉荷马历史协会口述史项目。

休·班内特的信息，源自美国农业部的官方传记，网址: www. nrcs. usda. gov/about/history/bennett/html，和威灵顿·布林克所著 *Big Hugh: The Father of Soil Conservation* （New York: MacMillan，1951）。

有关农耕的困境，取自斯沃彼达的 *An Empire of Dust*，如前所引。

第九章　新领袖，新政策

怀特家族的信息，来自作者 2002 年 11 月 21 日对迈尔特·怀特的采访。

比尔·穆雷在政坛的陨落，摘自俄克拉荷马大学威廉·H·穆雷馆藏穆雷档案。

大萧条的一般信息，来自前引麦克埃尔文所著 *The Great Depression* 和亚瑟·M·小施莱辛格所著 *The Age of Roosevelt: The Crisis of the Old Order，1919－1933*（Boston Houghton Mifflin，1957），以及弗兰克·弗莱德尔所著 *Franklin D. Roosevelt: A Rendezvous with Destiny*（Boston：Little Brown，1990）。

博伊西城的详细信息，取自 1933—1934 年多期的 *Boise City News*。

农场收入的情况，摘自美国农业部的 *Yearbook of Agriculture* 1934（Washington，D. C.：U. S. Government Printing Office，1934）。

普通平原的情况，摘自范斯·约翰逊所著 *Heaven's Tableland: The Dust Bowl Story*（New York：Farrar，Straus，1947）。

班内特说的话，摘自美国农业部的传记和布林克所著 *Big Hugh*，如前所引。

第十章　巨大的打击

天气详情，摘自 1933 年 4 月 1 日、14 日的 *Boise City News*，以及 2002 年 11 月 20 日作者参观俄克拉荷马盖蒙的无人之地历史博物馆所得。

天气历史，摘自唐纳德·R·惠特纳所著 *History of United State Weather Bureau*（Champaign：Univ. of Illinois Press，1961）。

达尔哈特的详细信息源自 1933 年各种版本的 *Dalhart Texan*。

黑泽尔·萧的信息，来自前引的她的著作 *Sunshine and Shadows* 以及作者 2003 年 9 月 21 日对其子查尔斯·萧的采访。

林德伯格着陆的信息，来自 1933 年的多期 *Dalhart Texan* 和 *Boise City News*。

早期沙尘暴的亲历者叙述，来自俄克拉荷马历史协会口述史项目组，作者 2003 年 9 月 6 日前去拜访。

有关发往华盛顿的电报的情况，来自 1933 年多期的 *Boise City News*。

黑泽尔·萧怀孕的内容，摘自其著作 *Sunshine and Shadows*，如前所引。

第十一章　分类赈济

博伊西城的政府检查和政府计划，来自 1934 年的多期 *Boise City News*。

黑泽尔·萧的详细信息，来自作者 2003 年 9 月 21 日对其子查尔斯·萧的采访，以及前引的她的著作 *Sunshine and Shadows*。

有关地区情况的描述与引述，摘自 1934 年 5 月的 *New Outlook*。

麦卡蒂的文章，摘自其专栏，载于 1934 年的多期 *Dalhart Texan*。

科勒牧场的信息以及科勒家族的应对详情，来自 1983 年 3 月 14 日罗伯特·科勒的采访录音，存于俄克拉荷马州俄克拉荷马城的俄克拉荷马历史协会口述史项目，作者 2003 年 9 月 5 日去协会所得。

对沙尘暴的描述，摘自迈克尔·帕菲特 1989 年 6 月发表在 *Smithsonian* 上的 *The Dust Bowl* 一文。

有关袭击纽约的大沙尘暴的情况，摘自 1934 年的多期《纽约时报》。

卡洛琳·亨德森的文章，摘自 1933 年 8 月发表在《大西洋月刊》上的 *Letters of Two Women Farmers*，以及卡洛琳·亨德森和埃尔文·O·特纳合编的 *Letters from the Dust Bowl*。

第十二章 漫长的黑暗

萧夫妇的产子及其艰难往事，摘自前引的黑泽尔·萧的 *Sunshine and Shadows*。萧夫妇的更多信息，来自作者 2003 年 9 月 21 日对查尔斯·萧的采访。

海·巴里克的信息，摘自录制于 1983 年 1 月 7 日的口述史，存于俄克拉荷马州俄克拉荷马城的俄克拉荷马历史协会口述史项目，作者 2003 年 9 月 5 日造访那里。

大萧条时代的出生率，摘自美国人口普查数据，网址：www. census. gov。

有关政府的计划和花销，来自 1935 年 1 月的多期 *Boise City News*。

科勒牧场的信息，来自俄克拉荷马州俄克拉荷马城的俄克拉荷马历史协会口述史项目，作者 2003 年 9 月 6 日造访那里。

洛尔里家罐装并食用俄罗斯蓟草的信息，来自诺玛·吉恩·巴特包赫·杨所编 *Footsteps: Family Histories of Cimarron County，Oklahoma* (Amarillo，Texas：Southwestern Publications，1989) 中有关奥黛丽·洛尔里·博恩的故事。

厄尔里奇家族的信息，来自薇丽·厄尔里奇的口述史，由俄克拉荷马州俄克拉荷马城的俄克拉荷马历史协会口述史项目录制于 1986 年 7 月 17 日。

博斯家族的详细信息，来自作者 2003 年 9 月 12 日在俄克拉荷马沙特克对罗莎·博斯·贝克的采访。

第十三章 拼命呼吸

有关奥斯汀的病情以及地洞生活的情况，来自作者 2002 年 4 月 25

日对艾克·奥斯汀的采访。

关于奥斯汀的土地和这家人的挣扎，来自前引的奥斯汀所著 *A Place Called Baca*。

布鲁医生对尘肺病的评论，摘自 1935 年 4 月的 *Boise City News*。

红十字会医院的信息，摘自 1935 年 4 月和 5 月的 *Boise City News* 以及奥斯汀的回忆，作者于 2002 年 4 月 25 日对其进行采访。

1930 年代巴卡县的故事，摘自科罗拉多斯普林菲尔德的巴卡县公立图书馆的巴卡县史档案。

红十字会的故事及科罗拉多州东南部其他与沙尘暴相关的紧急措施，源自 *Prowers County Heritage*，县史档案存于科罗拉多拉马市拉马公共图书馆。

有关天气史，摘自赫伯特·J·斯皮格尔和阿诺德·格鲁伯合著的 *From Weather Vanes to Satellites*（New York：John Wiley & Sons，1983）。

第十四章　达尔哈特的决战

逮捕黑人的事，摘自 1935 年春的多期 *Dalhart Texan*。

精神错乱者的庭审情况，摘自得克萨斯达尔哈特的达拉姆县法院档案，以及前引道森的著作 *High Plains Yesterdays*。

达尔哈特的衰落详情，来自前引亨特的 *The Book of Years*。

怀特家族的琐事与遭遇的挑战，来自作者 2002 年 11 月 21 日对迈尔特·怀特的采访。

达尔哈特大会的情况，摘自 1935 年春的多期 *Dalhart Texan*。

麦卡蒂的评论，摘自其专栏，载于 1935 年春的多期 *Dalhart Texan*。

有关造雨的故事，摘自 1935 年春的多期 *Dalhart Texan*。

第十五章　沙尘暴前夕

婴儿生病及死亡的情况，摘自前引黑泽尔·萧的著作 *Sunshine and Shadows*，以及海·巴里克的口述史，录制于 1983 年 1 月 7 日，存于俄克拉荷马州俄克拉荷马城的俄克拉荷马历史协会口述史项目，作者于 2003 年 9 月 5 日造访那里。

其他详情以及家属对悲剧的反应，来自作者 2003 年 9 月 21 日对查尔斯·萧的采访。

福尔科斯家的困境，摘自前引菲亚·福尔科斯·加德纳的著作 *So Long，Old Timer!*，以及作者 2002 年 5 月 2 日对戈登·福尔科斯的采访，2002 年 4 月 30 日对菲亚·加德纳的采访。

黑色星期天降临前博伊西城的生活场景，源自作者 2003 年 9 月 8 日对诺玛·吉恩·巴特包赫·杨的采访，以及前引她的著作 *Footsteps*。

堪萨斯州的教授对沙尘暴体量的估计，来自 1935 年 4 月 22 日 *Amarillo Daily News* 上的报道。

海·巴里克的职责，摘自其口述史，存于俄克拉荷马州俄克拉荷马城的俄克拉荷马历史协会口述史项目，如前所引。

有关驱赶和击打野兔的描述，摘自 *Boise City News* 以及维德拉·哈里曼·弗莱的口述史，存于俄克拉荷马州俄克拉荷马城的俄克拉荷马历史协会口述史项目，作者于 2003 年 9 月 6 日造访那里。

第十六章　黑色星期天

那天早上的天气情况描述，来自前引的作者对艾克·奥斯汀、迈尔特·怀特和诺玛·吉恩·巴特包赫·杨的采访，以及报纸报道。

奥斯汀的活动，摘自作者对艾克·奥斯汀的采访，以及奥斯汀先生的书 *A Place Called Baca*，如前所引。

有关沙尘暴袭击道奇城的描述，引自弗兰克·L·小斯多灵斯所著 *Black Sunday: The Great Dust Storm of April 14, 1935*（Austin，Texas：Eakin Press，2001）。

卢卡斯家的葬礼情况，源自前引的黑泽尔·萧的著作 *Sunshine and Shadows* 和 1935 年 4 月的多期 *Boise City News*。

掉入沟壑的卡车以及博伊西城的天空变黑的情况，来自路易斯·菲尔柴尔德的回忆，他 1999 年在博伊西城语言艺术班上告诉娜塔莉·韦弗和安德鲁·兰道夫，保存于俄克拉荷马州博伊西城锡马龙遗产中心。

福尔科斯的经历，来自前引的菲亚·福尔科斯·加德纳的著作 *So Long, Old Timer!*。

乔·加尔扎本人及其救孩子的故事，来自对加尔扎的采访，录制于 1985 年（无月份），存于俄克拉荷马州俄克拉荷马城的俄克拉荷马历史协会口述史项目，作者于 2003 年 9 月 8 日造访那里。

美联社采访队的情况，来自美联社电讯，主要是 1935 年 4 月 15 日黑色星期天的第二天发来的，载于 1935 年 4 月 15 日的 *Amarillo Daily News*。

沙尘暴袭击丹佛的情景，来自科罗拉多丹佛市丹佛公共图书馆西部历史部，作者 2004 年 5 月 12 日造访那里。

德国人的境况，来自作者 2003 年 7 月 18 日对厄尔里奇一家的采访、9 月 12 日对博斯一家的采访。

厄尔里奇的遭遇，来自薇丽·厄尔里奇的口述史，录制于 1986 年 7 月 17 日，保存于俄克拉荷马州俄克拉荷马城的俄克拉荷马历史协会口述史项目。

像夜晚一样漆黑的描述，来自贝莱尼斯·杰克逊，参见俄克拉荷马州俄克拉荷马城的俄克拉荷马历史协会口述史项目，作者于 2003 年 9 月 6 日造访那里。

沙尘暴袭击得克萨斯狭长地带的情景，摘自 1935 年 4 月 15 日的 *Amarillo Daily News*。

伍迪·古斯利的话，摘自 1940 年 3 月 21 日古斯利与艾伦·罗麦克斯的谈话录音，文字载于 1996 年 10 月 20 日的 *Woody Guthrie on Weekend Edition*。

第十七章 战斗的号令

鲍勃·盖格的电讯稿，摘自前引美联社档案。

休·班内特为争取援助而等待沙尘暴到来的情况，摘自前引的美国农业部官方传记、布林克的 *Big Hugh*、新闻报道以及政府宣传册——美国农业部-林务局的《国家草原故事》（Washington，D. C.：U. S. Government Printing Office，1964）。

"基本已经毁灭的"土地的情况，摘自前引美国农业部的 *Yearbook of Agriculture 1935*。

土壤保护计划的开端，摘自 D·哈珀·希姆斯所著 *The Soil Conservation Service*（New York：Praeger Publishers，1970）。

奥黛丽·博恩·洛尔里的回忆，来自口述史，存于俄克拉荷马博伊西城的博伊西城公共图书馆以及前引杨的 *Footsteps* 一书。

达尔哈特的情况，摘自约翰·L·麦卡蒂的馆藏，存于得克萨斯阿马里洛的阿马里洛公共图书馆。

留守俱乐部的创建情况，摘自 1935 年 4 月 22 日的 *Dalhart Texan*。

造雨的事，来自 1935 年 4 月 29 日的 *Dalhart Texan* 和道森的 *High Plains Yesterdays*，如前所引。

罗斯福的政策，部分引自威廉·E·洛奇滕伯格所著 *Franklin Roosevelt and the New Deal* （New York：Harper & Row，1963）和亚瑟·M·小施莱辛格的 *The Age of Roosevelt*, 3 vols.（Boston：Houghton Mifflin，1957—1960）。

哈罗德·伊克斯的情况，部分摘自 T·H·沃特金斯的 *Righteous Pilgrim: The Life and Times of Harold L. Ickes，1874－1952*（New York：Henry Holt，1990）。

伊克斯对理想主义的评语，摘自 1934 年 5 月 27 日的 *New York Times Magazine*。

班内特的话，来自前引美国农业部官方传记和布林克的 *Big Hugh*。

麦卡蒂的话，摘自 1935 年 4 月、5 月和 6 月其在 *Dalhart Texan* 的专栏。

锡马龙县的电报内容，来自 1935 年 4 月的 *Boise City News*。

第十八章　离　开

奥斯汀家各奔东西的事，全部来自作者对艾克·奥斯汀的采访和前引奥斯汀先生的著作。

移垦管理局在巴卡县的活动，来自科罗拉多州斯普林菲尔德的巴卡县图书馆，以及斯普林菲尔德公共图书馆的档案。

奥斯汀毕业时的情况、他母亲的评论，来自前引作者对奥斯汀先生的采访。

第十九章　亲历者

唐纳德·哈特维尔的文章，摘自其未发表的日记，存于内布拉斯加林肯市的内布拉斯加州历史协会并由其提供给作者，版权所有人不详。

罗斯坦因的信息，来自农业安全管理局的公开记录，网址：www. loc. gov/ammem/fsahtml，以及亚瑟·罗斯坦因所著 *The Depression Year*[①] (New York：Dover Publications，1978)。

有关帕尔·洛伦茨的 *The Plow That Broke the Plains*，来自电影本身（美国政府短片，1936 年由帕尔·洛伦茨制作）和罗伯特·施耐德的 *Pare Lorentz and the Documentary Film*（Norman：Univ. of Oklahoma Press，1968)。

狭长地带对电影的反应，来自 1936 年 6 月 1 日的 *Amarillo Daily News*。

多萝西·朗的内容，来自多萝西·朗和保罗·舒斯特·泰勒合著的 *An American Exodus: A Record of Human Erosion*（New York：Reynal & Hitchcock，1939)。

巴姆·怀特看电影的事，来自作者对迈尔特·怀特的采访，如前所引。

第二十章　最悲哀的大地

黑泽尔·萧怀孕一事，来自前引她的著作 *Sunshine and Shadows*。

对泥土体量的统计数据，来自 1935 年 3 月 31 日的《纽约时报》。

外迁人口数据，来自美国人口普查，网址：www. census. gov，和詹姆斯·N·格莱格里所著 *American Exodus: The Dust Bowl Migration and Okie Culture in California*（New York：Oxford Univ. Press，1989)。

卡洛琳·亨德森的信件内容，来自前引发表在《大西洋月刊》上的

---

① 此处有误，经查应为 *The Depression Years*。——译者

信件。

黑泽尔·萧的详细信息，来自作者于 2003 年 9 月 21 日对其子查尔斯·萧的采访以及她的著作 *Sunshine and Shadows*。

俄克拉荷马的天气数据，来自一份题为 *Oklahoma Weather Timelines* 的图表，俄克拉荷马州提供。

厄尔里奇的详细情况，来自家族史 *Seventy-Eight First Cousins* 和薇丽·厄尔里奇的口述史，两者均如前所引。

博斯家的信息，来自作者于 2003 年 9 月 12 日对罗莎·博斯·贝克的采访以及家族史，存于得克萨斯利普斯科姆狼溪遗产博物馆。

《纽约时报》的报道，来自 1935 年 3 月 31 日该报。

另一份《纽约时报》的报道，来自 1934 年 5 月 27 日该报。

麦卡蒂唱歌和盖蒙的访客的故事，见 1936 年春的多期 *Dalhart Texan*。

第二十一章　判　决

引用均直接摘自公开档案——1936 年 8 月的《大平原干旱地区委员会报告》，网址：www. newdeal. feri. org。

第二份报告直接摘自 1937 年的《大平原的未来》，为公开档案，网址：www. newdeal. feri. org。

罗斯福的想法，源自哈罗德·艾克斯的日记，哈罗德·L·艾克斯所著 *Secret Diary of Harold L. Ickes: The First Thousand Days*，*1933 - 1936*（New York：Simon & Schuster, 1953）。

第二十二章　第二代剥玉米佬

唐纳德·哈特维尔的文章，摘自其未发表的日记，存于内布拉斯加林肯市的内布拉斯加州历史协会并由其提供给作者，版权所有人不详。

第二十三章　留守者

怀特家的详细信息，来自作者对迈尔特·怀特的采访，如前所引。

迪克·库恩和他的百元大钞的事以及烧烤晚会的事，来自亨特的 *The Book of Years*，如前所引。

XIT 牧场烧烤聚会的事，来自得克萨斯达尔哈特的 XIT 牧场博物馆的展品。

有关麦卡蒂的离开，来自 1936 年 *Dalhart Texan*。

人口外移数据，来自格莱格里所著 *American Exodus: The Dust Bowl Migration and Okie Culture in California*，如前所引。

有关巴姆·怀特之死，来自作者对其子迈尔特的采访，如前所引。

迪克·库恩破产的事，来自亨特的 *The Book of Years*，如前所引。

道森医生去世的事，来自道森的 *High Plains Yesterdays* 和亨特的 *The Book of Years*，两者均如前所引。

第二十四章　第三代剥玉米佬

哈特维尔所有的文章均摘自其未发表的日记，存于内布拉斯加林肯市的内布拉斯加州历史协会并由其提供给作者。

第二十五章　雨

罗斯福视察的事，来自 1938 年 7 月的多期 *Amarillo Daily News* 和罗斯福档案，网址：www. newdeal. feri. org。

树木的详细信息，来自 R·道格拉斯·赫特的 *Forestry on the great Plains*，*1902 - 1942*，堪萨斯州立大学历史系档案，网址：www - personal. ksu. edu/ ～jsherow/lesintro. htm。

后 记

草地的信息，来自作者 2003 年 8 月 10 日对美国林务局科罗拉多拉洪塔草原分部考古学家米歇尔·史蒂文斯的采访，以及前引美国森林保护局的草原史。

有关农场的补贴信息和棉花出口信息，来自美国农业部，2004 年 12 月 2 日作者的采访以及发布在 www. ewg. org 上的补贴清单。

树木的信息，来自前引亨特的书以及作者 2002 年 4 月 24 日至 26 日在南部平原的考察。

人口崩溃的信息，来自美国人口普查数据。

奥加拉拉含水层的信息，有多个来源：罗伯特·格莱农所著 *Water Follies: Groundwater Pumping and the Fate of America's Fresh Waters*（Washington D. C.：Island Press，2002）；堪萨斯地质调查局的 *Report of the Ogallala*，*2002*；堪萨斯州立调查办公室，2003 年 1 月 14 日。

土壤保护区及其对控制未来沙尘暴的影响的研究报告，摘自詹尼普·K·汉森和加里·D·丽贝卡普 2004 年 6 月发表在 *Journal of Political Economy* 第 112 卷第 3 期上的文章 *Small Farms，Externalities and the Dust Bowl of the 1930s*。

有关班内特的其他信息，来自前引的美国农业部传记和布林克的 *Big Hugh* 以及土壤保持局的记录，由美国林务局科罗拉多拉洪塔分部提供。

福尔科斯家族的详细信息，来自作者 2002 年 4 月 30 日对菲亚·加德纳的采访，2002 年 5 月 2 日对戈登·福尔科斯的采访。

黑泽尔·萧离世前几年的事，来自作者 2003 年 9 月 21 日对其子查尔斯·萧的采访。

奥斯汀的后记，来自作者 2002 年 4 月 25 日对艾克·奥斯汀家的拜访。

致 谢

在为撰写本书赴外地采访的一次途中，我安排了在俄克拉荷马州盖蒙附近的小镇跟一个人会面，那里是无人之地的一个小社区，在沙尘碗年代遭到重创。杰拉德·迪克森已经八十好几，是个精神矍铄、眼神明亮的人，步伐敏捷，还颇为幽默。我们的会面地点是他杂乱无章的办公室，就像个博物馆，在这里他滔滔不绝地讲起了盖蒙的每一件事。

"上车吧，"午餐时间刚到他就说，"我带你去镇上最好的餐厅——乡村俱乐部。"

我们开着他的大别克来到了盖蒙的外围，经过几片麦田，然后下了主干道，穿过几条小路和一些废弃的农舍之后，上了一条狭窄的印有车辙的土路。我看不见别的车或别的人。风在呼啸，跟我在平原上大多时候听到的曲调如出一辙，车旁是翻滚的风滚草。天空白花花的，很温暖，也很空旷。我开始觉得杰拉德迷路了或者他是在捉弄我。

"你确定前面有餐厅？"我问。

"还有一两英里路。"

最后，我们来到了一条小沟附近的棚屋，屋子周围已经停了一些车。里面大约有十几个人，大都跟杰拉德年纪相仿，还有几个妇女。他们在一个户外大炉子上做汉堡，喝啤酒和汽水，谈论捷足者橄榄球队。杰拉德把我介绍给他的这群朋友，说我在收集沙尘碗的故事，他们是一辈子都在盖蒙生活的人。午饭期间，他们给了我极好的线索和真实的生活细节，使我刚刚读过的有关肮脏的三十年代期间俄克拉荷马狭长地带的情景栩栩如生地呈现在我面前。这些老人那个时候还都是孩子，大多数人才十几岁，不过他们都记得沙尘暴和饥饿，仿佛这一切就发生在上周五。

"现在给你来点特别的，"杰拉德说，"希望你为酥皮水果馅饼留了肚子。"

整个上午他们都在一个坑里烤酥皮水果馅饼。新鲜的桃子、蜂蜜、黄糖和一个大大的馅饼面团——全都混合在一个大桶里烤，周围是埋在地上的热煤。我从未在中午的时候吃过比这更美味的东西，这是我在高地平原上遇到的那种典型的热情好客。这也使我隐约明白为什么人们会坚守在这里，即使他们面对的是约翰·麦卡蒂所说的"大自然所有的仇恨"。

这个县的部分地方于我就像另一个星球。我出生在太平洋西北部，长在一片郁郁葱葱的地方，四面环水，地平线被一座座山脉阻断。平原上的杰拉德·迪克森们使我在这片褐色土地上有种归家的感觉。所以，我要向杰拉德和他在汉堡包棚屋那边的老伙计们，向酥皮水果馅饼以及其余一切致以深深的谢意。

在西边约 30 英里处，即博伊西城，我找到了一位堪称无价之宝的导游领我回到过去，她就是诺玛·吉恩·巴特包赫·杨。感谢诺玛对我的帮助，与我分享她的回忆，以及她对该地区历史的贡献。如果没有她，成百上千的家庭的故事将会无声无息地被埋没。

每个镇子至少有一个藏着本地秘密的阁楼，通常是一个小博物馆。在较大的博物馆中，俄克拉荷马历史协会非常有帮助，特别是其口述历史部。米尔德莱德·贝克是得克萨斯州那个小小的利普斯科姆的狼溪遗产博物馆的馆长，在该领域他是个出类拔萃的人物。我也要感谢达尔哈特 XIT 牧场博物馆的工作人员。

　　还要感谢查尔斯·萧，感谢他慷慨地分享了他母亲的人生经历；感谢热情奔放的珍妮·克拉克，她从她的家乡科罗拉多州拉马召集了许多亲历者，协助我启动了这个项目；感谢迈尔特·怀特，或许他是得克萨斯狭长地带最后一个真正的牛仔；感谢艾克·奥斯汀，他是巴卡县最了不起的活字典。

　　至于想法、方向和耐心，以及每当我想转向另一个方向时帮助我把握方向盘，所有这一切都归功于霍顿·米福林出版公司的安东·穆勒。我的经纪人卡萝尔·曼恩一直密切注视我的工作，鼓励我不断前行。最后要谢谢乔尼、索菲和凯西——这是一个从未停止对出书感到好奇或兴奋的家庭。

图书在版编目(CIP)数据

　　肮脏的三十年代：沙尘暴中的美国人 /（美）蒂莫西·伊根
(Timothy Egan)著；龚萍译. — 上海：上海译文出版社，
2020.3
　　(译文纪实)
　　书名原文：The Worst Hard Time：The Untold
Story of Those Who Survived the Great American Dust Bowl
　　ISBN 978-7-5327-8360-1

　　Ⅰ. ①肮… Ⅱ. ①蒂… ②龚… Ⅲ. ①纪实文学－美国－现代
Ⅳ. ①I712.55

　　中国版本图书馆 CIP 数据核字(2020)第 035909 号

Timothy Egan
**The Worst Hard Time：The Untold Story of Those Who
Survived the Great American Dust Bowl**
Copyright © 2006 by Timothy Egan

图字：09-2018-1092 号

肮脏的三十年代：沙尘暴中的美国人
[美]蒂莫西·伊根/著　龚　萍/译
责任编辑/钟　瑾　　装帧设计/邵旻工作室

上海译文出版社有限公司出版、发行
网址：www. yiwen. com. cn
200001　上海福建中路 193 号
上海译文印刷厂印刷

开本 890×1240　1/32　印张 11　插页 2　字数 221,000
2020 年 4 月第 1 版　2020 年 4 月第 1 次印刷
印数：00,001—12,000 册

ISBN 978-7-5327-8360-1/I·5126
定价：49.00 元